疯丢子 著

·下 册·

青岛出版集团 | 青岛出版社

第八章

再少年：出逃的员工

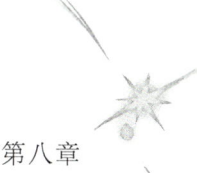

"苗老师在考毕业班的哥哥姐姐们背诵，我们先来做个数学测试热热身。"李小琪站在讲台前，手里攥着卷子，听到下面传来的唉声叹气声，不由得偷笑，"好啦，别哭，这个不是考试，答案在我手上呢。等做完卷子，你们自己批改。能拿多少分、做错了哪道题，你们自己清楚就行。"

"耶！"大家欢呼。

李小琪止准备发试卷，突然听到走廊上传来一阵骚动，脚步声纷至沓来。她心里一紧，和学生一起抬头望过去，只见一群人走过来，径直到了教室门口。领头的人拿着一束白色康乃馨，玉树临风、帅气逼人，笑容……诡谲。

"李老师，"他轻笑着开口，迈步讲来，"打扰你们上课了吧？"

"哇！"小孩子们的起哄声此起彼伏，他们惊呼——

"好帅呀！"

"他是李老师的男朋友吗？"

"好好看！"

李小琪僵硬地站在讲台前，直到一旁传来"咔嚓咔嚓"的拍照声，才回过神来，努力挤出一丝笑，结结巴巴地说道："啊……江……嗯，老……老板……你……你怎么来啦？"

"别紧张，找来看看你。"江岩微笑，迈步走到讲台前，递出花，温和地说道，"这几个月辛苦你了，一切还好吧？"

我在邮件里不是都说了吗？好着呢！李小琪艰难地保持着笑容："嗯，好，都好，呵呵。"

"来，花。"江岩把花递得更近，李小琪明显感觉到不远处的女摄像师精神一振。

她不甘不愿地接过花，转头看着疯狂鼓掌欢呼的孩子们那纯真的笑颜，终于还是挤出一个笑容，流下了眼泪。

完美！方亚楠拍下了这一幕。

画面非常唯美！

温和俊美的男人、幸福地哭泣的女人，还有疯狂鼓掌的孩子们，衬着女教师身后崭新的黑板，和上面"走出大山"四个大字，构成了一幅完美的画面！

"你继续上课吧，"江岩完成任务，保持着完美的笑容，优雅地退后一步，"我们就不打扰你了。不过，等下课后，你方不方便到会议室来一趟？"

不方便！李小琪全身写满了这三个大字。她抿着嘴，身体僵直得像石雕一样。

"小琪？"江岩歪头凝视着她，"好久没见了，你跟我说说你在学校的事吧？"

太无耻了！太无耻了！方亚楠一边不停地按着快门，一边在心里疯狂地吐槽。

"我……我今天课有点儿多……"李小琪果然是个有想法的姑娘，在这种情况下居然还在挣扎。

"李老师，你就去吧！"一个虎头虎脑的小男孩双眼放光地叫起来。

这口子一开，孩子们都跟着七嘴八舌地叫起来："你去吧！我们会自己学习的！"

一个扎着马尾辫、黝黑的小姑娘忽然站起来，右手放在心口上，小大人一般，用朗诵一样高昂的语调大声地说："李老师，作为班长，我会监督同学们做题的，您去吧！"

孩子们，这种时候真的不用表现得这么积极。你们一不小心就会把你们的李老师送走啊。

在场的大人们心知肚明，看向李小琪的眼神甚至带了点儿同情之意。

李小琪："唉，我发完卷子就过去。"

她终于还是放弃挣扎了。

"那我们在会议室里等你。"江岩得偿所愿，转头竟然朝方亚楠眨了眨眼。方亚楠一时间产生了自己是共犯的错觉，愣了一下，眼角抽搐。

接下来就是闭门会议了，方亚楠不需要拍摄，和其他工作人员一起在校园里溜达了一会儿，才收到小杨的召唤信息。

江岩和李小琪谈得差不多了，要准备开正式的座谈会了。

方亚楠等人立刻回到会议室里，还没推门，门自己开了。李小琪捂着脸跑了出去，"噔噔噔"地跑下了楼。

江岩站在门口目送她，没有跟上去。那张脸，再加上那身打扮，他怎么看怎么像渣男。等到李小琪的身影消失，他转头见门口众人表情谴责地看着他，先是愣了一下，很快反应过来，苦笑道："你们别想太多了，她真的是我的员工！"

"哦。"大家回应得不是很热烈。

江岩更郁闷了："不是，你们太过分了，这戏可是你们安排的！"

众人往会议室里瞟了瞟，意思很明白——那是小杨安排的，可不是他们安排的。

江岩叹气，苦笑出声："太冤了，各位，就算是基础工资，一个月也有八千块呢，这还没算五险一金、员工福利，哦，还有年度体检——这个她总不该错过吧？你们见过千里迢迢地来劝员工回去体检的老板吗？"

工资、保险、福利、体检……这一桩桩、一件件，逐渐击垮了在场众人的防线，大家的眼神逐渐柔和，最终化为慈祥。

大家千言万语化为一句话："老板，你们公司还缺人吗？"

江岩立刻变脸，冷笑着伸出手："先把简历拿来再谈，保洁和看大门的，我们不缺。"

刚刚自信举手的众人立刻被后半句话打翻在地。

"不过，亚楠可以。"江岩忽然说道，"亚楠有真本事。"

方亚楠本来也抱着开玩笑的心思，正专心"垂头丧气"，闻言愣了愣，抬头对上江岩笑吟吟的眼神，正不知道怎么开口，忽然听旁边的小凌凑上来问道："那我呢，江总？我会拍视频！"

江岩愣了愣，看看他，正色道："要不要给你介绍能祛痘的中医？"

小凌年轻，火气旺，下巴上长了一些痘，但五官还是很端正的，闻言"喊"了一声，在大家的笑声中讪讪地走开了。

"你们怎么还不进来？"在里面布置会场的小杨突然走到门边，手里拿着一个果盘，"来帮忙呀，半天没见着一个人，沽儿全让找一个人十完了！"

"哦！"众人见拖不下去了，只好一窝蜂地拥进去，争先恐后地干起活儿来。

座谈会结束，大家一起去食堂吃午饭，一人端着一个餐盘，自己打饭。虽然这个学校在政府和企业的扶持下建设得有模有样，但是囿于山里的可用面积小，所以食堂并不大，学生需要分批用餐。慰问团的人被安排跟人数最少也最懂事的毕业班一起吃饭，此时都排在队伍里，老老实实地等待着。方亚楠抬头研究着打饭窗口上方的电子显示屏——上面显示着今天的菜色。

好家伙，大多数是辣的菜。

方亚楠咽了一口口水，等到了打饭窗口，迫不及待地把辣的菜都点了一遍，装不下的，还拜托后面的韩沁光帮忙带一下。韩沁光也是个爱吃辣的人，两个人仿佛得逞了什么阴谋，乐呵呵地扫荡了所有想吃的菜，转身去找座位。

两个人放眼一望，慰问团的成员们已经三三两两地坐下了。江岩一个人坐在一张靠窗的四人桌旁，面前放着饭菜，一手拿筷子，一手拿手机，半点儿开动的意思也没有。

"走，过去。"韩沁光径自走向江岩那桌。

方亚楠亦步亦趋地跟在后面，也说不上自己情不情愿。

韩沁光直接把餐盘放在江岩面前，问："江总，拼个桌？"

江岩抬头，看到是他们时愣了一下，随即笑道："这么客气，坐。"

"主要是想趁机问问你的感想。"韩沁光开门见山，一边拿起筷子往嘴里塞菜，一边对方亚楠说道："这个，这个回锅肉不错，真不错！"

方亚楠一听这话，那一点点不自在的感觉全没了，立刻口水横流地伸出筷子："真的啊？我尝尝！"

韩沁光任她夹自己盘里的菜，自己也毫不客气地往方亚楠的辣子鸡里伸筷子，一边吃一边继续对一脸笑意的江岩说道："你今天不是去找你的员工了嘛，她好像很不愿意回去，你有什么打算？"

江岩夹了一筷子自己盘里的大白菜，回答道："能怎么办？只能做好最坏的打算了。"

"劝退？"韩沁光了然，"那你得唱白脸了啊。"

江岩有些无奈："我为员工提供这个机会，是真心想让他们从忙碌的工作中抽离出去，有片刻喘息时间。但说得难听点儿，如果她觉得公司不缺她这一个员工，而这儿没她不行，那我只能尊重她。"

"那就是谈崩了？"

"我想着……如果她真的不想回去，那只能从我们公司离职，我给她相应的离职补偿，然后帮她向领导申请一下，看看是不是能按正常程序入职这里的正式岗位。"江岩一脸纠结表情，应该是还在斟酌自己的决定，"她有在我司工作的经历，再加上这段支教的经历，就算哪天离开这里，回去找工作，履历也不难看，路还是好走的。"

"碰上你这样的老板，她也算上辈子积德了。"想问的事都问了，韩沁光很感慨地拍了拍江岩，"你也算仁至义尽了，不用有太多负担。"

江岩笑了一下，慢慢地吃着饭。

"这样的话，我就知道该怎么写这篇文章了。"韩沁光终于说出了这场谈话的目的，"你也算是第一次尝试这种帮扶模式的企业家了，第一次尝试，就出了这样的事，不太好交代，但如果有比较妥善的处理方式，那以后就能把这种帮扶模式推广开了。"

韩沁光也是老记者了，从来不会无缘无故地找人说话，方亚楠对此早就心里有数了，但没想到江岩也毫不意外地点了点头。

"那有新的进展，我直接和你说。说实话，即使遇到这样的事情，我还是觉得这个模式挺好的。"他说。

"就喜欢和你们这样的聪明人说话！"韩沁光笑起来，"哎，江总，吃得那么素，没胃口？"

江岩苦笑："吃不了辣椒。"

吃不了辣椒？！她方亚楠可是无辣不欢的，怎么可能和一个不能吃辣椒的男人结婚？！

"那你可惨了，哈哈！"韩沁光边嘲笑他边从方亚楠的盘子里捞了一勺麻婆豆腐拌进饭里，炫耀之意一览无余。

江岩也无奈地笑起来，继续吃自己的白菜。

方亚楠吃了几口，想了想，从随身背的包里掏出一个小瓶子递给江岩。

江岩疑惑地问："这是什么？"

"药。"

"我没病哪。"

"治便秘。"方亚楠垂着眼，"这地方，这气候，你这饮食习惯，不便秘才怪。"

江岩的脸"噌"地红了。他犹豫了一下，默默地收下了瓶子。

慰问团成员上午在学校调研完，下午又去村政府和两个企业看了一圈，第一天的活动算是结束了。晚上的时候，江岩做东，请李小琪和团里几个处得来的工作人员吃饭。

对江岩给她的两个选择,李小琪还在纠结,来的时候显然带着极重的心理负担,说了一堆感恩老板、感恩学校的话,最后喝得酩酊大醉,被没喝酒的江岩和方亚楠送了回去。

"江总,我怕我以后碰不到你这么好的老板了!"路上,江岩开车,李小琪坐在后排座椅上,抱着方亚楠的大腿号啕大哭,"可是我又舍不得这里!"

江岩哭笑不得:"我知道,我知道。"

"我觉得,我来这儿以后,心灵被净化了!"李小琪满脸泪水,睁大双眼,茫然地看着前方——方亚楠的胸——真情实感地抒发感情,"我在公司时,从来没觉得自己这么被需要过!"

"我们一直需要你呀,要不然干吗雇你?"江岩答得很耿直。

"可是那些工作,即便没有我,别人也能干哪!我有多累,你知道吗?"李小琪捶打着方亚楠的大腿。

方亚楠:"要不,我来开车?"

江岩:"不,我并不想挨打。"

"我想吗?"方亚楠捶打江岩的椅背。

"江总,我给你钱,你让我再干一个学期吧,就一个学期!"

"你想把学生都教成程序员吗?"江岩笑起来。

"我代很多课的!我还教……我还教……"李小琪掰起手指头来。

"你还教什么呀?"方亚楠顺着她的话问。

"嗯……数学、英语、音乐。"

江岩突然笑了一声。

"干吗?干吗?干吗?"李小琪大叫,"我唱歌很好的!"

"嗯,你说好就好。"

"真的吗?"方亚楠觉得他的反应不大对。

"我怕说出来,你又会挨打。"

"懂了,懂了。"

然而李小琪没有放过他们。她把头搁在方亚楠的大腿上,泪眼婆娑地开腔:"一闪……一闪……亮晶晶……满天都是……小星星……"

一句话,李小琪就彰显了实力啊!方亚楠都惊呆了——不到二十个字,李小琪唱出了八个调!

方亚楠强忍着,不敢得罪醉鬼,江岩却没这顾忌,居然点评道:"啊,她喝醉的时候,好像比平时唱得好。"

方亚楠抬手撩开贴在李小琪的嘴边的发丝,琢磨着要不要顺势捂住她的嘴。这时候,李小琪突然打了一个酒嗝,方亚楠触电似的收回了手。

"小燕子……穿花衣……年年春天……嗝,来这里……"

在折磨人的魔音中,江岩和方亚楠合力把李小琪搬进了她的宿舍。员工宿舍麻雀虽小,五脏俱全,连独立卫生间都有。李小琪把房间布置得很温馨,显然是用了心的。小小的单人床旁边是一张不大的书桌,竟然被刷上了莫兰迪绿色的油漆;四周的墙面上贴满了她和学生的合影;书桌前有一把盖着绒毛坐垫的电竞椅;墙边的柜子五颜六色的——这些都绝对不是员工宿舍自带的配置。

"投入不小啊,"方亚楠把李小琪按在床上后,一边给她倒水,一边打量四周。

江岩拿着脸盆在厕所接水,闻言走出来,给方亚楠递上毛巾,说道:"难点就在这里——她家不差钱,她想留在这里,是真的出于信念。"

她家差不差钱,方亚楠不知道,光凭她每月八千块的基本工资,她跟着江岩干了两年,对员工宿舍这么投入也不算什么大事。

方亚楠用毛巾给李小琪擦脸,又逼她漱了口,看实在没什么可做的事了,才问:"江总,还有什么需要我为你的员工服务的地方吗?"

江岩笑着走了出去:"不用了,接下来你服务我就行了。"

"啊?"

"我手冻僵了,能麻烦你开车吗?"

你柔弱得这么理所当然,合适吗,男人?

路上,方亚楠的脑海中还回荡着李小琪的歌声,她忍不住笑出声来。

江岩在一旁瞥了她一眼,跟着笑:"怎么了?"

"我在想,她教音乐……哈哈!"

江岩也忍俊不禁:"说实话,我还要谢谢她。"

"为什么?"

"自从她参加过一次公司团建,之后再团建,就没人提去KTV了,给我省了好大一笔钱。"

"哈哈哈!你这么想把她带回去,该不会是因为团建支出回升了吧?"

"你这么说……我有必要回去看看账了。"他一本正经地答道。

方亚楠笑着摇头,低头看了看导航,发现这里虽然有信号,但信号似乎有些延迟。

323

"对了，谢谢你的药。"江岩忽然说道。

"你用了？"方亚楠惊讶地问。

"还没有，毕竟晚上要请大家吃饭，总不能你们吃着，我一直往厕所里跑。"

"那是调理肠胃的药，又不是泻药！"

"那你早说嘛。"

方亚楠摇了摇头："不是太难受的话，你晚上还是别吃了，要不然真的有可能睡不好。"

江岩摸了摸肚子，苦笑着应道："好。"说着，他又转头看着她，认真地道谢，"这一路多亏你了，真的。"

方亚楠有点儿不自在："我也是熟能生巧。"

"别这样说，你可以直接说你就是在照顾我。"

"要不是你需要，我也不会这么多事。"

"这不叫多事，叫爱操心吧？"

"哎，你够了，我不管你了啊！"

"好，好，好，对不起，对不起，麻烦你送佛送到西。"他双手合十，笑着看她。

你放心，我已经送过一次了！方亚楠绷着脸，佯装生气，心里却在叹气：她是不是把他看得太娇弱了？

第二天一早，队伍出发，前往铁山岗，那里有两家今年新扶持起来的食品厂，主打的绿色食品和土特产通过H市发达的电商渠道卖得很好。这两家食品厂也是此行的重头戏。

大巴驶上了九曲十八弯的盘山路。公路的一边是悬崖峭壁，另一边是万丈深渊，司机师傅开着大巴慢腾腾地跟着前面领路的小车，好几次大转弯都让车里的人东倒西歪。

方亚楠很是兴奋。她很喜欢自驾游，尤其喜欢开车走山路。可以说，在市内很少开车的她，车技基本上是被自驾期间遇到的各式各样的路锻炼出来的。她有一个梦想，就是亲自开车去体验一下著名的"二十四道拐"公路。眼下这条盘山路，比起她见过的"二十四道拐"，压根就是小巫见大巫，但也让她心旷神怡。

反观江岩——他虽然多次声明他不恐高，但是脸色已经随着车的大幅度晃动而越来越苍白。方亚楠都无暇看悬崖了，转头问他："你要不要坐到前排去？"

大巴尾部的摆动幅度肯定更大。

江岩摇了摇头："没事。"

"怎么可以让你更舒服一点儿？"

"停车？"

方亚楠点了点头："你撑着吧。"

江岩叹了一口气，缓慢地点了点头，从他的"百宝袋"里拿出白虎膏给自己涂抹起来，然后长长地舒了一口气。

一个小时后，车子终于到达了铁山岗，所有人下车的时候都身体摇晃。经过短暂休息后，慰问团成员开始了上午的参观活动。方亚楠一边工作，一边不得不分心去注意看似镇定实则强撑的江岩，总感觉自己下一秒会用头去顶住他倒下的身躯。

幸好，江岩撑了下来。饭后，小杨宣布去空中森林的行程已经安排好，愿意去的人可以一起出发。

大家虽然都是一脸疲乏的样子，但对这趟行程还是跃跃欲试。于是众人再次启程，前往空中森林。

到空中森林的路还算平缓，等到了地方，所有人下车。众人一呼吸到新鲜空气，精神立刻就回来了，甚至不用接待的人指点，就不约而同地被远处峭壁上的景象吸引了视线。

那是一处几十米高的山崖，近九十度的斜坡上整整齐齐地种了一排排树苗，树下隐约可见坑坑洼洼的山体，那是曾被过度开采的伤痕。

树苗边正有几个穿着亮色运动服的身影在缓缓爬动，他们腰间系着绳，双手攀在从山脚延伸到山顶的钢管上，正在这片峭壁上劳作。

"这……这是在给树木做养护吗？"慰问团的领导背着手，仰头看了一会儿，有些激动地问。

"是的，这些树还小，怕它们熬不过这个冬季，我们就弄了一批营养液给它们吊上。"接待的人介绍道。

"危不危险哪？这些人是专业的吗？"

"不危险，不危险，都有保护措施的。他们都是志愿护林员，平时在附近种田，需要的时候过来照顾树。"

"志愿者？没补贴的？"

"有的，有的，肯定不能让他们白干。说是志愿者，但他们还是有劳务费的。"

"哦，好，很好。"领导看了一会儿，忽然回过头，眼神在人群中扫视："那个，小方？小方？该你上了，加油啊！"

方亚楠在众人疑惑的眼神中淡定地应了一声，脱下外套，露出里面简便的运动装。

韩沁光一早知道她今天要干的事，很自觉地接过她的相机，笑道："你小心点儿，掉下来的话，我可没有抓拍的本事。"

"呸！"方亚楠啐了他一口。

"你要做什么？"江岩问道。

"爬上去。"方亚楠用下巴示意了一下，并让负责录像的小凌等人给她的肩膀上安上运动相机。

"你还要干这个？"江岩惊讶，"早就说好的？"

"我也有选题任务的，"方亚楠理所当然地说道，"多点儿素材，就多点儿话题。"

"你真是……"江岩没说下去，笑着摇了摇头，"那你小心。"

"没事的，又不是真的攀岩。"方亚楠跳了两下，确定相机不会掉下来，然后简单地热了热身，便跟着接待的人往前走去。

同行的人纷纷送上祝福，还有不少人发出惊叹声——

"厉害啊，还能攀岩。"

"这年头，城市里这样的人很少了。"

"这还是个女孩子。"

"不容易，不容易，身体底子真好。"

"看着身体就不错。"

…………

方亚楠到了山脚，绑上安全绳，确认了一下攀爬的路线，然后果断地伸出了手。

等她下来的时候，已经是半个小时后了。

方亚楠全身瘫软，她不是要强的人，可真的攀上去的时候，还是难免产生一种"不爬到顶就没有意义"的感觉。于是她一直爬，一直爬，途中还给两棵树挂上了营养袋。爬到山顶时，她已经耗尽了全身的力气，导致下来的时候手脚一直在颤抖。

之前夸她的人这会儿都在吐槽她——

"你说你逞什么强？"

"何必啊？"

"现在舒服了吧，要给你找担架不？"

方亚楠气喘如牛，对周围人的话报以苦笑，被韩沁光扶上了车。江岩已经等在那里，他的"百宝袋"打开着，旁边的座椅上摆了一堆东西。

"快来，"他冲方亚楠招了招手，"恢复一下。"

韩沁光把方亚楠扶到座位上，然后长长地叹了一口气，嫌弃地说道："你可真沉！"

方亚楠无意识地接过江岩递过来的东西，有气无力地反驳："我身上都是肌肉！"

"包括胸肌吗？"

"你滚……这是什么？"

"能量片。"江岩回道，"我也不知道有没有用，据说是健身后吃的。"

方亚楠表情复杂地问："你连这个都带了？！你以为你是来干吗的？"

"旅游啊，"江岩又开始给她递东西，"来，还有这个……"

清凉喷雾、解乏贴、虎皮膏、云南白药、木瓜膏、晒后修复霜、补水贴、已经被扔进水里的泡腾片、牛肉能量棒、巧克力……

方亚楠只拿了巧克力，一脸冷漠的表情："这就够了。"

江岩双手捧着他的小宝贝们，委屈地问道："啊？这些都不用吗？"

方亚楠迟疑了一下，又接过放了泡腾片的水："谢谢。"

"我觉得这个应该也可以。"江岩又把双手往前凑了凑，手里放着牛肉能量棒。

"唉，"方亚楠只好也接过能量棒，这次干脆说，"不用谢。"

"嗯，"江岩笑得很满足，"还需要什么，你直接跟我说，我先把其他东西放回去。"

"嗯。"方亚楠拆开巧克力吃了起来，边吃边靠着窗叹了一口气，猛然想起一件事："韩老，照片呢？拍得怎么样？"

韩沁光伸出一只手指了指江岩："后来都是他拍的，你问他。"

"啊？"

"领导在和负责人交流，我要在旁边听。"韩沁光说了个方亚楠无法反驳的理由——毕竟他是主笔，要出通稿的。

方亚楠转头，只见江岩又掏出了相机，对她眨了眨眼。

方亚楠叹了一口气，重新转回头："拍了就行，等我回去再看吧，我先歇会儿。哦，对了，谢谢。"

江岩"嗯"了一声，正想说什么，但其他人陆陆续续地上车了，他便不再多言。

一行人回到铁山岗时，差不多刚好到饭点。方亚楠累得不行，睡了一路还不够，打了声招呼后就回房间继续睡觉了。众人相当理解她，纷纷赶她回去。

这一觉睡得悠长，方亚楠猛地惊醒时，周围漆黑一片，只有满山的虫鸣声。

她打了个哈欠，还是觉得全身酸软，但精神已经好了不少。她正打算简单洗漱一下继续睡，突然听到嗡鸣声，是手机来电提示声。

这时候，谁会给她打电话？她翻找了一下，才在自己随身携带的包里找到手机，竟然是江岩的来电。

她一看时间，都凌晨两点了，难道他要来送饭？

她接起电话，入耳的是一阵急促的喘息声。

方亚楠有不好的预感："喂，江总？"

"207……"江岩声音极为痛苦，"207……不好意思……"

"207……我马上过去！"方亚楠什么都顾不上了，直接冲出了房间。

江岩的房间号是207。

方亚楠冲过去敲了几下门，没听到门里有什么反应，意识到江岩可能根本没力气自己开门，于是转身想去找门大爷。

他们借住在厂里的员工宿舍里，没有前台或者其他服务人员能联系。

谁能想到住一晚上而已，会出这样的事？！

方亚楠刚转身，就听到门锁发出"咔嗒"的声响。江岩脸色惨白地打开门，看着她，一句话都说不出来，靠着门框缓缓坐下。

"你怎么了？"方亚楠一把扶住他，"肚子疼？"

江岩摇了摇头，又点了点头，眼睛都快翻白了。

"嗨！"这肯定不是当地的医务室能解决的毛病，她必须把他送去医院。方亚楠让他靠着门坐在地上，转身去拍小杨的门。

"谁啊？"小杨语气很不客气，起床气不小。

他揉着眼睛打开门，看到门外的方亚楠，立刻清醒了："亚楠，怎么了？"

"江岩不舒服，可能要去医院。"方亚楠问道，"最近的医院在大松村吧？"

"啊？"小杨扒开她，往江岩的房间跑去，看到坐在门口的江岩时，倒吸了一口凉气,"这是怎么回事?"

"别问了,先找人把他送去医院。你去叫一下司机师傅。"

"哦,好……"小杨往外跑了两步,忽然转身,紧皱着眉头,"完了,师傅喝酒了。"

"什么?"方亚楠咆哮,"这是工作期间吧,师傅怎么能喝酒?!"

"我劝阻了的,但是接待方拼命劝酒……"大秘书难得在她面前心虚。

"你也喝了?"方亚楠冷冷地问。

"我……我替领导喝的。"

他们总不能让大领导开车送江岩吧?人家都是当爷爷的人了!

方亚楠左思右想了片刻,问:"韩沁光呢?他喝酒了没?"

"不知道,我们不是一桌……"小杨说着,思索了一下,为难地说道,"但是接待方敬了一圈酒。"

方亚楠气得骂了句脏话,指着地上半死不活的江岩问:"所以他也喝了?你们喝的什么,鹤顶红吗?"

"是这儿的特色酒,"小杨辩解,"我们喝了都没事呀。"

"哎,"方亚楠握了握拳,突然想到什么,咬牙问,"韩沁光住哪个房间?"

"他可能也喝酒了。"

"他一般会在活动结束前完成稿件,所以现在应该在赶稿,可能没有喝酒。"

"这样啊,"小杨立刻转身,"我去找他,你看着江岩。"

说罢,小杨一路小跑,敲开了走廊尽头的房门。方亚楠双手扶着江岩的手臂,一会儿就感觉到了手心变得湿润,不知道是他的汗还是自己的汗。

她眼巴巴地看着小杨,欣喜地看到小杨和韩沁光在门口说了两句话后就跑开了,而韩沁光穿上外套跑了过来。

救星来了!

韩沁光跑到她面前,看了一眼江岩,立刻皱起眉头:"走,我陪你们去医院。"

方亚楠:"你没喝酒?"

"喝了。"

方亚楠气不打一处来:"那你来干吗?"

"我陪你啊,你不是会开车吗?"韩沁光拉上外套拉链,"小杨还要领队,肯定不能跟着去。"

方亚楠无话可说。这时候他们再去挨个儿打听谁能开车，显然是在浪费时间。她脑海中冒出早上看到的盘山公路的样子，紧张和兴奋情绪融合在一起。她硬着头皮说道："我开。"

手腕忽然一凉，江岩把手搭在上面，不知道是什么意思，片刻后又缓缓放下了。

很快，小杨跑了回来，递给她一把车钥匙："抓紧时间吧，知道是哪辆车吧？"

"知道，就在大巴旁边！"方亚楠起身，"我先去发动车子，你们把他抬过来。"

小杨和韩沁光一边一个地扶起江岩："要不要再叫个人陪着？"

"别了，我担不起。"方亚楠留下这句话，进江岩的房间拿起他的"百宝袋"和外套，又胡乱拿了几样看似有用的东西，冲向了停车场。

方亚楠不是第一次驾驶陌生的车。

自驾游多了，她也有了一些经验，快速熟悉了一下车况后，把车发动了起来。忽然，有人在车外拍打着车窗——是这辆车的司机师傅。他头发凌乱，脸上满是焦急之色。

方亚楠心里"咯噔"了一下，按下开窗的按钮："怎么了？"

"回程总共有十四道拐弯，每三次会有一个急弯。开到一半路程的时候慢一点儿，那附近有一条往下的路，是村民自己修的路，那条路不能走，是通向别人家里的！"

意识到司机在叮嘱自己，方亚楠连连点头，把他刚刚说的话默念了一遍，又问："还有吗？"

"朝着月亮的方向走。"司机绞尽脑汁地交代着，"导航信号不好的时候，跟着月亮走。路上多打大灯，有几个路段出过车祸，栏杆上被撞出来的豁口还没修好，你开车的时候千万别急，啊，千万别急！"

方亚楠欲哭无泪。她在来的路上根本没注意过这些情况。

她别无他法，只好点头："好。"

"还有，"司机师傅见小杨、韩沁光已经把江岩搬上车，加快了语速，"这个时间路面会起霜，你要小心车轮打滑，停车的时候一定记得拉手刹！"

"行！还有吗？"

"哎，"司机师傅仿佛有千言万语要交代，却不知道该从何说起，最后只说道，"对不住啊，都怪我喝了酒，你千万小心！"

"好，没事的。"方亚楠听到关门声，一转头，发现江岩竟然坐在她旁边,被吓了一跳:"什么情况?怎么让他坐这儿?"

韩沁光从后面探身帮江岩系上安全带,然后手动拉平了江岩的座位,让江岩躺下:"后排座椅躺着不舒服,这样他反而舒服点儿,也方便我照顾……快开车!"

"哦。"方亚楠闻言踩下油门,车"呜"的一声冲进了夜色里。

银月如盘。

方亚楠白天的时候虽然想象过亲自开车走一走这样的山路的场景,却没想到梦想这么快就实现了。此刻,她一点儿也没有梦想成真的快感,反而满心痛苦。

这山路上,是没有路灯的。

更可怕的是,虽然有月亮,可是在曲折的山路中,月光大多数时间被群山遮住,四周一片漆黑。

她要是有夜盲症,明年的今天就是江岩的忌日了。

方亚楠不断默念着司机师傅叮嘱的话,一次又一次小心翼翼地转弯,又一次次小心翼翼地踩下油门。每一次加速和减速都让她手心冒汗,她觉得自己整个人都绷紧了,四肢和五脏六腑都在颤抖,好几次差点儿感受不到自己踩油门的脚。

一只冰凉的手忽然搭上了她的肩膀,江岩虚弱的声音传来——

"别紧张……我没事……"

"哦。"方亚楠无意识地应道。

"你好……厉害啊,亚楠。"江岩语气里竟然带着笑意,"铁……山岗……车神……哈哈。"

"还能笑就行。"韩沁光很是欣慰。

"我觉得我像是在运一块豆腐!"方亚楠笑得跟哭似的。

她紧紧地盯着前方,感觉自己像是进入了入定状态。一旁的江岩和韩沁光的声音忽远忽近,她猛地眨了眨眼,心里慌了。

糟了,她困了!

这才走了不到一半的路程!

她差点儿忘了自己为什么会错过晚餐回房间睡觉了!明明她才是所有人中最累的,如今竟然要在凌晨三点钟把着方向盘,在盘山路上狂奔一个小时!

完了完了,她托大了。

方亚楠不敢说什么,说了也没用,徒增车里其他人的惶恐情绪。

自己是开车送江岩去医院的唯一人选。

"韩沁光！"她猛地大叫。

"在！"

"水！"

"给！"韩沁光把一瓶矿泉水凑到她的嘴边。

方亚楠一把夺过水，眼睛盯着前方的道路，"咕咚咕咚"地喝了好大一口水，又把水递了回去。

冰凉的水刺激了她的神经，她勉强打起精神。中途，她又喝了一次水。可随着凉水带来的刺激效果越来越小，她开始拼命眨眼，甚至不得不开始偷偷地掐自己的大腿。但在这沉寂的路上开车，人一旦有了困意，困意就会越来越汹涌。

"奶奶！"

一个少年的声音蓦地冲入脑海。

方亚楠悚然一惊，霎时脑中轰鸣，全身冰凉！

我又变成老方了？不，不对，我还没把江岩送到医院里。难道我开着车睡着了？不可能……不，不是不可能，是不可以！醒来！醒来！醒来！

她猛地睁开眼，像是从水底钻出来一样，一切都忽然清晰起来。她眼前还是那条漆黑的山路，她的双手握着方向盘，耳边是韩沁光的叫声："亚楠，醒醒！"

"我……我在！"方亚楠庆幸的同时也十分羞愧，"对不起，对不起，我……喀！"

她把自己吓得嗓子都沙哑了。

她竟然真的在开车的途中睡了过去。

"你行不行？不行不要强撑，停车，我来！"

"我可以的，我可以的，我现在完全清醒了！我自己也快被自己吓死了！"方亚楠伸手拍了拍一旁的江岩，几乎要哭出来了："对不起，对不起，我很好，你放心，我一定把你安全送到医院！"

"嗯，"江岩低低地应了一声，又说道，"对不起……怪我。"

"怎么能怪你呢？你又不是故意要生病的。"

"亚楠，"江岩深深地吸了一口气，显然依然很痛苦，"你……还……咝……没吃晚饭吧？"

方亚楠的视线忽然模糊了一下，她眨了眨眼，视线重新变得清晰。她强笑着说道："是啊，饿死了。"

"包里……有……"江岩忽然皱紧眉头，身体蜷缩了起来。

"我知道，我知道。韩沁光，你脚边的袋子里有吃的东西，随便拿一样塞给我。"

韩沁光还一副劫后余生的样子，闻言立刻动作起来，利落得一点儿都不像喝过酒。他一边翻找东西一边问："牛肉、巧克力蛋糕、芝士饼干、山楂条……你吃哪个？"

"巧克力！"

韩沁光二话不说，抬手往方亚楠的嘴里塞了一块巧克力。方亚楠一边嚼一边说道："还有，他包里有瓶清凉喷雾，你给我喷点儿。"

"那个……有用？"江岩插话，"你不是说……"

"不是说它没用，是那会儿还没到用它的时候！"方亚楠说话的同时，韩沁光已经打开崭新的喷雾，对着方亚楠的脖子喷了一通。沁凉感顺着脖子一路蹿到脑子里，方亚楠爽得发出一声叹息声，精神大振："过会儿再给我喷一次。"

"你有需要，随时跟我说。"韩沁光又塞了一块巧克力蛋糕到她的嘴里，问道，"还要什么？"

"白虎膏吧，抹太阳穴……别碰到我的眼睛啊！"

"废话，你跟谁说话呢？"韩沁光怒喝，"没大没小的。"

"嘿嘿！"

方亚楠困意全消，心有余悸的感觉却萦绕不散。她瞥了一眼江岩满脸汗水、强忍着不呻吟出声的样子，咬牙继续全神贯注地开车。

"我……"江岩忽然开口，声音更沙哑了，"我能不能……"

"能，说！"韩沁光二话不说地凑上去问，"要什么？"

"录像……说个遗嘱？"

韩沁光猛地往回一缩，动作大到吓得方亚楠差点儿踩刹车。

"你在说什么？你不就是肚子疼吗？"韩沁光怒喝。

方亚楠也想骂人，但突然想起自己好像是二十年后"死鬼"江岩的遗嘱的最大获益人，顿时感到一阵心虚，错过了骂他的最佳时机。

"我……我很……冷静，就是觉得，该……"

"你是觉得我会把你带进沟里呗？"方亚楠冷冷地问。

"不是……我得……考虑……公司……员工……"江岩皱着眉头，等到阵痛过去，才继续说道，"股权……"

不愧是老板，都这样了，他还要考虑这些事。

她终于知道李小琪醉酒时说的那句"我怕我以后碰不到你这么好的老板了"是什么意思了。

她的上司于文死前肯定只会想着怎么毙掉她的选题。

"放心，你今天不会死的。"方亚楠忽然又轻松了。江岩提起遗嘱，这让她想起了自己可是江岩的"前妻"。

现在远不到他死的时候。

"我们要……客观……看待……这件事……"江岩竟然还想说服她。

"那等回去，你好好地做一次深度体检吧。"方亚楠冷不丁地说道。

"体……检？"

"嗯，"方亚楠简直要被自己的机智反应折服了，乐呵呵地说道，"如果我能把你平安地送到医院，你答应我，回 H 市以后做一次深度体检，怎么样？"

江岩一副不知道该说什么的表情。

"当然，我没送到的话，就没这回事了。"她说着，还耸了耸肩。

"方亚楠，开你的车，别说话了！"韩沁光怒吼。

等到山间的天色隐隐泛白的时候，方亚楠终于把车停在了大松村医院门口。小杨应该早就知会过医院这边的人了，很快，医护人员拥了出来，用担架床将江岩一路送进了急救室。

韩沁光跟了过去，方亚楠却僵硬地坐在驾驶座上，动弹不得。

此时她才真切地感受到全身酸痛。

她把座椅放平，躺在上面长长地呼出一口气，又转头看向医院，第一眼看到的却是同样被放平的、空荡荡的副驾驶座。

车枕的位置一片潮湿。

恍惚间，她仿佛看到江岩和自己面对面地躺着，缓缓展开笑容。

老方婚后，每天就是以这个角度看江岩醒来的吧？她这样看了他多少年？

方亚楠想想觉得也不赖。

如果老江不是死得那么早的话。

方亚楠被自己的想法逗笑，然后又轻叹了一声。

如果这一次自己选择了另一条路，未来的某一天，她会不会有一点儿羡慕老方呢？

恐怕连老方都不知道答案吧？

方亚楠随手把江岩落在车里的大衣扯过来盖在身上，闭眼睡了过去。

第九章

致老年：我的爷爷陆晓

方亚楠醒来后，很久都没想起来自己"上上周"都干了什么事。

没错，她又成为老方了，现在正躺在床上抠鼻孔。

这可太刺激了，她"昨天"又攀岩又飙车的，结果一觉醒来，身体跟被车碾过似的，沉重不堪。

心理落差太大，她一时间真的很难接受。

大概是她赖床的时间实在是太久了，姜多多在门外敲了敲门："妈，醒了吗？"

"嗯！"终究还是要起床的，方亚楠无奈地应了一声，"醒……咯咯，醒了。"

"哦，我有事要出去一趟，早饭给你放在保温箱里了，你自己在家行吗？"

"行。"

姜多多到底还是打开门，认真地确认了一下方亚楠的状态，然后点了点头，转身出门："那我走啦。"

"去吧，去吧。"方亚楠挥了挥手，又躺了一会儿才艰难地起床，慢慢地挪出卧室。

未来的房子是真的好，室内不仅恒温，而且既没有空调运作的噪声，也不干燥。她吃完早饭，就趿拉着拖鞋在房中走来走去，路过主卧时，忍不住往里面看了一眼。

这会不会是她和江岩的婚房哪？那个床……

她不能再往下想了！

· 335 ·

方亚楠连忙走开，气喘吁吁地坐在沙发上，打开了电视。

新闻频道依然在播放着与登月行动相关的新闻——

"据说，此次科研活动将为科学家的暗物质研究提供有力支持，虽然我们目前尚不知道暗物质……"

方亚楠果断地换了台，接连按下几次换台键后，画面上突然出现了一个熟悉的身影——陆刃。

他正在接受一个专访！

画面中的陆刃西装革履，比当年的江岩还衣冠楚楚。他坐在一张高脚转椅上，偶尔调皮地转两下椅子，一双遗传自陆晓的大长腿非常抢眼，整个人看上去魅力值爆棚。

他比他爷爷帅多了。

陆晓毕竟只是程序员，虽然穿搭还算有品位，但身上总带着一股上班族的气息。尤其是，不论寒暑，他总是穿一双拖鞋！方亚楠情人眼里出西施，觉得他随性、不做作，可仔细一想，他这分明是不把她当异性哪！

方亚楠在看陆刃的专访时，被他爷爷气笑了。

电视里的陆刃正皱着眉，不耐烦地回答着问题："很忙，暂时没考虑过恋爱问题。"

"那你是否曾经对某个女生心动过呢？"

"我心里只有游戏。"

方亚楠"扑哧"一声笑了出来。这小子讲话这么犀利吗？他跟他爷爷完全是两种性格的人哪！

美女主持人显然有点儿尴尬，强颜欢笑地继续问："那如果现场有美女向你告白，并且是一路陪伴你、鼓励你走到今天的游戏迷，你会考虑接受她吗？"

陆刃瞪了观众席一眼，冷冷地说道："一路陪伴我、鼓励我走到今天的是我爷爷，你们看到我的时候，我已经过了需要陪伴和鼓励的时期了。"

他提到陆晓了！

方亚楠干脆放下遥控器，身体缓缓前倾，聚精会神地看起来。

"我也听说过，你最初接触电子竞技的时候，遇到了来自家中的不小阻力，是你爷爷帮助你克服了这些难题吗？"主持人聪明地避开了明显聊不下去的恋爱话题。

"确切地说，我爷爷是家人反对我走上这条路的重要原因之一。"陆刃挠了挠头，有些烦恼地答道。

"哦，为什么呢？"主持人也来了兴致。

"我爷爷是做游戏的，其实比我更热爱游戏。"陆刃说得有些慢，似乎是第一次说这些事情，"但是也正因为如此，他……嗯……错过了很多和家人相处的时光。"

"你的意思是你的爷爷为了工作，忽视了家庭吗？"

"不是忽视，"陆刃斩钉截铁地反驳，"他不工作，哪里来的我们？"

"对，对，对，抱歉，是我口误，那么你的家人反对你接触电子竞技，就是因为担心你和你爷爷一样，为了游戏错过和家人相处的时光吗？"

"对。"陆刃点了点头。看表情，他好像有点儿后悔说了这么多，突然言简意赅起来。

"那么，最后是你的爷爷站出来支持你，你才能走上电子竞技的道路吗？"

"对，"陆刃迟疑了一下，再次开口，"但他也告诉过我，他之所以支持我，是不希望我因为这个机会来之不易而过分看重它，以致忽略了其他也很……或者说，更加重要的东西。"

主持人歪着头，头顶仿佛有了具象的问号，但专业素养还是让她很快反应过来："我明白了，你的意思是说，你爷爷希望你不要像他一样，因为游戏而忽视家人？"

陆刃缓慢地点了点头："大概是这个意思。"

"看来即使是在电竞行业如此兴盛的今天，选手们依然要面对各种各样的压力和苦恼呢。那么，陆刃，我们H市今年有幸成为WCOL的主办地，作为东道主的你接下来有什么目标呢？你可以和我们说说吗？"

这不是明摆着想让他说什么"我们要做冠军"之类的豪言壮语嘛。方亚楠觉得陆刃说出这样的话，会有些搞笑，已经提前翘起了嘴角。

陆刃却转向镜头，一脸正色地说："我只希望我的爷爷能快点儿好起来，继续陪我打游戏。爷爷，你听到了吗？"

方亚楠的嘴角垮了下来。

她的眼前忽然闪过杭佳春苍老憔悴的脸，她心脏骤然一缩，差点儿喘不过气来。

此时，陆刃的专访已经结束了，他大步离开了舞台，神色有些紧绷。

方亚楠下意识地拿起手机，却又不知道该做什么。

这时候，陆刃会拿着陆晓的手机吗？应该不会吧？那她现在打电话过去，如果是他的其他家人接的电话，她该说什么？

或者，她晚一点儿再打这通电话？等陆刃拿到陆晓的手机的时候？可她

337

也不知道陆刃什么时候会去看望陆晓啊！

她不管了，打！

方亚楠心一横，把电话拨了过去，然后提心吊胆地听着话筒里传来的"嘟嘟"声。

时间过去许久，没人接听电话。

不会吧？

她更不安了，本来打算休息一会儿就去玩头盔的心思都没了，满脑子都是陆晓的身体状况。

要不，她问问老冯？

但是她和"网瘾夫妇"的聊天框也是一片空白。看来她和陆晓不联系后，连带着和"网瘾夫妇"的联系也断了。她怎么都想象不出自己现在贸然联系他们的话，他们会是什么反应。

就在她对着老冯的聊天框给自己暗暗鼓劲的时候，手机忽然振动起来——陆晓回电了！

方亚楠手一抖，差点儿把手机扔出去。但她很快镇定下来，按下接通键，迫不及待地说："喂，陆……"

"方奶奶，这么早给我打电话，有事吗？"

唉，电话那边的人是陆刃。方亚楠也说不上来自己是失望还是庆幸："哦，我……那个，看到了你的访谈节目……哎，你怎么这么快就回医院了？节目才刚结束！"

"那是录播的。"

"哦！"方亚楠觉得自己简直有点儿傻，"那你这么早就在你爷爷那儿……是不是……"

"爷爷醒了，挺好的，谢谢关心。"

"啊，那就好，那就好。"

"你要跟他说话吗？"

方亚楠愣了愣："啊？"

陆刃当然完全感觉不到她的思绪万千："你不是找我爷爷？我正好要去给他送东西。"

"啊……这个……也行。"

"好。"

"哎，等等，等等，会不会很尴尬？"

"尴尬什么？"陆刃声音忽然变得严肃起来，"难道你和我爷爷……"

"没有，我们俩之间什么都没有！"

陆刃的沉默表达着不信任之意，可他最后还是叹了一口气："我觉得没什么可尴尬的。"

"啊，是吗？喀——"方亚楠是真的很想问"你奶奶会不会介意？"，但总觉得这么一问，反而显得自己心怀不轨。

"所以你决定好了没？"

"什么？"

"要不要跟我爷爷说话？"

"我……我再想想……"方亚楠也不知道自己为什么这么紧张，脑袋混乱极了，脑子里的画面一会儿是江岩，一会儿是陆晓，一会儿是江岩的遗照，一会儿又是躺在病床上的疑似陆晓的身影。

"方奶奶……"陆刃叹了一口气，"我接下来的话，你听了别生气。"

"啊？"

"你跟我爷爷差不多岁数吧？都这把年纪了，你还磨磨叽叽的，是不是太奢侈了？"

奢侈！

方亚楠醍醐灌顶。

对啊，她从来没想过老方还剩下多少时间，这时候还犹豫不决，不是奢侈是什么？

"你说得太好了，"方亚楠笑容苦得发涩，"麻烦你把手机给你爷爷吧，我和他聊聊。"

"这才对嘛。"陆刃语气仿佛在哄小女孩，竟然还带着点儿笑意。紧接着，方亚楠听到他的脚步声穿过嘈杂的人群，进入了一个安静的环境里。

"爷爷，"他叫了一声，"你的电话。"

"谁的？"

当这个温和、沙哑，却带着陆晓独特音色的声音响起时，熟悉的安心感突然汹涌而来，方亚楠忽然感到双眼一阵酸痛。她捂住嘴，任由泪水滑入指缝，濡湿手心。

她永远都忘不了，无数个深夜，这个声音顺着网线让她感到快乐和慰藉。就算他偶尔累到声音沙哑，也会在听到她的慰问话语后，斩钉截铁地表示自己不累，可以继续陪她玩。

她怎么能不喜欢陆晓呢？

老方，你怎么舍得放弃呢？

陆晓接过孙子递来的手机，大概是看到了手机屏幕上的来电显示，顿了一下才说话："喵总？"

方亚楠觉得自己的嗓子在发颤，就像她真的跟陆晓隔了四十年才说话。她暗暗清了清嗓子，让语气欢快起来："老陆，你也有今天，哈哈哈！"

陆晓声音立刻带上了笑意："哪里能跟喵总比呀？祸害遗千年。"

"谁是祸害啊？你说清楚！"

"打游戏的水平不行，瘾却很大，你不是祸害是什么？"

"你当年不说，现在抨击我？"

"我当年也说了呀，说了好多遍，但你不还是逼着我们陪你玩？"

"你是不是人呀？嫌我水平不行，你可以不来呀！"

"不来，你骂骂咧咧；来了，你还要骂骂咧咧。你是不是人哪？"

"我什么时候骂骂咧咧了？"

"你在游戏里'死'了，我们都不能说话；我们'死'了，你就说我们是蠢货。"

"啊？我说过这种话吗？"

"看，就是这样，你不仅骂骂咧咧，还装傻充愣。"

方亚楠蒙了："我这么过分吗？"

"你居然信了。"陆晓笑到咳嗽起来，突然问，"怎么突然打电话来？"

"哦……"方亚楠早想好说辞了，"我买了个游戏头盔，想找人嘚瑟一下。"

陆晓沉默了。

方亚楠不知道他为什么沉默，但自己蛮感动的。

她跟陆晓一起疯狂打游戏的时候，正值市场上各种游戏设备频出，他们根本玩不过来。但只要市面上又出现新的游戏设备，他们还是会一起心痒，而且最后一定会有人抵御不住诱惑，然后再把其他人纷纷拖下水。

那时候，凡是有人买了新设备，第一件事就是跟群里的人显摆。大家嘴上说看情况再决定要不要入手，实际上都会受不了诱惑，打开购物网站。

陆晓肯定懂她的意思——来不来玩呀？

她相信陆晓一定会对游戏头盔这种梦想中的游戏设备垂涎三尺。

"你怎么才买呀？"没想到，陆晓缓缓开口，"我对你太失望了。我以为你早就入手了，甚至应该早就放弃了。"

"哎，你说什么？你说我放弃？"方亚楠理直气壮地说，"我都没入门过，何来放弃一说？"

"哈哈，也对，毕竟你水平不行。"陆晓说完这句话，忽然把话筒拿远，跟旁边的人聊了两句什么。然后，他重新接上和方亚楠的话题："那你现在在玩什么，VCS？"

"对呀，对呀！"其实她根本没敢进这款游戏，怕脑出血！

方亚楠心虚，气势却很足："你肯定也在玩这款游戏吧？"

"玩了几把。"陆晓嘟囔，"喀，喵总，我先挂了啊，我要去做个检查。"

"你现在身体怎么样啊？"方亚楠赶紧追问。

"手术做得还行，如果检查结果不错的话，我过两天就可以出院了，到时候再约你。"

"成，你挂吧。"方亚楠顺嘴说道。

陆晓顿了顿，忽然说道："不，你先挂吧。"

方亚楠愣了愣，挂断了电话，看着还停留在通话页面上的"陆晓"两个字发了会儿呆。

以前她和陆晓熬夜打《怪物猎人》时，都会用微信语音保持沟通。陆晓的工作比她繁重，下班时间也比她晚，所以经常是陆晓已经撑不住了，方亚楠还神采奕奕的。每每陆晓要去睡觉了，她都会让陆晓挂掉语音通话。

她也不知道自己是懒得去按结束通话的按键，还是打心底不愿意断掉和对方的通话。

她只记得，每次陆晓率先切断通话，她都会忍不住惆怅一会儿。

毕竟那是她和陆晓单独相处的机会，甚至偶尔给她一种每晚都在和陆晓约会的错觉——即便两个人的对话永远只有武器技能和杀龙。

她很期待陆晓会多想，然而直到现在，也不知道那时候的陆晓到底有没有多想。

可是，陆晓今天让她先挂电话。

她可以多想吗？可现在她多想还有什么意义呢？

方亚楠叹了一口气，正要收起手机，忽然看到有条新的好友申请。对方微信名很简单，叫路人，好友申请中的备注则是："我是陆刃。"

方亚楠："……"

她都想替她的乖孙子方鹗尖叫了。

孙子，你奶奶有你的偶像的微信了！

还是他主动加我的哟！

虽然你奶奶我已经七十五岁了。

方亚楠通过了陆刃的好友申请，还没来得及打招呼，陆刃先发来了消息:"方奶奶,等爷爷出院,我接你去我们基地玩游戏吧。"

孙子,你的偶像还要带你亲爱的奶奶去基地打游戏!

方亚楠咧嘴咧得腮帮子都疼了,感觉自己从来没笑得这么傻气过。她此时完全忘了自己应该维持住一个长辈的形象,当场就回了一句:"哇,我这是在游戏里又有新靠山了吗?"

陆刃:"反正肯定不能让你们输。"

他发完这句话,又发来一个小猫举拳咆哮的表情包。

方亚楠在空无一人的房间里"哈哈"大笑。

她也想回一个精彩的表情包,然而对四十几年后的微信还比较陌生,一时竟找不到自定义表情包在哪儿。

最后她只好回了一个系统自带的表情包,然后默默地捶沙发。

方亚楠现在心满意足,接下来的一整个下午都投身头盔训练中,玩了一会儿就觉得头昏脑涨。不过她清楚这种不适感是可以通过练习慢慢消减的,所以也不着急,玩一会儿休息一会儿。等到她终于能一次性地打完一个关卡的时候,已经有人回家了。

"奶奶!"方鹗每次回来都动静很大,把鞋子一踢、包往地上一放,就一边脱外套一边乱叫。跟在他后面的姜多多气得脸色发绿:"你敢扔地上试试?捡起来!"

方近贤跟在最后面,默默脱鞋,然后乖乖地把鞋放进鞋柜。

方鹗委委屈屈地重新放好鞋子和书包,然后跑进书房:"哈哈,我就知道奶奶在偷偷玩头盔!"

"这是你爹孝敬我的礼物,我用得着偷偷玩吗?"方亚楠此时意气风发,笑骂孙子的时候中气十足。

"老妈还说你不舒服呢,你是不是半夜偷偷玩头盔了?"

"是你想半夜偷偷玩吧?我想玩随时能玩。"方亚楠伸手弄乱他的头发,望向姜多多:"话说,你们怎么一起回来了?"

"我刚好到近贤的单位附近办事,办完就等他一起回来了。"姜多多手里提着几个盒子,"我们打包了一点儿饭店的菜回来,晚上就吃这个吧。"

"成。"方亚楠在吃的方面一点儿也不挑剔。

方鹗躲开她的手,恋恋不舍地看了一眼头盔,转身跑出去找厂花:"厂花,你哥我回来啦!"

厂花迷茫地"喵"了一声,被方鹗一把抱起来转圈圈,白色的猫毛漫天飞舞。

"它是你叔,"方亚楠叉腰,"占谁的便宜呢?"

"啊？"方近贤脱大衣脱到一半，僵住了，哭笑不得，"我什么时候多了这么个兄弟？"

"我不管，只要是猫，就是我的儿女！"方亚楠自己都觉得自己现在长辈风范全无。

奈何全家人都觉得"返老还童"是阿尔茨海默病的症状之一，非常理解她的表现，甚至疼惜她。方近贤没办法，转头吼方鹗："放下你小叔！到处都是毛，去把毛粘干净！"

方鹗平白多了个长辈，看着厂花的眼神很复杂。半晌，他低头看了看自己黑色卫衣上一片雪白的猫毛，终于不情不愿地放下了厂花。

厂花的血统决定了它永远处变不惊。它落地后，优雅地伸了个懒腰，踱到方近贤腿边嗅了嗅，然后转身往厨房去了。

很快，厨房里传来姜多多的尖叫声——

"别进来，出去！哎呀，毛都飞进菜里了！你们快把它弄出去！"

被呵斥的厂花一脸不解，迷茫地逃出厨房，很是委屈地回头冲着姜多多"喵喵"叫。

方亚楠有些尴尬："那个，最近都是多多在照顾厂花。猫嘛，有奶就是娘。"

照顾厂花这件事差不多可以说是姜多多的飞来横祸，但为了方亚楠，她就算不情愿，也只能接下这个任务，谁叫全家只有她有精力和时间呢？

方亚楠觉得挺不好意思的。可以她现在的身体，她想要重新揽过照顾猫的任务，还真有点儿困难。感谢的话当然早就说了一箩筐，姜多多自然也是连声表示没关系，两个人处得客客气气的。

虽然还是觉得有点儿抱歉，可除了快点儿养好身体、尽量少给儿媳妇添麻烦，方亚楠一时间还真找不到其他回报姜多多的办法。

"爸，我晚上做完作业，能玩一会儿游戏吗？"方鹗又冒出来挑战他爸的底线。

他就知道打游戏！陆刃的事，她绝对不能给这臭小子说，否则他肯定更加无心学习了。方亚楠在一旁握紧了拳头。

方近贤喝水的动作停了停，然后他冷漠地说道："这事归你奶奶管。"

"啊？"方亚楠有些尴尬。夫妻俩明明都不希望方鹗玩游戏，却让她做决定。她同意的话，对不起儿子、儿媳妇；不同意的话，又有点儿浪费头盔。

她怎么这么难？

方亚楠顶着方鹗哀求的目光，板起脸来："光做完作业怎么行？你先去做作业，我看看你还有没有其他练习册可以做，做到我满意，再让你玩。"

"啊——"方鹗发出一阵长长的哀叹声。

方亚楠问方近贤："这样可以吧？"

她的语气小心翼翼的。

方近贤的表情果然松快了，他露出微笑："这样可以，那小鹗就归你管了，妈。"

方亚楠："……"

好家伙，她这是提前体验带孙子来了？而且她不仅要管他学习，还要管他打游戏？

她的性价比是不是也太高了？！

以老方的经历来看，她在带孩子这件事上应该是轻车熟路的。

然而小方不行——小方连家里的小猫都不是她亲自养大的。

方亚楠越来越不明白她到底为什么会来到四十多年后了。任何一个单身姑娘有过"带孙子"的经历，绝对会连婚都不想结了！

这小子都高中了，怎么可以这么不懂事？

为了一份练习卷和方亚楠大吵一架后，方鹗怒气冲冲地跑出了房间，在客厅里摔杯子、踢凳子。方亚楠坐在桌边，双手搭在膝盖上，脸色铁青，已经在脑海里把这个孙子乱拳打死一百次了。

外面传来方近贤的怒喝声，他道："大晚上的，干吗呢？好好做作业有那么难？快去给奶奶道歉！"

"不！"方鹗大吼，"我作业都做完了，卷子也写了，凭什么还要我继续写？有完没完了？"

"你上学就学了一门课吗？"方亚楠在房间里大吼。

她身子不灵便，嗓子却很好，此时中气十足，吼完一句喘了两口气，继续吼："而且做完可以了吗？你数学学得稀烂，还有脸跟我提玩游戏？"

"我不玩了！"方鹗吼回来，委屈极了，"谁稀罕？"

"不玩就回来继续写卷子！"方亚楠一点儿也没心软。

"我都说不玩了，为什么还要写卷子？"

"这才几点？你又不玩游戏，还能干吗？写卷子！"

"我睡觉不行吗？"

"我都没睡，你睡个屁！"

"爸，奶奶说脏话！"方鹗告状。

方近贤无奈："奶奶早就说脏话了。"

方亚楠毫不在意:"方鹗,你给我过来!"

方鹗:"我不干了!我要洗澡!"

"你真不玩游戏了?"

"不玩!"方鹗咬牙切齿地回道。

方亚楠在房间里冷笑了一声,声音陡然变得沧桑起来:"那谁来带我啊?唉。"

"你自……"方鹗脱口而出,然后立刻住嘴。

过了一会儿,方亚楠只听一阵"噔噔噔"的脚步声传来,他端着水杯,像只小野猪一样埋头冲了进来,一屁股坐在书桌前,绷着脸说:"还要写什么?快说,还要写什么?"

呵呵,跟我斗?

方亚楠忍着笑,也绷着脸,把一张卷子推了过去:"别小看这两张公式卷,你把它们写了,我看看你基础怎么样。放心,默写公式而已,很快就能做完。"

"奶奶,你怎么跟老师似的?"

"奶奶就是老师呀。"方亚楠无辜地眨了眨眼。

方鹗脸上写满了不信的表情。

方亚楠扬声说道:"近贤,你没跟小鹗说我有教师资格证吗?"

方近贤拿着半颗苹果,晃晃悠悠地走到房间门口,啃了一口苹果,说道:"我没说过吗?哦,好像是没说过。小鹗,你奶奶以前做过教材,有教师资格证的,听她的没错。"

"啊啊啊!"方鹗被他们搞疯了,埋头写起卷子来。

方亚楠和方近贤心照不宣地对视了一眼。

没错,她确实有教师资格证。不过她不仅从来没有教过一堂课,而且拿的是语文科目的教师资格证。

反正方鹗这小笨蛋一听说她有教师资格证,已经闻风丧胆了,不会多问。

唉,成年人就是这么险恶。他们为了锻炼他,是多么苦心孤诣啊。

就这样,在方亚楠的威慑下,方鹗硬是做公式卷做到了晚上十一点钟。实在太晚了,他只好哭着睡觉去了。

方亚楠也想哭。她是真的想玩游戏。早知道孙子这么蠢,她就自己玩,让他自生自灭去了。

第二天,方亚楠照旧留在家里。有了上次给陆晓打电话的良好开头,她再次主动出击,成功联系上了几个老朋友。很不幸的是,有几个同事已经去世了。不过阿肖居然移居海外了,据说在澳大利亚买了一栋海边别墅,过上了每天打鱼、晒网、玩沙子的老年生活了。当然,这只是其中一种说法,也有人说阿肖偶尔会出现在群里,抱怨澳大利亚的生活无聊,表达对家乡的思念,看起来很想回来,但被可爱的孙子牵绊得死死的。

下午的时候,女儿江谣打电话来慰问,还重点问了厂花的情况。方亚楠摸着厂花的头,逼它叫了几声给江谣听,江谣无语地挂了电话。晚上,外孙女韩添仪也冒出来了,直接给方亚楠打了一通视频通话。

"外婆,"视频那头人声鼎沸的,韩添仪笑得极其开心,"我爱你!"

"啊?"方亚楠不知道说什么好。这外孙女之前还跟她怄气呢,虽然已经勉强解开了心结,但也不至于一个星期不联系,就变得和她这么亲昵了吧?老方是那么容易被讨好的人吗?

"小二在不在你旁边?"韩添仪第二句话就直奔宿敌。

方亚楠看了一眼方鹗的房间。这小子今天似乎打定主意要玩游戏,饭前饭后都在屋里做题。

"在啊,怎么了?"

"快,快,快,我要给他看个东西!"

方亚楠缓缓起身,一边往方鹗的房间走,一边问:"你要给他看什么啊,为什么不直接打电话给他?"

"喊,我就是要打电话给你。"一阵音乐声响起,韩添仪跟着音乐扭动起来。周围响起一片欢呼声,人群跟着跳动起来。韩添仪回头看了一眼,激动地大喊:"啊,开始了,开始了!"

方亚楠拿着手机进了方鹗的房间,一头雾水地说:"小鹗,你姐找你。"

方鹗头也不抬,咬牙切齿地说:"不,她肯定是要跟我显摆什么东西,我不看!"

"方鹗,"韩添仪在视频那头大叫,声音很是响亮,"我在抖抖'辉光之夜'的现场哟!"

"啪——"方鹗手里的自动铅笔被生生折断,他猛地抬头:"什么?'辉光之夜'?"

"那是什么?"方亚楠从视频里看过去,感觉韩添仪像是在夜店里。

"是抖抖举办的大型聚会,半年内发布的视频点击量比较高的创作者都会获得邀请,来这里可以认识好多名人!"方鹗没回答,韩添仪开心地主动解释,"奶奶,你的视频那么火,抖抖的工作人员就给我发私信,邀请我们出席。我觉得你肯定不会来,就问对方我能不能去参加,他们同意了,哈哈哈!"

方鹗气得要死:"你不要脸,那个视频明明是奶奶和我的功劳!"

"所以我现在给你看现场直播呀。来，来，来，我带你去游戏区看看有没有你的偶像。"

"不，我不看！"方鹗怒吼。

"小鹗，大半夜的，喊什么呢？"姜多多从门后探出头。

方鹗咬着牙，非常委屈。

游戏区？方亚楠只能想到陆刃和DKL的其他队员，毕竟他们的视频常年霸占排行榜，他们应该是这种活动的常客吧？

"哎，DKL，DKL的人在！"韩添仪激动得跳了起来，"是吧？是他们吧？里面有你的偶像吗？"

方亚楠和方鹗同时凑到屏幕前盯着直播的画面看。韩添仪转动镜头，依次扫向DKL的几个年轻队员，然后方亚楠和方鹗不约而同地松了一口气："没有。"

"咦，奶奶，你也认得陆刃啊？"方鹗确定陆刃没去，顿时开心起来，打趣方亚楠。

"呵呵。"方亚楠笑而不语。

"怎么会没有呢？帅哥，请问那几个人是DKL战队的吗？"韩添仪随便拉住一个正在忘我地跳舞的男孩子问道。

得到肯定答复后，韩添仪有些郁闷："啊，你的偶像真的不在呀。"

她的语气颇为遗憾。

"哼，我的偶像才不会去参加这种乱七八糟的活动呢！"方鹗嘚瑟起来，"他晚上不是训练就是上课，哪里有空？"

"上课？"方亚楠挑眉，"陆刃上什么课？"

"大学的课啊，本科都考不上的人，好意思走职业电竞选手的路线？"

方亚楠嘴角抽搐："但是他现在正处于职业的黄金期吧？他就不怕耽误训练？"

"奶奶，你说什么呢？全世界的职业电竞选手都这样啊。"方鹗摆出一副理所当然的样子，"一辈子可长了，不学习怎么行？"

看来电竞行业果然已经经过整顿了。

方亚楠刚要心花怒放，就转而心往下沉——她想到了自己刚刚起步的选题，不知道那篇选题是会成为电竞行业整顿的基石，还是只是被淹没在历史中的一个过于超前的畅想。

不过她或许可以研究一下现在的职业电竞选手，说不定对她的选题也有帮助呢？

"唉，你的偶像不在，那就算了，"韩添仪还在扭，"我去找我喜欢的博主啦。"

"你早点儿回家！"方亚楠忍不住叮嘱，"你那边看起来好乱。"

"没事啦，我好歹也算游戏视频博主，这边的人都可爱护我了。哎呀，谢谢！"她刚说完，就不知道被谁递过来一杯气泡饮料。她直接把饮料接过来喝了一口，惊喜地喊道："好喝！"

"不要乱喝别人给的饮料！"方亚楠又叫。

"哎，奶奶，你好啰唆。我去玩啦，拜拜！"韩添仪说罢，利落地切断了视频通话。

"夜店"气氛瞬间消失，空留陷入满桌卷子的高中生和因为被说啰唆而陷入自我厌恶情绪中的七十五岁的"少女"。

"奶奶，"方鹗忽然看向她，泪眼婆娑地问，"我一会儿能玩会儿游戏吗？"

方亚楠一把抓住他的手，气势如虹地说："什么一会儿？现在就玩，走！"

方亚楠终于相信，天赋这种东西是遗传的。

她的外孙女对打游戏完全不感兴趣；而她那感兴趣的孙子打起游戏来，水平烂得她想清理门户。

难怪他当初打《怪物猎人》还要她帮忙过关。

他岂止是没天赋，还没脑子，不仅没脑子，还没胆子。

"奶奶，奶奶，我被包围了，我被包围了，救我！"又一次单枪匹马深入敌营被包围后，小孙子发出号哭声。

得亏他还要点儿脸，知道用头盔自带的密聊频道和她讲话，否则绝对会成为全队的笑柄。

然而他的亲奶奶对他没有丝毫怜惜之情，蹲在角落里，举着一把狙击枪，一边瞄准远处的敌人，一边冷漠地回道："'死'就'死'呗。"

"我不要死，你快来救我！啊——他们过来了，过来了！"方鹗一边惨叫一边用枪疯狂地扫射，"死"的时候竟然还带走了一个敌人。

"哟，不错啊。"方亚楠蹲在那儿瞄了半天，一个人都没杀；她的小孙子竟然一边惨叫一边取得战绩。打游戏果然还是要趁年轻。

"你怎么可以不救我？"方鹗在等待重生的过程中，在她耳边悲愤地指责她，"不是说上阵父子兵吗？"

"我是你爹吗？"方亚楠更冷漠了，"你好意思让奶奶千里迢迢地去救你？"

"这是游戏，哪里有你说的那么夸张？"

"我现在头好晕哪，"方亚楠语气可怜兮兮的，"你也不来保护我，就只管往前冲，'死'了还怪我，这是人干的事吗？"

"你可以跟着我一起冲啊！"

"你看哪个队友跟着你冲了？我干吗跟着你去送'死'？"

"奶奶，你胆子太小了！"

说我胆子小？你也配！

方亚楠气得正要开骂，方鹗复活了，而且恰好就复活在离她不远处。他左右看了看，气鼓鼓地跑过来，端起枪就冲着她扫射。

虽然在游戏设定里，游戏玩家不会被队友的子弹击伤，方亚楠还是气得跳脚："你可真是孝子贤孙哪！"

方鹗："快跟我冲，奶奶，快跟我冲！"

"不去！"

"你看，有队友过去了，啊，他们都过去了，快来，快来！"

方亚楠灵机一动："对，你快抄后路，我帮你掠阵。"

"啊？这么做很危险的！"

"没事，你悄悄地过去，他们看不到你。快，要来不及了！"

方鹗半信半疑地冲上去，悄悄地抵达敌人的后方，架起了枪。

敌我双方正打得如火如荼，但是有一部分敌人正在据守另一个阵地，所以我方正面作战的人数占优，这就意味着……

三、二、一，方亚楠在心里默念三声，果然见到敌方不敌我方，纷纷回撤，一转头就看到了后方鬼鬼祟祟的她的大孙子！

"啊！"方鹗发出一阵惨叫声，转头撒腿就跑。

而敌人如方亚楠所料，追着方鹗就冲进了方亚楠的射程范围内。方亚楠几乎不需要刻意瞄准，"砰砰"两枪，利落地杀了两个敌人。

方鹗再次牺牲。

而方亚楠收到四个队友的点赞。

方鹗悲愤不已："你利用我！"他摔枪，"我不玩了！"

啧啧，他也太脆弱了吧？方亚楠擦着枪，摇了摇头："你是第一次玩这款游戏吗？这种事情很常见的好不好？"

"奶奶真阴险！"

一局游戏打完，方鹗几乎是跳着摘下了头盔，在原地跺脚，气得半死："我再也不跟奶奶一起玩游戏了！"

"嘿嘿。"方亚楠摘下头盔，挠了挠头，笑得很是憨厚老实。

方近贤闻声走过来："怎么了，输了？"

"赢了。"方亚楠保持着憨厚的笑容。

"那怎么……"

"爸,我跟你说!奶奶骗我去敌后偷袭,结果我被人发现了,人家转头来杀我,她在远处趁机搞偷袭!"

方近贤虽然不玩游戏,但好歹是方亚楠的儿子,自然听得懂自己儿子在说什么,顿时哭笑不得:"你给奶奶当一回诱饵怎么了?"

"她骗我!她要是直接让我去把人引到她的枪口下,我肯定同意的呀!"

嘿,你小子,老娘怎么没看出来你在游戏里有这么孝顺?

方亚楠脸上憨厚的笑容瞬间变成鄙夷的表情。

知子莫若父,方近贤也翻了个白眼:"就会说漂亮话,你不让你奶奶去诱敌就不错了。"

"我没有!"方鹗继续跳脚,"本来我就打算给奶奶做诱饵的,我……"

"妈,累不累?"方近贤不理他,转头关心地看向方亚楠。

方亚楠笑眯眯地说:"还可以。"

"那我就放心了,"方近贤看了看时间,"你还要再玩一会儿吗?"

"不了,洗个澡,睡觉了。"

"要多多帮你吗?"

"不用,你帮我把睡衣拿到浴室里就行——睡衣就在床上。"

"行。"

母子俩温声细语地对话,双双无视了旁边委屈巴巴的方鹗。他终于意识到自己已经不再是这个家庭的"皇太子"了,他失宠了。

方亚楠慢慢起身,跟着方近贤往外走,走到门口时,回头对方鹗笑了笑:"你也早点儿休息吧。虽然你今晚大部分时间在等待复活,应该也不怎么累。"

方鹗:"啊!可恶!"

看来自己要失去这个队友了,方亚楠一边洗澡一边感慨。

她今天在游戏里对方鹗干的事,以前她的队友也对她这么干过。毕竟她水平确实不行,有人愿意带她玩就不错了,'死'有什么关系?牺牲她一个,造福全队,她乐意。

这大概也是她以前打游戏时总和队友很团结的原因吧——水平再差,愿意牺牲的人,就是好队友。

唉,她真怀念那时候。

第二天一大早,方亚楠被姜多多带去附近的社区医院做了一次简单的体检,主要是量量血压、测测血糖,还有一位专治老年病的常驻医生问了问她阿尔兹海默病的病况，听姜多多说完她的情况，大为不解。

"方阿姨的情况很少见哪，"他直接当着方亚楠的面说道，"我觉得如果让她多进行一些锻炼，她有好转的可能性。"

"可是莫医生说……"姜多多正要说什么，见方亚楠看向她，连忙改口，"具体是什么样的锻炼呢？"

医生一边写病历一边说道："不是说她在玩全息游戏吗？那就让她继续玩，注意不要让她疲劳就行。这种游戏我们一般不推荐老年人玩，因为会刺激神经，老人容易脑梗、心悸。可是老人如果能够适应，这是很好的锻炼脑功能的途径。"他写完病历，在最后签上字，"方奶奶蛮幸运的，这把年纪了还能玩全息游戏。我觉得可以让她尝试一下这种锻炼方法。"

方亚楠从没想过，自己玩游戏还要三番五次地经过医生审批。游戏机会来之不易，她乐呵呵地表示："那我每天晚上玩一会儿好了。"

"可以的，现在网上不是有一个老太太打游戏的视频很火吗？我爸也看了那个视频，还挺羡慕的。所以老人如果有精力，有家人陪伴，愿意打打游戏，我觉得挺好的。"

说者无心，听者却很尴尬。姜多多和方亚楠对视一眼，都觉得有些好笑。

离开社区医院后，方亚楠陪姜多多去买菜。姜多多挑菜的时候，方亚楠低头从手机里找出自己那个红遍全网的视频。

视频的热度虽然已经下去了不少，但依然高居抖抖游戏娱乐榜的第八名，排名第 的则是DKL战队的训练赛直播视频。

"奇怪，"方亚楠在抖抖上看了一圈，有些不解，"按理说，我这个视频火了以后，应该会有很多人跟风的呀，怎么过去这么久了，都没有同类视频出现？"

"妈……你也不想想，你这个年龄段的老人，有几个打得动游戏的？"姜多多很无奈，"就算那些视频博主想让自己的爷爷、奶奶来拍个同类视频，也要他们的爷爷、奶奶做得到吧？"

"哦，也对。"方亚楠恍然大悟，然后又有些难过。从她的家人的反应来看，她自己其实应该也很少碰游戏了。虽然在视频网站上关注了不少游戏博主，但她显然也是心有余而力不足。她如果不是有着"小方"的灵魂，如果不是在"前一天"刚刚打过那款游戏，估计也打不出那样的效果。

"妈，你帮我看看，这两棵冬笋哪棵嫩点儿？"姜多多忽然问，"我今天做个老鸭煲吧。"

351

方亚楠蒙了。她知道在姜多多眼中，自己持家四十年，绝对是个老主妇。可她……她不是啊！二十九岁的小方还是个十指不沾阳春水的大小姐呢。别说判断冬笋的好坏了，她连冬笋和春笋都分不清！

儿媳妇，我对不起你，我就是个废物。

见方亚楠愣愣地看着两棵冬笋，姜多多忽然反应过来："哦，对，你不记得了。"她很羞愧地放下手，随便拿了一棵放进篮子里，"算了，反正这就是用来调味的，没太大关系。"

"喀，嗯，是啊，老鸭煲好，老鸭煲我爱吃。"方亚楠老脸滚烫，低头看到自己手里的手机，又看看姜多多手里的菜篮子，感觉自己仿佛回到了当初跟老妈一起去菜场的时候！

她讪讪地把手机塞进兜里，努力昂首挺胸地做配合状，却越发像是因为玩手机被老妈训过的孩子。

她的尊严都要没了！

下午回家后，姜多多做的第一件事就是催方亚楠去玩游戏。

方亚楠："啊？现在玩？"

姜多多一脸理所当然地说："不是说玩游戏对你有好处吗？那你就多玩玩呗。"

方亚楠连连摇头："算了，我等小鹗回来一起玩吧，不然晚上没有力气玩，会拖他的后腿。"

"他自己就是后腿，还怕你拖？"姜多多笑起来，语气中充满了对亲儿子的不屑之意，"那我去干活儿，你随意啊。"

方亚楠知道姜多多闲暇之余会给一些新媒体平台供稿。具体写些什么，她不愿意说，方亚楠也无所谓。此时，姜多多进了书房，方亚楠左右看了看，还是选择打开电视机。

新闻频道正在播送一条方亚楠之前很感兴趣的新闻——

"精卫海坝于昨日宣布正式通车，引起社会各界的广泛关注。通车第一日，车流就达到了十六万次，预计会在本周内达到一百万次。精卫海坝完美通过了本次承载力考核，再一次证明了中华民族的基建能力。世界各国媒体高度关注，有媒体表示，精卫海坝有望成为世界最美海上公路，展现出我国的雄厚实力……"

主持人激动的话语在耳边盘桓，那个巨龙一样横卧在无垠海面上的大坝之上已经有了川流不息的车辆，沿途的小岛和服务站上，也满是前来参观的游客，每个人的脸上都是激动的笑容。

在航拍画面中，细细长长的海坝每隔几十公里就打个卷，围出一块人工岛作为服务区，其上或高或矮的楼房在阳光下闪着银光，宛如碧波中的银星。

方亚楠恍惚间想起另一条银色的路，它在月光下蜿蜒，在山体间若隐若现。方亚楠耳边仿佛传来汽车引擎的轰鸣声和江岩急促的喘息声。

她还记得自己第一次看到这条山路时的向往之情，以及亲自开车驶上这条山路时，那种恐慌中带着激动的感觉……她好喜欢这种感觉。

方亚楠的手动了动。

方鹗可能要后悔买游戏头盔了。

自从游戏头盔进了家门，他就成了一个奴隶——学习的奴隶，奶奶的奴隶。

他不仅要更加努力地学习，以换取游戏时间，还会在和奶奶因为打游戏而起冲突的时候，被亲爹妈来一顿"男女双打"。

他不玩还不行，因为奶奶"要治病"。

"这根本不是人过的日子！"又一次因为骂奶奶而被方近贤叫出去训斥的方鹗眼泪汪汪地回来了。

看到笑嘻嘻地看着他的方亚楠，他敢怒不敢言："奶奶啊，要不你指挥吧。你说怎么玩，我们就怎么玩。"

方亚楠果断拒绝："不要。"

"为什么呀？你又不听我的！"

"不听你的是因为你说的都是错的呀。"

"那你说得对！你来指挥呗！"

"我也不知道什么是对的，可是你说的肯定是错的。"

"唉！"方鹗挠了挠头，愤怒地转身，"我去做题了！"

"啊？你今天的学习任务不是已经完成了吗？"

"高考前都不算完成任务！"

方亚楠："……"

好家伙，他这是被她的游戏水平刺激到爱上学习了？

她忍不住自我反省起来，会不会真的是自己不对？可是她以前也是这个水平，没人这么嫌弃她啊！

她指挥就她指挥嘛，有什么大不了的？

方亚楠刚想张嘴叫住方鹗，转念一想，不对，人家自觉地做作业去了，她这个做长辈的，高兴还来不及，怎么还能把人从卷子前拉回来，逼他继续玩游戏？

她不是那样的奶奶。

方鹗走开后，方亚楠看时间还早，想想左右无事可做，干脆自己玩两把。在进入游戏之前，她灵机一动，给陆晓发了条微信："兄弟，打游戏缺靠山，速来。"

发完微信，她便放下手机，继续喜滋滋地玩起游戏来，对陆晓的回应没有抱太大希望。毕竟她以前也经常在群里发这种话，但发完就不管了，反正有没有人回应她都会玩。

谁料她打完一把游戏，低头一看手机，发现陆晓还真的回消息了："行哪，但我这里还有个孙子，你介意吗？"

谁还没个孙子呢？方亚楠捧着手机笑出声来，正想把自己的孙子也叫上，但转念一想，她的孙子还要好好学习呢，便打消了想法，回复陆晓："成哪，别被我的水平吓跑就行。"

陆晓："哈哈，不会的。"

两个人交换了一下游戏账号便双双上线。方亚楠很是激动，一上线就盯着好友界面，很快，界面上多了两条好友申请。

她忽然意识到，自己打了这么多把游戏，竟然没有一个人来加好友。

她的水平已经差到没人愿意理她了吗？

方亚楠点开好友申请栏，发现发送申请的，除了陆晓，还有一个是陆刃。

好家伙，方亚楠突然意识到，陆晓的孙子不就是陆刃吗？

方鹗，你的偶像来找你奶奶打游戏啦！方亚楠下意识地想回头喊孙子，结果转过头，只看到科技感十足的虚拟战前准备室。

算了，孙子要好好学习呢。

方亚楠奸笑着通过了好友申请，心中充满了优越感。很快，她就被邀请进入游戏队伍中。陆晓和陆刃这对爷孙在游戏中的人物形象都是基础款的年轻男子，穿着迷彩服、戴着酱红色贝雷帽，两个人连站立姿势都一样。

陆晓的游戏名是"宫崎老贼"，陆刃的则是"哄堂大孝"。

这两个人……

方亚楠一看到陆晓的游戏名就会心一笑，开口骂道："人家都入土了，你还那么恨他啊？"

宫崎老贼是游戏制作人宫崎英高的昵称，他的"魂系列"游戏在方亚楠这一代人中风靡一时。

他当年制作的《只狼：影逝二度》中，玩家每次在游戏中战"死"后，屏幕上都会出现一个中文的"死"字，导致这款人均"死亡"一千两百次的游戏直接教会全世界玩家"死"字怎么写，这也是相当有传奇色彩的成绩了。

但方亚楠很喜欢他，因为一直自认为游戏水平不行的她靠自己一次就过了第一个 boss，这大大地增强了她对自己实力的信心。

"必有回响，必有回响。"陆晓挠了挠头，声音比之前在病床上时精神多了，还带着少年般的羞涩感。

而一旁的陆刃就有气势多了，上前主动打招呼："方奶奶好。"

方亚楠："唉，你好，呵呵。"

陆刃左右看了看："没别人了吗？"

陆晓："对啊，你不是也有个孙子吗？"

方亚楠"嘿嘿"一笑："他被我气跑了，主动做作业去了。"

陆刃闻言笑出声来，陆晓则长叹一声："唉，感同身受。"

"什么意思？你当年和我打游戏也很生气吗？"方亚楠恨不得叉腰，"我水平这么差，真是不好意思啊！"

"哎，打游戏嘛，开心就行——跟朋友一起玩就是最开心的。"陆晓连忙辩解，刚说得方亚楠脸色转晴，就又补了一句，"虽然输多了体验感不好，但忍忍就过去了嘛。"

"你还玩不玩了？！"

"玩，玩，玩！"陆晓对陆刃说道："那你再拉两个人吧。"

陆刃二话不说地点头："好，我挑两个。"

方亚楠羡慕地说："真好啊，我们当年把人全叫上，都攒不齐一支队伍，你家陆刃还有的挑。"

陆晓："他何止有的挑，还能从实力高的人里挑出脾气好的。"

方亚楠："你再骂我，我真的退出去了啊！"

"别，别，别，你看人都来了！"

果然，没过一会儿，队伍房间里又冒出来三个人，段位都不高，但一个个穿得花里胡哨的，一看就不差钱，和方亚楠及陆氏爷孙比起来，两拨人简直不像是玩的同一款游戏。

"奶奶好！"三个小伙子一起立正鞠躬，声音听上去很是兴奋。

"奶奶，这些都是我的朋友，不过他们的正式账号的段位太高，怕系统给咱们匹配的对手太厉害，让你们游戏体验感差，所以我让他们跟我一样，

355

注册了新的账号。"陆刃还跟主持人似的,挨个儿介绍,"这是大虫,这是千狼,这是艾卡。"

方亚楠听着这几个名字,有点儿耳熟:"我好像听说过你们哪。"

"都是他在俱乐部的队友,"陆晓不知道什么时候站在了她身旁,一副与有荣焉的样子,"都是很不错的小伙子。"

方亚楠先是愣了愣,然后恍然大悟:"哦,我在一个广场上看过你们的比赛现场,对手是一个外国的战队,叫U什么的。"

"UNQ?"中间那个穿得花枝招展的千狼问道。

"对,对,对!"

"啊,那次啊!"大虫叫起来,"奶奶你在现场?"

"对!"

"是不是坐着轮椅?"

"嗯……是。"

"嘿,"大虫忽然拍了一下身边的艾卡,激动地说道,"我就说吧,有老奶奶来看我们比赛,你们当时还不信!"

"老奶奶"愤怒地握紧拳头不说话。

"厉害呀,喵总,还坐轮椅去现场看比赛?"陆晓笑道,"你的瘾也太大了。"

"路过,路过。"方亚楠讪讪地说道,"孙子要看,我陪他去的。"

"真好啊……"大虫说道,"前有方奶奶来现场看我们的比赛,后有老太太坐轮椅打游戏……欸?"

他突然想起什么,和其他小伙伴一起看向方亚楠:"方奶奶,你打《怪物猎人》吗?"

"你们说抖抖上的那个视频吗?"方亚楠缓缓地举起手,尴尬地承认道,"那个人也是我。"

"哇!"这次连陆刃都跟着一起发出惊叹声。

"什么视频?"陆晓摸不着头脑。

"抖抖上一个很红的视频——一个老太太坐在轮椅上玩《怪物猎人》,帮孙子打过了天辉龙,全程没有受伤,可厉害了!"大虫激动地抓住身旁的千狼的手臂:"兄弟,我看到我的女神了!"

另一边,艾卡也抓住大虫,激动地说道:"我还以为自己能在'辉光之夜'的活动上看到奶奶呢。奶奶,你怎么没去啊?"

方亚楠想起自己对"辉光之夜"活动现场"像个夜店"的评价,更尴尬

356

了:"哦,那个,你看我一把年纪了,你们那儿……太热闹了。"

"哦,也对。"

陆晓:"你还在打《怪物猎人》?还玩得了手柄?"

方亚楠摆了摆手,苦笑着说道:"打完一把,手抖了一下午。"

"还是挺厉害的。"陆晓真情实意地夸道。

"那咱们开始吧?"陆刃已经完全被无视了,有些卑微地问道。

"开始,开始。"大虫蹦到方亚楠身边,喜滋滋地说道,"我来保护奶奶!"

"不用,不用,你们尽管玩自己的,不用管我。"方亚楠连忙开口道。

"那不成,今天我们都是奶奶的奴隶,奶奶指哪里,我们就杀向哪里!"

方亚楠有点儿感动:"那你们真是比我的亲孙子还乖。"

陆刃在一旁摆出一脸受不了自己队友的表情,嘟囔:"真谄媚。"

随即,他在队友不甘的骂声中,开启了比赛。

所有人一进入游戏,气势立刻变了——除了方亚楠。

她是玩任何游戏都毫无胜负欲的那种人,完全不喜欢动脑子,所以进入游戏以后,抓起一把最便宜的冲锋枪,下意识地就跟着陆晓跑了起来。

方亚楠嘴里还在问:"老陆,我们去哪儿啊?"

陆晓:"我们去守A大门吧。"

方亚楠:"好!"

"奶奶别去,敌人都在A大门!"大虫叫道。

"哦,好!"方亚楠连忙刹住脚步,转头向后跑。

"哎,哎,哎,你跑什么?敌人在那边的话刚好啊,你跟我过去躲起来,等会儿偷袭他们哪!"陆晓本来一马当先地跑在前面,闻言立刻停住脚步,回头叫道。

"啊?哦,好!"方亚楠又转身跟上陆晓。

"等等,等等,你现在过来,敌人也冲过来了。你别过来了,我一个人蹲在这里,你快回去!"陆晓又说道。

"成!"方亚楠已经开始脑子混乱了。她再次转过身,陆刃扛着枪迎面跑过来,和她擦肩而过的瞬间说了一句:"方奶奶,你去后方给我们打掩护吧,我去找老陆。"

打掩护?那多省事啊,她找个地方躲起来盯着路口就行。方亚楠喜笑颜开,又跑了两步,忽然顿住脚步:"哎,不对,为什么你们喊他老陆,喊我方奶奶啊?"

那边,陆刃和陆晓已经和对面的队伍交上火了。在震耳欲聋的枪炮声

357

中，陆晓来了句："我不让他们叫我爷爷。"

"老陆觉得我们叫他爷爷，他占我们的便宜了，哈哈！"大虫解释。

方亚楠已经飞跑到一个掩护点，开始做准备，闻言十分委屈："我也不想占你们的便宜哪，你们喊我老方也行哪！"

"那不行，怪怪的。"

"那叫我的游戏名也行哪。"

没人吱声，都在专心打架。

方亚楠委屈极了，但很快就被四面燃起的战火转移了注意力。她的枪口随着每一次枪声响起而左右转动，精神高度紧张，心里幻想着自己能够第一时间发现冒头的敌人，给他一枪。

突然，路口处真的冒出一个人头来。她猛地开了一枪，就听到耳边传来一声惨叫声："啊！奶……喵总，你别打我！"

方亚楠："……"

被她误伤的是话不多的千狼。他被陆刃叫去东门增援，可见陆晓爷孙刚才真的仅凭两个人就顶住了对方主力人员的进攻，但眼下也快支撑不住了。

谁料千狼跑到一半，忽然往方亚楠的方向望了望，犹豫了一下，转身冲过来，一直冲到方亚楠面前。方亚楠不明所以，抬头傻傻地看着他，就见他做出掏口袋的动作，然后"啪"的一声，扔下了一把狙击枪。

"奶奶，你用这个吧。"他说完，转身继续往东门跑去。

方亚楠看了一眼他扔下的枪，脸"噌"地红了。

丢大人了，她竟然一直拿着一把冲锋枪在远处瞄准敌人！

以冲锋枪的射程，就算她打到远处的敌人，也跟给人家挠痒痒没什么差别，更别提她还不一定能瞄准！

她这是白忙一场啊！

得亏自己现在是长辈，要是放在以前，估计小伙伴们已经毫不留情地嘲笑她了。

看来她打游戏的水平是真的不行哪……

就算队伍里有方亚楠拖后腿，但是有陆刃和其他几个职业选手带队，还有人老技术不老的陆晓配合，游戏还是打得非常顺利的。

有时候，方亚楠都没意识到发生了什么，对面的人已经"死"光了。

她一时间都不知道这游戏体验算是好还是不好。

"我下次还是带我孙子来吧。"战局结束，她心有戚戚焉地表示，"我觉得需要拉低一下你们的整体实力。"

"方奶奶的孙子也不会差到哪里去吧？"大虫表现得非常谄媚。

"他说我游戏打得不行，所以他的水平应该是比我好吧。"方亚楠斟酌着用词。

"那可不一定，奶奶打得挺好的，嘻嘻。"

"你是指我在我这个年龄段的游戏玩家里，打得还算可以吧？"方亚楠有点儿郁闷，"你怎么不拿我跟老陆比一比？"

"对呀，陆爷爷跟奶奶比，谁的年纪更大呀？"

陆晓正在一旁和陆刃、千狼聊天，闻言抬头看过来，欲言又止。

方亚楠想了想，答道："你们的陆爷爷比我小一岁吧，是不是，陆晓？"

陆晓"嗯"了一声。

"哇，姐弟……嗯，不对……"大虫挠了挠头，"对不起，我就随口一说。"

方亚楠笑起来："我懂，我懂，听到男女之间的这个年龄差，很多人会这么想。"

她当初不也是这么想的吗？问题是，光女的这么想没用，要男的也这么想才行。

陆晓知道她比自己大一岁的时候，可是什么表示都没有。

不过她到现在都还没问过陆晓的老婆的事情。她迟疑了一下，故作自然地问道："对了，陆晓，你玩到这么晚，你老婆没意见？"

陆晓愣了愣，然后摇了摇头："她已经放弃我了。"

"我加入俱乐部以后，奶奶就放弃我们了。"陆刃笑道，"我们俩现在是家里的毒瘤。"

方亚楠听完笑了笑，不知道自己心里是什么滋味。

但是她不打算继续问了。

"现在还这么排斥走职业电竞的路线，这也太夸张了吧？又不是五十年前。"即使知道陆刃家的情况，作为队友的大虫还是忍不住感慨，说完又凑到方亚楠面前，挽住她的胳膊："奶奶，我跟你说，我外婆是你的粉丝。你什么时候来我家呀？她肯定会给你做她最拿手的菜！"

"我不去，你就吃不到了吗？"

"自从第三次拿到赛季冠军后，她就不给我做了。"大虫哭丧着脸说，"她对我拿冠军这种事已经麻木了，不会激动了，还嫌我烦。"

"那不是因为你冠军拿得多，是因为你虽然拿了冠军，但是挂科了。"旁边的艾卡无情地吐槽,"年后就要补考了,你准备好了没?"

"你能说点儿人话吗?我跟方奶奶聊得正高兴呢!"大虫愤怒地吼道。

方亚楠笑了笑:"你是不是提不起劲来学习?"

"对啊,又要训练,又要比赛,我那么忙,哪里有心情看书啊?"

"那等你有空的时候,咱们俩单独打游戏吧。"方亚楠信心满满,"保证你玩不过三把,就会主动要求去看书。"

大虫:"奶奶,你也太会自嘲了,我都不知道该怎么安慰你了。"

"嘿嘿。"

"差不多了,都去睡觉吧。"陆晓虽然话不多,但俨然已经成了这个小团体的小头目。他一句话说完,大家纷纷应"是",互相道别,退出了游戏。

方亚楠摘下头盔,捧起手机打开和陆晓的聊天框,打下"晚安"两个字,但是想了想,还是放弃发送了。

两个人都这个年纪了,关系已成定局,她就当多了一个玩伴吧。

虽然跟陆晓等人玩得很开心,但方亚楠不能天天找他们玩——陆晓的身体不允许,陆刃等人则要学习和训练。所以即使方亚楠和方鹗两个人都水平一般,依然坚持结伴打游戏。

不过以方亚楠的精力,她也着实撑不住天天玩。每次退出游戏后,她都会很快睡着,可见有多累。幸好方鹗也到了期末备考的时间,每天也只玩上两三局,游戏时间基本上不会超过一个小时。

这让曾经以通宵打游戏为乐的方亚楠对自己非常失望。

幸好,经过方亚楠调教,方鹗也在短短几天内就调整了游戏心态,不再横冲直撞、要死要活,甚至在被方亚楠带着试了几次另类战术后,开始享受胜负之外的别样乐趣,不再因为"我奶奶游戏打得太烂"而怨天尤人。

时间这就到了周五。晚饭后,方亚楠刚拿起头盔,就接到了外孙女韩添仪的电话。方亚楠一接通电话,就听到韩添仪尖叫道:"外婆,你都干了什么呀?"

"啊?"

"我为了降低你的热度,连抖抖都不上了,也不回别人的私信,现在都白搭了!"

方亚楠莫名其妙:"怎么了?"

"你是不是玩全息游戏了,那个什么VCS,一个打枪的游戏?"

方亚楠一听这话就知道韩添仪是外行。什么打枪的,那叫射击类竞技游戏！方亚楠非常想纠正她，但也知道自己的外孙女对游戏不感兴趣，便也不勉强，只是迷茫地说道："是啊，我和方鹗玩。"

"不是方鹗，除了他还有谁？"

"我……"方亚楠觉得不该暴露DKL的队员陪她打游戏的事，便半真半假地说道，"和我的老朋友啊，一个大爷，也七十多岁了。"

她嘴上说着大爷，脑子里冒出来的还是陆晓那年轻帅气的样子，一时既有些感慨，又有些觉得好笑。

"那你是不是还有其他队友？"

"啊，对啊，肯定有啊，就是系统随机匹配的陌生人嘛。"方亚楠说谎。

"你跟他们说你是老人家了？"

"我水平这么差，肯定会拖人家的后腿，那当然要提前打招呼的呀。"方亚楠张口就来。

"你知道跟你组队的人是谁吗？"韩添仪提高了声音。

"奶奶，她又干吗？"方鹗在一旁等得不耐烦——今天是周末，他可以多玩一会儿游戏，此时非常嫌弃韩添仪浪费他的游戏时间的行为。

"没事，你等一会儿啊。"方亚楠摆了摆手，起身走到书房外面，对着电话说道，"你别卖关子了，到底怎么了？"

"哎，你的那些'陌生人'队友，是DKL战队的人！"韩添仪大叫，不知道是激动的，还是气的，"怎么会有这么巧的事情呀？！"

"啊？"方亚楠的惊讶语气丝毫不作假，她问，"你怎么知道的？"

她刚问完，手机忽然振动了一下，提示有新的消息。方亚楠无暇顾及，专心听韩添仪说道："昨天，DKL战队一个叫大虫的选手直播的时候说，他和那个打《怪物猎人》的奶奶打了一会儿VCS，还对你大夸特夸，说你是老一辈的榜样！"

方亚楠："……"

"他的这段直播被人录屏了，现在'怪猎奶奶'这个词条又上了抖抖的搜索榜前三名了！"韩添仪崩溃地说道，"我快疯了！我一打开抖抖，就收到一万多条私信，再一看，三万条了！现在我都不敢去看了！"

"嗯……"方亚楠差点儿想说"对不起"，但转念一想，自己好像没做错什么，不由得有些尴尬，"那……那怎么办哪？"

"什么怎么办？你……啊，我也不知道怎么办了！"韩添仪有些泄气，"怎么办哪？我难道联系发视频的人，让他把视频删了？可是视频的转发数已经到六位数了。"

361

"这么夸张？"方亚楠震惊了。要知道，以前《维度》的公众号里，要是哪篇文章的点击量超过十万，责任编辑都会被点名表扬，现在 DKL 战队的成员随便发个直播视频，转发量居然就能过十万？那些人转发给谁看？给自己的爷爷奶奶看吗？

"你也不看看这是什么年代了，现在全民上网！"

"我那时候也是全民上网啊。"方亚楠不服气。

"反正现在网民更多！"韩添仪还较起劲来了。

"行，行，行，咱不纠结这个，那你说怎么办？"方亚楠又无情地把问题扔给了韩添仪。

"我也不知道……"韩添仪声音很疲惫，"我刚才收到学校通知，说门口有媒体申请采访我……我很慌啊。"

"你慌什么？这又不是坏事。"方亚楠莫名其妙。

"不是你说不想出名，想让这件事就这么过去的吗？"

方亚楠一时有些语塞，原来外孙女是顾及她呀。方亚楠叹了一口气："外婆也没说让你死扛呀，外婆都多大年纪了，就算我真的站上舆论的风口浪尖，又能站几年？你担心那么多做什么？该说什么、该做什么，你去说、去做，就好了。"

"外婆，你说这些不吉利的话干什么呀？"韩添仪有些生气，然后又小心翼翼地确认道，"那……我去接受采访？"

"去吧，去吧。"

"可是我说什么呀？你做过媒体行业，教教我。"

"这个啊……"方亚楠有些恍惚。对她的家人来说，媒体人是她退休前的职业，可对她来说，这是她"前几天"还在做的工作。

方亚楠："与其教你怎么说，不如给你一个宗旨，你只要围绕着这个宗旨去接受采访，就不会说错话。"

"嗯，什么宗旨？"

"你要保护外婆。"方亚楠郑重其事地说道，"如果你愿意这么想，到时候就知道该怎么说了。"

"我知道了。"韩添仪声音忽然冷静下来，"那……外婆，我挂了。"

"去吧，去吧，加油。"方亚楠想了想，还是叮嘱了一句，"不要有心理负担，这都是宝贵的人生经历，不失为一种人生收获。"

"哎，知道了，知道了，又开始了。"韩添仪毫不掩饰她的不耐烦之意，"外婆拜拜，你早点儿休息。"

说罢,她挂了电话。

方亚楠看着手机,想到韩添仪刚才的话,不禁悲从中来。

什么叫"又开始了"?她以过来人的姿态,多说两句话怎么了?难道老方这么好为人师,以至晚辈都不耐烦了吗?

可是她明明不爱教育人哪!

难道她在周围朋友的眼中,也是爱说教的人吗?

方亚楠陷入了心酸和自我怀疑中,低头翻看着刚才收到的信息,居然是陆刃发来的消息:"方奶奶,对不起。"

下一条消息:"大虫直播的时候闯祸了,把你跟我们玩游戏的事说出去了。"

第三条消息:"如果有人骚扰到你,你让他们直接联系DKL的工作人员,我们会把这件事摆平的。"

最后一条消息:"奶奶?"

这一条条消息,把陆刃的不安情绪展现得淋漓尽致。方亚楠叹了一口气,缓慢地回复:"我已经知道了。没事,他们都去找我外孙女了,她会处理的。"

陆刃很快回了消息:"你外孙女有处理这方面的事情的经验吗?"

她没有,可是我有啊!

方亚楠转念一想,不对,她也没有。

从未火过的摄影记者方亚楠心有戚戚焉——她在传媒行业勤勤恳恳地干了一辈子,最后居然是靠游戏火了,人的境遇真是难以预测。

她只好老老实实地回消息:"没有。"

手机屏幕上显示"对方正在输入",过了好久,陆刃终于回了一句:"如果有需要,请务必来找我。"

方亚楠快速地回了一句"好的",然后看着她和陆刃的聊天界面,忽然有种诡异的感觉。

陆刃的语气和言辞,她看上去怎么有种似曾相识的感觉?

这好像……江岩的语气?

方亚楠对自己的联想感到很尴尬,同时也对江岩产生了一丝愧疚感——她这些天明明很闲,却完全没想起过他。如果自己真的是他的老婆,那江岩可真是倒大霉了。

她忍不住苦笑一声,然后长长地叹了一口气,走进书房戴上头盔,躲进了游戏世界里。

第十章
致老年：方奶奶的教育理念

　　方亚楠本以为这一次会跟上次一样，只要她冷处理，这件事的热度就会慢慢降下去。谁料第二天，江谣就打电话过来了。
　　"妈，你跟添仪在搞什么呢？她的辅导员都给我打电话，说她被媒体采访什么的，还说事情跟你有关。"
　　方亚楠蒙了："事情闹得这么大？"
　　"现在她被同学围着，辅导员只能来跟我打听情况。"
　　"你先问问添仪吧，她要是觉得自己能处理好，不就不用我们管了吗？"
　　"那怎么行？她才多大，能懂什么，出事了怎么办？"
　　"她出事了吗？"
　　"这不算出事吗？"
　　"你问过她了吗？"
　　"还没，可是辅导员……"
　　"你先问问她呀！"方亚楠有些无奈，"你都没跟当事人沟通，怎么知道她不行呢？"
　　"唉，妈，你怎么到这个时候了还这样？添仪毕竟是你的外孙女，现在出了这样的事，你还对她放任自流，到时候她又要怪你不管她了。"
　　方亚楠感觉有点儿冤枉。她以己度人，觉得韩添仪也是二十多岁的大人了，总不能遇到什么事就去找妈妈。想想自己当初被父母当小孩一样千叮万嘱，她有时候真的会不耐烦。

她在把决定权交给韩添仪的时候，感觉韩添仪是真的挺高兴的。

但她也能理解江谣的感受。家长都很难走出"孩子需要我照顾"的惯性思维，即便孩子已经有了自己的想法，他们依然很难放手。

但这一次到底谁对？她也说不清楚，只能说道："那你还是先问问她的想法吧，如果你觉得她确实是在逞强，我们再想想办法？"

"好吧。"江谣对这回答并不意外，但也不太高兴，又说道，"你也别再撺掇她了，她还是个学生呢，何必急着被社会'毒打'？"

"你要相信添仪，"方亚楠笑起来，"她是我的外孙女，还不知道她和社会之间谁'毒打'谁呢。"

江谣无奈地挂了电话。

方亚楠早就料到自己成为老方后，会在子孙的教育上和自己的孩子发生分歧。不是因为她的教育理念有多独特，而是因为她现在的教育理念完全来自一个未婚未育的青年。

随着年龄增长，她周围的同龄人纷纷成家，她发现不少曾经和她有着一样教育理念的小伙伴开始改变，很难像过去那样洒脱和理想化。

她无权也不配去苛责江谣和方近贤的想法、做法，甚至觉得，他们才是真正的过来人。在教育这件事情上，她得跟他们学习。

她觉得自己在心态上更接近自己的孙辈，是以在和江谣对话时，反而忍不住去为韩添仪说话。

但挂了电话后，她又开始忐忑不安了——如果她是错的，江谣是对的呢？万一韩添仪真的搞不定这件事呢？

她从通讯录中翻出韩添仪的电话拨过去，却发现对方正在通话中。

好吧，江谣还真是雷厉风行。

方亚楠没办法，只能再次打开抖抖，去看那个和自己有关的视频。其实这次的视频能有这么大的影响力，大半原因在大虫。

他是一个有着娃娃脸的男生，看起来很可爱。他的游戏名本来叫虎爷，结果在和战队签约后，他在大众面前现身，立刻没人愿意称他为"爷"了，大家更不觉得他有老虎那样威武的气势，于是他就成了"大虫"。

久而久之，他也认了，干脆把自己用于正式比赛的游戏账号名称都改成了大虫。如此平易近人又朗朗上口的昵称，让他收获了一大堆上了年纪的女性粉丝。

视频里，大虫一边打游戏一边和小伙伴聊天，聊的内容多是观众最爱听的 DKL 战队的日常，其中尤以陆刃的事最能吸引观众。只要他说起陆刃，大家就激动不已。

当说起陆刃带爷爷一起打游戏的时候，他自然而然地又提到了"奶奶"。

一开始，大家都误会了，有人问："所以说，陆刃的爷爷、奶奶都打游戏？"

"不是，不是，那不是陆刃的奶奶，是陆刃的爷爷的朋友。哎，你们都想不到，她最近刚买的游戏头盔，但是操作已经非常熟练了，不仅思维敏捷，行动也迅速，一点儿都不像七十多岁的老人家。"大虫感叹，"我外婆也想玩头盔，可惜一戴头盔就晕。"

小伙伴："我爷爷、奶奶也是！他们上次看到那个'怪猎奶奶'的视频，就跟我借设备，说也想试试，结果……唉，真的是岁月不饶人。"

大虫："咦，我没说吗？陆刃的爷爷的朋友就是那个'怪猎奶奶'啊。"

评论里一片哗然，有小伙伴问出大家的心声："你怎么知道的？！"

"你说这世上还有几个七十多岁还能打游戏的奶奶呀？"大虫嘚瑟地说道，"不过她自己根本没把这当回事，就你们大惊小怪的。"

评论区沸腾了，大家纷纷要求大虫交出奶奶的游戏名。

"那你们可要预约了。呵呵，我们战队的人想跟奶奶一起打游戏都得去陆刃那儿排队呢，你们就等通知吧。"

大虫正得意非凡，突然说道："啊，等等，我有电话。"说罢，他摘下耳麦。过了一会儿，他回来了，语气很惊慌："那个……那个……奶奶的事情，你们当我没说过啊，当我没说过！不要去打扰她呀，千万不要去打扰她呀，谢谢，谢谢，大虫给你们跪下了！"

即使他这样讲，评论区依然讨论得火热。大虫慌张地切断了直播，但依然没法阻挡网友热情地将他这段视频和方亚楠打游戏的视频再次送上了排行榜。

方亚楠："唉。"

大虫半路接到的那个电话，多半是陆刃的警告电话了。

她又看了一会儿视频下方的评论，便去做复健运动了。去补课的方鹗一直没回来，方亚楠正琢磨着要不要自己一个人去打游戏，忽然收到一条微信消息。

她一看，都震惊了——居然是陆晓的消息。

陆晓："陆刃晚上有比赛，就在我们这儿。他想请你去看，你去不去？"

方亚楠琢磨着，现在这种时候，自己这个老太太如果还出现在 DKL 战队比赛的现场，不是火上浇油吗？

陆晓知道她被他孙子的队友坑了的事吗？

她回："陆刃什么时候跟你说的？"

陆晓:"刚才,怎么了?"

那不管陆晓知不知道,陆刃应该是心里有数的。方亚楠放下心来。她虽然想过平静的生活,但都这把年纪了,也不怕什么人红是非多。她这辈子能有几次看电竞比赛现场的机会,何况还是选手本人邀请她去看?方亚楠想想就心旷神怡。

方亚楠想了想,忽然笑起来,发消息过去:"我能再带一个人吗?"

陆晓:"行哪,是你孙子吗?"

陆晓果然是个心思细腻的人。方亚楠立刻回复:"没错,我想给他一个惊喜。"

陆晓:"成,我跟陆刃说。"

方亚楠:"你也会去吗?"

陆晓:"我看情况。"

陆晓回复完这句话,便不再说话了,仿佛真的只是来帮陆刃传个话。可是陆刃自己明明有她的微信,为什么不直接跟她说?方亚楠的身体虽然已经七十五岁了,但是她二十九岁的灵魂还是忍不住多想。

她刚要胡思乱想,低头看到自己鸡皮一样皱巴巴的手,忍不住发出叹息声。

她是真的很想问问陆晓,当年对她到底有没有意思,或者只问问他,他们当年究竟有没有像约定那样一起出去玩……

如果有,为什么他们还是没在一起;如果没有,又是谁放了谁的鸽子?

可陆晓现在有老婆,有孙子,家庭美满,她去问这种问题不合适。

不管是小方还是老方,都做不出这样的事。

难道这份感情真的只能被老方带进坟里了吗?都这个年代了,她方亚楠为什么还要活得这么含蓄啊?

想到晚上要去看比赛,方亚楠吃完午饭便回到房间里,打算补个午觉。躺在床上时,她看着柜子里满满的《维度》杂志,心情很复杂。

来到这里那么多天,她愣是没有勇气去翻看这些杂志。

理由很简单,如果一下子就知道了未来四十几年的热门选题,她固然可以在回去以后拥有超前的眼光,可她的自尊心不允许她这么做——那是别人的思想和才华。但这也意味着,她会为了规避那些优秀的选题而陷入更深的痛苦中。

她既不想提前知道同事们的优秀选题,霸占他们的功劳,也不想一不小心看到自己的文章,害自己回去后不得不"抄袭"自己。

但是现在,她是真的很想知道,当年的自己究竟有没有做成那个电子竞技的选题。

陆晓继续帮她了吗？他们会因为合作这个选题而关系有所进展吗？

方亚楠天人交战许久，纵使已经凭着经验锁定了那期杂志，却还是下不了这个决心。她干脆咬牙翻身，逼着自己睡了过去。

等她醒来时，天都快黑了，外面是方近贤训方鹗的声音。

"你奶奶还没醒，你想玩游戏，等她起床再说。"

"我就想自己玩两把！"

"不行，当初不是说好的，你能不能玩游戏，要听奶奶的？"

"什么呀？那我寒假怎么办？每天问奶奶我能不能玩游戏吗？我都十七岁了！"

"你就是七十岁了，也得听奶奶的！"

"我七十岁了，奶奶都不在了！"

"方鹗！"这次是姜多多大喝，"怎么说话的？"

方鹗知道自己失言，讪讪地低下了头。

"他说得也没错呀，"方亚楠觉得气氛有点儿僵，便微笑着推开门，"你们就算想让我活到他七十岁的时候，我也不乐意呀。"

"妈，你别惯着他，他这张嘴……"

"我不是惯着他啊，就是实话实说嘛。"

"这还不是惯着？方鹗，你该说什么？"姜多多瞪着儿子。

方鹗低着头，一脸郁闷的表情："奶奶，对不起。"

"说大声点儿，你的诚意呢？"方近贤喝道。

"奶奶，对不起！"方鹗仰头闭眼大叫了一声，然后埋头冲进自己的房间，"砰"地关上了门。

外面的三个大人很尴尬。

方亚楠叹息："唉，你们也别老拿我当幌子。不让他打游戏你们就直说，又不是什么大事。"

"他一打上游戏就停不下来，估计连饭都不会吃了。"姜多多无奈，"妈，你怎么睡了那么久，是累了吗？要不要带你去医院看看？"

"不是，不是，我就是上午多运动了一会儿。"方亚楠连连摆手，"而且我晚上可能要出去一趟。"

"晚上？几点？"

方亚楠一看时间，顿时惊了："哎呀，他们说五点半来接我，我还来得及吃饭吗？"

"还有半个小时,够了。"姜多多立刻转身去厨房,边走边笑道,"除非你还要化妆。"

方亚楠愣了愣,随即心里泛起一阵苦涩情绪。她虽然不是多精致的女孩,但是年近三十的时候,素颜确实不是很好看,逐渐也养成了出门前化妆的习惯。但是她现在已经看惯了自己的老脸,开始自暴自弃了。

"我……我需要化妆吗?"方亚楠摸着自己的脸,彷徨地问儿子。

方近贤一个中年男人,被问到这个问题,表情迷茫。但亲妈问话,他也只能认真地观察了一下方亚楠的脸,说:"你……你如果是和老姐妹聚会的话,我觉得不用化了。"

"啊?不行,我要去大场合的!"方亚楠觉得到时候现场的摄像机多半会给自己特写镜头。

方近贤疑惑地问:"你到底去干吗?"

方亚楠"嘿嘿"一笑,简单地把情况跟方近贤讲了一下,又补充道:"我还想带上小鹗,一会儿你帮我去逗逗他。"

方近贤当然知道这对方鹗来说是多大一份惊喜,苦笑着摇头:"你也太宠着他了,这小子……最会蹬鼻子上脸,你可不能一直这样。"

方亚楠有些愣神。她以前明明大言不惭地说过,如果自己以后有了孩子,一定让他知道什么叫人心险恶、世态炎凉……所以人果然都是会变的吗?

她有些羞惭,想辩驳两句,但是再怎么辩驳,也抵不过她热脸贴方鹗的冷屁股的事实,只能讪讪地傻笑。

"哎,这样也好,"方近贤无奈地扶着她往餐桌边走去,"我本来还担心你跟他处不来,现在也算放心了。你大人有大量,他这小子有时候缺心眼,但还是懂事的。"

"对啊,对啊,我就是觉得他还挺懂事的,所以就不跟他计较了。"

姜多多和方近贤一起摆完饭菜,姜多多抬头叫:"方鹗,出来吃饭!"

方鹗"砰"地打开门,黑着脸大步冲了过来,一屁股坐在方亚楠对面,噘着嘴,低头不看方亚楠。

"快吃,一会儿你奶奶带你出去。"姜多多刚才已经听丈夫说了大概情况,噙着笑给方鹗夹菜。

"啊?出去?"方鹗很不乐意,"我刚回来,又要干吗去?"

"穿得好看点儿,我带你去相亲。"方亚楠忍着笑,说道。

"开什么玩笑?相亲?奶奶你疯了啊?"方鹗嚷起来,转念一想,眯起眼,"到底去干吗?"

"奶奶和老伙计聚会，带你去玩玩。"方近贤看了一眼方鹗，摇了摇头，还是那句话，"穿得好看点儿，你可是我们家的代表。"

"奶奶的聚会，为什么要带我？我去那儿能玩什么？不去，不去！"方鹗低下头，"我宁愿在家写卷子。"

"真的吗？"方亚楠问，"真的不陪奶奶去？"

方鹗抿了抿嘴，嘴硬道："不……不去，我有这时间真不如学习……"他越说越悲愤，"大不了我今天不玩了！"

他刚说完，忽然精神一振："对啊，今天我真的不能出门！奶奶，今天晚上有DKL的比赛——八强淘汰赛，这是很关键的比赛！"

方亚楠："哦……所以你真的不去？"

"不去，不去，我要看比赛直播。妈，我不玩了，我能不能看直播？就周六、日的两个晚上，其他时候我都好好学习，成不成？！"

姜多多估计要在心里笑死了，看了一眼方亚楠，低头吃饭："随便你。"

方近贤摇了摇头，发出一声叹息声。

方鹗还试图改变方亚楠的想法："奶奶，聚什么会呀？看比赛要紧！这可是DKL的比赛呀！"

方亚楠冷漠地说道："没兴趣。"

她在想，要不真的不带方鹗去了，让孩子尝尝"不孝顺"的报应……

说实话，她真的有点儿失望。她可以理解这个比赛对方鹗的吸引力，但是换位思考，如果家人或者好友反复要求她去做某件事，她是愿意做出一些牺牲的。

所有人都沉默了，方鹗也渐渐感到不好意思起来。他默默地吃完饭，平时都是放下碗就走的，这次却在桌前呆呆地坐了一会儿。等方亚楠也放下筷子后，他突然唤道："奶奶。"

"嗯？"方亚楠正在琢磨自己今天穿什么。

"你七点钟以前能回来吗？"

"不能。"

七点钟的时候比赛刚开始！

"唉……"方鹗长叹一声，忽然说道，"我陪你去吧。"

"啊？"

他怎么突然改口了？方亚楠一时都没反应过来。

方鹗一脸悲壮地说："反正到时候我无聊的话，可以用手机看直播嘛，你要我陪，我就陪你去好了。"

好小子，又不是让你去死，干吗摆出这副样子？方亚楠能感觉到孩子的爹妈都在忍笑，于是先忍不住笑了起来："行吧，那你快去换衣服，怎么好看怎么穿哪，可别给你奶奶我丢脸。"

"唉。"方鹦显然一点儿都不觉得在奶奶的老伙计面前穿得光鲜亮丽有什么意义，但还是乖乖地进了房间。

方亚楠也很快换好了衣服。老方穿衣服的品位还行，服饰都挺大方、洋气的，虽然不适合电竞比赛现场那种青春亮丽的氛围，但至少不丢人。

她又管姜多多借了几样化妆品，略微打理了一下自己的头发和妆容，然后站在全身镜前一看，满意地笑了笑。以她摄影师的眼光来看，这样的老太太要是在路上遇到了，自己都想拍张照。

很快，门铃声就响了。

方亚楠刚走出房间，方近贤已经去打开了门，非常客气地和对方寒暄起来："你们来了呀，里面请，里面请。"

来人连忙说道："哦，不了，怕路上堵车，我接上奶奶就走。"

"好的，好的。妈、小鹦，接你们的人来啦！"

方鹦打开房门，一脸疑惑的表情："怎么还有人接？"

见方亚楠就在他面前，他很自然地上前扶住了她。

方亚楠调侃道："哟，孝顺。"

方鹦："哼！"

白眼还没翻完，在看到门口的人时，他整个人一下子僵住了。

连方亚楠都惊呆了。

站在门口的，赫然是陆刃本人！

好家伙，他居然亲自来接她？

"奶奶……这是陆刃吧？"方鹦做梦似的问。

"大概是吧，"方亚楠也假装惊讶，"还是说，你认识的陆刃不是我认识的陆刃？"

陆刃："……"

"这……这是你的老伙计？"方鹦指着陆刃惊讶地问道。

"的孙子。"方亚楠补充道。

方鹦倒吸一口凉气："你怎么不早说？！"

方亚楠嘴硬："现在不就说了吗？"

"哦，也对。"方鹦立刻被说服，转而又大张着嘴看向陆刃。

陆刃："那我们……走？"

方鹗:"哦。"
然后,他一动不动。
方亚楠:"走呀?"
方鹗差点儿哭出来:"奶奶,你扶我一下,我腿软。"
方亚楠:"……"
站在后面的方近贤终于看明白情况了,"扑哧"一笑:"要不要爸爸背你下去?"
"或者把奶奶的轮椅借给你?"姜多多也歪着头笑道。
"你们别笑我了,别笑我了!"方鹗原地蹦起来,指着陆刃,"这是陆刃哪!爸、妈,陆刃!活的!"
陆刃:"对啊。"他面无表情,显然对方鹗这种反应早已习惯,只看向方亚楠:"奶奶,比赛……"
"哦!"方亚楠一巴掌拍在方鹗的头上,"人家还要比赛呢,快走!"
"什么,比赛?!"方鹗激动地大叫。
方亚楠快被孙子蠢得晕过去了:"不是你说的,今晚上七点钟,有他的比赛吗?你要是不去,就留在家里看直播!"
方鹗愣了一下,然后眼泪"哗"地流了下来。他哽咽着说道:"我去,我要去的……爸,能不能扶我一下?我真的腿软了。"
方近贤也快被儿子笑死了,抖动着双肩上前:"赶紧吧,唉。"
"我是不是穿得太丑了?"方鹗一边往外走,一边回头看姜多多,"妈,你能不能帮我拿一下去年过年穿的那件外套?"
姜多多笑到不行:"你们先去按电梯,我马上就来。"
说罢,她还真小跑着冲进了方鹗的房间。
陆刃早就按着电梯门了,看着方鹗欲言又止,最后还是转过头,一副不想再面对他的样子。
大家上了电梯后,姜多多赶过来,把一件黑红色的棒球衫从快要关上的电梯门外扔了进来:"换下来的外套,叫你爸拿回来!"
方鹗此时终于回过神了,哆哆嗦嗦地换上外套,抹了一把脸,左右一看,这才想起来电梯里没镜子。于是他小心翼翼地转向方亚楠:"奶奶,我看着还成吗?"
方亚楠摸了摸下巴:"还是黑色那件好看。"
方近贤:"我也觉得你穿原来那件外套看着更有精神。"
方鹗:"哦!"

他乖乖地换回了原来的外套。

陆刃站在电梯的角落里，悄悄地捂住了嘴。

电梯下得很快，几个人走出电梯后，陆刃看了看手表，显然有点儿着急："能不能快一点儿？路边不好停车。"

"哦！"此时，方鹗已经冷静下来了，紧紧地跟着陆刃，把方亚楠甩在身后。幸好方近贤还正常，赶紧过来扶住方亚楠，陪着她一起加快了脚步。等几个人走到小区外的路口，方鹗突然又发出惨叫声："啊！"

方亚楠被吓了一跳："哎哟，你又咋了？"

"队车！DKL 的队车！"方鹗激动到声音嘶哑，指着一辆停在路边的花里胡哨的大巴，"啊——我们是坐那辆车吗？"

方亚楠怒吼："方鹗，再丢人你就跟你爸回去！"

方鹗："哦。"

他重新变得乖巧起来。

走到车前，陆刃突然脚步一顿，往旁边让了让："奶奶你先上车。大虫，大虫！"

"在呢！"

长了一张娃娃脸的大虫应声，动作熟练地把方亚楠往车上扶。大巴的台阶比较高，方亚楠费力地爬上车后，还没来得及把气喘匀，车上欢天喜地的气氛就迎面扑来。

"方奶奶来了！"

"欢迎方奶奶！"

工作人员加战队成员坐了车上大半的座位。他们有在吃棒棒糖的、有在喝饮料的，硬是把这辆去参赛的车坐出一股去郊游的气氛。

一个长发女孩上前把方亚楠引到最前面一排座椅上，笑得甜甜的："方奶奶好，奶奶您气色真棒！"

方亚楠："嘿嘿，过奖了。"

坐在她后方的一个三十来岁的穿着西装的帅哥站起身，朝她伸出手："方奶奶好，久闻大名。"

"哦，你好、你好，你是……？"

"我是 DKL 战队的教练，皮艾鲁。"

"啊——皮艾鲁！"刚上车的方鹗又发出一声尖叫声，扑到方亚楠旁边去抓皮艾鲁的手，"我……我……我超级崇拜你！"

皮艾鲁还握着方亚楠的手被方鹗握住，他笑得很尴尬："你好，你好，谢谢。"

"奶奶好像不认识我们教练哪。"大虫喝了一口手里的能量饮料,"那奶奶喜欢哪支战队呀?"

方亚楠表情迷茫:"其实我就知道你们战队,还是我孙子介绍给我的。"

她一边回答一边拍了拍方鹗的肩膀,朝他露出"慈祥"的假笑。

方鹗立刻冷静下来,猛地缩回手,乖乖地朝四周点头:"你们好,我叫方鹗,是她……喀,是方奶奶的孙子。"

"孙子好!"大家嘻嘻哈哈地调侃。

方鹗终于露出了出门以来第一个悲伤的表情。

陆刃先去大巴后面和别人说了两句话,随后走回来,坐在了大虫身边,长长地舒了一口气。车子终于启动了。

方亚楠有些不安,隔着方鹗问陆刃:"你们怎么还一起来接我啊,不耽误你们比赛吗?"

陆刃用下巴向前方示意了一下:"体育馆就在你们家旁边,我们也是顺路过来接你。而且时间很充裕,主办方要求我们提前一个小时到,去那么早,都不知道做什么。"

"五点不是也有场比赛吗,你们不提前过去看看?"方亚楠对赛程还是有点儿了解的——一般七点钟的比赛都是第二场了。

"第一场比赛在 S 市,和我们这场不相干。"

"哦。"方亚楠一听 S 市,这才想起自己还有一个外孙女在那儿读大学,也不知道这次活动没喊她,她会不会生气。方亚楠想到这里,立刻低头给韩添仪发微信,唯恐她跟别人说自己外婆跟 DKL 什么关系也没有,转头就在 DKL 的比赛现场看到方亚楠。

韩添仪回复得很快:"没事的,奶奶,你想干什么就干什么,我没有跟别人承认或者否定过任何信息。我强调的一直都是,希望他们不要侵犯你的隐私和生活。"

果然,外孙女就是比孙子多吃了两年盐,看看她办事多牢靠!

这时,刚才那个长发女生又凑了过来,手里还拿着一个仪器:"方奶奶,给您量个血压,可以吗?"

方亚楠愣了愣,伸出手,开玩笑地问道:"怎么,怕我激动到脑梗?"

"您别说,真的有老人家去了现场以后受不了的。别说现场观众的声音了,光是现场的音响设备,年轻人都不一定扛得住。我先看看您的情况,等会儿您感觉不舒服了,直接来找我,我带您去休息室,那儿隔音。"女生一边说，一边熟练地给她量了血压，一看数值，满意地说道，"可以，奶奶，您的血压很稳定嘛。"

"我不骗你，出门前我刚吃了药，"方亚楠比了个手势，"吃了一把。"

"哈哈，奶奶，您真可爱！"

方鹗在一旁左右看了许久，突然小声地问方亚楠："奶奶，你带速效救心丸了吗？"

方亚楠一听这话就明白孙子是什么意思了："给你备着？"

"嗯。"

"云南白药要不要？"

"不要，不要，谢谢奶奶！"

过了一会儿，他又忍不住问："奶奶，你怎么会和陆刃认识啊？他真的是你的老伙计的孙子？"

方亚楠终于可以嘚瑟了，得意地笑："他爷爷是百道的策划，你知道吗？"

"真的？！"

"亏你还说自己喜欢陆刃呢，这都不知道。"

"那你和他爷爷一起共事过？"方鹗好歹记住了方亚楠的履历，双眼放光，"对呀，我怎么没想到这个？百道现在可是VCS赛事的总代理呢！"

"哼，"方亚楠压低声音说，"悄悄地告诉你，他爷爷年轻的时候可是带着我打了好几年游戏，任劳任怨，哈哈！"

方鹗眼里的光芒逐渐消失，他鄙夷地看着她："水平烂还这么得意，奶奶你不要带坏我。"

"你下车吧。"

"奶奶你怎么这么厉害？我要向你学习！"

"呵呵。"

果然，大巴十分钟就开到了会场。虽然还有一个多小时比赛才开始，但场馆外已经聚集了不少人，游戏迷们见到DKL的大巴，纷纷欢呼雀跃起来，手里的灯牌闪烁，照得整条路五光十色的。

方亚楠反应极快地拉上了车帘，方鹗只好凑到别的车窗旁去看外面的热闹，激动得整个人都在发抖："天哪，我居然在DKL的车上！我这辈子值了！"

"你要是打得好，你也可以来呀。"后面的皮艾鲁已经见惯了这个场面，也拉上了车帘，笑眯眯地对方鹗说道。

"真的吗？我可以吗？我……我……我……"方鹗不知道怎么说下去，转念一想，忽然失落起来，"我年纪是不是有点儿大了？"

375

方亚楠笑出声来。仔细想想,过去的职业电竞选手确实往往在十五六岁时就会崭露头角,方鹗这么说也不无道理。

"没事呀,想试可以试试,你是方奶奶的孙子,基因摆在那儿,总不会差到哪里去。"皮艾鲁鼓励方鹗。

方鹗眼里好不容易重燃的光芒再次消散。他看了看尴尬笑着的方亚楠,突然失去了精气神,一屁股坐回方亚楠身边,仰天长叹:"我还是老老实实地读书吧。"

方亚楠已经不忍心打击他了,心中甚至生出一股愧疚感。

孩子,奶奶的游戏水平这么差,真是对不起你了。

整支战队的人一进入会场,就进入了紧锣密鼓的备战状态中。

方亚楠从来没见过职业电竞选手备战的样子,其实有一点儿好奇,想去看又怕打扰人家,只能和激动过头的方鹗在茶水间里等待。

这个茶水间应该是由员工食堂临时改建的,方亚楠和方鹗在里面坐了一会儿后,陆陆续续有其他战队的人进来拿食物,看到他们,都有些好奇。尤其是方亚楠,非常引人注意——她大大咧咧地坐在那儿,手边一堆零食、饮料,旁边还坐着一个小伙子。这副"天伦之乐"的画面出现在此时此地,非常违和。

"啊,是JT的人。"又进来几个人,方鹗一看到对方身上红白相间的队服,就警觉地直起了身子,"他们也来得挺早啊。"

方亚楠看着那几个金发碧眼的男孩,有点儿好奇:"他们是欧洲的战队?"

"对呀,他们挺厉害的。"方鹗语气有些不甘心,"当然,比咱们的战队还是差多了。"

这时候,又进来一个顶着白金色寸头的高个子男生,男生高鼻梁、深眼窝,耳朵上戴着一对耳钉。他走进来后,直奔咖啡机,一边在咖啡机上操作,一边扫视了方亚楠和方鹗一眼。

方亚楠小声地问方鹗:"这是……俄罗斯人?"

"对,奶奶,你这都看得出来?"方鹗又激动起来,"他是JT的队长,也很厉害,名字叫霍什么什么斯基,我们都叫他霍师傅。"

"哈哈,有意思。"

这时候,霍师傅突然拿着咖啡走了过来,在祖孙俩茫然的注视中站到他们面前,用英语问道:"请问你们有什么话想对我说吗?"

376

看来他是看出他俩在议论自己了,所以皱着眉,语气还挺不客气的。

"啊……哦……"出门前还在做英语题的方鹗张口结舌,在脑海中疯狂地翻着英语词典。

方亚楠笑着摇了摇头,用英语答道:"我觉得你真是个漂亮的孩子,所以问我孙子你的名字,然而他想不起来了,只记得你很厉害。抱歉,是不是冒犯到你了?"

霍师傅表情一松,挠了挠头,表情竟然有些羞赧:"哦,没事,抱歉……您要咖啡吗?"

"啊,不……"方鹗终于能说出他掌握的词汇了。

"谢谢,美式就好。"方亚楠咧开嘴,笑得很是开心,"如果能顺便和我这个笨孙子合个影,就更感谢了。"

"奶奶……"方鹗感激地看了她一眼。

"哦,没问题。"

霍师傅往后退了两步,方鹗立刻迈着小碎步走到他身边,方亚楠举起了相机。

"奶奶,你什么时候带的相机?!"

"闭嘴,拍照呢!"方亚楠拍了几张照片,便放下相机,比了一个OK的手势:"美式,谢谢你,年轻人。"

霍师傅转身给她做咖啡去了。

方鹗有点儿吃惊:"奶奶,你可真能使唤人!"

"我也这么觉得,"方亚楠感叹,"可能都是我玩游戏时养成的习惯。"

方鹗:"……"

霍师傅给方亚楠做了一杯美式后就走了,有了这个开头,之后其他JT队员再进来时,方亚楠都会去搭话,帮方鹗留下和对方的合影。

方鹗感动得快哭了:"我这辈子值了!奶奶,你太懂我了,我爱你,奶奶!"

方亚楠:"我当年也是千里迢迢地跑去游戏展要签名的人哪,怎么会不懂?"

"奶奶,你真厉害!"方鹗疯狂地夸赞她。

方亚楠虽然在茶水间"作威作福",但非常乖巧地没有出去乱走,还按住了蠢蠢欲动的方鹗。两个人在茶水间吃得肚子滚圆。等到距离比赛还有二十分钟的时候,终于有DKL战队的工作人员走向他们:"方奶奶,战队准备出场了,我们要先合张影,你们一起来吗?"

"啊?你们合影,我们掺和进去不合适吧?"

旁死死抓着她的方鹗闻言立马松开手,在一旁垂着头。

"没关系的，我们先合一张影，然后你们再进来呀。陆刃他们可是专门叮嘱我叫上你们的呢。"工作人员朝他们招手，笑道，"来，来，来。"

方鹗于是又扶住了方亚楠，两个人跟着工作人员进了战队休息室。里面十分热闹，众人看到他们进来，纷纷招手："方奶奶来了，集合，集合，合完影该走了！"

方亚楠第一次进入电竞选手的休息室，二话不说地先拿起相机拍了几张照片。众人"哇哇"大叫："哇，奶奶还带装备了！"

她和方鹗被拉到战队队员中间，方亚楠站在最中间，左边是方鹗，右边是陆刃。乐呵呵地拍完照，她关心地问道："你们赛前的气氛这么欢乐吗？"

"先开心开心，一会儿还开不开心要看比赛结果。"大虫笑嘻嘻地说道，"奶奶，跟我自拍吧。"

"快去比赛啦，"方亚楠嘴上推拒，还是速度飞快地对着大虫举起的镜头比了个剪刀手，放下手后又催促，"别傻乐了！"

方鹗喊她："奶奶，奶奶！"

他已经凑到陆刃身边去了。

方亚楠只好再次举起相机。

十五分钟后，战队成员终于陆陆续续地往外走，方亚楠这才解脱似的被战队的助理带往观众席。

他们刚走到走廊里，排山倒海般的欢呼声已经隐约传来。方亚楠有点儿担心自己的鼓膜，在助理打开门的瞬间，第一时间捂住了耳朵，却还是被汹涌的声浪震得打了一个趔趄。

连方鹗都皱起了眉，放慢脚步，拍了拍自己的胸口，然后扶住方亚楠，大声地喊道："奶奶，当心！"

"好！"方亚楠感觉自己用最大力气喊出来的话立刻被现场的声音淹没了。方鹗扶着方亚楠往前走，两个人先路过了前排最贵的VIP区，然后进入了亲友区。

助理贴心地递给方亚楠一个头戴式耳机，大吼："奶奶，声音太响的话，你戴上这个，可以降噪！不要硬撑哪！"

方亚楠看着这个金属质感的紫色猫耳款耳机，虽然很喜欢，可是一想到自己现在的外表，还是有点儿嘴角抽搐。但是她此时已经能感觉到自己"怦怦"直跳的心脏，于是乖乖地接过耳机，点头道谢。

助理之前已经加过方亚楠的微信，于是又嘱咐了一遍不舒服去找她，便转身回工作区了。

亲友区没有坐满，坐在这里的大多数是年轻人，还有个别中年人，其中年纪最大的当然就是方亚楠。其他人都好奇地看着她，还有人凑过来说话，方亚楠声嘶力竭地回了一句："啊？"

这样的对话反复了几次以后，那人只好放弃了。

方亚楠勉强坐稳后，缓了好久才平复心跳，低头给陆晓发消息："我到观众席了，你怎么没来？"

陆晓："我心脏上有支架，到那儿会被震死。"

方亚楠："怎么没人问问我有没有支架？"

陆晓："门口有体检门，你有支架的话，它能识别出来。"

方亚楠有点儿慌张。她经过体检门了吗？好像没有啊……她转头问方鹗："小鹗，我装过心脏支架吗？"

方鹗听了两遍才听明白，一脸迷茫的表情："我也不知道啊，怎么啦？"

"装过支架的人，不能进来！"

就算不说理由，方鹗也反应过来现场的音量对心脏的刺激性，立马也跟着慌张起来。他掏出了手机："我……我……我问问爸爸！"

他嫌发消息太慢，直接起身冲进安全通道去打电话了。

此时，主持人已经开始上台介绍今晚的队伍了。随着主持人的介绍，队长霍师傅率先上台，紧接着上台的是他的战队成员，一个个容貌过人，看得方亚楠心旷神怡，她更担心自己一会儿会因为身体素质不合格被送出去了。

主持人介绍完JT战队队员，DKL的队员们在更响亮的欢呼声中上场。第一个上场的是陆刃，紧接着是大虫、丁狼、艾卡，还有另外两个方亚楠不认识的主力队员不老神和夜枭。

主持人又介绍了DKL战队，然后双方队员握手，接着各自进入玻璃屋，戴上头盔。

此时，方鹗终于兴冲冲地赶了回来，对方亚楠兴奋地摇了摇头，比了一个OK的手势。

方亚楠立刻明白了他的意思，不耐烦地偏过头去："别挡我的视线！"

方鹗委屈地坐回她旁边，一抬头，整个人都呆住了。

舞台上方倏然出现了一个海市蜃楼一样的全息投影，清晰程度不亚于4K电视，从方鹗的视角看过去，他完全看不到对面的观众，想必对面的观众也一样。投影中，以一个航拍镜头开启画面。镜头飞越过一个又一个举办八强赛的城市的地图，画面中穿插着之前几场比赛的精彩画面，引起一轮又一轮汹涌的欢呼声。

方亚楠觉得自己就算没有心脏支架，也快激动得昏过去了。

开场视频结束，画面骤然变黑，几行字如乐高积木一样搭建起来——

  VCS世界职业锦标赛·H市战。
  DKL对战JT。
  科技支持：万方&九思视觉科技推进实验室。

方亚楠："咦？！"

方亚楠头皮都麻了，甚至产生一种江岩"阴魂不散"的感觉。

九思居然还在！

这是家族产业吗？那现在谁在管理九思？

方亚楠忍不住了，一把搂过方鹗的肩膀，贴着他的耳朵问："这个九思是你爷爷的那个九思吗？"

方鹗："对啊……我的天哪，奶奶，你连这都不记得了？"

"少废话，"方亚楠怒斥道，"现在谁在管理九思？"

"交给会管的人了啊。爷爷好像是带着九思入股的万方，具体情况我也不清楚，反正咱家就负责分钱。"方鹗说得轻描淡写。

"那我岂不是很有钱？"

"对呀！"

"我的钱呢？"

"问你自己呀！"

方亚楠蒙了，决定一会儿再去查一下自己的银行余额，现在先看比赛。

钱嘛，身外之物，而且她都这个岁数了，要那么多钱做什么？

她现在头皮不麻了，而是麻木了。

战况一上来就很激烈。解说员在一开始的时候就介绍过，双方都是有名的进攻型队伍，尤其是JT，作战时乱中有序，总是让对方招架不住。相比之下，DKL则更加攻守兼备，喜欢玩战术——什么钳形攻势、迂回作战。DKL的队长陆刃显然是一个眼光比较长远的指挥官，往往会做出具有前瞻性的决策。

但是这一次，他碰上不按常理出牌的JT，几个回合后就被打乱了步调。要不是他个人实力过硬，队伍就要被击溃了。

第一局，DKL输了。中场休息时，双方队员各自回到休息区里。

方鹗很失落，问："奶奶，我们要不要去看看他们？"

方亚楠正在跟陆晓发消息，闻言头也不抬地问："干吗，你去出主意呀？"

"那不是……你能出啊！"

"就我那个水平，我出个屁。"

方鹗垮下了脸："我不想看他们输。"

"谁想哪？"方亚楠说道，"不过那个霍师傅真是帅呀。"

"奶奶，你这时候就别犯花痴了吧？"

"我又没'通敌'，看看脸而已，怎么了？"

"不行，反正现在不行，这局绝对不行！"

"那要不我把你跟霍师傅的合影删了？"

"不行，那更不行！"

"唉。"方亚楠不逗他了，故作遗憾地摇了摇头。

方鹗也不凑上来自取其辱了，坐在一旁噘着嘴。

陆晓自然也在看孙子比赛的直播，此时和方亚楠很有话聊。

方亚楠："你孙子接下来怎么办？他有没有哭着找爷爷呀？"

陆晓："找了，大虫让我找人去给霍师傅做尿检。"

方亚楠："哈哈哈，这是要拔人家的网线哪！"

陆晓："那我能怎么办？我也不能帮他们打啊。"

方亚楠："那要是你，你打算怎么办？"

陆晓："别问了，你又不是没跟我一起打过游戏。就一个字——干。"

方亚楠："不对吧？"

陆晓："还能是什么？"

方亚楠："你打的话，不是偷袭就是藏起来，反正不是干。"

陆晓："行，行，行，随你怎么说。"

十分钟的休息时间结束，第二场比赛开始。双方战队再次在欢呼声中入场，全息投影亮了起来。这一次的比赛战场，是方亚楠最喜欢的沙城——这里地形开阔，厂房不多，因此非常考验选手的枪法；同时，因为没有什么街道、小巷，所以擅长游击战的队伍在这里发挥空间不大。

"怎么是这里啊？"方鹗快哭了，"那陆刃的战术更发挥不出来了！"

"人家是职业选手，用你担心？"方亚楠心情倒是很放松。她以前经常看游戏比赛，早就见惯大风大浪了。即便今天 DKL 输了，她也觉得只要他们努力了就好。

方鹗还年轻，做不到像她这么沉着，此时握紧了拳头。

出人意料的是，第二局比赛，陆刃一改往日的作战风格，选择和 JT 硬碰硬。双方各自占住一个阵地，交战次数之多、战局变化之快，差点儿让两个

· 381 ·

解说员舌头打结。

"我们看到这次 DKL 的作风非常大胆！作为反恐方，他们选择放弃蹲守阵地，而是采取点线联防战略，充分利用了沙城视野开阔的优势。"

"他们这是要和对方拼个人实力呀。"

"没错，这种打法非常考验个人实力和团队默契。接下来，我们就看 JT 是选择各个击破，还是直捣黄龙了。好了，我们看到霍师傅带着隆德伯格出现在边线上，看上去，他们的目标是攻入厂房。烟幕弹已经燃起来了，驻守的大虫已经瞄准了烟雾，我们看看他盲狙的水平如何。他还没开枪……还不开枪……他再不开枪，JT 的队员就要摸到大门了呀！"

"枪声响起来了！隆德伯格被击中头部！大虫干得漂……不对，这不是大虫的鸟狙的枪声，是陆刃，是陆刃开的枪！他是怎么做到的？！"

"那个集装箱的门缝，是那个集装箱的门缝！天哪，我从没见过透过这条门缝狙击敌人的人！玩家朋友们都知道，这条门缝处有空气墙，只有霰弹枪的子弹能穿透这条门缝。难道陆刃已经征服了这道空气墙？！"

"这如果不是巧合，说明 DKL 这次真的是有备而来。"

"JT 的队员们显然还没弄明白究竟是哪里来的子弹。霍师傅撤退了！霍师傅的思路非常清晰，我们看到他被队友接应了回去，但是厂房的 A 点依然是他们的主要目标。"

"我其实很期待 JT 能够再派人去探探，想看看陆刃还能不能再次利用那条门缝狙击成功。"

"这让我不得不想起一些传闻哪……"

"哈哈，这个我们下次再聊。快看，JT 又一次行动了！他们果然不会轻易气馁！但是这次他们换战术了！不愧是霍师傅，那颗来自不可能的方向的子弹并没有吓退他，他这次干脆直接往那边去了！"

"陆刃危险了……啊，废料区的艾卡动了！他过来支援了。"

"各位，我好紧张啊！"

"我也是。DKL 的防线其实非常脆弱，一旦被突破，就有可能全线瘫痪，相信 DKL 的队员们此时也精神高度紧张。"

这时，方亚楠突然收到一条陆晓的消息——

"我不是，我没有，我不知道。"

方亚楠愣了一下，突然明白过来，哭笑不得地回："有你这么'此地无银三百两'的吗？难道真的是你修改了那道空气墙的数据？"

陆晓："我都退休多少年了，怎么可能？"

方亚楠："那你这么着急地解释做什么？我都没问你。而且就算是你改的，你也不可能是为了陆刃改的呀。"

陆晓："你没听过解说员刚才提到的传闻吗？"

方亚楠明白了，回复："这条传闻跟你有关？"

陆晓连文字中都透着无奈之意："我还等你问我呢，原来你不知道。传闻中，陆刃的爷爷——也就是我——是百道的主策划，会在游戏中设计一些隐藏机制，所以他才那么厉害。"

方亚楠："那你有没有这么做呢？"

陆晓："就算我真的这么做了，那也是为了为难他，怎么可能特地告诉他？"

方亚楠对陆晓的做法竟然油然生出认同感，回："我懂，我太懂了，换我我也这么做！"

发完这条消息，她慈祥地看了看旁边的孙子。

方鹗正握着拳头狂呼乱喊，刚才的交锋中，DKL略胜一筹。如果JT继续减员的话，这一局，DKL基本上就锁定胜局了。

这时，方鹗不知道为什么，突然打了个哆嗦。他像小仓鼠一样警觉地左右看了看，但是此时方亚楠已经收回了目光，他毫无所获，只好收回目光，却突然"咦"了一声，拍了拍方亚楠："奶奶，你看。"

方亚楠顺着他的目光朝下方的媒体区看去。坐在那里的都是媒体人员，此时正有几个人镜头对准她的方向，看起来似乎是在拍她。

早料到会有这一幕，方亚楠朝镜头微微一笑，继续转过头看比赛。很快，DKL成功利用点线联防，把阵地守到最后一刻，获得了胜利。

在震耳欲聋的欢呼声中，双方队员退场，前往休息室。现场进入互动环节，场内导演会随机选择一位在场的观众上台发表对自己支持的战队的祝福，并能获得一个礼物。

方亚楠还以为自己会被选中——毕竟她这头灰白色的头发真的很抢眼。然而场内导演并没有选中她。方亚楠想到可能是DKL的工作人员打过招呼了，便安下心来，继续和陆晓聊天。陆晓似乎精神很好，回话很快且言之有物，让她忍不住想起过去两个人总是能围绕着游戏机制等问题东拉西扯上好几个小时。

那时候的她真的是痛并快乐着。她一面想，如果陆晓不喜欢自己，怎么会陪自己聊到快天亮；一面又觉得，如果陆晓喜欢自己，怎么会只和自己聊游戏，让她完全找不到转移话题的机会……她有时候既觉得有点儿厌烦，又舍不得主动断开话题，很难受。

不过七十五岁的方亚楠已经认命了。现在的她可以很坦然地享受和陆晓聊共同爱好的乐趣了。

就在她笑嘻嘻地威胁陆晓再给自己透露点儿新的全息游戏的内幕信息时，手臂忽然被拉扯住。

"奶奶，奶奶，"方鹗大叫，"你！是你！"

"啊？"方亚楠一抬头就看到舞台上那个巨大的全息屏幕上，是自己茫然的大脸，鹤发鸡皮，满是褶子。乍一看过去，她自己都吓了一跳。

视野范围内的所有人都望向她，一脸好奇和艳羡的神情。

"奶奶，笑，笑！几亿观众呢！"方鹗快急死了。

方亚楠差点儿就咧嘴傻笑了，但此时身为"老方"，心理素质极佳，因此只是气定神闲地往后靠，朝一旁的孙子微微一笑，无奈地摸了摸他的头。

"这位幸运观众有点儿特别，是一位非常优雅的奶奶。奶奶，请问您方便上台表达一下对您支持的战队的鼓励吗？"主持人是个非常有气质的大美女，此时正笑意盈盈地看着方亚楠。

没等方亚楠开口，方鹗已经着急地挽住她的手臂："奶奶，我扶你！"

"唉。"方亚楠有些无奈地缓缓起身。同排的观众干脆都站起来，给她让出一条更宽的路，并纷纷微笑着对她致意。

全场人眼睁睁地看着她被方鹗搀扶着，一步步慢吞吞地挪上舞台。利用这个时间，导演让工作人员搬了一把椅子放在舞台上。

等方亚楠坐下，主持人终于松了一口气："这可能是我在电子竞技的决赛现场看到的最年长的观众了。此时，我的心中充满敬意，相信现场和电视机前的观众也和我有一样的感受。那么，奶奶，请问您是陪您的……"

"孙子。"

"哦，您是陪您的孙子来看比赛的吗？"

"不，他是陪我来的。"方亚楠得意地笑。她在走过来的路上还以为自己会很紧张，然而真的坐在舞台上以后并不紧张。反而是方鹗，被吓得手冰凉，她不得不握住他的手。

"哇，您也玩 VCS 吗？"

"玩。"

"天哪，奶奶您的身体一定很好！"主持人停顿了一下，突然说道，"我知道最近网上流传着一个很火的视频，是一位奶奶和她的孙子一起打《怪物猎人》。我现在还记得她流畅的操作，仿佛岁月从来没在她身上留下过痕迹。那么，请问这位奶奶，您也玩《怪物猎人》吗？"

来了，场内导演果然早就盯上她了。方亚楠歪头想了想，神秘地说道："我不方便走动的时候，偶尔会玩。"

全场骚动，看过视频的人都知道视频里的主角是坐在轮椅上的。方亚楠的这句话几乎是承认自己的身份了。

主持人还不甘心，激动地向她确认："请问您是不是那个视频的主角？"

方亚楠叹了一口气："我只想利用余生安安静静地陪孙子玩玩游戏而已。"

"啊……"主持人愣了愣，表情有点儿慌乱，显然方亚楠的回答对现场的氛围来说有点儿沉重。主持人反应极快："那您一定要加油呀，您的孙子真是太幸福了！话说，奶奶，您支持哪支战队呢？"

方亚楠笑起来："当然是DKL了。"

"接下来就是至关重要的大决战了，您有什么话想对DKL的队员们说的吗？"

方亚楠歪着头想了想，说道："我都能坐在这儿，他们肯定也能玩到老。时间有的是，但我们也要'只争朝夕'！加油吧，少年，赢了以后，奶奶给你们做红烧肉！"

旁边的方鹗没忍住笑了出来。

"对，只争朝夕！"主持人高声重复了一遍，"谢谢奶奶，请奶奶回到座位上。接下来，我们再次欢迎我们的选手入场……"

方亚楠被方鹗扶着走下舞台，没走几步，就听到方鹗长长地舒了一口气："吓死我了。"

"怎么了？"

"我还以为奶奶你要说什么惊世骇俗的话。"

"我是这么不靠谱的人吗？！"

"以前不觉得，现在……"方鹗用怀疑的眼神看着她，"你都说出要给人家做红烧肉这种话了。"

"怎么，我不会做？"

"对，你不会做。"

方亚楠："……"

不会吧？四十多年前，她确实不会做；四十多年后，她还不会做？！那她是怎么把这么大一家子人拉扯大的呀？

哦，对了，她有钱……

第二局比赛很快就开始了。当最后一张作战地图被随机选出来后，DKL的支持者都忍不住高兴起来，场内甚至一度有观众发出"嘿嘿"的笑声。

第三局比赛的作战地点是废城——小巷居多，地形诡谲。

解说员也笑了："我觉得陆刃现在肯定在狂笑。"

另一名解说员说道："我也想笑，他当年那场成名之战好像就在废城？"

"那还是我第一次听到国外解说员字正腔圆地喊出'阴险'两个字。"

"是的，是的，哈哈，那段时间，短视频平台的游戏栏目里到处都可以看到这两个字。"

"我记得那一战之后，陆刃突然多了很多男性支持者。"

"哈哈，是啊，大家都说他明明可以靠脸吃饭，却要靠猥琐。"

"那句话怎么说的来着？'陆哥明明很强，却过分猥琐？'"

"对，过分猥琐！来了，来了，他们开始了！"

这一战，方亚楠可算是大开眼界了。她明明听解说员说DKL作战风格稳健、攻守兼备，没想到第三局一开局，DKL就深入敌人后方偷袭。这哪里稳健了？这简直就是作死型的进攻风格。

JT已经很不按常理出牌了——这局作为反恐方，他们并没有老老实实地守在常规地点上，但还是低估了DKL的大胆程度。DKL的队员几次佯攻，然后利用对手的视野死角，从楼顶一跃而下，一个个摸到了敌人的后方。

而且DKL还在行动时故意互换位置，制造声响，误导JT。要不是JT负责守卫据点，双方非得打到互换阵地不可。

"我们看到DKL已经摸到了JT的侧后方。JT应该已经反应过来了，霍师傅带着杰洛夫和阿波罗过去了！他们碰到了，碰到了！霍师傅先扔出一枚燃烧弹，然而大虫早有准备，用烟幕弹灭了火，但是DKL的视线也被烟幕弹挡住了。阿波罗正在隔着烟雾扫射DKL！大虫和陆刃躲在柜台后面，千狼企图探头反击，被霍师傅发现了！霍师傅开了一枪，千狼受重伤！但是我们看到在据点的另一边，不老神已经摸到了隆德伯格的后方。不老神隐蔽在汽油桶后，隆德伯格没有发现。隆德伯格的注意力被大虫和陆刃吸引了。不老神掏枪了，掏枪了！隆德伯格的血量告急！"

解说员说完几乎断气。他深吸一口气的同时，另一位解说员赶紧接过重担："战况如火如荼！隆德伯格扣动了扳机！但是他冒头了！啊，我们看到远处的夜枭开枪了！这一枪送走了隆德伯格，同时，夜枭的位置也暴露了！JT的机动人员高司机和希罗斯已经发现了他！夜枭准备撤退，但是高司机和希罗斯已经分头堵住了两个出口！他们要包抄夜枭！这个时候，我们的不老神受重伤，还有谁能救夜枭？刚才一直没出现过的艾卡！艾卡终于过来了！他竟然爬上了电视塔！天哪，我们看到他蹲在那儿，没有动手。他再不帮忙，不老神和夜枭就要倒下了！"

说完，这个解说员也去喘气了，另一个解说员立刻接上："战况依然激烈。双方队长僵持不下，霍师傅打定主意，不让陆刃前进一步。我们看到艾卡终于举起了枪，他在瞄哪儿？他在瞄哪儿？啊，那是汽油桶吗？他想炸掉汽油桶吗？可是游戏里的汽油桶无法爆炸啊！相信各位玩家都曾经有过这个梦想——在游戏里一枪射炸汽油桶，炸'死'敌人。然而这是不可能的。我们看到艾卡似乎想和常识对抗，他开枪了，一枪、两枪，天哪，我们的艾卡这时候竟然在打汽油桶玩吗？我不相信……等等，我看到了什么？大虫冲出去了！他冲出走廊！他被霍师傅三枪打'死'，但是临'死'前扔出一枚燃烧弹，正好扔在了汽油桶旁边！JT没有扔烟幕弹灭火！他们在和DKL僵持的过程中，已经把烟幕弹用完了！"

"轰！"巨大的爆炸声响彻会场，所有人都发出了惊叫声，坐在方亚楠不远处的一对中年夫妇被吓得把手中的水都洒出来了。

"炸了，汽油桶炸了！朋友们，这一次，DKL为我们解决了一个巨大的谜题——VCS的汽油桶里到底有没有汽油？事实是——有，而且汽油桶会爆炸！朋友们，阵亡名单出来了！霍师傅、杰洛夫和阿波罗被当场炸'死'！DKL已经基本锁定了胜局！艾卡终于去给夜枭解围了，但是被隆德伯格打'死'。陆刃和千狼一起冲到了据点，放下了炸弹！时间进入倒计时，JT慌了！高司机和希罗斯转身冲向据点，但是来不及了，来不及了！他们会遭到来自DKL全方位的堵截！隆德伯格阵亡！我觉得我们可以提前恭喜DKL获得胜利了！"

在惊天动地的爆炸声后，战斗几乎立刻就跳到了尾声。很快，随着代表匪方胜利的爆炸声响起，欢呼声瞬间响彻全场。大家疯狂地喊叫着，看双方队员摘下头盔，和对手握手。最后，JT黯然退场，DKL站在了舞台上。

方亚楠也激动得"啪啪"鼓掌，一旁的方鹦嗓子都喊哑了，不停地蹦跳着。

"让我们恭喜DKL！"女主持人上台，笑得八颗牙都露了出来："你们辛苦了，三场比赛都非常激烈，你们打出了与过往完全不同的风格和气势。请问你们现在有什么话想对观众说的吗？"

所有队员都望向陆刃。陆刃看上去有点儿憔悴，确切地说，所有队员都有些疲态，他们的发型被头盔弄得乱七八糟的，头上满是汗水，但是他们的眼睛闪闪发亮，绽放着藏不住的喜悦光芒。

陆刃接过话筒，迟疑了一下，说道："我想先感谢在场所有人的支持，希望大家继续支持我们。同时也感谢JT战队，在他们身上，我们学到了很多东西。"

这话好客套！方亚楠笑了起来。

"陆刃不愧是 DKL 的队长，很有格局。"主持人显然也是这么想的，跟着客套了一句后，又问道，"这一次 VCS 世界锦标赛，我们 H 市是总决赛的承办方。听说陆刃你就是土生土长的 H 市人，H 市对你来说应该有特别的意义。请问你对 H 市的朋友们有什么想说的话吗？"

陆刃沉默了一下，再次拿起话筒："我想说，不管在哪儿比赛，我都会和我的队友一起努力走上领奖台。但是今年，我格外想在我的家乡，为我的同胞捧起奖杯。比赛还会有很多场，但是我们只争朝夕！"

"哈哈！"方亚楠冷不丁地笑出声来——这小子居然"抄袭"她的话。

主持人反应也极快："原来你刚才在后台也听到了幸运观众对你们的鼓励，这就是你的回应吗？"

"是的，还有，"陆刃看向观众席，并伸手拍了拍大虫，微笑着说道，"他最喜欢吃红烧肉了。"

方鹗忍不住笑起来，一把抓住方亚楠的手臂："奶奶，你完了。"

方亚楠尴尬地笑："呵呵。"

比赛在欢天喜地的氛围中结束了。陆刃等人和 JT 战队的人约好了进行赛后交流，便让工作人员给方亚楠和方鹗叫车，送他们回去。但是方亚楠一向最怕人多的环境，便婉言谢绝，打算和方鹗等到其他观众走得差不多了以后，他们再回去。

方鹗自然举双手赞成——他巴不得在这儿回味到天荒地老。

"奶奶，谢谢。"方鹗愣愣地看着前方的舞台，那里，工作人员正热火朝天地收拾着设备。

"嗯？哦，没事。"方亚楠笑道，"就算陆刃不主动邀请，只要有机会，我也会买票请你来看的。"

"那我们还能来看决赛吗？"方鹗眼中充满希冀的光。

"啊……"说实话，有陆刃在，他们想来决赛现场肯定是没问题的，但是方亚楠不太想主动开口对陆刃提请求，只得说道，"我也不好说。"

"唉。"方鹗还是懂事的，惆怅地叹了一口气，便主动开解方亚楠，"没事，能看这么一场，我也很满足了。"

他说罢，又愣愣地看向舞台，再次陷入自己的世界中。

方亚楠陪着他，手机在不停地振动，不断收到新消息，她却不太想理会。这次的经历不仅对方鹗来说很特别，这也是她有生以来第一次到现场看电竞比赛。她不知道在她"遗失"的这四十五年里，她有没有看过现场比赛，如果看过，是跟谁一起看的，怎么看的……

江岩一点儿也不像爱打游戏的人，她也不喜欢勉强人。她会拉着江岩去看他并不感兴趣的东西吗？

她不知道。

"方女士？"突然，有人叫她。

方亚楠回过神，抬起头，只见一个穿着黑色套头衫的年轻男子正小心地看着她。他的脖子上挂着一个工作证。

"你们是要清场了吗？不好意思，我们这就走。"她说着就要起身。

"不是，不是，"小伙子有点儿慌乱地摆手，看上去甚至想按住她，"那个……我是万方的工作人员，姓韩，您可以叫我小韩。"

"啊？"方亚楠愣了一下，"万方？"

"对，我们是负责设备维护的。"小韩指了指舞台。

"哦，然后呢？"方亚楠有些迷茫。

"是这样的，我们老板在直播上看到了您，然后就一直在联系您，但您没回他的消息。"小韩指了指方亚楠的手机，有些尴尬。

"是这样啊，"方亚楠笑了笑，"不好意思，消息太多了，我都来不及看。"

"没关系，没关系，我们老板就是让我来问候您一下，顺便让我和您说一声，如果您喜欢看电竞比赛，我们和很多电竞比赛的承办方有合作关系，所以您下次还想看比赛的话，可以跟我们打招呼，我们肯定可以给您安排座位和贵宾服务。"他边说边指了指台阶下方的轮椅，"我觉得您刚看完比赛，可能会有点儿累，等会儿我可以推您出去。"

这不是刚想打瞌睡，就有人送枕头吗？方亚楠一时间脑子都有些转不过来了。她骨子里还是一个小市民，人生巅峰时刻也就是出席发布会的时候坐在媒体席上，从来没想过走后门的事。此时，她根本不知道该怎么反应。

"那个，我……"方亚楠指了指自己，"为什么啊？"

小韩比她还局促："这个……老板是这么吩咐的……但是，方女士，您不是我们万方的股东之一吗？"

方亚楠虽然知道自己是股东，但从未遇见过这种情况，惶惑地回头看向自己的孙子。

方鹗终于站出来了，居然表现得非常淡然，甚至有些冷淡："不好意思，我奶奶年纪大了，有些时候反应有点儿慢。"

方亚楠"……"

算了，不反驳了，这时候方鹗就算说她傻，她也认了。

小韩比方亚楠还惶惑:"哦,这样……那么……"

他无助地瞥了一眼轮椅。

"替我跟你们老板说声'谢谢',决赛的门票我们会自己想办法的,让他别老为我们操心。"

喂,这话讲得有点儿不客气了吧?方亚楠心里想着,却不敢吱声。

小韩显然只是个小员工,啥也不知道,啥也不敢问,只能点头:"好的,那……喀,有需要请跟我说。我能不能加一下您的微信好友?老板要我确保方女士安全到家。"

他说的时候,都有点儿委屈了。

这回方鹗倒是没拒绝,上去加了他的微信好友,让他留下轮椅就可以走了。

祖孙俩都没兴致继续留在此处了。反正观众也走得差不多了,他们便也准备离开。方亚楠坐在轮椅上,方鹗在后面慢慢地推着她。她终于忍不住问:"小鹗,万方老板……那个……是得罪我们了?"

"其实我也不清楚,"方鹗语气不太好,"毕竟是你们那辈人的事情了。但我知道一点,就是万方侵占了爷爷的心血。"

"啊?"方亚楠怒从心起,"什么?"

"奶奶,你别生气呀,我都说我不清楚。我只知道,爷爷还在世的时候,好像就一直跟万方在竞争,但是后来九思还是被万方合并了。再后来,爷爷去世了,万方就把爷爷的公司改成了那个什么实验室。你名义上是股东,但是万方什么也不让你管。反正现在外头只知道万方,压根不知道我们九思了。"

方亚楠听完,就知道方鹗只看到了事情的表象。换句话讲,这是他的一面之词。

别说万方了,就是九思,她管得了?她巴不得当甩手掌柜!她和万方之间肯定还有其他隔阂。

究竟是江岩在世时,他和万方之间真的发生过什么不愉快的事,还是江岩去世后,他们家被万方欺负了?

这点她可真的有必要搞明白了。

"万方?"周末大清早,方近贤大概还没完全清醒,倒咖啡的手顿了顿,"他们来找你了?"

方亚楠喝了一口豆浆,貌似漫不经心地说道:"是呀,我昨天不是上直播了吗?然后万方的老板就派人过来跟我说要给我决赛的票什么的。我觉着有点儿怪怪的，但是又想不起来和万方之间的过往了。他们是不是得罪过咱家？"

"唉，这件事呀，"方近贤叹了一口气，"其实这都是爸的事，我姐可能会更清楚一点儿。就我所知，应该不能算得罪。"

"那你说说你知道的情况？"

方近贤苦思冥想："这都过去多久了啊……我都没想到，有一天要倒过来跟你说这件事。万一哪天你想起来了，发现我说得不对，到时候也别怪我，因为你们也从来没原原本本地跟我讲过这些事。"

"快说，你妈我有脑子的。"

"成，成，成，"方近贤无奈地说道，"爸不是创立了九思嘛，把这家公司做得挺好的。但是后来，万方就崛起了。万方的主要业务是外部设备，但是那个时候外部设备业务已经被几家大公司垄断了，所以万方找到爸，合作开发全息设备——爸负责核心技术，万方负责设备支持。两家公司一开始还合作得挺好的。"

"等一下，后来是不是万方做大了，开始想合并九思了？"方亚楠立刻反应过来。

"对，因为万方还有很多实体产业，所以公司发展得很快，做大了以后，就跟爸商量合并的事情。"

"他们的目的是把九思的技术握在手心里吧？"

"谁说不是呢？"方近贤神色很淡漠，"爸当然也明白这点，但是他们搞技术的和人家搞产业的，实力已经不对等了。虽然九思跟了万方，以后钱就不用愁了，但他的开发方向也会被万方牵制，他当然不愿意这么做。"

"这是什么时候的事情？"

"你问到关键了。"方近贤声音低沉地说，"双方拉扯得最厉害的时候，爸突然病发了。"

果然是在那个时候！方亚楠眯起眼："所以万方乘虚而入了？"

"不好说。"方近贤偷偷地看了一眼方亚楠，"那个时候咱们家乱成一团，你为了……唉，不提了。"

"我为了什么？你倒是说啊。"

方近贤紧紧地皱着眉："你……你为了掌握主导权，都准备跟爸复婚了。"

"啊？"方亚楠没想到会有这样的事，"为什么？为了……为了让你姐捐骨髓吗？"

"不止，那时候你和爸没有什么实质性关系，所以什么事都插不上手，你就决定复婚，把事情都揽过来。一方面你是为了救爸爸，还有就是不能让爸的心血被外人侵占。"

还好！方亚楠抚了抚胸口。她差点儿以为当年的自己打算跟一个将死之人复婚，是为了财产。

"但是爸拒绝了。"方近贤露出压抑不住的痛苦之色，"他肯定是担心姐，也不想让你担责任。"

方亚楠摩挲着杯子，一时之间不知道说什么好，只觉得心脏酸胀得发疼。

"后来你跟爸谈了一次话，谈完，你就去跟万方谈判了。万方……怎么说呢？知道爸生病后，万方其实没有什么动作，大概真的是想等爸好了再说。哦，对了，他们那时候还帮忙联系过国外的骨髓库什么的，说实话，算厚道了。他们只是不会因为爸在或不在，就放弃他们的收购计划。所以后来由你做主，九思作为独立实验室并入万方，研究开发性质不变，技术及初始投资一并转化为股权。后来爸的遗嘱公布——爸的所有资产由你继承，你就成了万方的股东之一。"

"所以这一切都发生在一个节骨眼上。"方亚楠平静地总结。

方近贤点头："对，都发生在一个节骨眼上。"

方亚楠垂眸："如果不是万方对九思动了心思，让你爸一把年纪了还为此殚精竭虑，他不会那么快地病发吧？"

"是，"方近贤神色依旧冷漠，仿佛过往已成云烟，只不过那云烟是冰冷的，"万甄，就是万方的老总，一直是爸的好兄弟，你们也很熟的。爸是被他最有实力的战友从背后插了一刀，我们都帮不上忙，他只能孤军奋战。"

"太难了。"方亚楠"喃喃"道。

"太难了。"方近贤也附和。两个人都沉默下来。

"如果……"方亚楠瞟了一眼墙上的电子日历，"星期天"三个字让她感到一阵心悸。她斟酌着用词，缓慢地说道："如果当初你爸能早一点儿治病，或者，在他……在他孤军奋战的时候，我们能……至少多给他一些支持……他是不是就不会……那么早……"

她不知道该怎么说下去，因为越说越绝望。

方近贤果然苦笑着摇了摇头："如果可以重来，那么妈，你就不会让姐跟韩正军结婚，甚至选择不和爸离婚……甚至，你可以不和爸结婚。但是这么想又有什么意义呢？事情都已经过去了。"

不，事情还没过去。

方亚楠低头搅着豆浆，感觉心脏像被泡在一汪深潭中，上下不定。

她一大清早就拉着好不容易能放一天假的儿子谈这么沉重的事情，也感觉挺不好意思的。而且这个中年儿子反而比她还成熟。对他而言,旧事已如过眼云烟,他很快便收拾好碗筷,问她要不要出去逛逛。

姜多多一大早就出门会客去了,方鹗还在睡觉,母子俩便相伴着下楼,慢悠悠地到小区旁边的小超市去买了一点儿零食和水果,又在小区公园里溜达了一圈。

两个人中午回去时,方鹗终于起床了,打着哈欠,如行尸走肉一般在客厅里茫然地转来转去。直到方近贤把午饭准备好,方鹗才磨磨蹭蹭地洗漱完,挠着鸡窝头走过来。

方亚楠忽然觉得哪里不太对:"你今天没去上补习班?"

方近贤这个亲爹这时候才反应过来,对方鹗怒目而视:"小鹗?"

方鹗一点儿也不心虚,又打了个哈欠:"今天有体育项目的中考,我们学校被征用了,我们不用上课。"

"还有这种好事?"方亚楠本性暴露无遗。

方鹗"嘿嘿"地笑着,连连点头。

方近贤却很不满:"还是得找机会把今天缺的课补上。你都上高二了,少上一堂课,说不定高考就会少好几分。"

"今天全市高中生都不上课,大家一起少好几分,所以不影响我的竞争力。"方鹗振振有词。

"哎,脸都不要了。"方近贤懒得说他了,转身进了厨房。

方鹗突然有精神了,凑过来问方亚楠:"奶奶,有人找你没?"

方亚楠有些迷茫:"什么?"

"你昨天上直播了,那么大的曝光度,没人找你吗?"

"哦,这个啊……没有。"方亚楠低着头,笨拙地点开手机,给他看了一眼自己的微信界面,"好像没人泄露我的个人信息,就我的几个老伙计问候了一下。"

"那……那……那……陆刃找你玩了吗?"

好家伙,醉翁之意不在酒啊。方亚楠笑了一声:"你问得太早了,现在才几点?"

"哦……对。"方鹗懂了,又蔫了。

昨天回程时,方鹗缠着方亚楠,让她给自己讲讲DKL战队的日常工作和生活。方亚楠哪里知道DKL的日常工作和生活,只能翻出以前自己做选题时调研到的对职业电竞选手的了解,跟方鹗瞎聊,比如职业选手一般会训练到半夜,然后睡到第二天中午。毕竟国外很多优秀的职业选手的所在地和国内有时差。

周末睡得晚的可不止职业选手，还有大学生。

方亚楠吃了一半，韩添仪突然打电话来。方亚楠一接起电话，对面的韩添仪就发出尖叫声："外婆！"

"啊？怎么啦？"方亚楠被吓了一跳。幸好她接电话之前把嘴里的饭咽下去了，否则非得呛死不可。

"你怎么……你……哎，你干吗？……哎，我该怎么说？"

"说什么，说什么？冷静！"

"我就睡了一觉，起床以后发现我的抖抖账号上多了三百多万粉丝！我怎么冷静？"

方亚楠："等一下，怎么这么少？"

"什么？这么少？"韩添仪简直要抓狂了，"对不起，外婆，是我格局小了，我大惊小怪，我给您老丢人了，我这就回去反省……啊！四百万了！"

"那女人嚷啥呢？"手机的隔音效果不错，但是方鹗还是隐隐约约地听到一点儿动静，"她的抖抖号出事了？"

说着他也拿出手机翻看起来，然后手里的筷子"啪嗒"一声掉在了桌上："五百万粉丝！"

"你们学过数学吗？怎么一会儿一个数啊？"方亚楠怒斥。

"不是，是我本来就有一百多万粉丝，一晚上又多了四百万。"韩添仪听到方鹗的叫声，立刻心情复杂地解释，"怎么办？我还是谁都不搭理，是吗？"

"那你还想做什么？你要是想运营这个账号，外婆打一把游戏给你看？"方亚楠哭笑不得。

"没那么容易了。"韩添仪凉飕飕地说，"外婆，你到底做了什么？为什么留言都是要看你做红烧肉的？你什么时候变成美食博主了？等等，你什么时候会做红烧肉了？"

方亚楠默默地扇了自己一巴掌。

方亚楠现在可真是搬起石头砸自己的脚。如果她不能说到做到的话，自己的外孙女的抖抖账号可能就要不保了。虽然韩添仪嘴上说无所谓，但是这毕竟是她的账号。韩添仪高考完出去旅行，还拍了视频发布在上面，类似这样的日常生活分享视频还有很多，这些视频以前虽然无人问津，但是随着方亚楠打游戏的视频走红，也开始受到一些关注。甚至有些网友就是为了看韩添仪才关注这个账号的。

要她就此放弃这个账号，这也挺残忍的吧？

方亚楠开始琢磨要不要找机会请陆刃等人来家里吃顿饭，反正红烧肉也不难做。这也算是她答谢他们陪自己打游戏、送自己电竞比赛现场的门票。

但是人家现在在备战半决赛，她是无论如何都不会去打扰的，于是只好先把这件事写在一张便笺上，贴在床头，免得自己忘了。

毕竟眼下已经是周末了，她差不多该"回去"了。

但是方亚楠还是把这件事想得过于简单了。

当天下午，有经纪公司的人找到韩添仪。韩添仪既心动又害怕，问方亚楠："外婆，这下怎么办哪？"

事情发展到这个份上，以方亚楠的人生经验，也不足以解决问题了，她表现得比韩添仪还迷茫："啊？我……嗯……我也不知道。"

"啊？那我怎么办？"韩添仪也迷茫到除了重复这个问题以外，想不出其他话了。

方亚楠哭笑不得："你问一百遍，我还是这个答案。要不，你跟对方接触一下看看？"

"可是这么多公司来找我，我跟谁接触？全部？你要累死我吗？"

"你倒是挑一挑啊，去网上查一查那些经纪公司的口碑，看看公司的资源、渠道！"

"外婆，你好像还挺懂的？"

"这不是常识吗？"

"反正我不知道，"韩添仪嘟囔，"而且网上的信息也不可信哪。"

"你这不是也挺懂的嘛。"

"那我怎么办哪？"韩添仪开始问第三遍了。

"唉……要不这样，你先筛选出一批你觉得不错的，然后我再帮你把把关？"

"我怎么筛……"

"哎，姑娘，你这么笨，要不还是放弃吧！"方亚楠也是个暴脾气，"你就算不了解公司的具体情况，那这些公司旗下的网络红人和明星形象好不好，你总知道吧？凭这个判断会不会？"

韩添仪有点儿委屈，但是依旧嘴硬："我陷入这样的麻烦之中，也不知道是谁害的！是谁跟我说冷处理的？说完自己上直播了，我没及时阻止你，真是对不起哟！"

方亚楠认输了："成，成，成，大小姐消消气，外婆错了！外婆等你的回复？"

"外婆你不要这样!"

"哎,没事,开个玩笑嘛。那你先去查一查,我看看我这边有没有朋友可以帮忙打听。"

"好吧,外婆再见。"韩添仪说罢,挂了电话。

方亚楠把凑过来想打游戏的方鹨赶回房间做卷子,自己则在客厅里捧着手机发愁。

要是换成四十多年前,自己好歹是大杂志社的采编人员,人脉多、消息广,可是现在,自己连之前那些聊八卦的微信群都找不到了,眼下最可靠的消息渠道,竟然是《维度》的退休员工组建的"夕阳红"群。

虽然大家在这个群里偶尔也会交流八卦消息,但常冒头的也就那么几个人,群里还有些她不认识的人,她毫不怀疑,自己将此事发出去的话可能根本得不到回应。

没过一会儿,韩添仪就发来五个经纪公司的名字。箭在弦上,方亚楠只能硬着头皮点开"夕阳红"群的聊天框,把五个经纪公司的名字发了出去,心虚地打字:"家人们,请问这五家公司里,哪家比较靠谱啊?"

她发完消息,捧着手机等了一会儿,果然没人回话。方亚楠有些泄气,只好再次徒劳地翻看起自己的通讯录,甚至开始考虑要不要问问陆刃了。

就在她纠结的时候,突然有一个语音电话打进来。方亚楠一看,竟然是阿肖打来的电话!

好家伙,他那边现在是凌晨吧?

方亚楠当即接了电话,刚想笑着调侃对方一句,却听阿肖低声问道:"亚楠,你怎么了?"

"啊?"

虽然时过境迁,虽然对方的声音变得苍老,但她依然听得出来对面就是阿肖的声音,他的语气却比以往多了许多严肃感。

"你怎么了?"他又问了一遍。

方亚楠有些迷茫:"我怎么了?我没怎么啊……哦,你是说我为什么要问这几家公司的事?这个就说来话长啦,那是我外孙……"

"哪家靠谱?这还要选吗?"

"为什么不用选?这五家公司我都不知道啊。"

"所以我问你怎么了啊!"阿肖抬高声音,"你怎么会不记得艾度啊?艾度哪里对不起你了?"

"啊?"方亚楠头皮发麻,万万没想到自己就问了一个问题就露馅儿了,

"那个……我这阵子记性不是很好。"

她支支吾吾地说道:"就是……很多事情我不记得了。"

"唉,"阿肖长长地叹了一口气,"那你还记得我是谁吗?"

"记……记得的,你是我师父嘛,哈哈。"

"真是荣幸哪,"阿肖语气很复杂,但比之前已经柔和了一点儿,"你真的忘记艾度是我们集团的公司了?"

"什么?不,我真的不知道……完全想不起来……喀。"

"那于总你还记得吗?于文。"

"记……记得的。"

"那你这记性到底是好,还是不好啊?我有时候都想不起来她。"

那是因为你真的老!方亚楠默默地想。

"所以,艾度是我们集团旗下的经纪公司?等等,我们公司什么时候成集团了?"

"唉……"阿肖又长长地叹了一口气,"你等一会儿,我出去跟你说。"

"你那边现在是凌晨吧?你不用休息吗?"

"澳大利亚和国内也就三个小时的时差。大姐,我这边太阳都出来了。"

"啊,这样啊,"方亚楠犯了常识性错误,感到很羞惭,"你先说说艾度是咋回事吧。"

"艾度的第一任老板就是于总。当时,几乎没有多少人买杂志了,咱们杂志社就处境很尴尬。还好集团还有其他业务,所以于总就被调过去做经纪公司了……包括我们,也跟着她一起去了。"

"什么?这么说,我也在艾度工作过?!"

"对啊,不过你那时候都快退休了,就只负责做艺人摄影,管理影棚。"阿肖顿了顿,又说道,"这么说来,你会忘记这段经历也很正常,毕竟这段经历比较平淡,你又不追星……哦,不过,艾度这个名字你真的不该忘啊!"

"为什么呀?"

"因为艾度这个名字是你起的呀。"

"啊?!"

"对呀,集团举办了一场起名大赛,你获得了一等奖,还有奖金呢。你拿到奖金以后,还请我们撮了一顿。"

"啊?!"方亚楠简直震惊了。

阿肖:"现在你知道该选哪家了吧?"

"不知道。"

"小方哪,做人要饮水思源……"

"我都退休多少年了,谁知道艾度现在怎么样了?"方亚楠忍着笑。

"也对……不对,我给你介绍一个金牌经纪人不就行了?"

"不是给我,是给我外孙女。"方亚楠叹气,然后把自己走红网络的事情说了一遍。

阿肖吃惊不已:"行哪,方亚楠,沉迷网络这么多年,终于修成正果了?"

"唉,还是沾了年龄的光。"方亚楠心里门儿清,"要是我还是一个满脸胶原蛋白的小姑娘,压根翻不起浪花来。"

"这也是一种福气。"阿肖认真地说道,"亚楠,趁还活着,别留遗憾。"

方亚楠忍不住笑起来,心却是酸的:"听你的,师父,不能留遗憾了。"

方亚楠又和阿肖聊了几句后,挂了电话。方亚楠长长地叹了一口气,望着窗外的江景发了会儿呆,然后给韩添仪发了两个字:"艾度。"

韩添仪:"理由呢?"

方亚楠:"你外婆我在那儿干过。"

韩添仪:"啊?什么?!"

韩添仪下一条消息紧跟着就来了:"我怎么不知道?"

你也好意思说?方亚楠打完这几个字,转念一想,自己也不知道家里长辈过去都在哪儿工作过。

看来这事也怪不了韩添仪,她删掉了那几个字,回复:"毕竟外婆我是个宝藏哪。"

韩添仪:"喊!"

阿肖的效率极高,很快他就发给方亚楠一个微信号,说这是艾度现在最靠谱的经纪人。

方亚楠反复和对方确认过运营的对象是韩添仪而不是她以后,才把对方的微信号发给韩添仪。方亚楠很快就得到了他们已经接上头的消息。

她发现自己越来越为这些孩子操心了。或许之前她和他们之间还有一点儿隔阂,但是现在她真的很喜欢他们——尤其是在知道自己可能超级有钱以后。

她的孩子们虽然家境富裕,但是都过着平淡的生活。江谣是个女强人,工作、养家两不误;方近贤也有不错的工作,虽然忙了点儿,但是日子过得也很心满意足;方鹦会为了玩游戏而低声下气、软磨硬泡;韩添仪也是一个性格开朗的普通女孩,虽然有点儿小脾气,但是并不任性。

这一家子人都像是在爱里长大的。

难道是自己很会教育？

方亚楠忙活完这件事，大半个下午就过去了。方鹗终于被批准从题海中出来透一口气，又浑浑噩噩地被方亚楠带进了游戏的修罗场。

方亚楠前几天又和DKL的队员玩过几次游戏。但是，她其实并不希望在这个节骨眼上占用他们的备战时间，所以这次上线之前叫了陆晓，却叮嘱他别叫上他孙子。

等她和方鹗玩了几局以后，陆晓才回复："我上不了游戏了，大虫和那几个孩子今天休息，说要去找你玩。你等他们叫你吧。"

方亚楠心里"咯噔"了一下，连忙发消息追问："你怎么了？"

陆晓："哦，我有点儿不舒服，去医院复查，没什么事。"

方亚楠："真没事吗？老大爷？"

陆晓："没事，没事，真的。"

方亚楠还是不太放心，连游戏都没心情玩了。正好这时姜多多回来了，方亚楠便以帮姜多多准备晚饭为借口退出了游戏，然后直接给陆刃发去消息："你爷爷没事吧？他又去医院了？"

陆刃回得还挺快："嗯，他有点儿心律不齐，去做个复查，不是大事。"

方亚楠："没事就好，你去忙吧。"

陆刃："奶奶，你什么时候给我们做红烧肉？"

方亚楠："啊？来真的啊？"

陆刃："我们老板说了，你做肉的时候，他找人去拍视频，说不定我们公司能超额完成业绩。"

方亚楠："你们老板是魔鬼吗？"

陆刃："老板不都是魔鬼吗？"

方亚楠："是我的格局太小了。"

陆刃："话说，奶奶方便去S市吗？半决赛会在那儿举办。"

方亚楠："我就在这儿等你们吧。"

陆刃："哈哈，好的。"

H市是决赛的举办地，陆刃当然明白她的意思。

晚饭后，方亚楠又陪方鹗玩了一会儿，随后坐在床前默默地整理了一下这一周得到的消息。她想到自己之前在车里睡着了，不知道醒来的时候是不是还在车里，江岩有没有被治好。

方亚楠有些迫不及待地上床盖上被子。然而她刚刚躺下，就听到手机振动的声音——竟然是杭佳春的来电。

方亚楠心脏一紧,想到白天陆晓说自己在医院时,她也是同样的心情。她不由得暗自感叹,到了她这个年纪,只要接到老朋友的信息或电话,大概都会多想。谁叫他们都是一只脚踏进棺材的人呢?谁知道哪天谁就另一只脚也踏进去了。

她接起电话,还没来得及出声,就听到对面传来一阵响亮的啜泣声。

方亚楠猛地坐了起来,心沉了下去:"喂?喂?是小春吗?"

"不……不是……"

对面人的声音非常嘶哑,但方亚楠还是能听出来那是小春的女儿阿葵的声音。

阿葵说话时像是快喘不过气来了,鼻音浓重:"方……方阿姨,我……我妈她……她……"

旁边隐约传来谁在安慰她的声音,更远处,似乎有仪器在仓促地发出"嘀嘀"声,方亚楠听得也要喘不过气来了。她努力对着自己的书架眨眼,控制自己颤抖的嘴,颤声问道:"没事的,没事的,你们在哪儿?"

"中……中心医院!"阿葵断断续续地说道,"她……她刚才在看……看您……您的视频,然后……然后跟我……我女儿说……说起你们以前……然后……然后……"

方亚楠听不下去了,跌跌撞撞地走出卧室,直接走向正在沙发上和老婆一起看电视的方近贤。方近贤夫妇见到她都是一惊,方近贤"噌"地站了起来,紧张地问道:"妈,哪里不舒服?"

"中心医院。"方亚楠快速地说道。

她觉得自己口齿不清,担心自己说得不清楚,又重复了一遍:"中心医院!"

"好!好!好!"方近贤转身去拿外套。一旁的姜多多递了一张纸巾过来,也是一脸焦急的表情:"妈,怎么了,哪儿难受?"

方亚楠接过纸巾,才意识到自己已经泪流满面了。她抽噎了一声,想露出一个安慰的笑,可是嘴角死活翘不起来。她只能哭丧着脸,擦着眼泪,声音沙哑地说道:"不是我,是杭……杭佳春。"

"杭……哦,那个小春阿姨?"姜多多想起来了,长长地叹了一口气,转身进屋给方亚楠拿外套,还推出了轮椅,"我们陪你去吧。"

方亚楠无法拒绝。她现在就是一个走都走不快的老人,只能点点头,自觉地坐上轮椅。

400

方鹗显然也听到了动静，惊讶地走出来，手里还拿着笔："奶奶怎么了，你们要去哪儿？"

"没事，奶奶没事，"姜多多回答道，"我们陪奶奶出去一下，你做完题就睡，知道了吗？"

方鹗的神色有些愣怔。他仔仔细细地看了看方亚楠，脸上露出点儿忧色："要我一起去吗？"

"没你什么事，你回去吧。"姜多多催促道。这时，方近贤穿好衣服出来，手里还拿着一个袋子。他也对方鹗说道："回屋去，早点儿休息。"

方鹗嘟起嘴："我都十七岁了，也不小了，你们怎么什么都不跟我说啊？奶奶，你们到底怎么了？"

"哎，你别添乱……"

"奶奶的好朋友可能要走了。"方亚楠打断方近贤的呵斥声，拍了拍姜多多的手背，冲方鹗露出微笑，刚擦掉的眼泪一不小心还是掉了下来，"奶奶去看一看。"

方鹗怔了怔，张了张嘴，却什么也没说出来。他点了点头，让到一边。但是等姜多多将方亚楠推到门口换鞋时，他又跟了过来，弯腰抱住方亚楠的头，低声说道："奶奶……别哭。"

方亚楠低低地"嗯"了一声，拍了拍他的头，任姜多多把自己推出了门。

到了中心医院，方亚楠才发现，这并不是杭佳春之前做手术的医院。看来杭佳春上周做完手术情况不好，所以才转院到了这里，毕竟据说中心医院是全市最好的医院。

方亚楠不得不为自己的冷漠感到有些心惊——她回来后快快乐乐地度过了一周，根本没想起人家来。

方亚楠他们抵达重症监护室外的时候，走廊里已经满满当当地站了一堆人。在那些人中间，是杭佳春的女儿阿葵。阿葵呆呆地坐在条凳上，满脸憔悴之色。

方亚楠并不是很想过去打招呼。她让姜多多把她停在走廊尽头，静静地看着这群人。

枯坐等待原本是很难熬的，可她此时没有任何感觉。这长长的走廊、老老少少的人群，仿佛将她带进了时空隧道。

她在想自己那空白的四十多年里是不是也遇到了这么多人——每个人都有独特的一生，而每个相识的人，都是老方存在过的证明。她如果不记得他们了，只剩下身为小方的记忆，那是不是只有等她也躺下的时候，才会知道

401

自己拥有过怎样的人生？

她愧对江岩，满脑子都是如何弥补老方的遗憾。然而当她坐在这里时，她才知道也有很多人挂念着自己，或者值得自己惦念。

是老方的遗憾带自己过来的，她一直确信这一点。可是现在她觉得，她能感受到的不仅仅是遗憾。

可是她还能做什么？她不知道。但是她再也不想有此时这种无能为力的感觉了。

方亚楠觉得自己的思维简直进了一团混沌的黑水。她整个人被纷乱的思绪带得越来越远，拉都拉不回来。

就在这时，一个声音冲破那混沌的黑暗，进入了她的脑海。

"喵总？"

方亚楠乍然回神，转头看过去，只见那个熟悉的高大身影正向她走来。

"老陆啊，"她想挤出笑，声音里却有很重的哭意，"你怎么在这儿啊？"

"我不想睡在医院里。"陆晓简单地解释了一下。他的羽绒服里是病号服，他看起来比过去瘦了一圈。

"你在这里做什么？"陆晓问道。

他走过来的工夫，一旁坐着的姜多多站了起来。她有些局促，又有些疑惑，但还是将座位让给了陆晓。陆晓点头说了声"谢谢"，毫不客气地坐下来，叹了一口气，看着重症监护室的方向，皱了皱眉，又问道："这是怎么了？"

"我的旧爱在里面。"

"啊？"

"在认识你们之前，她是和我关系最好的小伙伴。"

"哦，"陆晓了然，似乎想笑一下，又笑不出来，"所以我们是你的新欢。"

"现在，你的孙子是我的新欢了。"方亚楠知道这玩笑开得不合时宜，但是找不到其他排解情绪的办法了。

"哈哈。"陆晓配合地笑了笑，然后抿着唇，又望向重症监护室的方向，然后转头看向她，许久才问出一句，"你冷不冷？"

医院里常年恒温，方亚楠这下是真的笑了："你把羽绒服脱下来给我盖盖？"

"哦，好。"他真愣愣地要去脱羽绒服，被旁边的姜多多手疾眼快地按住了。姜多多无奈地看向方亚楠："妈……"

陆晓看了看姜多多："你儿媳妇？"

"是的呀，漂亮吧？"方亚楠努力和陆晓聊着天，"她很能干的哟。"

402

"可以，可以。"陆晓朝姜多多摆了摆手："你好，你好。"

姜多多有些尴尬地笑了笑，低头问方亚楠："妈，要不要水，我给你倒点儿？"

"哦，好。"

方近贤顺便去找她的医生了，姜多多见她现在有人陪着，便也放心离开一会儿，去给她倒水。

陆晓朝远处比了个手势，然后继续安然地坐着。

方亚楠也朝那个方向瞥了一眼："那是你的家人？"

"嗯，儿子。"陆晓又做了个赶对方走的手势。

那个跟他差不多高的中年男人摇了摇头，终于走开了。

"你家的基因真好啊，"方亚楠说，"你们都长得那么高。"

"长得高有什么用？我又不打篮球。"陆晓靠到椅背上，"再说，江岩也不矮呀。"

他说完这话，自己先变了神色，下意识地看向她，尴尬地说道："啊，那个，我不是……"

方亚楠却很淡然。虽然从陆晓嘴里听到江岩的名字，确实有些怪异，可是她反而松了一口气，微笑着说道："他那才叫正常身高。"

"是，是，是。"陆晓苦笑。

"有什么事你就直说吧，"方亚楠忽然有些紧张，"都多少年了。"

"我还以为，"陆晓又看了看重症监护室的方向，"你……触景生情了。"

"嗯？"

"他当年……咯，不就是在这儿……"

方亚楠愣了愣，这才明白过来陆晓的意思。

敢情江岩当年是在这儿死的？所以她也曾经是走廊处的人群中的一员吗？难怪陆晓一副那么担心的样子。她咬牙绷住表情，强行抑制住狂跳的心脏，想开口说点儿什么话，却不知道说什么好。

"其实，"陆晓斟酌着用词，缓慢地说道，"我觉得，你该放下了。"

这话严肃到甚至有些怪异，但是方亚楠听到自己猛烈的心跳跳得她脑袋疼。

"哦？"她勉强笑了笑，"我哪里放不下了？"

"这话由我来说，真的很……奇怪，"陆晓说得也很艰难，弯下腰，用双臂撑着膝盖，摩挲着自己的手指，"但我觉得……唉，怎么说呢？我也说过，我是那种心防很重的人，你那时候说，你也是，对吧？"

方亚楠记得这段对话。她当初迟迟不敢对陆晓下手，这段对话也是原因

403

之一。那只是一次闲聊,两个人从星座聊到性格,然后陆晓可能无意中提了这么一句,方亚楠就记住了,也退缩了。

她没自信能去打破一个人的心防。

她也没自信能对一个人完全放下心防。

"但是……"陆晓没得到回答,只能继续说道,"你和我其实不一样。你不仅有心防,心防还很重。你给人的感觉是,你不用依靠谁,也不想被谁依靠……你很自由。你可以把这当作夸奖,但是也不完全是夸奖……你这样会让人没有安全感。"

方亚楠沉默。她也是这两年才意识到,自己是一个比较自我的人,甚至可以算是一个任性又自私的人。

她很少有兴致和欲望去关心其他人,更在乎自己会不会受伤。所以在面对陆晓的时候,她谨慎而小心。

陆晓说这话是什么意思呢?他不是让自己放下吗?这话说出来,她能放下什么?

她望向陆晓,目光有些疑惑,还有一丝戒备。

陆晓有些窘迫:"其实这些话,我有一次和江岩聊天的时候也说过。"

什么?!方亚楠猛地瞪大眼——你俩聊得这么深入?!

"你别瞪我,我和他的关系一直不错的,你又不是不知道。"陆晓慌张起来,"那时候你们在办离婚手续,他来找我喝酒,我们才说起你的。"

他离婚的时候还找你喝酒?!她还担心过自己和江岩离婚是因为放不下陆晓呢,结果江岩自己去找陆晓了?所以陆晓到底是哪边的?

"江岩其实一直知道你是这个性格,说一不二,也不容易被挽回。所以,他早就有心理准备了。就算离了婚,你俩后来不是也处得挺好的吗?我就是没想到,你会把他的死怪到自己头上。"

方亚楠:"……"

陆晓看着呆滞的方亚楠,认真地说道:"说真的,亚楠,他从没觉得你真的离开他了。离婚的时候,他就说过,你无论如何都是他的孩子的妈妈,他的东西,就算你不要,也是你的。所以,你真的不要有心理负担,他的病、他的死,都不是你的错。"

方亚楠已经不知道该回应什么话好了。

难道她要说现在的自己别说放下了,甚至都没"拿起"吗?

还是说她不要脸地问陆晓:你当年到底有没有喜欢过我?

如果她告诉他她有重来一次的机会,这个傻子肯定会让她好好对江岩吧?

404

所以为什么她要一下子碰上两个好男人哪？

方亚楠艰难地伸了伸腿，绕过轮椅的轮子，踹了陆晓一脚。

陆晓："你干吗？"

"我脚痒。"

陆晓认栽地揉了揉腿。

就在此时，重症监护室外传来一阵骚动。方亚楠连忙抬头看去，陆晓则直接站了起来，帮她张望着。

"拉我一下！"方亚楠着急地拍打陆晓的大腿。陆晓伸出手，方亚楠立刻拉住，艰难地站了起来。两个老病人相互搀扶着，往那边张望着。

方亚楠刚站直，就听到一声响亮的哭声。人群中有人发出一阵惊叫声，只见人群中心，阿葵的丈夫扶着阿葵站起来，一脸悲伤和焦急的神色。

一旁，医生转身走进了重症监护室。

"妈！"阿葵靠着她的丈夫哭起来，"妈！"

"阿葵，阿葵！"

"我没有妈妈了，我没有妈妈了！"

中年妇女凄厉的哭声响彻整个走廊。

方亚楠紧紧地抓着陆晓的手，任陆晓抬手搂住她的肩膀。她靠在陆晓的手臂上，泪如泉涌，泣不成声。

她的脑海中依然只有杭佳春年轻时那可爱的脸，明眸善睐，笑起来有两个浅浅的酒窝，还会露出两颗尖尖的虎牙。

杭佳春假装生气的时候，会抓着方亚楠的手臂咬，在方亚楠夸张地痛叫的时候，又笑嘻嘻地说："楠楠，我最喜欢你啦！"

方亚楠帮她讨公道时，她窘迫地站在一旁。

她抱怨自己的男友时，会说："楠楠，你为什么不是男的啊？你是男的，我就嫁给你了！"

方亚楠说她对朋友吝啬，再见面时，她小心翼翼地递给方亚楠一对银质耳环，说："对不起嘛，我从小穷到大的，现在赚到钱了也总是不舍得花，你不要嫌弃我嘛。"

方亚楠现在已经完全想不起来自己和她绝交时说过些什么了。

这是方亚楠第一个彻底抛弃的朋友，也是唯一觉得方亚楠最可靠的人。

今天，当方亚楠意识到自己也有错时，她却失去这个朋友了。

・405・

第十一章

再少年：最方便的报答

方亚楠是被冻醒的。

车里的暖气已经散了，山中的清晨意外地冷。她打了个喷嚏，把自己惊醒，看见车窗上已经凝结上一层冰霜。

她瑟瑟地吐出一口白气，没急着出去，先仰头闭眼，长长地叹了一口气。

她都不记得自己是怎么回家睡觉的了，只记得方近贤把莫西伦扯了过来。莫西伦的脸模模糊糊的，她只能看到他的金边眼镜在灯光下闪着白光，然后他稳稳地给自己打了一针。

好家伙，她崩溃到要医生来给她打镇静剂了？

方亚楠现在回想起来，依然鼻子发酸。她此时的心情实在是太复杂了，纷乱的想法一个接一个地汹涌而至，搅得她头疼。

陆晓、杭佳春……还有江岩……这一个个的，她都有点儿烦了。

方亚楠靠在座位上，跟缺水的鱼一样无声地张嘴喘了几口气，终究只能抹了一把脸，开门下车。她深深地呼吸了一下山间冰爽的空气，迈步往医院走去。

大松村医院的暖气并不是很足，医院里的人也非常稀少。方亚楠裹着衣服，哆哆嗦嗦地问了一路，才找到江岩。

他此时已经暖暖和和地躺在了病床上。病房是四人间，他正躺在靠窗的那张床上,阳光已经照到了他的膝盖——眼看就要晒到屁股了。

方亚楠的第一反应就是进去看看他的情况。她的脑子里甚至有画面了,比如她坐在他身边,顺便……握住他的手?

想到这里,方亚楠突然打了一个激灵,就连"握住"江岩的手的那只手都麻了。

她现在和江岩没有那么熟!她真这么干的话,人家醒来后会不会觉得她是个变态?

方亚楠站在门口,双手抱住头,没有迈出那一步。

"你在这儿堵着干吗?"

她身后忽然传来韩沁光的声音。他一脸憔悴的样子,左手提着塑料袋,右手提着热水瓶,看起来简直像病患的爸爸。

"你这是什么表情哪?人没死,你放心!人死了,你就不是在这儿看他了。"

她未来又不是不能在太平间里看见他!方亚楠瞬间想到,但下一秒就觉得自己的脑子更加不正常了。她身体僵硬地让开路,让韩沁光进门。

"我看你在车里睡着了,车里应该比医院暖和,所以我就没喊你。"韩沁光把手里的东西放到床头柜上,然后用塑料杯倒了杯水,递给方亚楠,"我买了早饭,吃吗?"

"啊,吃。"方亚楠梦游似的上前拿起一盒饭,结果立刻被夺走了。她惊讶地望向韩沁光。

韩沁光一脸嫌弃:"你不刷牙啊?不洗脸哪?"

"哦,"方亚楠觉得自己现在像个傻子,有些手足无措,"我没有牙刷啊。"

"我到旁边的旅馆讨了几个一次性洗漱用品,"韩沁光从口袋里掏出一副牙刷、牙膏,放进纸杯里给她,"拿去……哎,我怎么像你爹似的?"

"那么,爹,有毛巾吗?"方亚楠问。

"甩甩得了!"

"哎呀,虐待我……"方亚楠嘟囔着出去刷牙、洗脸。冰冷的水拍在脸上,比山间的冷气还带劲,她顿时感觉神清气爽、郁气全无。她长长地吐出一口气,看着镜子里自己憔悴的脸,反复默念:你是小方,是小方,和江岩还不熟,还不熟,还不熟……

她一边默念,一边回到病房门口,终于觉得自己心平气和了,结果刚推开门,脚步就顿住了。

江岩已经起来了。

407

他坐在床边，正慢吞吞地打开面前的饭盒，拿起勺子要吃，抬头看见她，笑了："亚楠，你来啦？快，进来坐。"

韩沁光正埋头吃自己的盒饭，闻言抬头瞄了她一眼，用下巴朝床头柜的方向示意了一下："自己拿。"

方亚楠暗暗给自己鼓了鼓劲，然后昂首阔步地走了进去，还不忘寒暄："哟，王子殿下醒了呀？王子殿下贵体安康？"

她一边说，一边笑容满面地走过去行了个礼。

"你就别损我了。"江岩苦笑，顿了顿，又说道，"算了，随你怎么说吧，谁叫你是我的救命恩人呢？"

"救命"两个字一出，方亚楠就哽住了。一旁的韩沁光开口道："那我岂不是也能损你了，江总？"

"你得了吧。"方亚楠一手拿盒饭，一手拍在韩沁光的肩膀上，"开车的是我，只有我能损他！"

"得，得，得，我就是个买一送一的赠品。"韩沁光悻悻地点头。

"韩老师，你别这么说，"江岩说道，"多亏你在，否则某人把车开进沟里时还在打呼噜。"

"哇，江岩，你说的这是人话吗？！"方亚楠大叫。

"我看你打了三次瞌睡，"江岩说道，"都说梦话了。"

方亚楠顿时变成了理亏的那个，心虚得不行："我那个……我白天不是还攀岩了嘛，也累呀。"

"你这人怎么这么老实呀？"韩沁光恨铁不成钢，"两句话就能把你拿捏住。"

江岩："哈哈！"

方亚楠委屈得不行，坐到旁边的凳子上去吃饭，一边吃一边问正事："对了，江岩，你这是什么情况啊，阑尾炎？"

"胃溃疡。"江岩答道，"输了液就好了。"

"哦，"方亚楠点了点头，"咱们今天能跟上慰问团的行程吗？"

"能，小杨已经联系我了。他们中午到，我们可以跟他们会合，然后一起回去。"

"等等，那岂不是说……"方亚楠瞪大眼，"他们要帮我整理行李？！"

"是啊，已经拜托小杨队长帮你收拾行李了。"江岩有些莫名其妙，"怎么了？"

"呵呵，"韩沁光跟方亚楠一起参加过几次活动，闻言幸灾乐祸地说，"害怕了吧？让你把东西都摊在外面！"

"啊！"方亚楠哭丧着脸，觉得很是羞惭。

"不会吧，才一个晚上，不会很乱吧？"江岩听懂了，但有些不理解，"而且，亚楠，你好像回去以后连衣服都没换，直接就睡了吧？我看你还穿着攀岩的时候穿的运动服。"

"你不知道她，"韩沁光说道，"她是那种进房间以后会把所有东西都摆出来的人，偏偏她瓶瓶罐罐的东西还特别多。你想想那场面……"

"我那样做，临走前整理行李才更方便！"方亚楠辩解，"否则箱子被翻得乱七八糟的，不是更麻烦吗？"

"行，行，行，反正倒霉的是小杨。"韩沁光揶揄，"对了，你别忘了提醒小杨看一下你的衣柜。你是不是一进门就把衣服全挂起来了？"

"啊，对！"方亚楠火烧屁股一样跳了起来，"我跟他说一下！"

叮嘱完小杨后，方亚楠蔫头耷脑地回来了。病房里的两个人已经都吃完了，正在收拾东西。韩沁光一看她的表情就明白了："被骂了？"

"哪有？"方亚楠噘着嘴，"他还夸我了。"

"不可能，"韩沁光眼珠子一转，"是夸你随遇而安，还是夸你的生活很有仪式感？"

"你闭嘴！"被戳中事实的方亚楠恼羞成怒地说道，"我都说了，我把东西都摆出来，用的时候方便，整理起来更方便！"

"行，行，行，你高兴就好。"韩沁光看了看江岩的盐水袋："我去叫医生，你还有两袋盐水要输。"

"好，谢谢。"江岩对韩沁光一直是彬彬有礼的。

韩沁光一走，江岩就看向方亚楠，笑起来："车神，不去补个觉？"

韩沁光走了后，方亚楠本来有点儿不自在，幸好江岩先挑起话头。她暗自松了一口气，走过去坐在他的床边："睡够了，你现在还疼吗？"

江岩的脸色还有些苍白，嘴唇更是全无血色，但是他摇了摇头："没事了，这次真是谢谢你了。"

"是你运气好，叫醒了唯一一个没喝酒还会开车的人。"方亚楠不是很想担上"救命恩人"这个名头，"你可别总是把感谢的话挂在嘴边哪，我害怕。"

"怕什么？怕我要以身相许？"

"别说了，我的鸡皮疙瘩都起来了！"

江岩哭笑不得："我没那么差吧，还是说，你有男朋友？"没等方亚楠回答，他又正色道，"如果你有的话，那我换个报答的方法。"

方亚楠觉得自己简直左右为难。这话让她怎么答？她没有男朋友，他就不换报答的方法了？这不是要流氓吗？

她觉得自己此刻的表情肯定很像在便秘。

江岩看了她一会儿，失笑道："看来我是真的很差啊。对不起，对不起，吓到你了。"

方亚楠摇了摇头："不是你差，是我差。"

江岩愣了愣："你不用这……"

"真的，"方亚楠决定找回点儿场子，"要是其他人跟我说这样的话，我肯定有一吨话等着，但是江总你这么优秀的人跟我开这种玩笑，我但凡顺着你说，都像在亵渎你。所以，你还是别跟我开这种玩笑了。我不是害羞或害怕，就是憋得慌——那一吨话都堵在嗓子眼里，说不出来，那感觉你懂吗？"

她这一番话说得飞快，中间连口气都不带喘的。说完，她感觉特别解脱，又隐隐有些自我嫌弃——自己好像又下意识地把江岩往外推了。

江岩看着她，看了许久，然后微微一笑，点头："好吧，那我不以身相许了。不过，亚楠，这个人情，我怕你会忘，你必须得给我一点儿表示。"

方亚楠蒙了："我觉得你这话说得有点儿怪。咱俩到底谁欠谁的人情哪，为什么我要给你表示？"

"因为我觉得你肯定不会把这件事当回事，或者故意不把它当回事。但我不能不把它当回事，毕竟你对我来说，真的有救命之恩。可是我又不知道能为你做些什么。"江岩认真地问，"如果你遇到困难，会主动来找我吗？"

方亚楠很想说"会的"，但是知道自己游移的眼神已经出卖了自己的真实想法。

江岩了然，摇头："唉，伤脑筋了。"

"嗯？"

"最简单的那条路被你堵死了，我要发愁接下来该怎么办了。"

最简单的路？你觉得以身相许最简单？

是你随便，还是你觉得我随便？

反正我不是这么随便的人！

慰问团成员中午抵达大松村，第一站就是医院。

慰问团的领导握着江岩的手感叹："小伙子，你这样可不行，身体还没我这个老人家好啊，要多锻炼锻炼。"

江岩尴尬地笑道:"是的,是的,我要加强锻炼。"

领导指了指站在旁边赔笑的方亚楠:"你看你,还不如一个小姑娘——人家又是爬山,又是连夜开车的。"

三十岁的"小姑娘"方亚楠:"……"

江岩飞快地看了她一眼,憋住笑:"我是要努力了。"

确定江岩已经好转后,大家一起简单地吃了顿午饭,然后再次出发。大巴车上,大家依然坐在之前的位子上。江岩和方亚楠的座位隔了一条过道,他在座椅上昏昏欲睡,而坐在方亚楠前面的韩沁光已经开始打鼾了。

方亚楠此时才意识到,韩沁光其实比她更累。毕竟到了医院后,他一直在照顾江岩,跑前跑后的,可能根本没怎么休息过。

方亚楠小心翼翼地探身去看韩沁光,确认他枕着旅行枕睡得很香,才放下心来。她又转头看江岩,只见他的头正一点一点的。

江岩也有颈枕,不过方亚楠作为经常出差的人,基本上试过市面上所有流行的颈枕,江岩的那款虽然销量不错,但是材质太软了,根本支撑不住人的颈椎和头颅。

方亚楠掏出自己的充气枕,把它吹鼓,然后拍了拍江岩。

江岩迷迷糊糊地睁开眼:"嗯?"一看是方亚楠,他眨了眨眼,有些清醒过来,"怎么了?"

"你的那个颈枕太软了,你用我的。"

"啊,不用了,我这个挺好的。"江岩话音未落,随着车子颠簸,他的头也歪了一下。

江岩尴尬地改口:"你不用吗?"

方亚楠指了指自己的电脑:"我走之前得把照片整理出来。"

"那……我不客气了。"他换上了方亚楠的荧光粉色颈枕,脸色立刻被衬得黑了不少。

江岩:"这颈枕的颜色好像不太利于入睡。"

"哎,你闭上眼就行了。实在不行的话,你带眼罩了吗?"

"那个真的没带。"

方亚楠又掏出了自己的眼罩,特意强调:"我出门前都洗过的,这一路还没用过,你用吧。"

江岩看着那个青蛙眼罩,失笑:"你的装备怎么……都奇奇怪怪的?"

"还是说,你想要蒸汽眼罩?哦,对了,我也有蒸汽眼罩!"方亚楠没有回答他的问题,激动地翻出自己的蒸汽眼罩递过去,"戴起来很舒服的!"

她的蒸汽眼罩也完全不朴素——粉红色，左右眼的位置上各有一颗红色爱心。

江岩："我还是做青蛙吧。"

"成，那你就把你的枕头垫在腰后，这样更舒服。"方亚楠叮嘱道。

江岩看着她，欲言又止，最后还是笑着点了点头，戴上了青蛙眼罩。图案上的青蛙还有绿色的眼睑，一只眼睛睁开，一只眼睛半睁。江岩戴着这款眼罩，看起来很是搞笑。

方亚楠偷偷掏出手机，想给他拍一张照片，却突然听到江岩叫了她一声："亚楠。"

"啊？"方亚楠的手一抖，她连忙放下手机。江岩没有摘下眼罩，只是把头转向她的方向，眼罩上的青蛙对着方亚楠抛媚眼。他拍了拍自己身边的"百宝袋"："里面的东西，你如果需要的话，直接拿。"

"哦，喀，好的。"方亚楠忽然觉得她知道刚才他没说出的话是什么了。她那副狂热地推销东西的样子，和去程时的江岩几乎一模一样。

方亚楠笑不出来了，低头暗自叹了一口气，开始整理照片。

回程的时候，工作人员几乎都在准备下一阶段的工作——写稿的写稿，整理照片的整理照片。车厢后方是此起彼伏的键盘敲击声。方亚楠又开始操心了，支起身子，压低声音提醒周围的人："有人在睡觉，轻一点儿。"

在场的工作人员中，除了韩沁光和小杨，数她资历最深，所以大家纷纷点头表示配合。敲击键盘的声音果然小了不少，交流声也没了。

方亚楠坐回座位上，吐出一口气，转头看向江岩，只见他抱着手臂，看似一动没动，嘴角却好像翘起来了一点儿。

一行人抵达 L 市时，时间已经接近傍晚。饭后大家自由活动，几个企业家三三两两地相约去吃烧烤，工作人员就没那么轻松了。尤其是方亚楠，手握整个团队的照片，几个记者恨不得住在她的房间里。方亚楠敞着门，把自己的房间当成办公室用。

江岩提着吃的东西进来的时候，她的房间的床上和地板上总共坐了五个人，除了他们以外，还有一个早早写完稿子的韩沁光躺在她的床上打盹儿。

"韩老师，这里应该写'大松村绿色食品产业由 H 市企业和当地企业联合开办'吗？还是写'大松村绿色食品产业由 H 市企业援助开办'？"某个网站的小编辑正在字斟句酌。

韩沁光看上去迷迷糊糊的，回答得却很快："用'指导'这个词。'大松村绿色食品产业是在 H 市政府的牵头下，由 H 市企业指导开办，旨在深耕当地绿色经济,挖掘 L 市产业潜力,打造沿海内陆高效产业链,谋求两市绿色产业共同发展……'"

"哇,厉害!"小编辑听得赞不绝口。

韩沁光:"嘿嘿……欸,江总,你怎么来了?你没跟他们一块儿出去吃?"

方亚楠一直戴着耳机,边听音乐边处理照片,这时候才发现江岩进屋了,有些迟缓地看了过去。

江岩有些无奈:"我这时候还去吃烧烤,是不是有点儿不道德?"

"那你提的是什么?"

"我看对面的饭店有卖羊肉粥的,就买了几份。你们一起吃吗?听说羊肉粥养胃。"

"啊——"韩沁光长长地应了一声,语气意味深长,"怎么买了这么多?亚楠一个人可吃不完。"

房间里的其他人立刻都看向方亚楠。

方亚楠:"啊?"

江岩面不改色地说:"我买了好几份,本来想让亚楠帮我发给你们的,既然你们都在这儿,那就再好不过了,趁热一起吃吧?"

"嘿!"韩沁光一个鲤鱼打挺——失败,揉着腰从床上爬起来,"那我不客气了。小的们,还不快谢谢江总?"

"谢谢江总!"

"你们别这样。"江岩无奈,把手中的袋子放在一旁,让他们自己拿,自己则从袋子中拿起一份粥递给方亚楠:"吃吗?"

方亚楠很为难:"这个……"

江岩歪着头看着她。

韩沁光已经喝上了粥,口齿不清地解释:"她不吃羊肉。"

"啊?亚楠姐不吃羊肉?多可惜呀,你的人生失去了一大乐趣!"负责录像的小凌已经喝了一半粥,被烫得直伸舌头。

"你是不知道,有回我们去青海,她混得有多惨——每天吃一包奥利奥。"

"哈哈哈!"

方亚楠讪讪地看向江岩,尴尬地笑了:"那个,我确实不吃羊肉。"

江岩点了点头,表情并没什么变化。他把方亚楠的那份粥放回袋子里,对其他人说道:"那就麻烦你们帮忙解决了。"

"没问题!"

方亚楠松了一口气,有点儿不知道是该继续干活儿,还是跟江岩再说两句话。要不她跟江岩道一下谢?可是她也没喝着羊肉粥啊!

方亚楠正犹豫着,江岩忽然弯下腰,在她耳边轻声说道:"羊肉粥的味道有点儿重,你能闻吗?"

"哦……哦,没事,"方亚楠磕磕巴巴地答道,下意识地躲开了江岩凑近的脸,"我闻着觉得挺香的,只是吃不下去。"

就算她闻不了又能怎么办?她还能把人都赶出去吗?

"那就行。"江岩放心了,转身去拿自己的那份粥,坐到一旁的床头柜上慢悠悠地喝起来。

方亚楠觉得自己简直在遭罪。羊肉粥确实香,可香气里也确实带着她受不了的膻味。她一面口水横流,一面一阵阵地反胃,最后没办法,偷偷给自己嘴里塞了一块口香糖,一边嚼着,一边继续盯着屏幕工作。

羊肉粥很快就被瓜分着吃完了。几个人一边聊天一边干活儿,很快就把工作完成得差不多了。大家开始自觉地收拾垃圾和设备,陆陆续续地回到自己的房间。江岩也跟着离开了。

方亚楠认命地在满是羊肉味的房间里收拾自己的东西,然后拿起毛巾进洗手间洗脸。

"亚楠,在吗?"有人在门外敲门。

"嗯,什么事?"方亚楠刚把洗面奶搓起泡,糊了自己一脸,也没听清楚门口的人是谁,"有东西落在我这里了吗?我没关门,你自己进来拿。"

声音到了厕所门外——

"你怎么不关门?"

这下方亚楠听清了——竟然是江岩的声音!她顿了顿,莫名其妙地紧张起来:"啊,这个,总有人忘带东西,我习惯留一会儿门……你有事吗?"

"以后别这样了,可以让别人在门外等一会儿,他们会理解的。"

"嗯……哦……"方亚楠有些心虚,"我知道了,谢谢。"

"唉,"江岩叹了一口气,"我给你带了点儿东西,放在桌上了。"

"啊?是什么呀?"

"你看到就知道了,晚安。"

"晚安。"方亚楠躲在厕所里,听着关门的声音,感觉很是慌张。她也不顾脸上的泡沫还没洗掉了,直接打开厕所门往桌上看去。

桌上是一罐可乐、一包奥利奥,还有一瓶清凉喷雾——橘子味的。

她回到厕所洗干净脸,然后走出去,默默地拿起清凉喷雾往周围喷,感觉到浓郁的羊肉味被橘子味盖了下去。她又拿起可乐打开,叹了一口气。
"也不帮我多要一根吸管……"

一行人回去的路上,团里的人都觉得方亚楠和江岩有一腿了。
虽然大家都知道"救命之恩"的事,可是江岩的行动完全不像是在报恩——更像是在追求。
早上集合,方亚楠拖着行李箱,等着上机场大巴。江岩放好自己的行李后,就站在行李仓边,等方亚楠走到他面前,便伸出手:"来,我帮你。"
方亚楠一脸迷茫,单手提起行李箱,问:"啊,帮什么?"
说完,她"哐"的一声把箱子甩进了仓。
江岩收回手,眨了眨眼:"没什么。"
方亚楠打量了他一下,生锈的女性细胞复活。她迟疑地把自己的装备包递了过去:"那个……帮我拿一下包?"
江岩绽开笑容,二话不说把装备包背到了自己的肩上:"走,上车。"
方亚楠看着他的背影,只觉得自己的眉头在抽动。她表情怪异地看向旁边,韩沁光果然在憋着笑看她。他一边把行李箱放进仓里,一边比了比自己的电脑包:"帮我拿一下?"
方亚楠:"滚。"
到了机场,江岩一直跟在扎堆的工作人员身边,过了一会儿,问道:"我去买咖啡,有人要吗?我请客。"
大家犹豫了一下,韩沁光看了一眼方亚楠,带头举手:"中杯摩卡,谢谢!"
于是众人心领神会,纷纷踊跃接龙——
"拿铁!"
"中杯卡布奇诺!"
"冰美式!"
江岩转了一圈,最后转到了方亚楠这里。
方亚楠犹豫了一下,还是说道:"美式,加奶。"
江岩笑了,转身往远处的咖啡店走去。大家仿佛这时候才想起来他还是个病人,见方亚楠没反应,小凌站了出来:"哥,我去帮你拿吧。"
说完,小凌屁颠儿屁颠儿地跟了上去。
好家伙,一杯咖啡就让他变成弟弟了。
方亚楠对小凌很无语,但是对自己更无语。

她发现自己可能有病——明明一看到江岩就有伺候他的冲动，可是真到该她行动的时候，她又什么都不做。昨天她在大巴上为他做那些事，已经是她的极限了。或者说，她对任何人的关怀举动，都顶多能表示到这个地步。如今他没事，她就又缩回了壳子里，只想跟他桥归桥、路归路。

她有些郁闷地坐在座位上看手机，一个个地翻着微信聊天群，却完全没有聊天的兴致。

"来根烟？"旁边的韩沁光突然问。

方亚楠："啊？什么？"

"跟你开玩笑的——就是看你一副很需要烟的样子。"

方亚楠失笑："让我上瘾的东西已经太多了，这个烧钱的玩意儿就算了。"

韩沁光笑起来："还玩游戏呢？"

"那必须的。"

"网恋吗？"

"嗯……不，不，不，谁知道网络那头是人是狗？"

"唉，"韩沁光摇头，"所以说你还是个小姑娘。"

方亚楠哭笑不得："三十岁的小姑娘？"

"女人是没有年龄的。你看看满大街上，六七十岁还优雅可爱的女人一大把，六七十岁还优雅可爱的男的有几个？"

"哇，"方亚楠对他刮目相看，"韩老爹，你知道我当初为什么对你印象不好的吧？"

"知道，不就是我跟人家在车上说什么'四十岁的男人可以娶二十岁的女人'吗？这话太欠骂了，是不是？"

"今天又说什么'女人是没有年龄的'这种话，你这是见人说人话、见鬼说鬼话吧？"

"嘿，那倒真不是，我偶尔会见鬼说鬼话，但是跟你，绝对都是说人话的。"

"嗯……"方亚楠眼睛里充满狐疑之色。

"哎，我跟你现身说法吧——我老婆比我大六岁！"

"你要是真的觉得年龄不是问题，就不会拿你老婆比你大六岁来说事了。"

"哎，你这丫头，好好说话！"

"成，成，成，"方亚楠笑着妥协，"那你到底想跟我说什么，让我也找个比我小六岁的男人？"

"那倒不是。我就是觉得你挺可爱的。"

"你老婆的电话号码是多少？"

"你这人！我有老婆，就不能夸别人了？"韩沁光捂脸，"你老公也够惨的。"

方亚楠冷笑一声，刚想还嘴，结果一回味韩沁光的话，脸色立马变了。

他说得没错，她老公是够惨的。

这个"够惨"的人还正提着两袋咖啡慢悠悠地往这边走来。

见方亚楠居然沉默了，韩沁光反而慌了："等一下，哥没别的意思啊，哥的意思是……喀……哎，你说得对，我确实不该随便夸人。我的意思是你太单纯了，我骂你呢！"

方亚楠："……"

她脸颊抽搐着看向韩沁光，不知道该说什么好，许久才憋出来一句话："你老婆的电话号码是多少？"

"哎，你怎么还问哪？"韩沁光抓狂。

"我要告状。"方亚楠冷笑，"单纯的我有一个经验，就是掌握了一个家庭中的老婆，就掌握了她的老公。"

"阿肖？"韩沁光立刻想到了自己的老朋友。

"嘿嘿。"

"啊，阿肖啊，你好可怜哪！"韩沁光做痛哭流涕状。

"你们在说阿肖？"江岩径直走了过来，把咖啡递给他们，"他怎么了？"

"唉，"韩沁光接过咖啡，快速地道了谢，然后喝了一口咖啡，沉痛地说道，"江总，你结婚了没？"

"啊？还没有。"江岩说着，给方亚楠递咖啡的动作顿了顿。方亚楠也愣了一下，接咖啡的手停在半空中。

韩沁光表情严肃地说："那你如果打算结婚，一定要慎重。"

"嗯？"江岩更疑惑了，"我怎么听不明白？"

"因为你一旦结婚，"韩沁光满脸悲愤，"不仅会被你老婆扼住命运的咽喉，还会被其他女人拿捏住。那些女人一旦觉得不爽，就会说'把你老婆的电话给我'。"

方亚楠："……"

韩沁光绝望地继续说："谁知道她们会跟你老婆说什么奇奇怪怪的话？一到这种时候，我就觉得我得准备好搓衣板了！"

方亚楠和江岩同时"扑哧"一声笑了。

"亚楠,你现在还要我老婆的手机号吗?"

方亚楠:"滚。"

江岩边笑边说道:"韩老师,我觉得你这段话的核心思想不是要慎重结婚,而是不要得罪女人。"

韩沁光阴谋得逞,心情很好地点头:"有道理,"他又笑道,"看来江总有想法啊。"

方亚楠赶紧把头垂下去。

要不是知道未来的事,她也想跟着起哄!现在她却一句话都不敢说。

江岩则坦坦荡荡地表示:"结婚应该是件很美好的事,否则怎么有那么多人结婚呢?韩老师,你不是也结婚了?"

"唉,"韩沁光的千言万语都在一声叹息中,他说,"不是也有很多人恐婚吗?有的人连恋爱都不敢谈。"

说着,他看向方亚楠。

方亚楠朝他龇了龇牙。

"说明比起其他人,这样的人把恋爱和结婚看得更重要,所以才会这么慎重地对待。"江岩摩挲着自己的咖啡杯,"这样的人经常说'结婚是一辈子的事情',或者说'不想现有的生活被改变'。这不正意味着婚姻对他来说很重要吗?"

"这……照你这样说,那些结婚的人岂不是很轻率?"韩沁光显然不赞同江岩的观点。

"不,我觉得单身和已婚,只是不同的生活方式而已。有些人能轻易适应从单身到已婚的身份转变,有些人不能。我们为什么要强迫那些适应不了的人改变呢?如果一个人真的爱对方,那让对方开心不是更重要吗?如果婚姻生活影响了彼此的感情,那趁两个人结仇前,赶紧化解矛盾才是正确的做法吧?"

哇,这觉悟、这婚恋观……太超脱了。韩沁光和方亚楠都望向江岩,仿佛看到了他身后的光环。

江岩笑着退了一步:"你们别这么看我,我也只是说说,可能想法太理想化了。"

"不,你的境界比我们高多了。"方亚楠觉得自己终于明白为什么老方当年和江岩离婚后还能和他和和气气地相处一辈子的原因了。

方亚楠整个人都恍惚了。

"别这么说,"江岩微笑着,微微垂眸,"我真的只是说说。毕竟真的到了那个时候,我也不知道我能不能放手。"

你能的——方亚楠差点儿脱口而出——老方可以做证!

"可能到时候,"江岩沉思,"我会有绑架她一辈子的想法。"

不,你没有——方亚楠再次在心里斩钉截铁地说——你真的放手了!

她再次觉得自己配不上这样的江岩。一杯咖啡喝得她心惊胆战,幸好广播开始提醒乘客登机,她起身,拍了拍江岩的肩。

江岩疑惑地看向她。

"记得做体检——深度、全面的体检。"方亚楠严肃地说道,"你这么好的人,必须长命百岁。"

江岩失笑:"好,回去就做……不过,有奖励吗?"

方亚楠:"让老韩亲你一口。"

韩沁光:"我就在后面呢。"

飞机上,方亚楠坐在靠近飞机尾部的后排座位上,回味着这次的行程,觉得很是漫长。

想想也是,别人只过了一周,她却过了两周——回来的时候,她差点儿想不起来几个新认识的伙伴的名字。

不过最震撼她的,还是江岩的婚恋观——慎重结婚、轻松离婚。他还真的是身体力行地做到了,她甚至怀疑老方和他离婚后,两个人其实仍旧保持着恋爱关系,否则他在二十多年后临终前,怎么会把遗产全部交给前妻?而且江谣看起来对此一点儿意见都没有,仿佛她的爸妈根本没离婚。

方亚楠又想到他为了挽回面子,说什么会绑架她……

她笑了一声,没想到堂堂江总会有这么孩子气的一面。

等等!

有个想法从方亚楠的脑海中一闪而过,惊得她整个人坐直了。

绑架!

他不是在胡说!

他真的这么做了——用金钱绑架她!

他死后,方亚楠可是被他用遗产绑架了一辈子啊!

这不是道德绑架是什么?

为了把他的钱全部留给他们俩的孩子,老方是绝对不可能再婚的!

方亚楠觉得自己心理太阴暗了,怎么可能有这样的人?尤其是当她想到江岩的那张脸——怎么都跟"处心积虑"这四个字挂不上钩。

回到H市，大家原地解散。席安开车来接江岩，江岩很自然地来问方亚楠要不要搭顺风车。

江岩住在城东，方亚楠住在城西，两个人根本不顺路。方亚楠毫不犹豫地拒绝了。

江岩狡辩："只要是去市区的方向，不都算顺路吗？"

"我还是更喜欢坐地铁——可以直达我家。"

"开车可以走高速公路，比地铁更快吧？而且地铁不一定有座位。"

方亚楠叹了一口气："我说实话吧——坐朋友的车其实挺难受的，我不好意思打盹儿，要提起精神跟朋友聊天，比自己坐地铁累多了。"

江岩了然，有些失笑："你可真直白，偏偏我还无言以对。"

"所以……拜拜？"方亚楠抓住行李箱的把手。

"等等。"江岩突然叫住她。

"嗯？"

"我刚才是听到'朋友'两个字了吗？"他看着她笑。

方亚楠愣了一下："你这是……惊讶吗？"

江岩："是啊，我有点儿受宠若惊。"

方亚楠语速飞快地说："我以为我们已经是朋友了。"她装作受伤的样子，"敢情你还不这么觉得？那你觉得我是你的什么人？哦，路人？"

江岩摇了摇头，微笑着说道："那我希望这条路长一点儿。"

方亚楠："……"

她一时间想不明白江岩说这句话的动机，只能"嘿嘿"地傻笑，然后指了指路边正被交警驱赶的席安："你的路在那边。"

江岩回头看了看，无奈地说道："好吧，下次见。"

"等你的体检报告。"方亚楠摆了摆手。

江岩眼神有些疑惑："你……"

"我知道，我知道，我看起来好像对你的身体状况特别感兴趣。但是你相信我，我就是吃饱了撑的。你赶紧上车吧！"方亚楠推着江岩，将他塞进车子里，一把关上门，然后对着席安高声喊道："拜拜！"

席安："方老师，你不上车吗？"

"快滚！"

席安被吓得猛踩油门，车子蹿出去十米远，方亚楠在后头看得心惊胆战。等车消失在她的视野里，她才长长地叹了一口气，感到身心俱疲。

从机场到她家，坐地铁要两个小时。等方亚楠到家的时候，桌上只有剩

420

饭、剩菜了。爸妈在一旁无情地看电视，对她突然归家的事习以为常。

"明天还去上班吗？"老妈问。

"嗯。"

"不是说出差回来后的第二天不用去上班吗？"

"明天是周二。"

"哦。"

"周二怎么了？"老爸表情茫然。

"你这人……女儿工作这么多年了，你还不知道她周二要开选题会吗？"老妈训斥老爸。

"哦，但女儿这阵子好像没选题呀。"

"这你倒知道了。"老妈冷笑。

"女儿做的杂志我都在看的呀。"老爸有些骄傲。

"那女儿的男朋友你有没有在找啊？"

方亚楠吃饭的动作顿了顿。她瞬间胃口全无，放下筷子："我吃完了。"她低头收拾着餐盘。

"你这人真是的……"轮到老爸埋怨老妈了，"一天到晚提这些事情。"

"哦，你不提，我不提，她自己也不努力，就每天浑浑噩噩地上班、出差、玩游戏——她能玩到老吗？"

我能。

方亚楠不想激化矛盾，只能在心里顶了她妈一句。洗好碗筷后，她默默地回了房间。

她算是家庭幸福的人了，也还是避免不了一些家庭带来的困扰和束缚。不过她到了这个年纪，早就被催婚催得习惯了。她有时候都怀疑自己不谈恋爱是因为过于厌恶这个会引发家庭矛盾的话题，以至产生了逆反心理，报复性单身。

要是让她妈知道自己一年后就能结婚，还是嫁给江岩这样优秀的男人，她妈估计脸都会笑裂。

回到房间，方亚楠第一时间打开游戏界面，并登录了语音频道。妙妙、她的徒弟阿大和陆晓都在，只有妙妙的老公老冯不在。

"哎呀，喵总！"妙妙第一时间跟她打招呼，语气极其兴奋，"你终于来了，我想死你啦！"

方亚楠笑："老冯怎么不在？"

"他跳槽了，新工作忙得要死，哈哈哈！"

"你怎么听着还挺开心的?"

"那当然,我感觉我又回到了单身生活,哈哈哈!"

"是变成了单亲妈妈吧?"

一直在听她俩对话的陆晓忍不住笑出声来。

"哎呀,喵总,瞎说什么大实话?"妙妙笑嘻嘻地表示,'快来,快来,就差你了!"

"好,来了,玩什么呀?"

"《反恐精英》啊!"

陆晓和阿大已经在一局游戏中了,不过这不妨碍他在语音频道里说话。

陆晓:"喵总,你的那个选题还做吗?"

方亚楠:"做的呀,我明天开选题会的时候就要正式提交选题了,怎么了?"

妙妙:"什么选题,什么选题?"

方亚楠解释了一下,妙妙惊叹:"哇,没想到还能看到喵总和老陆'双剑合璧'的一天,老陆是不是正在心里偷着乐呀?"

妙妙,干得漂亮!方亚楠竖起耳朵等待陆晓的反应。

陆晓:"啊,你在说什么?我没听见。"

方亚楠:"……"

妙妙不屈不挠:"还害羞呢?小心孤独一生哟!"

陆晓:"孤独一生就孤独一生。我们这局游戏快结束了,你俩来不来?"

方亚楠真想说不去了,奈何死活找不到临时撤退的理由,只好闷闷不乐地加入游戏队伍,对阿大强颜欢笑:"徒弟,师父又来坑你啦!"

阿大:"好呀。"

阿大语气敷衍,并且边说边给自己点了根烟。

方亚楠早就习惯自己徒弟的这副态度了。接下来的时间里,她几乎只和阿大、妙妙插科打诨,除了必要的交流外,基本上不跟陆晓说话。

陆晓本来话就不多,是个闷葫芦,方亚楠不怎么搭理他,他就只顾在游戏中杀敌。直到大家都玩得有些累了,打游戏的节奏才慢下来。大家开始你一句、我一句地聊天,妙妙虽然爱开玩笑,却从来都是点到为止,久而久之,方亚楠也不指望她了,更不指望陆晓。

谁知这次,陆晓竟然主动跟她说话:"喵总,刚才提到选题的事,我还没说完。"

方亚楠:"嗯?怎么了?你同事那儿出问题了吗?"

陆晓："也不是。好像是他把这件事汇报给领导后，领导觉得这个选题现有的内容和角度不太够。"

方亚楠："那他们想怎么办？"

陆晓："我也不知道。宽宽让我问问你什么时候有空去百道分部玩，顺便开个会。"

宽宽在百道电竞俱乐部工作，她去他那儿玩，不就是去玩游戏吗？方亚楠笑了。她前脚刚和DKL搭上关系，后脚又要去百道电竞俱乐部——还都是陆晓牵的线。他是不是自己的游戏天使呀？

方亚楠："好呀，我明天上午开选题会，下午就可以过去，你问问宽宽这个时间行不行……等等，宽宽不是有我的微信吗？他为什么不直接跟我说？"

陆晓："我怎么知道？"

妙妙："喵总，这你就不懂了，他们这种理工男哪，能发微信，绝不打电话，能托人传话，绝不自己发微信，反正就是恐惧社交！"

方亚楠："道理我都懂，但是我怎么觉得你家老冯不是这样的人？"

妙妙："呵呵，你别看他油嘴滑舌的，其实他可好欺负了，我说一，他不敢说二！"

方亚楠、陆晓："哦，呵呵！"

所有人都知道老冯是扮猪吃老虎的高手，把妙妙吃得死死的，还让妙妙觉得她把他吃得死死的。夫妻俩平时打游戏的时候总拌嘴，每次都是老冯稳居上风，妙妙"垂死挣扎"，方亚楠好几次都担心他俩吵着吵着就去离婚了。

过了一会儿，陆晓说道："好了，喵总，明天下午两点半吧，到我们公司。"

方亚楠疑惑地问："百道总部不是早就人满为患了吗？还装得下一个电竞俱乐部？"

陆晓："是早就人满为患了，俱乐部在其他地方。宽宽下午正好来总部办事，顺便接你一起去俱乐部。"

方亚楠："成！"

妙妙："啊？老陆你不行哪，喵总难得故地重游，你都不带她进去逛一圈？"

陆晓："百道的园区又没什么变化，她对那里说不定比我还熟，谁带谁逛都不一定呢。"

方亚楠："这么一说，我倒是挺怀念食堂的肉夹馍的。"

陆晓："你要是真想吃，到时候我给你带一个呗。"

方亚楠："算了，你这话听起来好不情愿哪。"

陆晓："一个肉夹馍而已，我有什么好不情愿的？"

方亚楠："那我不吃午饭了，你给我带一个肉夹馍吧。我中午补觉。"

陆晓："行，你到了以后跟我说。肉夹馍要什么馅儿的，茄汁牛肉？"

方亚楠："哎哟，你还记得呀？"

妙妙："什么？居然还有茄汁牛肉的肉夹馍？"

陆晓："是啊，喵总在百道上班的时候，几乎天天迟到，所以每次都吃这个肉夹馍。因为肉夹馍的店铺在食堂外面，不用排队。"

方亚楠："天天迟到这种事就不用说了。"

她那阵子是真的太累了——游戏发布在即，她每天干活儿干到凌晨，过得简直暗无天日。

陆晓："我知道，我现在也差不多是天天迟到了。"

妙妙："羡慕你们这样天天迟到还不会被骂的人。"

她是会计，每天朝九晚五，收入刚刚够她吃零食，但是胜在工作轻松——反正有老冯赚大钱养家。

方亚楠："我们天天加班也不会被夸啊！"

妙妙："哦，也对……嗯？不对，你们赚得多啊！"

陆晓忍不住了："那都是我们拿命换的钱哪，大姐。我现在每天都提不起精神来，腰酸背痛的。"

方亚楠一时间都觉得陆晓比江岩更需要体检了，嘲讽道："那你还和我们玩到这么晚？"

陆晓："不是你们在游戏里需要人带吗？"

妙妙："嘿嘿，喵总，你看这个男人，脸可真大，'死'的次数最多，还好意思说是他带我们。"

陆晓简直要气急败坏了："可是我杀的人最多啊！"

方亚楠、妙妙："哦，厉害哟！"

阿大插话："你们还玩不玩了？！"

周二一大早，方亚楠出现在会议室的时候，在场的同事都投来了同情的眼神——她出差一周，一回来就马不停蹄地上班开会，很难不让人同情。

方亚楠坐在座位上打哈欠，感受到关怀的目光，于是指着自己问："我的脸色很差吧？"

众人点头。

"我抹层散粉可以吗?"

"快点儿。"

方亚楠掏出粉饼往脸上抹起来。

同事们还不忘七嘴八舌地指点她——

"黑眼圈那儿多抹点儿粉!"

"额头上有一块粉没擦均匀。"

"左脸颊上再加点儿粉——左脸看着比右脸黑。"

方亚楠火速地补完妆,看了看镜子,抬头笑了笑:"我看起来好点儿没?"

坐在她对面的吉吉开口:"这儿总算不像病房了。"

方亚楠委屈地撇嘴。

这时,总编于文进来了,身后紧跟着几个同事。于文坐在会议桌的最前方,环视一周后,视线落在方亚楠的身上,笑起来:"亚楠这次的旅途真是高潮迭起呀。"

"您听说了啊?"方亚楠讪讪地笑着,"既然碰上了,我就做了我能做的事。"

"那你的能耐可太大了,仅花了四十分钟,就驾车驶出了'大松夺命拐'。"

"哇!"首先发出惊叹声的居然是方亚楠自己,"我这么厉害吗?"

周围的同事闻言,纷纷化惊叹为哄笑。

"你这么不谦虚,那我就不夸你了。不过……"于文说到一半停住,转而说道,"话说,上周的杂志封面反响不错。有关部门的宣传人员想联合咱们杂志社和另外几家大社,举办一个联合摄影展。阿肖,你问问九思那边的联络人有没有空,能不能给我们提供一些花里胡哨的东西?"

方亚楠怔了怔。阿肖"哦"了一声,低下头开始发消息,方亚楠却紧张起来。她一面觉得"江岩"这个名字最近过于频繁地出现在自己的生活中,一面又觉得是自己想多了。

于文开启了下一个话题,照旧把所有人提交的选题点评了一遍,全程几乎没有一句废话。即便如此,这个选题会还是开了一上午。

每个人离开会议室的时候都是一副灵魂出窍的样子。

方亚楠没走,还有事跟于文说。

"于总,"她凑到正在整理选题的于文身边,"我的那个选题……?"

"不是给你通过了吗？"于文头都不抬地说。

"嗯……谢谢，但是……百道那边的人好像还有些别的想法。我下午去和他们碰一下头，选题的内容可能还需要改一改。"

"这很正常，反正你确定内容后跟我说，行就行，不行再说。"于文很开明，"我们肯定比百道更希望报道做得好，对吧？"

"是，是，是，那我下午就过去。"

"哦，还有，我有个快递到了，你去帮我拿一下。"

"哦……好。"方亚楠从来没在单位打过杂，杂志社也从来没有这种风气，一时间有些不适应。

于文似笑非笑地看着她："拿到快递后，自己收着吧。"

"啊？"

"别人给你的。"

方亚楠："……"

她收到于文转发给她的取件码后，就下楼去快递点拿快递了。到手的物件是一个一米长的条状物，方亚楠有不祥的预感，拍了张照片发给于文，并附言："于总，是这个？"

于文回复："对，拿着吧，给你的。"

方亚楠更慌张了："您为什么要给我东西？"

于文："你把它打开就知道了。"

方亚楠瑟瑟发抖地向快递小哥借了把刀，拆开快递的外包装，只见里面的东西被红色天鹅绒包裹着，看起来像一根杆子。

难道于文给了她一面旗子？

方亚楠一头雾水地慢慢把天鹅绒卷开，表情逐渐失控。

快递小哥全程旁观，在看清那是什么物件后笑出声来。其他来拿快递的人见到东西，也都憋着笑。

方亚楠："……"

这竟然是一面锦旗！

锦旗上写着——《维度》记者方亚楠老师：大松车神义薄云天，救人性命危难之间，当属国内第一女司机！

落款：九思某胃溃疡患者。

方亚楠猛地合上锦旗，被震撼得失去了行动能力。

什么样的神经病患者会送这种锦旗呀？送个烧饼也比送这样的锦旗好啊！

她为什么要在大庭广众之下打开它？为什么啊？她感觉好羞耻啊！

方亚楠哭的心都有了，用锦旗捂住脸，全身颤抖。

"那个……这位老师，我知道你很高兴，但是你能不能让一下？你挡着别人拿快递了。"快递小哥递来一张纸巾。

方亚楠抬起头，面目狰狞："你哪只眼睛看到我很高兴了？"

小哥："哦，我还以为你在捂着脸笑。"

"我明明是在哭！"

"谁收到锦旗会哭啊？"

"感动！我感动到哭，行不行？"

"好，好，好，麻烦你让一让！"

方亚楠眉目扭曲地离开了，躲进安全通道，又打开锦旗看了一眼，感到眼睛被刺痛，血压也高了。

她要是拿着这个回办公室，绝对会被围观吧？

虽然杂志社的同事因为一些民生类的报道也没少收锦旗，但是送锦旗的大多是大爷、大妈或者机构，可是这是江岩送的锦旗！江岩哪！

可能以前大多数同事还不知道江岩是何许人也，但是自从上周阿肖把有关江岩的封面选题做出来后，大家对江岩是个什么相貌、气质的人都心里有数了。这人如今竟然干出送锦旗这样的事，写的还是这种不着调的内容，大家多半会怎么想觉得怎么奇怪！

方亚楠咬牙切齿地打开微信，翻出和江岩的聊天框，自以为阴阳怪气地发了一句："谢谢哟。"

江岩回得很快："这么快就收到了？"

方亚楠："我都感动哭了。"

江岩："不用客气，我写得不错吧？"

方亚楠："你就是这么对待救命恩人的吗？"

江岩："哈哈，你不高兴吗？"

方亚楠："这个玩意儿……怎么挂？我现在都不好意思回办公室。"

江岩："这是锦旗，又不是法院传票，你有什么不好意思的？"

方亚楠："你不觉得锦旗上的内容很让人羞耻吗？你怎么想的啊？我会被同事笑死，好吗？"

江岩："哦，那你生不生气？"

方亚楠："生气！"

江岩："那我请你吃饭，当作赔罪吧。"

一个"滚"字就在方亚楠的嘴边,她转念一想,顿感头皮发麻——这人简直是套路王!如果她拒绝,天知道江岩还会想出什么请客的由头来!

方亚楠:"我能不能先把这玩意儿寄回给你?"

江岩:"我好像是寄给于老师的。"

所以就算要退回,她也只能退给于总吗?她终于明白为什么他要把锦旗寄给于总,而不是直接寄给她了——于总给的,她不好拒绝;于总不退,她也不能擅自退!

虽然于文心胸开阔,方亚楠就算把锦旗退了,于文也会理解,可是方亚楠到底只是一个讨生活的员工,人家是老板。

方亚楠抱着锦旗,在安全通道里彷徨无依、瑟瑟发抖。她现在无比想念陆晓小天使。虽然他也是个讲话能噎死人的蠢男人,但是好歹没这么"邪恶"。

方亚楠站在原地纠结了一会儿,最后还是决定卷起锦旗,让快递小哥帮忙看管一会儿,自己则火速上楼,拿上东西离开——先把锦旗拿回家藏好!

江岩又发消息过来了:"你说你现在上不了楼,是不想锦旗被人看到吗?"

方亚楠:"是啊!"

江岩:"这么为难的话……你把它寄回来吧,我帮你保管?"

他一说这话,方亚楠反而不好意思了。

不管江岩是何居心,锦旗上的内容又是否合适,这个行为本身毕竟是出于致谢。如今她把锦旗当成耻辱,其实很不礼貌。

她不想这样对江岩,一点儿都不想。

方亚楠有些有气无力地回答:"没事,我这辈子第一次收到锦旗,有些大惊小怪了。你破费了,以后别这么干了,给我一包薯片也好过给我这个,真的。"

江岩:"薯片,什么味的?"

方亚楠:"再见!"

她照计划把锦旗托付给了小哥,并嘱咐他口风紧一点儿。然后她做贼一样上楼,刚回到办公室,就看到于文捧着盒饭,正站在她的工位旁吃,看到她,眯起眼睛笑了笑:"哟,没把东西拿上来?"

方亚楠闻言立刻明白于文什么都知道,顿时气不打一处来,强颜欢笑着说道:"谢谢于总,我很感动,打算把它护送回家。"

于文点了点头:"上面写了什么?"

"说我是'国内第一女司机'。"

"哈哈哈！"于文笑得饭都喷出来了。她得到想要的答案后，心满意足地离开，方亚楠在后面朝她吐了吐舌头。

方亚楠先把锦旗送回家藏了起来，眼看时间紧迫，又马不停蹄地往百道赶去。

方亚楠到百道大门的时候，正好是两点钟。

百道的门禁很严，外人来拜访，必须有内部员工来接。方亚楠离职两年了，当然进不去，也不是很想故地重游，就站在门口发消息，一边让陆晓来给她送肉夹馍，一边跟宽宽表示自己已经到位。

给陆晓发消息后没到三分钟，方亚楠就看到一个人高个儿的人往大门的方向跑来，一直跑到她面前。陆晓嘴里鼓鼓囊囊的，隔着大门，递给方亚楠一个肉夹馍："给。"

"你吃啥呢？"方亚楠接过肉夹馍，发现它还烫手。

"我给自己也买了一个。"陆晓展示了一下另一只手上的肉夹馍，已经只剩一小块了。他和门外的方亚楠同时咬了一口自己手里的肉夹馍，两个人就这样隔着大门吃了起来。

"牢里的人给牢外的人递饭！"方亚楠吃着吃着，突然觉得好笑，"说实话，现在觉得它也没那么好吃了，以前觉得它好吃，是心理因素吗？"

陆晓耸肩："我不知道。我一直觉得它味道一般般。"

"那你干吗不吃午饭？"

"你说呢？我下楼去食堂排队、吃饭、消食，上楼，过一会儿又下楼买肉夹馍，给你送来，再上去……我这一中午就折腾电梯了。"

"哦，也对……那你刚才在休息？"

"没有，我已经上班了。"

"啊？那你快回去吧，宽宽说他马上就到了。"

"没事，我陪你待一会儿好了。"他一脸无所谓，吃完肉夹馍，递给方亚楠一包纸巾，"要不要？"

方亚楠其实自己也带纸巾了，但还是二话不说地接过陆晓的纸巾。见他吃完，她催他："行了，我又不会丢了，你快进去吧，不冷哪？"

"没事，没事，"陆晓双手插兜，突然说道，"对了，不是说找时间出去玩吗？你什么时候有空？"

方亚楠心中一动："随时呀，我还有好几天年假呢。"

"哦，那你找时间看看想去哪里玩吧，我最近事情不多。"

"可以呀，之前不是说去山城吃火锅吗？嫌远的话，我们也可以去附近的古镇住两天。"

陆晓想了想，说："那去古镇吧。等妙妙放暑假，让老冯也请两天假，我们一起出去玩。"

什么，还要带上他们？！你傻吗？！

好吧，是我傻。

方亚楠勉强地笑了笑，硬挤出一脸兴奋的表情，点了点头："那敢情好，你问问他们有没有兴趣，他们有兴趣的话，我找找地方。"

"可以，可以。"一阵风吹过，陆晓缩了缩脖子。

这次方亚楠不再假客气了，催促道："你快回去吧，我知道没人管，但你的事情应该挺多的吧？"

"那倒是，"陆晓点头，"好吧，我回去了，你跟宽宽碰头了跟我说。"

"去吧，去吧。"方亚楠摆手，看着陆晓转身离开。她长长地叹了一口气，转头对上门卫大叔的视线，对方立刻表情尴尬地躲开目光。

她笑："这男的挺蠢的，是吧？"

门卫大叔也笑了："哎，我比他强的也就是找老婆的本事了。"

"哈哈哈！"方亚楠立刻被逗乐了，心情骤然转晴。

没一会儿宽宽就出来了，身后还跟着一个长发及腰、身材凹凸有致的美女。

"喵总，"自从上次一起吃过烧烤后，宽宽就跟着陆晓一起这么喊她，"抱歉，抱歉，我来迟了。"

"没事。"方亚楠看了一眼他身后的美女，对她点了点头，那女孩也朝方亚楠笑了笑。

"先上车，先上车。"此时车来了，宽宽带着她们上了车，才开始介绍，"喵总，这是小梨花，我们新招的实习主持人。小梨花，这是喵总，《维度》杂志的记者，要给我们俱乐部做专访。"

"《维度》啊？"小梨花叫起来，"我知道，有个很帅的总裁上过你们的杂志！"

"什么总裁？"方亚楠愣了愣。

"啊？你们的公众号上登的一篇文章呀，我的小姐妹发给我的，当时我超级惊讶——她怎么会看《维度》？结果一点开那篇文章我就懂了，世界上真有那么帅的总裁啊。"

430

"哦,他啊——江岩?"

"对,对,对!"

方亚楠很想嘚瑟,说他的照片都是她拍的,但不知道为什么,不是很想和小梨花聊江岩,于是只能应和:"啊,哈哈,对,他确实挺帅的。"

"哎,我顿时又对这个世界充满了希望。"小梨花双手捧脸,"至少这个世界上还存在这样的男人。"

人无完人哪,姑娘。方亚楠想到那面不对劲的锦旗,嘴角抽搐了两下。

"小梨花是主持人?你们要做节目了?"她转开话题。

"我们打算办一个比赛,"宽宽回答道,"目前小梨花算是比赛主持人的最佳人选。"

"宽宽哥,什么叫目前哪,我不就是最佳人选吗?"小梨花眨巴着眼睛撒娇。

方亚楠突然又觉得她很可爱了。一来,美女做什么动作都好看;二来,她嘴上说着撒娇的话,眼神却很清醒,分明是在装嗲——是个聪明人。

宽宽叹息:"我能这么说,已经很给你面子了好吗?你又不是不知道有多少人在排队,其中还有不少已经成名的主持人,你有竞争力吗?"

"有呀,有呀,你要我怎么竞争,我就怎么竞争。"小梨花举起手,"要我打游戏我都干,我在游戏里很猛哟。"

"你主持水平很猛,我才服你。"宽宽无情地说道。

方亚楠叹了一口气:"这男人没救了,我们靠自己吧。"

她一主动表露善意,小梨花立刻贴上来,抱着她的胳膊蹭:"你说得对,我们靠自己,哼!"

方亚楠的鸡皮疙瘩都起来了,她死命地扭动手臂,想脱离小梨花的钳制。

"哈哈!"小梨花开开心心地放开手,笑成一团。

坐在副驾驶座上的宽宽表情复杂。

"对了,喵总姐姐,你喜欢哪个选手啊?"小梨花突然问。

"嗯?你说百道的选手吗?"

前面的宽宽也看了过来。

方亚楠有些尴尬:"说实话,没有。"

"欸,那你为什么要做我们百道的选题呀?"

好家伙,已经开始"我们百道"了,这小姑娘可真上道。

"因为我以前在百道工作过。"

"哇,"小梨花惊叹,"那你有喜欢的选手吗? 不是百道的也行。"

"我没有特别喜欢的选手,以前有喜欢的战队——哪支战队强,我就喜欢哪支战队。"

"比如?"

"WM?"

"哇,我知道这支战队,曾经辉煌过,但是是好多年前的事了吧。"

"对啊。"

"Icon(大咖)现在好像在做游戏主播,狸狸猫没消息了,雪仔……"小梨花居然对这些成名时间较早的战队成员的现状如数家珍,说着还叹了一口气,"他们的职业生涯如昙花一现哪。"

方亚楠对她刮目相看:"这你居然都知道?"

"这可是我作为电竞主持人的专业素养!"小梨花昂首挺胸,直愣愣地盯着后视镜里宽宽的脸,"你随便问我一个电竞选手,他的前世今生我都知道!"

"陆刃?"

"啊?谁?"

"没事,这人还没出生。"

小梨花以为自己被耍了,噘起嘴,软软地靠过来,把头搭在方亚楠的肩膀上:"喵总,你的采访,我能出镜吗?"

方亚楠耸肩:"我不吃这套。"

"唉。"

两个人嘻嘻哈哈地闹了一路。车子一直开到远郊,停在一个被青山包围的别墅区里。直到这时,方亚楠才意识到俱乐部竟然在一个这么偏远的地方。

不过这边的房子大、环境好,租金还便宜,确实是训练基地的不二之选。

两个人被宽宽领着,从地下车库上了一楼,一开门就传来一片敲击鼠标和键盘的声音。客厅里摆着两排电脑,总共二十台,每台电脑前都坐着一个少年,少年们正在面无表情地训练,屏幕上的游戏画面在不停变换着。

"这就是青训营。他们的宿舍在旁边,这里住不下。"宽宽简单介绍着,"你要的人,我一会儿给你介绍。"

"哦,好。"方亚楠点了点头。

宽宽重新走进电梯里:"先去开会吧。"

三个人又上了二楼。

方亚楠发现,自从进了基地,小梨花虽然双眼闪闪发光,但是非常安静,一句话都没说。她昂首挺胸,走路姿势优雅,一举一动皆是淑女风范。

三个人到了二楼,正对着电梯的是一间小客厅。客厅中央,六台电脑摆成一排,三个年轻人正在训练。几个房间的门都敞开着,有的房间里堆着懒人沙发,有的房间里放着茶点,还有一个有着大落地玻璃窗的房间,里面放了几台运动器械。

"这里是俱乐部主力的训练区,有三个人请假出去了。"宽宽低声说道。

他们的出现没有引起里面的人注意,直到宽宽走到他们身边,有一个人才抬头,有些迷茫地叫了一声:"宽哥。"

他又看向宽宽旁边的方亚楠和小梨花,视线在小梨花身上停顿了一会儿,然后没什么表情地问:"主持人?"

"她是,她不是。"宽宽指了指小梨花,又指了指方亚楠,"这是记者。"

"啊?又有采访啊。"年轻人毫不掩饰自己的反感情绪,"我们还没出什么成绩呢,有什么好采访的?"

"不是采访你们。"宽宽毫不留情地说道。

"啊?那采访你?"

"这次的主角是楼下那些小朋友。"方亚楠觉得自己答得异常慈祥。百道的战队目前还没打过几场大比赛,她一时间有些认不出眼前的人,他好像叫阿什么……还是子什么?……

"他们?"年轻人愣了愣,表情有些不自在,"哦,采访他们……什么呀?"

方亚楠看看宽宽,宽宽无所谓地耸了耸肩。她便略微一想,回道:"如果我说,我们想构建……哦不,确切地说,是提倡在职业电竞行业里构建一个良性循环的人才体系——就像国家运动员的人才体系一样,让社会在消费完你们短暂的青春还能为你们的未来负责,你觉得可行吗?"

年轻人一脸茫然:"啊?"

方亚楠朝宽宽无奈地耸肩:"主力选手果然完全没这方面的忧虑呢。"

宽宽摇头:"不,不是没有,他听不懂,是因为没文化。"

"宽哥!"年轻人大叫,"难道你听懂了?"他又问小梨花:"你听懂了吗?!"

宽宽冷哼了一声。

小梨花则微笑着点了点头,甜甜地说道:"不好意思,我听懂了。喵总姐姐的意思是,她要为那些头脑一热就投身电竞行业、失败后走投无路的年轻人争取社会保障……阿玺老师,你这都听不明白的话,我都不想在这儿干了呢。"

说罢,她把头一歪,笑容更加灿烂。

宽宽:"我要定你了。"

百道的工作人员效率极高,不过一个小时的工夫,新的选题方案就定好了。

方亚楠从会议室里走出来时,看到二楼露台处有两个选手正在聊天。他们的手里都拿着电子烟。

宽宽径直走过去。那两个人见到他,都有些胆怯:"宽哥。"

"哟,学会抽烟了?"宽宽笑着打趣他们。

"这个……嘿嘿……"他们都讪讪地笑了起来。

方亚楠现在已经认识他们了——他们一个叫灰狗,高中辍学,以电竞为本职工作;另一个叫芝麻酱,青训营出身,初中毕业,似乎考上职业高中了,但是从没去上过学。

方才在客厅里和他们对话的阿玺则正在上高中,但是现在休学了。

他们年龄很小,可是面容都因为熬夜训练显得有些沧桑,一个个挂着黑眼圈,脸上长着青春痘。

"宽哥,我们明天跟 FPT 打,你来不来?"灰狗问。

宽宽摇了摇头,指了指方亚楠:"忙。"

"你们要采访什么呀?"灰狗好奇地问,"阿玺刚才尴尬了很长时间。"

"有什么好尴尬的?他难道一见到有记者来,就以为是来采访他的?"

"那肯定是呀,他是俱乐部的主力呀。"灰狗一脸骄傲,"我们可是从千军万马中杀出一条血路的人。"

"如果你们没杀出来呢?"方亚楠冷不丁地问。

灰狗愣了愣,一旁有些冷漠的芝麻酱也看了过来。

方亚楠指了指楼下:"如果你们像楼下那些人一样,杀不出来呢?你们现在出头了,少说也可以打上三五年职业赛,那他们呢?现在全国一共有十七个大的电竞俱乐部,每个俱乐部有六个主力和一百多个正式队员。除了这些人以外呢?比如说楼下这二十个人以后去哪儿?"

灰狗咬了咬嘴唇:"这……这不是个人选择的问题吗?"

"问题就是,你们在并不能对自己的选择负责的年龄做出了个人选择。

与此同时，电子竞技行业没有健全的保障体制。比如说，现在国家对运动员的教育水平越来越重视，很多运动员在训练之余兼顾学业，比赛不是他们唯一的出路。然而，很多投身电竞的少年，相当于走上了独木桥，把打游戏当成唯一的出路……算了，你关注过那些被你们淘汰的人之后怎么样了吗？"

灰狗想了想，脱口而出："不知道，但是这和你有什么关系？"

宽宽笑了一声。

方亚楠还真的没想到自己会被这么问，不由得尴尬了一下："是我多管闲事了？"

"哦，我不是这个意思。"灰狗也有些无措，"我的意思是，你为什么会考虑这些事啊？"

"我也不知道，大概因为我真的喜欢游戏吧。"方亚楠笑了笑，"你有没有想过有一天，全世界的职业电竞选手都会被要求边上学边训练？"

"那大家就没时间训练了，比赛就不精彩了啊。"灰狗一听这话就很抵触。

"你们有打游戏的天赋没错，被发掘后应该好好开发潜力也没错，但我个人认为，知识和眼界才是让天赋保鲜的最好办法，否则……伤仲永的故事，你听过没有？"

灰狗迟疑了一下，还是嘟囔："反正我觉得这不现实。"

"我也知道这目前听起来很不现实，显得我很天真，好像是在祸害电竞界。所以这一次，我只会探讨一下电竞少年的过去和现在，看看社会大众的看法。"方亚楠微笑，"我玩游戏十多年，喜欢过很多选手，但是他们现在都不见了。他们去哪儿了，你考虑过吗？如果连他们都消失了，那么那些为了电竞放弃学业和家庭，却没有出头的人，又该怎么办呢？"

灰狗沉默，芝麻酱的表情也专注起来。

"现在应该有很多人喜欢你们的技术，喜欢看你们打比赛，但是真的爱你们的人，比如你们的父母，才会考虑你们的未来——这是我的感觉。"

"所以，大姐，你也是真的爱我们？"芝麻酱冷不丁地冒出一句话。

方亚楠笑着摇了摇头："论年龄，我都可以做你们的阿姨了。对，我是真的爱你们。"

说着，她伸手摸了摸灰狗的头。灰狗嘬着嘴躲开了。

"其实，你的诉求跟我们俱乐部是有利益冲突的。"宽宽意味深长地看看方亚楠，"别家战队没日没夜地训练，我们把队员赶去学习，这不是找死吗？"

"哈哈，"方亚楠自然早就想明白这点了，"所以我说，这是件很长远的事情哪。"

"对，就是因为从长远看，这是对行业和选手最好的办法，所以我们才同意试试。"宽宽拍了拍她，表情很欣慰，"不愧是我们百道出来的。"

"啊？阿姨你也是百道的？"灰狗惊讶。

"在百道待过，"方亚楠讪讪地说道，"我太差了，所以自我淘汰了。"

"我以前也想进百道，做游戏。"灰狗一脸向往地道，"没想到最后以这种方式进来了。"

"你已经很幸运了，抓住这个机会吧。"方亚楠拍了拍他，"好好学习，说不定你有机会以别的方式进百道呢？你看你们宽哥，打游戏肯定不如你们，可是随便敲敲键盘，就能让你们哭爹喊娘。"

"那不是，那不是，宽哥很厉害的！"灰狗连连摆手。

方亚楠沉默了一下，想到某个笨蛋，点了点头："也是，他们这群人打游戏都很厉害。"

"阿姨你也是吗？"

"不，"方亚楠无奈地说道，"我在百道混不下去，大概就是因为打游戏的水平太差吧。"

方亚楠的选题提纲很快就成型了。

百道即将举办一场名为"以道之名"的《反恐精英》全国邀请赛，作为百道战队的出道首秀。与此同时，百道开始筹备拍一支短片，纪念他们的首支职业战队的成长经历。如果战队混得好，这支短片有望被拍成系列短片。

为了配合方亚楠，拍摄团队添加了青训营的素材。他们选定了两个主角，一个是刚刚进入青训营的十六岁少年卢照，另一个是已经在不同的青训营待了三年的青年梁子豪。

拍摄团队将从他们的家庭、个人生活、训练入手，结合他们对自己未来的考虑，做一期联合报道。

"总而言之，事情又弄大了。"于文看完方亚楠新整理出来的选题提纲，叹了一口气，"我就问你一个问题。"

"您说。"方亚楠有点儿惴惴不安。

"我们杂志的独立性会不会受到影响？"

"不会，我们的报道不是他们的附属产品。我和他们说了，他们向我展示他们愿意展示的东西，但是到底怎么写，取决于我。"

"行，看来你也能独当一面了。"

这话从于文嘴里说出来，已经是极高的赞扬了，方亚楠简直受宠若惊："谢谢于总，我会加油的。"

"你是要加油了，这个选题这么搞的话，你有的忙了。他们的比赛是什么时候？"

"他们已经开始做前期宣传了，正式比赛大概在元旦前后。"

"那这期杂志先不排你的选题了。你慢慢弄吧，如果百道把声势弄大，这对我们报道的影响力也有利。"

方业楠本来还担心自己这期要掉链子，看于文早有准备，当即松了一口气："那我元旦以前就主要做这个选题了。"

"需要帮手吗？"

"我自己来吧，成稿的时候让阿肖把把关，可以吗？"

"那成，去吧。"于文拿起其他选题的资料，突然说道，"你说我要不要让其他人也去培训一下摄影技术，这样一个人能当两个人用，多省事？"

你是想省钱吧？方亚楠哭笑不得。她可不敢表示赞同，否则全杂志社的文字记者都得恨她。

"于总，您就让我在社里多活两年吧！"

方亚楠跟于文报备完，走出总编办公室时，已经到了下班时间。办公区的同事们已经陆陆续续地往外走了，剩余几个还没走的，则坚定地坐在电脑前——其中就包括阿肖。

"你怎么还不走？"方亚楠走过去，一边揉着自己酸痛的肩膀一边问。

阿肖长长地叹了一口气："不是说要和其他杂志社办那个联合影展嘛，联络的事交给我了，我现在还在跟《国家地理》的那群人扯皮。"

想到联合影展，方亚楠就想到江岩，立刻明白了为什么阿肖会成为当仁不让的联络人。

这其实是一个很好的机会。负责的活动越是重大，意味着负责人在杂志社里的地位越高。阿肖能被派去做这个活动的负责人，显然是很受领导重视。

"能者多劳呀，能者多劳。"方亚楠幸灾乐祸地说，"办完这事，你就坐上我们社的第二把交椅了，到时候一定要罩着我哟。"

阿肖咬牙切齿地拍桌子："你少幸灾乐祸了，《国家地理》的人说什么版权不明，要跟在北极的摄影师联系完再说，这不是故意为难我是什么？他们都刊登出来的照片，还能版权不明？真这样的话，他们早就被人告破产了！"

"行了吧，人家也是怕担责任。"

"你怎么对别人都那么通情达理呀？我是你师父，在被欺负，你要安慰我呀！"

"师父，降压药要吗？"

"滚！"

"那肥牛饭？"

"滚……啊？要的，要的！"阿肖顿时换上一副谄媚的嘴脸，"你也加班？"

方亚楠打了个哈欠："是呀。"

说罢，她专心点饭。

"你那个电竞的选题怎么样了？"

"唉，搞大了。"方亚楠把前因后果讲了一遍。

阿肖听完咂舌："听着就很麻烦哪，你还得跟他们的摄影师一起去？"

"对。"

"不用配合他们写稿吧？"阿肖果然是业内老人，立刻就想到了关键点。

方亚楠一脸鄙夷："我可是你徒弟。"

"得，得，得，我说错话了。"有饭在前，阿肖特别卑微，"唉，本来还想拉你帮我搞影展的事呢。"

方亚楠迟疑了一下。她知道阿肖说这话不是在试探，是真的把她踢出了"苦力名单"，可是……

"我可以帮忙啊。"

"啊？真的假的，你不忙吗？"阿肖精神一振。

"百道那边的比赛在元旦前后，距离现在还有一个月呢。这段时间，我只有这一个选题，也不可能天天忙活它吧。所以，嘿嘿，我还是挺有空的。"

"恩人！"阿肖猛地抓住她的手臂，眼泪汪汪地说，"您就是我的恩人！大恩大德，无以为报，从今天起，您是我永远的……徒弟！"

"滚，滚，滚，"方亚楠甩开他，"我要叛出师门啦！"

"晚饭我请吧？"阿肖掏出手机，"咖喱土豆蛋包饭？"

方亚楠立刻收起手机："师父寿比南山！"

"方老师，怎么是你联系我？"电话那头的席安很惊讶，"肖老师刚才还跟我哭诉，说他是'光杆司令'呢。"

方亚楠苦笑："你觉得以肖老师的风格，他有没有可能老老实实地做'光杆司令'？"

席安心领神会地叹了一口气："我们老大也把这件事交给我办了。你们选好图片就交给我们制作，另外，我会给你们列出目前我们合作得比较好的场地，你们可以从中挑一挑。"

"好。"方亚楠得知九思负责对接的人是席安，第一反应是松了一口气，心底却也隐隐有些遗憾。

"方老师……"席安突然支支吾吾起来，"你还记不记得……那个……我要结婚的事情？"

方亚楠怔了怔，忽然觉得心跳有些加速。她何止记得，四十五年后，还得到了反馈！席安夫妇可是记了一辈子，而且两口子一直和和美美的！

"记……记得呀，"她问道，"怎么，日子定了？"

"嗯，我最近一直在忙新品发布的事情。发布会当天，我们先去空中花园办发布会，然后就是我的婚礼。"席安有些不好意思，"我其实打听了空中花园的租金，当然，超出预算了，但是我们也勉强能负担。我不想占公司的便宜，但是江总说租都租了，又在公司的群里发起了一个匿名投票，大家都投票同意我们在那里办婚礼……唉，上一个在空中花园结婚的人，今年都登上富豪排行榜了。"

"那你也不错啊，这么好的婚礼场所你都负担得起。"

"得挪用买房的钱哪！"席安激动起来，解释道，"可见占公司的便宜，我是真的过意不去啊！"

"你这话跟江岩说过？"

"当然说过，说过好多遍。"

"你跟江岩说都没用，跟我说有什么用？我又不会误会你。"

"啊……我好像真的有点儿担心你误会我。"

"不会，不会，"方亚楠笑道，"你是个好孩子，我们都知道，不会那么误解你的。"

"唉……"席安幽幽地叹了一口气，"那么，方老师，你下周日有空吗？"

方亚楠想也不想地回答："有。"

"那你的出场费一般是多少呀？"

"免费。"

"啊？"席安立刻反应过来，"方老师，你不要这样！"

方亚楠笑了："你要人红包，还是要付出场费？"

"别呀，我们什么都不要！"

"摄影师也不要？"

"方老师！"席安有点儿生气了，"我不是来杀熟的，是真的觉得你很厉害！你不能跟我客气！你跟我客气，就是把我当外人。"

"你就是外人哪。"

"嗐，"席安似乎跺了跺脚，语气近乎哀求，"方老师，你这样的话，我只能按市场最高价给你打钱了。"

方亚楠无奈："那这样吧，我跟你实话实说，我也不是什么大牌摄影师，出场费也就三千块钱。我要是给你包个红包，那肯定得包个两千六百六十块——折算下来，我也就赚了不到四百块钱，多没意思？我又没有急用钱的地方，你就不能让我高风亮节一回？"

席安："方老师，你真会说话，我居然说不过你。"

"因为我说的是事实呀。到时候你给我出场费我不拒绝，我给你红包，难道你要拒绝？你自己想想吧。"

"那……方老师，婚礼后我请你吃饭，你千万别拒绝，好吗？"

"好，好，好，"方亚楠哭笑不得，"你看完我拍的照片，觉得满意再说。"

"不行，无论如何都要请你！"

"成，成，成。"

"说定了哟！"

"行，行，行。"

席安白得一个婚礼摄影师，挂电话的时候居然很愤懑。方亚楠暗笑，一时间有些分不清楚自己究竟是因为老方的经历，想给席安免费拍照，还是不管怎样，自己都会这么做。

很快，方亚楠就得到了两份席安发过来的表单，一个是九思合作过的比较好的场馆，还有一个就是席安的婚礼流程表。

席安的婚礼流程比较传统——早上男方去接亲，下午新人拍外景婚纱照，晚上办婚宴。而九思的新品发布会在当天下午举办。

"婚礼之后，我就要全力以赴地投入影展的事情啦。"席安又发了这样一条信息过来。

方亚楠乍一看觉得没问题，仔细一想，又觉得不对。她回："你没有婚假吗？"

席安："我要在空中花园结婚了，还要什么婚假？！我把婚床搬到办公室去都行！"

方亚楠："你老婆没意见？"

席安："我上面那两句话是她知道自己白得一个空中花园作为婚礼场地后，自己跟我说的！"

方亚楠："能不能问一下你老婆叫什么？"

婚礼流程表里只提到新郎、新娘，没有说他们的名字。

席安："她叫陈雨彤。"

"果然！"

方亚楠下意识地发了这两个字过去，刚发完就意识到不对，连忙撤回消息。谁料席安就好像在时刻盯着屏幕一样，还是捕捉到了这条消息，并立刻回复："什么'果然'？方老师，你干吗撤回消息？"

因为我在四十五年后"提前"知道了你老婆的名字是陈雨彤！

方亚楠的汗都流下来了，她连忙辩解："哦，我的意思是，你老婆的名字很有时代性……撤回消息是因为觉得这样说有点儿不礼貌。"

席安显然无所谓："别提了，她也总跟我说，以前上学的时候，学校里有好几个'雨彤'。"

方亚楠擦着冷汗："没事，没事，'亚楠'也一大堆。"

这次轮到席安惶恐了："方老师，你别这么说！"

到了晚上，等洗漱完坐到电脑前，方亚楠发现自己已经无法插入朋友们的聊天了。

陆晓还真的跟"网瘾夫妇"说了出去旅游的事情。"网瘾夫妇"很积极，热烈地讨论着目的地，连一向埋头玩游戏的阿太都表示欢迎大家去找他玩。

方亚楠听了一会儿大家的聊天内容，就觉得有些烦躁。

虽然她喜欢旅游，但并不喜欢热闹——尤其是在这种明摆着要自己带团的情况下。"网瘾夫妇"和陆晓虽然不是没有旅游经验，但很少自由行，基本上是跟团游。这次旅行最吸引他们的就是可以自由行，而他们这群人中，最有自由行经验的，显然就是她方亚楠。

天可怜见，她积极筹划这次旅行，绝对不是为了搞团队建设呀！

她已经可以想象到，即便旅途中"网瘾夫妇"有意无意地撮合她和陆晓，但是两个被动、内敛又自尊心极强的人肯定还是会打太极！

就算自己狠下心来主动一次，一旦被陆晓拒绝，众目睽睽之下，她肯定不想再跟他们玩了呀！

这么看来，陆晓这么做，简直就是在拉"网瘾夫妇"当挡箭牌，唯恐她在孤男寡女的时候对他做什么似的！

看来陆晓是真的对她没意思。

方亚楠心里五味杂陈。她一会儿觉得是自己想太多，陆晓只是笨；一会儿又觉得陆晓并不笨，埋怨自己为什么不早点儿想通这点。

要是能早点儿死心，她哪里会有这么多杂念？

唉，情之一字可真磨人。

就在她觉得心里不是滋味，想偷偷离开语音频道时，妙妙发现了她。

妙妙："哎，喵总，喵总你来了呀？你怎么不说话？你在不在？"

方亚楠下意识地想开口说话，但是转念一想，一旦自己加入话题，肯定逃不掉在这次旅行中给大家当保姆的命运，于是咬了咬牙，假装没在电脑前。

妙妙："欸，喵总没回我，是不是不在呀？"

老冯："大概是不在吧，在的话，她早就说话了。"

陆晓："等她回来以后，让她阻止你不切实际的幻想。"

妙妙："我就是想去东北过年，怎么了？怎么了？你们不是也没去过吗？"

陆晓："我们是无所谓，但是你成天不是感冒就是贫血的，还想去东北过冬？你是想去蹭暖气养病吧？"

妙妙提高声音："过年不就该去北方吗？这才有年味呀！"

陆晓："老冯，你说说她。"

老冯："唉，说不过，说不过，还是等喵总来主持大局吧。"

妙妙："喵总肯定会支持我的！到时候老冯开车，我跟喵总坐在后排座位上吃吃喝喝，不晓得有多开心。"

陆晓："喵总才不想跟你吃吃喝喝。她不喜欢吃零食。"

妙妙："哟，这你都知道？你很懂喵总嘛。"

陆晓："她不是说过很多次自己不爱吃零食吗？一起出去玩的时候，那些薯片、瓜子，不都是你们吃的，你见她碰过吗？"

妙妙："哟，这你都观察到了！你很关心她嘛！"

陆晓："唉，我都懒得说你。"

妙妙："哎哟，不要害羞嘛，关心她就要说出来。"

陆晓："大家都该知道的事情，怎么就变成关心了？"

妙妙："承认又没什么，喵总那么优秀，难道不值得别人关心她吗？"

陆晓："值得，值得，行了吧？"

妙妙："哎，老冯，老陆他承认了，承认了！"

老冯:"他承认什么了呀?哎,你别晃我了,我在瞄准敌人呢。"

妙妙:"他承认自己关心喵总啊!"

陆晓:"难道你不关心她?"

妙妙:"我关心她的呀,但是我的关心和你的关心不一样!"

陆晓:"哪里不一样?"

妙妙:"就是不一样——我又不能和喵总结婚。"

陆晓:"那我也不……怎么就说到结婚上去了?"

妙妙:"不行吗?你跟喵总那么般配,你不考虑考虑?"

陆晓:"考虑什么?"

妙妙:"和喵总结婚哪!"

陆晓:"为什么要结婚?"

妙妙:"为什么不结婚哪?"

陆晓:"单身不好吗?"

妙妙:"老陆,你再这样下去,小心以后后悔!"

陆晓:"喊,不跟你说这些了,你还玩不玩了?"

妙妙:"不玩了!"

陆晓:"不玩就不玩。"

阿大终于开口了:"哎,你们有完没完?游戏都开局了,你们又说不玩了?我不要面子的吗?"

妙妙:"好,好,好,对不起,对不起,玩,玩,玩!"

…………

方亚楠长长地叹了一口气。平时语音频道里热火朝天的聊天总能让她热血沸腾,今天她却心如止水。

陆晓果然是个打太极的高手。

今天她实在是没法玩游戏了。

她想退出语音频道,看看电影,可是又觉得已经让人发现她在线了,如果什么都不说就走,有点儿奇怪。但是一旦她说点儿什么,话题一定还是会回到"春节去哪儿玩"上面。

到时候,为了不扫大家的兴,她肯定会骑虎难下。

她想了想,干脆没有退出语音频道,直接打开一部电影,漫不经心地看了一会儿。等到妙妙的声音渐渐疲倦了,她才打开麦克风,用惊讶的语气说:"我居然忘记我打开语音频道了!"

妙妙勉强打起精神说："喵总，你终于来了，我都快睡着了。"

她等的就是这个时候！方亚楠暗中苦笑："啊？我刚才吹头发的时候看了一部电影，看着看着就忘了……你们要下线了啊？"

妙妙："是啊，我跟你说，老陆欺负我，这个男的靠不住！"

陆晓："喊。"

方亚楠："啊，你居然觉得老陆靠得住过？阿大不比他强吗？"

妙妙："对，还是阿大好，游戏打得也好！"

阿大："我都是被你们逼的。你们少聊两句，我都不会那么累。我感觉就我一个人在认真打游戏！"

陆晓："我也在认真打游戏啊。"

阿大："你闭嘴！就赖你，妙妙说什么你都接。你理她干吗？女人不就是无理取闹的代名词吗？"

妙妙："喵总！"

方亚楠哭笑不得："我错了！下次我早点儿来，帮你骂翻他们！"

妙妙："还是喵总靠得住！"

老冯："好了，好了，我要睡了，明天还要上班呢。喵总，明天一起玩呀？明天早点儿来！"

方亚楠："我尽量，晚安。"

"晚安。""网瘾夫妇"相继离线。

语音频道里只剩下了方亚楠、陆晓和不怎么说话的阿大。

陆晓："喵总，打不打《怪物猎人》？游戏昨天更新了。"

方亚楠下意识地看了一眼手柄，但终究没有伸手。她夸张地打了个哈欠："不行，不行，我吃不消了。我出差回来以后就马不停蹄地上班了，再不睡，人就要不行了。我先去睡了啊。"

陆晓好像有些愣怔："哦，好。"

方亚楠："晚安，阿大！晚安！"

陆晓："晚安。"

阿大："晚安，师父。"

方亚楠退出语音频道，在电脑前呆坐了半晌，竟然产生给江岩发微信的冲动。她想随便说什么，哪怕是问问他有没有去做体检。

可这想法一冒出来，她又觉得自己有点儿不厚道。

她为自己扭曲的心理感到沉痛了片刻，还是乖乖地躺到床上，什么也没有发给江岩。

明天就会是新的一天了吧？

通常，在陆晓那儿吃瘪，方亚楠很快就不会再琢磨了。

毕竟她很忙。

第二天是周三，也是杂志社的编辑、记者倾巢出动去采访的日子。方亚楠虽然还没有和百道约定具体时间，但是阿肖给她的任务也不轻松——她要先去《人间荟萃》杂志社选片、签合同，接着按照席安给她的场馆名单去挨个儿考察，顺便打听场地费。

虽然席安给的名单里已经写了每家场馆的场地费，但是以《维度》杂志的影响力，很多场馆为了提升自身价值，会愿意在价格上适当让步。

虽然方亚楠不喜欢讨价还价，可是为公司省钱约等于为自己加工资，她自然要做性价比最高的事。

既然计划在外面跑一整天，她便把老爹的那辆老荣威开了出来，"吭哧吭哧"地上路了。

上午去过《人间荟萃》杂志社后，方亚楠正好路过九思所在的写字楼。她转念一想，干脆把席安约出来吃午饭，和他当面聊聊影展场馆和结婚的事情。

席安很是激动，以为自己这么快就得到了请客的机会，结果和方亚楠一会合，就沉默了。方亚楠已经坐在麦当劳里吃上汉堡了，而且压根没有转移阵地的意思。

席安没办法，只能跟着点了汉堡和可乐，一脸郁闷地给方亚楠详细介绍起几个场馆的优劣情况。

"大奔中心自然是最高档的场地，而且最近举办了几场电竞赛事活动，硬件上够强。但是我在做清单的时候了解了一下，这家场馆已经很久不做艺术类的展了，即便能做，估计也很贵……"席安有点儿为难地说，"我没别的意思啊，方老师，你要知道，人家都是生意人。"

"嗯，我明白，下一个吧。"方亚楠心态很平和，本来这种事情也讲究一个"门当户对"，既然对方的规格太高，自家负担不起，那就不用浪费时间了，"你看这个三江艺术园区可以吗？我看着挺有感觉的。"

"那里本来是废旧厂区，被改造成了现在的样子。我把这家场馆列进来，是因为这家最近刚刚更新了全息设备，但是效果好不好我还不太清楚。你要是需要，我可以陪你去看看。"

"你最近不是在忙你们公司新品发布的事情吗？"

席安有些不好意思:"但协助你们办影展也是我的工作啊。而且因为发布会的时间和我结婚的时间冲突,所以发布会的主要负责人不是我。你要是有时间,我下午就可以陪你去看看。"

"哎呀,那就太……"

"你们怎么在这儿?"

旁边冷不丁地传来一句话,方亚楠和席安转头看去,发现江岩竟然站在他们的桌子边。本来微微皱着的眉毛在方亚楠看过去时忽然舒展开,他微笑着问道:"亚楠,来都来了,怎么不告诉我?"

方亚楠有些迷茫:"啊,江总……我是来找席安的。"

江岩看了席安一眼,席安莫名其妙地瑟缩了一下。

江岩:"你找他做什么?他又做不了主,最后事情不还是得报给我?"

他好大的口气——虽然这是事实。

"可是……联合影展的事情不是交给他负责了吗?"方亚楠一脸无辜。

江岩愣了愣,又看了一眼席安,席安低下了头。江岩转回视线:"不是说肖老师负责对接这件事吗?"

方亚楠笑了一声:"要是真的让他一个人忙这个活动,他老婆得跟我拼了。"

江岩"哦"了一声,双手插兜,貌似随意地问:"所以现在是你来负责对接这件事了?"

"对呀,我这不就来找席安了?"方亚楠笑着拿可乐碰了一下席安的可乐杯,然后举起来喝了一口,"还好你派席安来负责这件事,要是派的别人,我还没这么容易把人约出来呢。"

"那可不一定……你们聊吧,我还有事。"江岩拍了拍席安的肩,转身出去了。落地窗外,有三个穿着职业装的人在等他,四个人会合后,一同离开了。

席安不知怎么的,脸色有些白。方亚楠疑惑地问:"你们江总是忘了买食物,还是专门进来聊天的?"

"聊……聊天的吧。"席安说得磕磕巴巴的。

"你怎么了,慌什么?你们公司和麦当劳有仇?"方亚楠见席安一副被上司发现自己在竞品公司吃饭的样子。

"不是,不是……"席安皱着眉,"我也不知道,就是觉得心慌。"

"你下午是不是时间不方便?"方亚楠觉得自己很体贴,"没事的,你别迁就我,我随时可以的。大不了我自己去,然后跟你打视频电话嘛。"

"还……还要打视频电话啊?"席安苦笑。

"不方便吗?"

席安愣了一下:"对啊,我怕什么?"

方亚楠耸了耸肩,又咬了一口汉堡。

"唉,算了。"席安拍了一下桌子,"我下午确实没什么事,去就去嘛。"

方亚楠一点儿都没有被他的豪气感动到,反而更担心了:"你确定?"

"确定!"

"那……你什么时候能出发?"

席安愣了愣,咽了一口口水,眼神游移:"那个……我跟江总报备一下,就可以出发了。"

"那你快报备吧。"方亚楠催他,心里已经计算起自己的停车费了。

席安有些尴尬:"要不我们先吃饭吧?江总现在大概在谈事情。"

"他不吃饭吗?"

"他们应该是边吃饭边谈……刚才那些是另一家公司的人。"

"哦。"方亚楠没再多问。

过了一会儿,估摸着时间差不多了,席安才拨通了江岩的电话,语气唯唯诺诺的:"老板,下午……那个……我要陪方老师去看一下场地……嗯,不……不是大奔中心……应该是三江……啊?哦,那我也可以……啊?可是我……嗯……"

席安迟疑了一下,看了一眼方亚楠,看得她莫名其妙。

他神色为难,但最终还是点了点头:"哦,好,我……我知道了。行,那我先回去。"

他挂断电话,叹了一口气,一脸忧伤的表情:"老板让我先把客人送回万方。"

"哦……啊?什么?"方亚楠猛地惊了,"送回哪儿?!"

席安愣了愣,磕磕巴巴地说:"万……万方,那是家小公司,方老师知道吗?"

方亚楠追问:"你们要跟万方合作吗?"

"倒不至于合作吧,就是老大觉得这家公司有潜力,想扶持一下,看它未来能不能成器。"

方亚楠气都不顺了,可是偏偏不能表露出来,真的万分憋闷!

"方老师,你没事吧?"

"没事,没事,"方亚楠深吸一口气,强颜欢笑,"那你不能陪我去了,是吧?"

席安立刻尴尬起来:"啊……也不是,就是你能不能等我一会儿?我很快就回来。"

"要多久?"

席安打开手机看了看,小心翼翼地问:"一个小时?"

"行,那我就当午休了。"方亚楠点头,"我就在这儿等你。"

"那我快去快回!"席安跳起来,急匆匆地跑了出去。

方亚楠如坐针毡,忍不住打开手机搜索了一下"万方",没有发现什么特别的新闻。但是她还是觉得浑身不得劲。

根据搜索结果来看,万方的法人正是后来她儿子方近贤提到过的万甄。而关于万甄的几条搜索结果基本上都是他在某些科技类赛事上获奖的新闻。

难怪江岩想帮万甄,他们本就是一样出色的人。万甄获奖的作品,就跟江岩的研究一样——她光看名字,根本不明白那是什么!

方亚楠知道光靠网络已经获取不了什么信息了,却也知道万方和九思的对决在很多年之后出现,此时的她几乎什么都做不了,也不可能为了江岩,把未来带给那么多人快乐的万方给扼杀掉。她一时间只觉得苍天误她,既生小方,何生老方?

她行尸走肉一样又给自己买了杯咖啡,趴在桌子上盯着咖啡杯发呆。

"亚楠,还在等席安吗?"

江岩的声音从头顶传来,方亚楠愣了愣,抬起头,就见江岩微微喘着粗气,朝外面示意了一下:"走吧,他来不了了,我陪你去。"

方亚楠有些蒙:"啊?为什么?"

"什么为什么?"江岩笑道,"之前的客户还有点儿鸡毛蒜皮的小事需要我们对接。我已经招待过他们吃午饭了,总不能什么都让我这个老板出面吧?"

方亚楠的表情里有难以抑制的疑惑之意,她问:"你的客户的事情,再鸡毛蒜皮……也比陪我看场地要紧吧?"

"赚钱和培养情操能相提并论吗?"江岩说道,"比起谈生意,我宁愿去看场地。"

看场地又不是看展,跟培养情操有什么关系?

方亚楠真的恨自己清醒,她的一万句吐槽话都在江岩满眼的期待之色中消失殆尽。她只能纠结地起身,无奈地说道:"你都这么说了,我还能怎么办?走呗。"

"那……"江岩掏出他的保时捷车钥匙,期待地说,"地下车库?"

"不,"方亚楠也掏出她的荣威车钥匙,表情坚定,"地下车库。"

江岩从善如流地收回钥匙,开心地说道:"真好,又坐你的车了。"

方亚楠头痛:"不好意思,在市里开车的我和在山里开车的我不是一个人。"

"为什么这么说,车不一样?"

"不,抱歉,"方亚楠叹了一口气,"我有路怒症,请江总务必担待点儿。"

方亚楠抵达三江园区的时候,江岩已经不知道该用什么表情面对她了。

方亚楠倒是表情平静,甚至很舒爽,仿佛一路上的"大爷,您的宝马车没有转向灯吗?""畜生哪!""命里缺车祸吗?""您是要上天吧!"……这样的"礼貌用语",不是她吼出来的。

她利落地收起钥匙,打开车门:"下车。"

江岩:"哦……哦,好。"

"被吓到了?"方亚楠笑着看他。

江岩:"嗯……不是,就是……哈哈,感觉我也被你骂了。"

方亚楠眯起眼睛:"你变道也不打转向灯?"

"打的,打的。"他连忙说道。

方亚楠仔细回忆了一下,好像自己坐江岩的车的时候没有什么不适感,应该是他的驾驶习惯还算符合她的心意。于是她露出"慈祥"的微笑:"那就好。"

江岩松了一口气:"我就是没见过有人开车……这么热闹。"

"没办法啊,"方亚楠无奈地说道,"我最暴躁的那段时间,是真的想下车去和抢道的垃圾理论理论,为此还去学了搏击。"

江岩摇了摇头:"不知道该说你可怕,还是该夸你未雨绸缪。"

"还是夸我未雨绸缪吧。我现在觉得自己有底气面对路上绝大部分不良司机了。"

"那你还是悠着点儿吧,"江岩笑道,"这世界上还是卧虎藏龙的。"

"所以说是'绝大部分'嘛,"方亚楠也笑,"碰到更强的人,我求饶就好了。"

"啊,这……"

三江园区好像正在举行一个小型的艺术展,园区门口堆着破旧的自行车,其上挂着两个用自行车保险杠拼成的字:杖量。

今天是工作日，园区门口没什么人，方亚楠琢磨了一下这两个字，迟疑地问："这个艺术展跟徒步有关？"

"应该是和旅行有关吧，"江岩抬头看着那堆自行车，"你看这像不像一座山？"

"有意思，"方亚楠来兴致了，"没想到能赶上这个，走，走，走。"

虽然来之前已经和园区的工作人员联系过了，但是放着面前的展不看，方亚楠觉得有点儿遗憾，于是两个人干脆没有联系工作人员，买了两张三十块钱的门票进去了。

三江园区一共有三个厂房，两个人进入园区后，迎面是一个大厂房，后面是两个小厂房。厂房虽然修缮过，但是依然保持着七八十年代的风格，看起来很有年代感。两个人一路向主展厅走去，道路两边已经摆了一些展品，摆放方式显然是经过精心设计的。展品几乎和环境融为一体，但是又不会让观众错过其特别之处。绝大部分展品处有简单的文字介绍。

其中有一根登山杖，旧到都裂缝了，缝隙处竟然冒出了粉色的小花和绿芽。还有一个脏兮兮的帐篷，上面被划出几道裂缝，看起来竟然像是动物干的。帐篷的支架歪斜着，帐篷门半开着，有参观者神色复杂地从里面走出来。方亚楠好奇地进去看了一眼，发现帐篷里有一个用生锈的铁丝缠出的人形模型，模型正绝望而徒劳地对着帐篷上裂缝的方向伸出双臂，由此可见当时的场面有多么惊险。

方亚楠咋舌，退出来，示意江岩也进去看看。他出来时，也是一副心有余悸的样子，问她："你没遇到过这种情况吧？"

"我哪里会遇到这种情况哪？"方亚楠不掩遗憾地否认，"我以前跟队去草原的时候，晚上是能听到狼嚎声，但见过的最凶的动物也就是兔狲和狐狸了——我去逗它们还来不及。"

"你跟队去草原做什么？"

"有一个国外的纪录片团队去草原考察，老总就给我们争取了一个跟队学习的机会。不过我也就跟了一周，他们后来要穿越国境，我就没去了。"

"那也不错了。"

"是啊。"

两个人继续往里走，进入第一个大厂房，即主展区，迎面看到的就是本次展览的主展品，也是点题之作——一辆孤单的自行车。自行车上装备着各式各样的骑行用品，不仅有专业的手电筒、远光灯、打气筒、水壶架，自行车的后座上还安装了一个架子，架子上有一个大大的彩色防水包裹和两捆胶条。

车子看起来很旧，车身上被溅满了泥点，脏得像是在泥潭里滚过。方亚楠一看到这辆自行车就愣住了，半响都挪不开视线。

"怎么了？"江岩陪她看了一会儿，忍不住问道。

"我……想起一个朋友。"

"喜欢骑行的朋友？"

方亚楠勉强笑了笑："其实，我也不知道我和他算不算朋友。"

江岩看着她。

方亚楠深吸一口气："你知道的，我曾经在一座雪山上碰到了黑煤窑。"

"对，你说过。"

"其实那时候，我们还遇到了一个骑行的人。"方亚楠看着那辆自行车，眼前却冒出那个在风雪中慢慢过来的骑手的样子，"他一个人从风雪中慢吞吞地骑过来，车上的装备和这辆车的装备几乎一模一样。"

"厉害，"江岩由衷地问道，"他从哪儿出发的？"

方亚楠指了指脚下。

江岩瞪大双眼："这儿？"

"对，"方亚楠笑了，当时的激动情绪又涌动起来，"他是我的老乡呢，辞职后从这里出发，骑了一个月才到那儿。他当时整个人脏得没边儿，看见我们的车停在路边，就停下和我们聊了两句，我们还互相加了微信好友。"

"他要去哪儿？"

"他想骑到西藏去。"

江岩摇了摇头："无以言表。"

"当时我们聊了两句后便各自出发了。我们提醒他附近有黑煤窑，让他小心，别被抓去挖矿。"方亚楠笑嘻嘻地说。

江岩："看你的表情，他应该没被抓去。"

"不，我不知道。"方亚楠笑容不变地看看自行车，"从第二天开始，我就再也没联系上他了。"

江岩笑容渐渐消失："嗯？"

方亚楠耸了耸肩："没消息也不一定是坏事吧。"

"你没去找他？"

方亚楠从手机相册里翻出一张照片给江岩看："我连他的名字都不知道，也不清楚他的长相。"

江岩看了一眼照片。那是一张自拍的合影，方亚楠扎着一头脏辫，笑得牙龈都露出来了，她旁边的小哥戴着头盔和防风镜，用围巾遮住了自己的半个下巴，脸上露出来的那点儿皮肤黑黝黝的，满是泥沙。

江岩看了一会儿，说："还真是看不出来他的长相。"他又盯着照片里的方亚楠看了一会儿，将手机还给她，"总之，没消息就是最好的消息，对吧？"

"是呀，"方亚楠说道，"就当他还在天山里'吭哧吭哧'地骑行吧。"

江岩又陪着她站了一会儿，突然抬手将她揽去另一边："来，看看别的。"

方亚楠回过神，吸了吸鼻子，勉强地笑了笑："哦，好。"

这场展览就是一个以旅行为主题的小型展览，展方收集了很多驴友用旧的装备，交给艺术家进行一定程度的修饰、加工后，变成一个个斑驳的展品。几乎每个展品都能让人从中看到旅途的艰辛，同时又能让人产生无尽的向往之情。

看着这些展品，方亚楠感觉很是惭愧。作为一名大多数时间以摄影为目的出游的人，她很少进行这种类似穷游的旅行。即使她对这种旅行方式有一丝向往，也鲜少产生尝试的念头。在看过这场展览后，她越发不想尝试了。

不过这些展品大多是她在旅途中能经常见识到或者听同伴提到的，所以比起江岩，她更有话讲，几乎每一件展品都能让她想起一两个小故事。江岩是个很好的听众，两个人逛了一个多小时才逛完这个展。方亚楠见江岩意犹未尽的样子，有些好奇地问："你明明对旅行很有兴趣，又有钱，应该也能挤出时间，为什么不自己出去玩玩？"

江岩笑了笑："你不是知道原因吗？"

"啊？"

"你一直催我去做体检，不是因为看出我的身体底子很差吗？"

"啊，这……"她还真的没看出来。说实话，有时候江岩敞开外套，她甚至能透过他的衬衫，隐约看出他的腹肌的轮廓。他这样的人要是都算身体底子差，那她这个小肚子软软的人算什么？

"其实我从小身体就不好，抵抗力很差，一有风吹草动我就倒下了。"他看了看自己的手，"近两年，我靠锻炼才变得身体素质好一点儿，本想抓紧时间奋斗，没想到奋斗出了九思，把自己捆住了，所以……"

他突然顿住。

"所以什么？"

他展颜一笑："我很羡慕你，第一次看到你的作品的时候，就很羡慕你。"

方亚楠怔了怔，感觉心脏狂跳了两下。她连忙低头摸了摸鼻子，强行拉回话题："那个……你抵抗力差是什么原因？"

"我体检时的各项指标时好时坏，医生也看不出来是什么问题。"江岩耸了耸肩。

方亚楠沉默。

她回来后，查了一下白血病的相关资料。好像患者的症状如果不是很明显的话，普通的血常规检查确实查不出什么问题。患者想确诊，需要去做骨髓穿刺。这种听听都觉得恐怖的检查，如果她劝江岩去做，要么提建议的她像有神经病，要么真的听话去做的江岩像有神经病。

她又想到了自己的另一个计划，就是她和江岩一起去骨髓库登记捐献骨髓。但是，且不说她也不清楚捐献骨髓时需要做的检查能不能查出白血病，最重要的是，她活了快三十年，也不敢说自己有要好到愿意和她一起去捐骨髓的朋友。

愿意和她一起去做胃镜的朋友倒是有。

难，这太难了。

方亚楠愁得头皮都麻了。

江岩有些好笑地看着她："怎么了？我又不是得绝症了，你干吗一副默哀的样子？"

"说什么呢？"方亚楠立刻露出横眉竖目的表情。

"啊，好吧，抱歉。"

"你道什么歉哪？是我的表情的错！"

"你这……我该怎么答？"江岩失笑，伸手推她，"走了，走了，再不去谈工作，人家工作人员都要下班了。"

"你还没说这儿适不适合呢。"方亚楠当然记得自己的工作，"你以为我带你来干吗的？逛展吗？"

江岩眨了眨眼："哦，对。"

"什么'哦，对'？你在工作啊，大哥！"

江岩回头看了看，摇了摇头："说实话，不适合。"

"为什么？"

"这里太空旷了，天花板也太高，就算架起围栏，光影散射还是会很严重。而且……"他低头看了看地面，"电源接口很少，布线不方便，观众进来后，可能会先看到大捆大捆的地线。"

"可是你们不是和这家场馆合作过吗？"

"是的，但是那次合作，我们是用的大画幅的全息视频，利用光效把这里还原成了过去的样子，即使画面不够清晰，氛围也是到位的。可是你要做的是图片展，应该需要很高的画面精度吧？"

"唉，那就不用谈了。"方亚楠打开手机，翻起场馆列表来，"我看看，复兴会展中心可以吗？"

江岩思索了一下，转身往外走去："走吧。"

方亚楠掏出钥匙："复兴？"

"不，大奔中心。"

"啊？席安说那家门槛高、收费高。"

"那是他说的，可不是我说的。"

"咦？"

江岩走到外面，夕阳的余晖洒在他身上，他闭上眼睛，深深地吸了一口气，转头说道："谈自由，你在行；谈钱，我在行。"

方亚楠愣了愣，讷讷地说道："我哪里自由了？我就是个上班族。"

江岩笑了笑："在我看来，你就是自由。"

方亚楠的呼吸都紧了，她几乎是咬牙逼着自己看向江岩，却又立刻被阳光下的他闪到眼。她转开头，急促地呼吸了两下，想如往常一般插科打诨地岔开话题，脑子里却一片空白。

"走吧。"江岩不等她回应，继续往外走去。

方亚楠迟疑了一下，迈着碎步跟在他后面，觉得自己脸上火辣辣的。

她大概明白江岩为什么对自己……有好感了，也明白为什么老方会有这样一段……人生了。

不管是对老方……还是对小方来说，失去江岩，的确会是人生中莫大的遗憾吧？

第十二章

再少年：谈下大奔中心

方亚楠承认自己有点儿乐观了。

人情社会嘛，既然江岩都这么表示了，那肯定心里有谱，自己百分之一百能拿下大奔中心！

两个人到了大奔中心后，确实有人前来接待。接待员带着他们去办公室的路上，江岩还一直跟方亚楠介绍这里的设备有多棒、效果有多好，把方亚楠说得心潮澎湃。结果到了办公室外，方亚楠跟着接待员进去了，江岩却站在了门外。

方亚楠疑惑地回头看向他。

江岩在门外做了一个请的姿势，笑眯眯地说："加油。"

方亚楠："你不和我一起进去？"

江岩歪头："你真的需要我吗？"

方亚楠愣了愣。她看起来像是不需要他的样子吗？不是他忽悠，她能来？难不成，他指望她求他？

他在想什么美事？！

方亚楠耸了耸肩："算了，来都来了。"

她刚一转身，江岩忽然叫住她，上前在她耳边轻声说道："坚持一下，说不定有希望呢？"

方亚楠朝他假笑了一下，很是镇定地走了进去——她才不要给江岩看到她失落的样子!

大奔中心的商务经理早就知道了她的来意,一见面就掏出一张价格单,公事公办地表示:"您可以说一下您的具体需求。"

方亚楠拿起价格单一看,在心里叹了一口气。

报价虽然算不上天价,但正好卡在她的预算的临界点上,是那种承受不起一点儿意外状况的价格,根本没的玩。

她放下报价单,思索了一下,问:"这个价格还有商谈的余地吗?"

商务经理一看就不好说话,闻言摇头,斩钉截铁地回道:"抱歉,我做不了主。"

方亚楠最讨厌跟人讨价还价,此时一听见这话,当场就想走,可是江岩就在外面,她这么快就出去,特别没面子。方亚楠只好硬着头皮问道:"我看了一下你们近期举办的文化展览,风格是不是过于商业化了?"

商务经理闻言,似笑非笑地说:"我们下次会注意的,谢谢。"

这人真是油盐不进!

方亚楠也来脾气了:"我可能忘了说,这次活动,虽然《维度》杂志社是主办方,但是参与联展的还有《视觉国度》《风行天下》《人文地理》《视界》等十二家在国内还算有知名度的杂志社。我知道杂志这个行业在你听来大概是夕阳产业,但是从业者仍然在这个行业坚守的原因,你可以怎么高尚怎么想。我觉得大奔中心的硬件设施确实非常适合我们的联展。我个人不想将就,所以厚着脸皮来跟你谈,不过如果确实没有任何合作的可能,那么抱歉,打扰了。"

方亚楠其实也知道,对面的人不可能被参与联展的任何一家杂志社吓到,也不可能被什么文艺情怀打动,也只是再挣扎一下而已。

谁知商务经理沉默了一下,掏出手机说道:"你稍等。"

说罢,商务经理走到隔壁的小隔间去打电话了。

方亚楠心里涌起一点儿希望,眼巴巴地站在原地。过了一会儿,商务经理回来了,还是那张冷脸,开口却说:"我们场馆每年都有一定比例的公益指标,可以对相关合作方提供一定程度的优惠。"

方亚楠的眼睛一亮。

"眼下是年末了,可以用公益指标,不过我们对此有硬性要求。"

"什么要求?"

"你们的活动有公益属性吗?"

方亚楠眨了眨眼:"你是指……?"

商务经理看起来比她还迷茫:"公益的范畴很广,你可以提交给我你们的方案,我交由总部评估。只要总部认为这场活动有公益属性,我就会给你们这个指标。"

"你们只有公益指标,没有文艺指标吗?"

"小姐,车展、电竞比赛、走秀……这些都是文艺活动。"

"哦,"方亚楠总觉得这些是商业活动,但也不好反驳,无奈地点了点头,"请问优惠比例是多少?"

商务经理摇了摇头:"我已经透露得过多了。要是合作方都冲着我们的公益指标来,我每天不用下班了。"

方亚楠见好就收,和商务经理互相留了联系方式,允诺明天就会出一版活动方案给他。

她走出去的时候,江岩还在外面,看到她时竟然有些紧张:"怎么样?"

方亚楠起了恶作剧的心思,学商务经理的样子板着脸:"你说呢?这可是大奔中心。"

"唉,"江岩竟然真的被她骗过去了,"看来果然不能存有侥幸心理,那我陪你去……"

"去吃饭吧,我请你。"

江岩愣了愣,看着她。

方亚楠"扑哧"一声笑出来:"去不去?"

"你是真的被气到了,还是……?"

"谈成了!"方亚楠走远几步,自信满满地说道。

"什么,这么快?"江岩不信,"你是以死相逼了?"

"怎么可能?"方亚楠笑骂,"不是你说的,让我坚持一下的吗?"

"坚持不是意味着长时间进行意志对决吗?"

"但是对面的人不一定有这个意志呀。"

"所以,"江岩惊呆了,"你真的谈成了?"

"差不多吧。"方亚楠笑容神秘,"公益指标撞上我们这种几乎算是在做公益的夕阳产业,跑得了?"

江岩立刻明白了:"果然是公益指标。"

"你早就知道吧?要不然你干吗非让我坚持一下?"

"我知道很多企业有公益指标,因为我们公司就有……但是我不确定大奔中心有没有,只能让你去试一试。"

"你可以直接告诉……哦,算了,如果我直接冲着这个指标去,对方反

457

而会严词拒绝吧？"

江岩笑着点了点头："就是这个道理。"

"哎，你玩战术都玩到我身上了。"

"抱歉，"他笑了笑，"习惯了。"

"请下次还这样做。"

"啊？"

方亚楠老实地说道："你确实没有看错我。我方才进去时，脑子真的一片空白，要是提前知道公益指标的事，说不定真的会直接问他要公益指标。"

"哈哈，"江岩笑了一声，"我不信。"

"这有什么不信的？真的！"

"你在不知道有公益指标的时候，不还是把事情做成了？"

好像是这样，方亚楠挠了挠头，觉得自己或许真的有点儿本事。

她发了条消息给阿肖，让他定夺，然后开始在手机上搜索附近的美食，一边搜一边问："你吃粤菜吗？"

江岩没有拒绝她请客的要求，此刻却挑起眉毛："为什么是粤菜？这么清淡的菜，你吃吗？"

我这不是为了你吗？！方亚楠不由自主地往江岩身上瞟了瞟。

江岩低头看了看自己的肚子，嘴角抽搐了一下，抬起头，毅然地说道："吃火锅吧。"

"啊？哦……好吧，好吧，吃火锅。"她想，反正他们可以吃鸳鸯锅。方亚楠又开始搜索火锅店，江岩凑过来说："听说川味观很有名。"

方亚楠闻言手指一顿："你是不是只知道一家川味观？"

江岩一脸懵懂："这家不是最有名的火锅店吗？"

不，不是！方亚楠努力压抑着鄙夷的神色，温和地说道："它不仅是最有名的火锅店，还是最老牌的。"

"啊……"江岩懂了，眨了眨眼，"那你选吧，找家味道够辣的。"

"抱歉，我也吃不了太辣的食物。"方亚楠随便找了一家，然后启动了车子。

"去哪家？"江岩也打开了手机，"我听席安提过一家，叫哥老官，这也是一家很有名的火锅店吧？"

"是，但是比起火锅，那家店更出名的是排队。"

"那我们就排呀。"江岩兴致勃勃地说。

"拜托，我请客，你哪里来这么多要求？"

458

江岩掏出手机:"那我请你吧。我想尝尝那家哥老官。"

"你吃牛蛙吗?"方亚楠冷不丁地问。

江岩动作一顿:"牛蛙?"

果然,这少爷没吃过牛蛙!

方亚楠露出阴森的笑:"对,长得像青蛙一样。"

江岩看着她,眯起眼:"你是认真的?"

方亚楠忍住笑说:"对,牛蛙火锅是哥老官的招牌菜,你去这家不吃牛蛙,等于没去过。"

江岩的脸色变得有些苍白,他一言不发,用手撑着头望向窗外,似乎在决定一件人生大事。

方亚楠觉得很好笑,堂堂江总竟然被小小牛蛙逼入绝境,他那副面临生死存亡问题的样子,真是笑死人了。

她开着车,几乎要哼起歌来,又觉得自己哼歌很无聊,便想用车载音响播放音乐,刚伸出手,就被江岩一把按住。

"好。"

"啊?"方亚楠惊了一下,"这首歌?"

"不,牛蛙。"

吃牛蛙而已,他至于这么大惊小怪的吗?

方亚楠哭笑不得地转动方向盘:"去就去呗,瞧把你纠结的。"

江岩勉强地笑了笑:"我只是有些想象不出来牛蛙怎么吃。"

"那你要是跟我混,可得有心理准备了。"方亚楠笑道,"猪脑花、鸭肠、牛杂汤、鸭头……这些可都是绝世美味。"

江岩本来就挺白的脸在方亚楠的声音中变得越来越白。他叹了一口气:"请问我能享受一下你的公益情怀吗?一下就行。"

"卤猪肝、麻辣兔头……啊?"

"算了,当我没说。"

两个人紧赶慢赶地抵达哥老官的时候,前面已经有近百桌人在等位,预计两个人还要排一个小时的队伍。

仿佛从没有青春过的江总表示惊讶:"确定需要排队,不能预约?"

方亚楠拿着等位号,正在暗自气恼刚才没有线上取号:"你以为这是年夜饭吗,还能预约?"

"这家店的东西真的好吃到他们排一个小时的队伍也必须在今天吃到?"

"客人可以利用这段时间去逛街呀,等快排到的时候,手机上会有通知的。"方亚楠耐着性子解释,感觉自己是在带王子体验庶民生活。

"那我们走吧。"江岩转身就走。

"啊?去哪儿?"

"去逛街呀。"江岩一脸理所当然。

方亚楠站着没动。

"怎么了?"江岩回头看向她。

方亚楠沉默地看着他。

江岩的笑容渐渐变得僵硬,随后,他叹了一口气:"你想找家咖啡店,喝杯咖啡吗?"

所以,他们为什么一定要来这家注定要等待的饭店吃饭呢?

方亚楠觉得自己知道真相,但是又觉得没必要戳穿他。可是不戳穿他,她就得陪着江岩。

唉,她陪他一下怎么了?以经验看,她跟着他不会吃亏。

方亚楠摇了摇头:"我渴了,先去买杯咖啡,我们再去逛街吧。我正好想买点儿小东西。"

江岩立刻应道:"好。"

边说,他边拿出手机。

"你这是要叫外卖?"

"不是,我查查这附近哪儿有卖咖啡的。"

"唉,"方亚楠把他推向扶梯,"楼下,楼下,走吧。"

两个人五点钟拿的号,等到吃完火锅已经快晚上八点钟了。

江岩意犹未尽,方亚楠则面如土色。

没错,他们点的是鸳鸯锅,然而哥老官的鸳鸯锅是一个同心圆的形状——中间的小圆锅里是清汤,外面一圈红汤。清汤锅小得像装饰,根本塞不下两个人点的菜,而且吃了一会儿后,方亚楠发现,江岩的胃大概也就中间的小圆锅那么大。蔬菜大多被下到清汤锅中,为了让江岩吃得尽兴,方亚楠只好故作镇定地吃下绝大多数肉——都是辣的。

偏偏江岩觉得她吃得很香,还给她夹了不少肉。

不行了,快瞒不下去了,她现在好想吐。

方亚楠捂着肚子走了两步,忍不住撑着墙深呼吸,感到喉头发堵。

"你怎么了?""江大爷"终于发现她不对劲了,一把扶住她,"吃坏肚子了?"

方亚楠虚弱地摇头:"不,是吃多了。"

江岩有点儿不知道说什么好:"我……好像没逼你吃那么多。"

"不怪你……哕!"方亚楠听到"吃"字就觉得恶心,"我有病,见不得盘里有剩菜。"

"你这是……不喜欢浪费食物?"江岩神色诡异。

"不是,我觉得我更像是有强迫症。"方亚楠苦笑,"别人碗里有剩菜,我可不会难受。"

"啊……"江岩哭笑不得,"方亚楠,你可真是让我大开眼界。"

他伸出了手。

"干……干吗?"

"把车钥匙给我,我送你回去。"

方亚楠二话不说地掏出车钥匙,伸出手去,结果车钥匙在手上挂了半天,江岩愣是没接。

方亚楠疑惑地抬起头:"干吗?别告诉我你不认得老款的钥匙。"

江岩有点儿纠结:"虽然是我自己提议的送你回去,但是……你是不是对我太不防范了?"

"啊?"

"你怎么知道我开车会送你去哪儿呢?而且,你真的要让我知道你家的位置吗?"

方亚楠此时撑得脑子都卡住了:"所以,你到底想怎样啊?"

"你至少……犹豫一下、纠结一下吧?"江岩简直像是在训她,"我毕竟是异性,是一个男人。"

方亚楠虽然隐约明白他的意思,仍旧有点儿哭笑不得。她当然知道问题出在哪儿。换作平时,她绝对会严防死守的,别说江岩,就是陆晓问她地址 哦,陆晓问的话,她可能也会二话不说地告诉他。但是换作别的男人,她当然不会轻易透露自己家的位置,甚至不会让别人坐自己的车。

可是老方的经历让她对江岩有好感和信任感,以至江岩提出送她回家时,她没有丝毫犹豫。

但是江岩显然有些误会她了。他看起来甚至有些不高兴。

她该怎么解释自己对他莫名其妙的信任感?

她现在肚子好难受啊。

"唉……"方亚楠最后只能选择一个最流氓的说法,"江总,说实话,你要是真对我下手,指不定咱俩谁占便宜呢。"

江岩一时竟然没听明白:"什么?"

"我是说,"方亚楠说出了心里话,"就咱俩这……差距,咱俩去酒店,前台工作人员只会觉得你助人为乐,好吗?"

江岩闻言竟然怔住了,半响没动作。商场里灯光如昼,可他站在那儿,像是被阴影笼罩着。他看着方亚楠,神色晦暗不明。

方亚楠扶着墙喘了两口气,终于意识到不对劲,疑惑地看过去,茫然地问道:"怎么了?"

江岩抿了抿唇,摇了摇头,笑了笑:"没事。"他接过方亚楠的钥匙,"走吧。"

方亚楠有些忐忑,跟在他身后:"我是不是说错话了?"

"没,是我错了。"江岩自顾自地走着,并没看她,神色很平静。

方亚楠更慌张了:"啊?对不起啊,我现在脑子有点儿迷糊。我真的……"她被撑得呼出一口气,"太难受了,肚子……嗝……"

"唉,"江岩叹了一口气,"你要不要再歇一会儿?"

"不用,不用,我还是走动起来比较好,走吧,走吧。"方亚楠现在心里很没底,只想赶紧回家。

路上的气氛果然很尴尬,害怕冷场的方亚楠顶着巨大的身心不适感,不停地找话题,江岩却回得很不积极,有一句没一句的。到最后,方亚楠也有了点儿脾气,干脆也不再说话,只揉着肚子看手机,到底看了些什么,自己也不清楚。等到了地方,江岩在小区门口就下车了,让方亚楠自己开车进地下车库。方亚楠没有异议,也没有多嘴地请他"上去喝一杯",沉默地坐上驾驶座,刚系上安全带,江岩拍了拍车窗。

方亚楠拉下车窗,看着他。

"亚楠。"江岩撑着车窗,张口就叫她的名字。

之前江岩每次这样叫,方亚楠总有一点儿诡异的尴尬感,因为她觉得两个人还没熟到可以亲昵地称呼对方的地步。可是此时江岩神情严肃地这样叫她,她竟然听得顺耳了。

"嗯?"她努力调整着表情。

江岩看着她,一脸认真的表情:"你可能感觉到了,我并不是很擅长和人交朋友。"

"啊?"

什么跟什么啊?

"毕业后,我的朋友圈子里就只剩下同事和合伙人,所以我碰到你和阿肖的时候,就觉得你们很有意思,很被你们吸引。我不是说我的同事没趣,只是他们并不能和我自然地相处,你应该明白这点。"

"嗯,我懂。"

"我想和你们一起玩,但是可能没把握好尺度。"他诚挚地说,"如果我给你压力了,我向你道歉。"

方亚楠完全蒙了,理清楚他的话里的意思后,不由得脸上一热。

搞什么?所以真的是她自作多情了?!

老方的经历让她总觉得江岩对她有意思,敢情此意思非彼意思?

但是这样才说得通!她又没什么惊天地、泣鬼神的魅力,江岩觉得她有趣,想和她交朋友,这才是最合理的解释。

可是这样也有说不通的地方。眼看着老方明年就要跟他步入婚姻的殿堂了,两个人到底是怎么回事?

方亚楠张口结舌,脑子里一片混乱,可是心情轻松下来。她下意识地笑了起来:"嗐,你早说啊,我还以为你看上我了呢!"

江岩眨了眨眼,失笑:"我看上你也正常啊,你有什么不好的?"

"哎,我又懒又馋的,一碰到你这种正儿八经的男人就有压力,唯恐你的审美不走寻常路。现在好啦,不就是一起玩嘛,小意思,回头我喊上阿肖,我们一起去玩桌游、唱歌啊。"方亚楠积极规划着聚会。

江岩弯起双眼:"好,那我等你们的通知。"

这时,他叫的车也到了,方亚楠挥着手,目送他离开。

回到家后,她长长地吐出一口气,感觉胃舒服了不少,正好可以开心地玩会儿游戏。

方亚楠激动起来,乐呵呵地打开电脑,并先去洗澡。

她正在花洒下边洗澡边哼歌,想到江岩方才的话,忽然心一沉,笑容逐渐消失。

等一下,如果因为她那段奇妙的经历,导致她对江岩的态度有所改变,并进一步影响到江岩对她的情感,这么一来……如果她最后跟江岩结不了婚,那就生不了孩子,生不了孩子,那未来那一大家子人……她能干的女儿、可靠的儿子、可爱的外孙女和孙子,是不是都没了?!

想到这里,方亚楠人在热水里,却感到整个人自内而外地发冷。

她怎么从来没想过这点呢?

她以前光想着让江岩活下去,活到七老八十的时候,也享受享受天伦之乐。可是如果江岩活着,她没了,怎么办?

可是她总不能为了保住未来的家庭，回头去追江岩吧？那她可真的是有大病了！别说她不想生孩子，即便她想生，这任务比给江岩治白血病还难！她连陆晓那个傻子都搞不定，还想去搞定江岩？

方亚楠傻站在花洒下，任由滚烫的热水在脸上胡乱地拍着，整个人陷入了对人性和伦理的纠结情绪之中，难以自拔。

"亚楠，亚楠！还没洗好啊？"她妈在浴室外拍门，"快点儿，还有两个人排队呢！"

"妈！"方亚楠在浴室里哀号。

"怎么啦？"

"你的外孙和外孙女要没啦！"

"啊？"方母大吼，"你发什么神经？快出来！再不出来，我关煤气啦！"

方亚楠第二天起床后，整个人浑浑噩噩的。

她是真的看不清未来的走向。她本以为自己按照本心来，生活就像翻书一样，她总能看到点儿端倪，然而现在才发现，这本书翻着翻着变成空白页了，她可能连结局都看不到了。

如果她为了改变自己的人生，没有和江岩走到一起，以至未来的那一大家子人都不再存在，那是她自私吗？那是错误的吗？

不管是不是，她想想就觉得难受。

这时候，上班的好处就来了。

一大早她就挑了一批和公益沾边的摄影作品给大奔中心的商务经理寄去。等答复的工夫，她又去另外几个备选场地打探了一下，结果发现那些场地果然都不如大奔中心气派。

于是方亚楠死心了，开始专心帮阿肖选参展照片，顺便和百道的人约定采访时间。

百道的工作人员动作很快，早就订好了拍摄团队，和方亚楠约定明天，也就是周五，进行第一次拍摄和采访。

于是方亚楠又忙活起采访方案来。她虽然也做了三年的采编工作，但还是觉得自己经验不够，所以途中不断地询问前辈的意见。她这么一忙碌起来，一天就过去了。

到了晚上的游戏时间，陆晓一如既往地成为队伍的主心骨，方亚楠和妙妙偷懒地跟在队伍的最后面聊天。

其实除了游戏，两个女孩并没有太多共同语言。她们从穿衣到看剧，品位都截然不同。幸而两个人的性格都不错，天南海北的，她们什么都能聊，即便有不同意见，也能嘻嘻哈哈地不和对方较真儿。

两个人今天聊起包，妙妙对奢侈品牌如数家珍，方亚楠以前对她口中的这些品牌完全不懂，但是混的圈子多了以后也有了一点儿了解，勉强能跟上妙妙的话题。不过两个人审美上的差异还是巨大——妙妙喜欢粉嫩可爱的包，方亚楠喜欢拉风的包。

妙妙："哎呀，我觉得那款粉色的包真的很好看哪，喵总，你真的不觉得吗？"

方亚楠："一般，可能我的气质不太搭这种包，我背上这款，肯定土里土气的。"

妙妙："不会呀，喵总，你气场强，背什么包都好看！"

方亚楠："什么气场，穷鬼的气场吗？"

妙妙又开始夸她了："喵总，你要是穷鬼，那我简直要到泥里去了！你可是大摄影师呀，随便拍两张照片，不就有几万到几十万的进账？！"

方亚楠笑了："你混的摄影师圈子大概跟我的圈子不一样。我接过最贵的一单生意，从早上四点半开始拍，到第二天凌晨两点钟结束，也就拿了两万块钱的酬劳——少说拍了两三千张照片。"

妙妙："啊？你接的这是什么活动啊，这么累？！"

方亚楠："婚礼跟拍啊。"

没错，这差不多就是她的市价，她报给席安的那是自己圈子里的最低价。

陆晓："那不是一张照片不到十块钱？"

方亚楠："您数学可真棒！"

陆晓："……"

妙妙："好辛苦啊，还好我和老冯结婚的时候没办婚礼，否则都不知道该不该请你了。"

方亚楠："结婚是一辈子的事，该有的仪式还是要有的。反正我觉得，办婚礼虽然累一点儿，但还是值当的。"

她知道妙妙和老冯结婚得早，年轻的时候想要一切从简也很正常，但是这难免会成为未来的遗憾。

妙妙："那我跟老冯补办婚礼的时候，你们来呀！"

方亚楠："去，去，去。"

陆晓："那到时候老冯不给每人来上十七八只鲍鱼可不行。"

老冯:"那我什么时候能喝到你的喜酒啊,老陆?"

陆晓:"嘿嘿嘿。"

妙妙:"老冯,你看这家伙又装憨!"

方亚楠发现自己越来越听不得"网瘾夫妇"开陆晓这方面的玩笑了。不是她护着陆晓,而是他们每次开这种玩笑,她都能感觉到他们的眼风朝她这边瞟。他们期待好戏的样子让她特别不自在。

她笑:"好了,陆晓的老婆现在还不知道在哪儿呢。"

话题就此被转移开,方亚楠松了一口气。她发现自己不再在拉郎配的对话中紧张兮兮地纠结陆晓的只言片语,这真的是件很美好的事。

什么陆晓,什么爱情,爱谁谁,她不奉陪了!

单身有什么不好?就算不单身,她宁愿想办法去找江岩——自己未来那一大家子人不美好吗?

方亚楠在这种扭曲的想法中得到了无上的快感,在游戏中发挥得非常稳定,一时间竟然打得风生水起。

她又打"死"一个人后——

陆晓:"漂亮!喵总今天发威了啊。"

方亚楠:"哼!"

妙妙:"喵总本来就很厉害!喵总加油!"

方亚楠:"加什么油?我要下线了,明天一早还要去百道。"

陆晓:"啊?来干吗?"

方亚楠:"还是那件事呀,电竞的选题。"

陆晓:"哦,你几点过来,要肉夹馍吗?"

方亚楠张了张口,怔住了。

凭良心讲,这是一句多么正常的询问话语啊。她设身处地地想,如果有一个朋友来找自己,而自己正好方便给人家带人家爱吃的东西,她肯定也会这么问的。

可是陆晓这么一问,她刚硬起来的心肠就又软得一塌糊涂,她只觉得这男人贴心。

她是贱吧?还是说,感情这东西就是这么不讲道理的?

方亚楠:"好啊,我九点半到,你到得了吗?"

陆晓:"行。"

方亚楠:"你们不是改成十点钟上班了吗?"

陆晓:"公司规定一直是要求员工九点半到岗啊,只不过我们熬夜加班得多了，十点钟去也没关系而已。"

方亚楠："那你还是多睡会儿吧，我也不差这一口。"

陆晓："没事的，我不差这半个钟头。"

啊——

方亚楠在键盘前无声地咆哮。这哥们儿能不能无情点儿啊？她很为难的好吗？

在"网瘾夫妇"的眼皮底下，她也不想表现得太过纠结，只能咬牙说道："那成，到时候门口等你。"

陆晓："行。"

方亚楠于是道别下线，心力交瘁地去睡了。

她心里装着事，感觉自己没怎么睡就醒了。早上，她一脸憔悴表情地搭地铁去了百道，竟然还到得早了。

她也没通知陆晓，就在门口等着，看着曾经的同事陆续刷卡走进大门。没一会儿，她就看到陆晓跑了过来。他平时会去健身，属于穿衣显瘦、脱衣……她没见过的那种类型。此时他看着很是养眼，受到不少注目。

他像是完全没注意到周围的目光似的，抬头随便瞭了瞭，就在人流中捕捉到了她。他冲她招了招手后，跑到她面前，微微喘着粗气："你等会儿，肉夹馍门口大概要排队。"

"去吧，去吧。"方亚楠摆了摆手。

陆晓于是二话不说地冲进大门，果真许久都没出来。

幸好方亚楠和宽宽约的是十点钟左右碰面。她在门口的冷风中跺着脚玩手机，开始有些后悔出门前没喝点儿热饮，现在感觉有点儿低血糖。

手机忽然发出"叮咚"一声，收到一条新的微信消息。她打开微信一看，竟然是江岩的消息。

他发来一张图片，是一张体检表。体检表放在桌上，照片中，江岩露出一只手，竖着大拇指，一副"你看我多听话，快来夸我"的姿态。

看到"体检"两个字时，方亚楠下意识地心一紧，等看清楚了，才明白他是在跟自己表示他去做体检了。

方亚楠刚感觉欣慰，转而又有些哭笑不得。因为她分明看到体检单上方写着"九思科技公司员工体检套餐"十几个字。

这不就是他提过的员工年度体检吗？这种基础体检套餐怎么可能检查出他的病哪？他有什么好嘚瑟的啊？

方亚楠在手机前抓耳挠腮，不知道该怎么暗示他去做个更全面、深度的体检。尤其是那个对检测白血病有用的骨髓穿刺,这项检查在任何体检套餐中都没有,她该说什么?

最后,她只好委婉地表示:"你这血常规检查有点儿简单哪。你是大忙人,时间少,趁着这个机会,多做几项检查呗。"

江岩:"我从小到大在医院里抽的血大概够装满一个血库了。"

你的意思是你比我懂咯?那我说你有白血病,你信不信?!

方亚楠:"你前几天跟我吃饭时吃得那么多,也该把气血养回来了吧?做!"

江岩:"唉,好吧。"

方亚楠还是觉得不够,但也只能死马当活马医地瞎指挥。

她正等着江岩给她回信,鼻尖处传来一股香味。陆晓已经买好肉夹馍回来了,自己拿着一个肉夹馍吃着,把另一个递给她:"给,番茄牛肉馅儿的。"

"好!"方亚楠欢呼一声,迫不及待地吃起肉夹馍来。她刚吃了两口,陆晓说:"哦,对了,"他从口袋里掏出一罐雀巢咖啡,"直接放你的口袋里?"

方亚楠确实没手去接咖啡,闻言一扭腰,陆晓很自然地就把咖啡塞进她的外套口袋里了。

"你怎么知道我只喝这款咖啡饮料啊?"方亚楠口齿不清地问。

陆晓一脸茫然:"我不知道啊,但是比起牛奶,你肯定会选择咖啡吧。"

"好兄弟。"方亚楠拍了拍他的肩膀。

陆晓:"嘿嘿……那我走啦。"

此时,方亚楠的手机里又有新消息来了。她一边掏手机,一边摆了摆手:"好,多谢,多谢。"

等陆晓的身影消失,她才抬头看过去。

方亚楠耸了耸肩,说不清心里是什么滋味,只能低头去看江岩发来的消息。

江岩:"能补的检查都补了,看来下回你能带我去吃猪肝了。"

方亚楠:"毛血旺、炒猪肝,管够!"

江岩:"哎,我应该说什么,谢谢老板?"

方亚楠:"赶紧去吧,风萧萧兮……"

江岩发来一个微笑的表情。

方亚楠今天的日程是采访百道青训营练习生卢照的家人。

卢照今年十六岁，初中毕业后就进入了青训营，把人生的全部赌注都押在了职业电竞上。

他家境普通，父母工作都很忙，所以方亚楠只能分别去他父母的工作地点采访，顺便拍摄他父母工作的地方。

当然，采访都是事先征得过对方同意的。

一行人先去找了孩子他妈。

卢照妈妈以前是一个车间女工，后来工厂机械化改造，她因为资历深，被留了下来，成为该厂的后勤人员，负责茶水、纸巾等日常用品的补给。这份工作听起来轻松，但偌大一个厂区，有近百间办公室，她一天忙下来，根本没有什么空闲的时候。

方亚楠先跟拍了卢母的工作情况，然后在员工休息区对卢母进行了采访，没想到没聊几句，卢母就哭了起来。

她所有的心血都花费在了卢照身上，她可以包容这孩子不好好学习，甚至为了让他开心，给他零钱让他去打游戏，但是没想到，这最终让孩子走上这样一条她意想不到的道路。如今她唯一的愿望已经不是孩子能回头，而是他能够真的成功地走出自己的路，至少能养活自己。

但是显然，目前没有人可以给她这个保证。

这个母亲给方亚楠的感觉是她很懊悔。她认识到是因为自己纵容，孩子才会如此变本加厉地沉迷游戏，最后义无反顾地投身于在周围人看来是"不务正业"的道路上。即使现在也有很多人说卢照加入了百道的青训营，未来可期，可是作为最关心孩子的未来的人，父母自然也想方设法地打听过这条路究竟好不好走。所以说，他们心里都有数。

然而事已至此，卢母除了满怀希望地恳求百道给予卢照机会，再无其他办法。

说到卢父的态度，卢母越发难受。如今家中最大的矛盾就是父子关系，她夹在其中可谓是苦不堪言，以至握着方亚楠的手不停地恳求："请你们劝劝照照的爸爸，一定劝劝他，只要他松点儿口，照照至少能回家吃顿饭。"

方亚楠自然没法做出任何保证。

从卢母工作的厂子出来后，百道的人显得异常沉默。直到上了车，宽宽才冷不丁地来了一句："那卢照每周放假都去哪儿了？"

方亚楠："啊？"

其他人都没说话。

"等等，你们每周放假？"方亚楠惊讶地问。

"废话，青训营又不是集中营，每周还是会赶他们回家的啊。"

"卢照都会走？"

宽宽也并不常驻俱乐部，但还是迟疑地点了点头："如果有人周末总是不走，肯定是家里出了问题，我们会派人去他家中调解的。我们这里是青训营，又不是避风港。"

方亚楠沉默，在笔记本上又写了两笔。

"等等啊，喵总，这件事你等我们查清了再说呀。"宽宽慌了，"可别放出什么'卢照小小年纪就出去鬼混'的新闻来。"

方亚楠的嘴角抽搐了两下，她点了点头："我懂的，你们赶紧查查吧。"

车子又开到了卢父工作的地方，是一家位于郊区的家具公司，卢父是公司的木匠。

他的工作虽然听起来很普通，然而现在越来越多的家庭开始追求手工木制家具，卢父这样的手艺人，可算是香饽饽，制作榫卯家具的技术远近闻名，他是这个家庭的主要收入来源。

家具公司的负责人自然也得到了消息，陪着卢父一道，带着摄制组的人把家具厂都拍了一遍，很是热情，显然把这当成了一种宣传手段。卢父全程穿着工服，一身木屑，沉默寡言。可是等到负责人走了，大家一起坐在一间会议室里准备谈话的时候，摄制组导演刚要说话，卢父居然抄起凳子，猛地向他们砸来！

"咣当"一声，凳子砸在了墙上。卢父怒吼："我打死你们这帮狗东西！"

所有人都震惊了，方亚楠坐在一旁，那凳子擦着她的脸砸到她身后的墙上，她连反应的时间都没有。等到她感觉脊背发凉的时候，金属凳子已经躺在她身后的墙根处，其中一只凳腿都被砸歪了。

她的手还放在笔记本上，她和其他人一样微微张着嘴，看着卢父发愣。

卢父显然气得不轻，指着他们的手指都在发抖："要不是你们，我儿子怎么会变成这个样子？他跟被鬼上身了一样，高中都不上了，说什么要靠打游戏赚钱！"他眼眶开始泛红，嘴角也在颤抖，"害人哪，你们害人哪！你们要害多少人哪？"

他又抄起一张凳子欲砸："我跟你们拼了！"

"哎，哎，哎！"这下周围人都反应过来了。几个小伙子一窝蜂地绕过会议桌冲上去，坐在他正对面的方亚楠干脆双手一撑，从桌子上扑了过去。

开玩笑,上回大概是他没瞄准,这次的凳子又是冲着她来的,要是她真的被砸中一下,还有的救?!

就算杂志社给她买了工伤险,可是谁想用那玩意儿啊?!

"大哥,您冷静!"幸好卢父旁边还有一个机位,摄像的小伙子很是用力地抓住了凳子。卢父挣扎的工夫,其他人也围了上去,总算是把凳子从他手中抢了下来。

卢父喘着粗气,恶狠狠地看着他们,转而看向方亚楠,露出一脸痛恨和惋惜的表情:"你说你好好的一个女孩子家,不去做正经工作,要跟这群害人的东西混在一起!"

方亚楠:"啊?"

她一只脚放在桌子上,双手也撑在桌子上,手下面的笔硌得她手心生疼。

"卢先生,她不是……"宽宽也喘着粗气,闻言哭笑不得地说,"她跟我……喀,跟百道不是一起的。"

方亚楠:"哎?哦,对啊,大哥,我不是百道的!"

她看了一眼宽宽,他正拼命向她使眼色。方亚楠虽然不是很明白,但还是在心里暗叹了一声,努力平静地说道:"我是记者,《维度》杂志的,您不知道吗?"

"《维度》?"

"联系您的人没和您说吗?"方亚楠问道,"这是百道请的拍摄团队,但我是《维度》杂志派来采访您的,只是恰好和拍摄团队同行而已。"

"《维度》,我知道……"卢父语气终于缓和了一点儿,"我们公司订阅了《维度》杂志,我还看过。"

有希望!方亚楠挤出笑容:"那太好了。我们杂志社做的报道,都是中立的态度,我这次采访您,主要是为了探讨一下青少年成为职业电竞选手的利弊问题。我不是帮百道说话的。"

这时候,懂行的人估计就会问"那百道的人凭什么让你跟着他们",可是卢父显然无暇想那么多。他只是狐疑地看了一圈周围的人:"那你们……?"

宽宽连忙说道:"我们只是百道请来的摄影团队,虽然拿百道的钱,但是你想说什么就说什么,我们都会如实地拍下来的。百道也想为这个行业做点儿事情!"

拍摄团队的众人沉默。

这个团队确实是百道找的外援,但是要说百道的人,那团队里还是有几个的,比如宽宽、宽宽的助理……而且……

　　大家隐晦地看了看方亚楠。

　　大家一路上都在聊天,其他人早就知道方亚楠是百道的前员工了,她说自己态度中立,这说法也有待商榷吧?

　　但是,他们先把卢父安抚住才是最要紧的。

　　大家纷纷对卢父投以肯定的眼神。

　　"嗐……"卢父泄了气,一屁股坐在椅子上,转而又满怀希望地对方亚楠说道:"那么,记者同志,你一定要好好向社会反映一下,什么游戏啊,电竞啊,太害人了!"

　　方亚楠:"嗯……嗯。"

　　她以前可能还对电竞这个职业的发展持有怀疑态度,否则也不会早早地提出探讨电竞行业前景这个选题。但是在有过老方的经历后,她现在可能是在场最支持电竞行业的人。

　　毕竟只要找对路子,有普遍的、科学的行业规则,这份职业就可以给年轻人提供一个新的选择。

　　但是她现在是中立的,不敢这么说。

　　双方终于能心平气和地坐下来聊天了。

　　所有人都没想到,方亚楠本来就是一个搭"顺风车"的人,然而因为有了《维度》杂志这个背景,竟然反而帮助整个拍摄团队获得了卢父的信任。卢父对方亚楠以外的人还是抱有一定戒备心,对他们爱答不理的,对方亚楠却和颜悦色、有问必答。

　　要说愧疚,方亚楠也有一点儿。但是她没做亏心事,于是还是认真地完成了采访任务,只在采访快结束时,忍不住劝慰了卢父两句。

　　"卢大哥,新兴行业起步时,都要经历一段野蛮生长的时期。就像你们那个年代的公务员下海经商一样,有人成功,有人失败,但是正是因为有先驱者存在,其他人才能走上这条路。你们可能觉得卢照年纪还小,是被这个行业的光辉一面蒙蔽了双眼,才做出错误的决定,但是换个角度想,卢照已经不算是这个行业的先驱者了。真正的先驱者是那些让这个行业开始发光的人。卢照小小年纪,已经有这样的目标、决心和毅力,这难道不是一种比同龄人更强的表现吗?"

　　卢父正陪着他们往公司外走,闻言长长地叹了一口气:"可是他还是应该读书啊。打游戏这种职业是青春饭,他能一辈子都有现在的技术吗?如果不能,等到他谁都打不过的时候,他靠什么养活自己呢?"

卢父果然也是做过功课的,可怜天下父母心。

方亚楠也叹了一口气:"所以我们才会来到这里。"

"卢叔叔,您放心,"宽宽突然说道,"实话跟您说吧,我就是百道的员工,现在负责管您儿子的。"

这小子居然自己跳出来暴露身份了!

帮他隐瞒了两个多小时的团队人员都怒视着他。

卢父反而没生气,只是有些茫然地问:"啊?你?"

"对,我是百道游戏俱乐部的负责人,"宽宽认真地介绍着自己,"负责卢照的训练和生活。"

卢父愣怔了一下,似乎咬了咬牙,却没说什么,只是整个人突然苍老了似的,变得更加伛偻了。他低声问宽宽:"照照还好吧?"

宽宽点头:"挺好的,比进来的时候胖了很多。"

"哦。"

"他很努力的。训练很辛苦,但是他从来都没有偷过懒,还偷偷地给自己加练。"宽宽想了想,苦笑了一声,"他读书肯定没那么认真过。"

"小孩子都这样。"卢父声音冷淡,"让他们学习,跟要他们的命一样。"

"不是的,卢叔叔,其实很多进入电竞这个行业的小孩坚持不久。"

"啊?"

"您想想,不让您玩游戏的时候,您偷着玩,是不是很开心?可如果现在什么都不让您做,就让您从早到晚打游戏,跟上班一样打游戏,您还会那么开心吗?"宽宽说道,"职业选手的训练强度大到会让人打到呕吐。"

卢父显然没想过这点,一时间愣住了。

"所以我说卢照很有毅力。他如果能抓住机会,是比别人更有可能成功的。"

"唉……那也是吃的青春饭哪。"

"是的,所以我让您放心,毕竟卢照加入的可是百道。"宽宽笑道。

"这跟大公司还是小公司没关系吧?他们去哪里不都是打游戏?"

"不一样。百道有教育部门,专门为训练生做课业辅导。很多名校跟我们有合作关系,有名师线上授课。我们俱乐部里的训练生,基本上都会被要求去上课。百道对他们的学业要求虽然没有学校高,他们的学习时间也没普通学生那么长,但我们至少可以保证他们不落下学习进度。这样,如果他们以后想继续上学,也不会很吃力。"宽宽笑道,"说实话,很多人训练得累了,会把上课当放松呢。"

卢父听着,神色一点点放松下来。最后,他长叹一声,苦笑道:"唉,要真是这样的话,确实是件好事。"

毕竟学习时间会占用训练时间,对现在的电竞选手来说这并不是件完全的好事。方亚楠怕宽宽一时冲动,对卢父打包票,连忙打了个圆场:"是不是好事,这就见仁见智了。"

正要开口的宽宽闻言愣了愣,赶紧闭上嘴,朝她投来一个半是尴尬半是感激的笑容。

做完采访,方亚楠就回杂志社整理稿件了。她打算调整一下接下来的采访大纲。

她正在办公位上奋笔疾书,手机忽然响了一声,有新邮件到了。

她随意地打开邮件一看,愣住了。

这是来自大奔中心的正式邮件。在邮件中,对方很遗憾地通知她,她提交的方案没有通过评估,展览不能占用大奔中心的公益指标。

方亚楠反复看了好几遍,确定自己没理解错后,长长地叹了一口气。

好样的,她又回到起点了。

方亚楠都没心情继续写大纲了,捂着头思索半晌,先把邮件转发给阿肖,等他回应的同时,又下意识地给江岩发了一个哭的表情。

她当然要跟江岩说,毕竟他也帮了忙——虽然是给她出了个馊主意。

但是方亚楠一发出这个表情就意识到,自己这简直像是在撒娇。但是表情已经发送出去,来不及撤回了,方亚楠只能呆呆地看着手机屏幕,长长地叹了一口气。

阿肖回复得很快——直接给她打了个电话。

方亚楠接通电话,很是疑惑:"喂?你不是在参加新闻发布会吗?"

"大姐,我都跟老大拍胸脯保证肯定会拿下大奔中心了!你问问对方为什么不行哪?!"阿肖压低声音咆哮。

方亚楠快步走到办公室外,也压低声音吼回去:"这种没影的事,你怎么就跟老大说了啊?我不是跟你说,要等对方的答复吗?"

"这不是板上钉钉的事吗?"

"喂,你比我有经验多了!你自己说,这种事情什么时候才能板上钉钉?"

"那怎么办哪?"阿肖都快哭了,"哎呀,快轮到我了。"

"我不管，自己跟老大拍的胸脯，自己扛！"方亚楠有点儿生气。本来这件事不行就不行了，他们大不了换个地方，没想到阿肖这家伙居然私下跟领导打包票，这不是把他俩一起往坑里带吗？

"这样吧，你去问问原因，我们再想想办法。亚楠，好徒弟，是我错了，我给你磕头！我跟你说，有好几家杂志社是被我用大奔中心和全息技术这两个噱头忽悠来的，你要是这时候撂挑子，下周大概就能去参加我的'头七'仪式了。"

"我明年清明节去给你上香！"方亚楠咬牙切齿地说，"反正这不是我的错，我就帮你问问，你可别想让我背黑锅！"

"好，好，好，绝对不让你背黑锅，这锅我扛稳了，我想办法把它卸下来，你就当是帮帮我！"

"哎，你怎么也有这么不靠谱的时候呢？"

"谁叫你不帮我做年末的封面选题？我肯定得好好表现哪！"

"阿肖，你不是这样的人。"

阿肖沉默了片刻，然后长长地叹了一口气："你是不知道养家的男人的苦啊。好了，好了，我要去提问了，挂了吧。"

方亚楠挂掉电话，再次感到一阵头痛。她打开微信，发现江岩还没回信息。于是她回到办公室里，强压住心神，继续修改采访大纲。

她快下班的时候，江岩终于回信息了："抱歉，刚才有点儿忙，怎么了？"

方亚楠："唉，大奔中心的人不傻。"

江岩立刻就懂了："哦——"

过了好半天，江岩才又回了一句："你们有备选方案吗？"

方亚楠："阿肖这王八蛋居然跟领导打包票说肯定能搞定大奔中心，所以我还得再去大奔中心问问。我就是跟你说一下，反正现在的情况就是这样。"

江岩："你别想太多，会不会不是对方认为你投机取巧？"

方亚楠："不管对方是不是这么认为的，我确实是有点儿投机取巧啊。我心虚。"

江岩："别这样说。完成每年的公益指标对大奔中心来说也很重要，你是送上门的机会，他们就算有疑虑，也不至于直接拒绝你。你等一下。"

方亚楠回了江岩一个问号，然而江岩说让她等，就是真的让她等，半晌都没动静。

方亚楠只好收拾东西下班回家。在地铁上,她根据席安之前给她的场馆列表,默默搜索着去其他场地的路线。

过了一会儿,江岩发来消息:"我去问过了,是你们的活动和另一个活动撞时间了,跟你的方案没关系。"

方亚楠愣了愣:"啊?你去问他们了?"

江岩:"这件事,我有责任。我就是去问一下,又不是什么大事。"

方亚楠:"别呀,我跟你说这件事,不是为了让你出面的呀。"

江岩:"还好你跟我说了。"

江岩:"要不然等我去参观的时候才发现你们的展览换地点了,那我多尴尬。"

江岩:"那就不利于我们的友情长足发展了,对吧?"

他连发三条消息给方亚楠,方亚楠愣愣地看着,忽然把手机按在胸口处,近乎惊恐地倒吸了一口凉气。

她不知道为什么这平平淡淡的三句话会让自己这么紧张,这种感觉既陌生又似曾相识!

就像是今早她从陆晓手里接过肉夹馍时的感觉,或者是陆晓每次在游戏里默不作声地给自己报仇时她的心情!而此时,这种感觉被放大了很多,让她连插科打诨的话都说不出来!

她移情别恋了?还是说她独立太久了,缺爱?

江岩这人情商很高,对任何人应该都会这么做吧?他应该不只是对她……

可是不对,方亚楠,你为什么一定要用理性的思维去给这感觉下定义呢?你敢承认自己喜欢陆晓,为什么不敢承认你在这一刻真的心动了?

方亚楠此时非常痛恨自己这颗自我保护欲过强的脑子,对任何事都要得出一个对自己影响最小的解释,仿佛只要服软,自己就会堕入无底深渊似的!

就算江岩真的只想和自己做朋友,可是他这样的言行确实很让人心动。她也是人,为什么不能心动?

手机振动了一下,她哆哆嗦嗦地点开聊天框,见江岩又发来一条消息:"别告诉我你已经自己去问过了,那大奔中心就知道我们是一伙的了。"

她"扑哧"一声笑了出来。虽然笑容略苦涩,但她还是强打精神回复他:"你一问他们就知道我们是一伙的了啊,我这条贼船你是下不去了。"

那就互相撩拨吧,本小妖道行虽浅,但是学习能力还是有的。

江岩:"贼船?那我起码得是个大副吧,船长?"

方亚楠:"……"

她胡乱地发了一个搞怪的表情过去,等到下了地铁,才想起来还有事情没有问他,干脆给他打了一个语音电话。

江岩很快就接通了,声音中带着点儿笑意:"怎么了?"

"啊,那个……我刚才在地铁上。"方亚楠尴尬地解释了一下,"哦,忘了跟你说谢谢,不过你肯定会说不用谢,所以我想再问你一下,你知不知道我们的活动是跟什么活动撞期了吗?"

江岩笑了两声,声音很是好听:"我问了啊。我刚才还在想你为什么不问我呢,因为你肯定感兴趣。"

"什么呀?"

"好像是一个电竞比赛,在元旦前后举行。因为这个活动的预热和布置比较费时间,所以大奔中心只好拒绝你了。"

"电竞?"

"对,我记得阿肖说过你很爱玩游戏,还在想说不定你会对这个活动感兴趣,结果你居然没问。"

"我感兴趣的。"方亚楠气到几乎要笑出来,"我怎么会不感兴趣呢?"

江岩沉默了几秒,开口道:"我的直觉告诉我你现在的情绪好像并不稳定?"

"何止情绪不稳定,我快疯了!"方亚楠咬牙切齿地说,"我真是……真是……"

"怎么了?"

"唉,那个电竞比赛,唉……"方亚楠唉声叹气,"我还插了一脚!怎么会有这种事?"

她把选题的事情一说,江岩都乐了:"我想说你搬起石头砸自己的脚,但是仔细一想,好像哪里不对。"

"就是不对啊!手心手背都是肉……哦不,我不配这么说,两个活动我都做不了主!唉,不管了,让他们自己折腾去吧。这是要神仙打架了,我管不了,管不了,管不了。"

"那你就别管了,"江岩建议,"实在不行,你就躲到我这里来。"

"啊?"方亚楠的脑海中刹那晃过江岩的江边豪宅的样子,她脸上一热,"什么?"

"你不是负责和我们接洽吗?实在不行,你就跟领导说,要找我们谈全息技术方面的事情,我给你打掩护。"江岩说得一本正经。

"那可真是谢谢你了。"方亚楠有气无力地说道。

"真的,我给你准备工位,你随时可以过来。除了不能发你工资,其他员工福利都有你的一份,怎么样?"江岩声音充满了诱惑力,"咖啡管够。"

给她准备工位?这果然是老板会说的话!

人家和姑娘约会是去家里或饭店,他和姑娘约会,是约到他那儿上班,这是什么操作?

方亚楠再次失去语言能力,发现自己打这通电话有点儿自投罗网的感觉。原来江岩不仅在发消息时才思敏捷,连直接对话时讲的话都那么有技术含量。方亚楠只能败退:"感……感恩戴德。"

"哈哈,我怎么感觉你在骂我?"

"没有,没有。"

"不过……"江岩话锋一转,"那个电竞比赛有意思吗?"

"啊?"

"如果有意思,我想去看看。"他顿了顿,又说道,"毕竟做我这行的,以后肯定会接触这方面的业务,我事先了解一下也好。"

"只要你答应我不会因此沉迷游戏,我就带你去看。"方亚楠犹豫了一下,主动发出邀约。

"这可不像一个爱玩游戏的人会说的话。"

"毕竟,"方亚楠苦笑了一声,"我可不希望自己认识的优秀青年都在网线的另一边。"

这样的人有陆晓一个就够了。

方亚楠真是万万没想到,自己单位主办的联展会和自己参与的百道电竞比赛撞期。

可是从逻辑上来看,这又完全没问题——大家都想要最好的活动场地,而大奔中心就是最好的活动场地。

甚至可以说,如果电竞比赛想要好的现场效果,现阶段只能选择大奔中心;而杂志社的联展反而并不是那么需要大奔中心这个场地。

方亚楠把问题甩给阿肖去头疼了。她到家后还在一边吃饭一边听阿肖在电话那头痛哭、惨叫。

"那我也没办法啊!大家都想赶在元旦期间办活动,难免会撞期,而且我们确实搞不过他们哪。"方亚楠挑拣着碗里的肉丝,"实在不行,咱们提前或者推迟活动。"

"如果我们加快进度,在元旦前把活动办完,时间来不来得及?"

"那就得问制作公司了。挑选参展图片很方便的,但是每张图片都要被放大、裱起来,除此之外,还有会场设计。这些事不都是你在负责吗?我就是个打下手的,你觉得可以,我就可以。哦,还有九思那边,他们的制作速度怎么样,你比我有数。"

"不是让你去和九思对接吗?"

"不是你先对接的九思吗?九思这周有新品发布会,你不是知道吗?"

"嗐,怎么全都撞到一起了?"

"不是,九思的人有事要忙才正常吧?他们要是一直闲着等咱们支使,那才有问题吧?"

"得,得,得,"阿肖痛苦地说,"我怎么接了这么个差事啊?我就是个小采编,又不是商务运营人员!"

"你是小采编,那我就是小小小采编了。我才是承担了生命不该承受之重,好吗?"

"唉,那行,你先休息吧,我不占用你打游戏的时间了。"

方亚楠挂掉电话,叹了一口气。餐桌旁的爸妈都看着她,她爸开口道:"怎么,工作遇到问题了?"

"问题多了,"方亚楠无奈地说道,"我们要办展览,百道要办游戏比赛,结果双方盯上了同一个会场,活动时间还差不多。"

"你以前不是百道的吗,找他们说说?"她妈很天真。

"怎么可能说得通?"方亚楠说道,"我们办展,充其量投入几十万进去,百道的比赛预算都在百万以上,想想也知道谁的实力更硬哪。"

"那你们怎么办?"

"这不是正商量呢嘛……"方亚楠火速吃完饭,"对了,我周末有事,要一早出门,可能很晚才回来。"

"哦,干吗去?"

"接了一单活动,去做结婚跟拍。"

"唉,"方母哀怨地叹了一口气,"别人都结婚了。"

她这话分明意有所指。

方亚楠早知道她会这么说,所以才等到吃完饭才说这件事。方亚楠胡乱地答应了两声就站起身,方母忽然问道:"那你明天有时间吗?我那儿有个学员的孙子很优秀的,你要不要去见见?"

方亚楠听得鸡皮疙瘩都起来了，连连摇头："不，不，不，我明天加班！"

"你怎么比月入十万元的人还忙？你一个月才赚多少钱，成天早出晚归的？"

方亚楠笑了笑："那那个学员的孙子能每个月给我十万块供我开销，还帮我还房贷吗？"

"你怎么知道人家不乐意呢？"方母嘴硬。

方亚楠耸了耸肩："真能为女方做到这个程度的话，他也不至于去相亲了吧？"

方母终于语塞，气鼓鼓地瞪着她。

"喀，"老爸终于出场了，强行转移话题，"那你周日要用车吗？"

方亚楠赶紧借坡下驴："还没想好，你们要用吗？"

"我们又不出去，如果你要用车，我明天先去帮你给车加油，再把车洗一洗。人家结婚，你总不好开一辆脏兮兮的车跟着去。"

方亚楠的心里一暖，她抱住老爸亲了一口，甜甜地说："谢谢爸爸！"

老爸连忙对老妈的方向使眼色，老妈则拉着一张脸。

方亚楠硬着头皮凑到老妈身边，正想依样画葫芦地也亲她一口，就被老妈推了开脸。

老妈嫌弃地说："行了，行了，恶不恶心？反正我就是做恶人的！"

"母后！"

"滚，滚，滚！"

方亚楠把碗筷放进洗碗机，这才逃回卧室。

本来她周六并没有什么事情，但是现在必须有事了。还好她手头的工作本来就多得做不完，周六她去杂志社准没错。阿肖肯定也在，到时候她要么提前把卢照的稿件写完，要么听阿肖的吩咐。虽然有点儿自己给自己找事的嫌疑，不过工作终归要做，拖着对她也没有好处，她乐得先苦后甜。

洗完澡，她打开电脑，进入聊天频道，正好听到老冯提到自己的名字。她正想偷听，却发现他们并没有玩游戏，所以他们立刻发现她上线了。

妙妙："喵总来了，喵总来了！喵总，你元旦有没有空啊？"

方亚楠立刻想到那两场撞期的活动，感到一阵头痛。可是仔细一想，虽然说那段时间她确实忙，可是真的说到元旦当天的话，其实她没有什么特定的活动……换句话讲，就是没人约她。

她有些颓废地回答："有什么事吗？"

妙妙："当然是想约你出去玩哪！我现在不用二十四小时地盯着小boss了，我们出去鬼混呀？"

方亚楠："你不嫌挤啊？"

妙妙："哎，我就受不了你这种喜欢待在家里的人。你怎么跟老陆的回答一样啊？"

陆晓："外面确实很挤啊，躲在家里玩游戏不好吗？"

妙妙："不行！这么好的机会，我们一定要出来玩！我让老冯找家酒吧，我们吃完饭去酒吧玩呀？"

方亚楠哭笑不得。她认识"网瘾夫妇"之前都没怎么去过酒吧，对这类社交场所也没什么兴趣。有这时间，她宁愿打游戏。以前去某个以艳遇著称的古城时，她也好奇地去过一次，还被旁边桌的人请过一杯酒。她不仅没搭理，还拉着朋友忙不迭地走人了……她不知道在酒吧里喝酒、玩色子有什么意思，更不觉得勾搭陌生人有什么浪漫的。

她觉得爱去酒吧的人和自己就是两个世界的人，思维完全无法共通。

陆晓也表现得很抗拒："那还不如吃完饭去网吧玩呢，打完游戏再去吃顿烧烤，这不比去酒吧看别人喝酒、跳舞有意思？"

方亚楠："说得对！"

妙妙："哎呀，你们太无趣了！在家打游戏，出去还打游戏，那干脆大家都在家各自点外卖，然后一起打完游戏，再各自点顿烧烤得了！"

方亚楠、陆晓："好呀，这主意不错！"

妙妙大吼："你俩结婚算了，这么般配！"

方亚楠想也不想地说："这不叫般配，这叫物以类聚！"

陆晓这回居然没吱声——平时妙妙一说类似的话，就数他反驳得最积极。

妙妙开始撒娇："喵总，你就出来跟我们玩一次嘛！这可是元旦，外面就算人多，挤一挤也就过去了嘛。你要学会享受人生哪！"

方亚楠叹气，有点儿动摇，模棱两可地说："那到时候再说呗。你们先安排好，我看情况再决定。"

妙妙也不傻："哎，你别到时候说不来就不来了！"

方亚楠振振有词："那你要问老陆了。"

陆晓："啊？关我什么事？"

方亚楠："我还不是被你们俩害的！我们杂志社本来要去大奔中心办展，时间定在元旦前后，结果刚好和你们办的电竞比赛撞期了。"

陆晓："那也不关我的事呀。"

方亚楠:"这叫迁怒!迁怒,知不知道?"

陆晓:"哦,好吧。"

妙妙:"哇,这么惨哪,那你们杂志社打算怎么办?"

方亚楠:"没办法。我们又拼不过百道,现在只能想别的办法了。"

妙妙:"没关系,元旦那天让老陆请客——算他赔偿你的精神损失!"

方亚楠笑了:"这主意不错。"

陆晓无奈:"行,行,行,你们说什么就是什么。唉,女人哪。"

方亚楠、妙妙:"女人怎么了?!"

陆晓:"没,没,没,女人的友情很感人。"

老冯看热闹看得高兴:"你说你跟她们争什么?你看我说过话吗?"

他一开腔,直接遭到身旁的妙妙的"制裁"。妙妙一边动手一边怒喝:"你也不是好东西!"

老冯苦笑:"好,好,好,你说得都对。"

方亚楠正被他们夫妻俩逗得直笑,却突然收到陆晓的私信。陆晓极少这样主动找她单独聊天,方亚楠一时感觉很是新奇。

陆晓:"你们的活动真的和我们的活动撞期了?"

方亚楠:"我骗你们干吗?难道你以为我真的怪你了啊?"

陆晓:"哎,要不要我去问问宽宽?"

这一个个的人怎么了,突然都这么热心?

方亚楠直接拒绝:"别了。你们的活动规模那么大,你去问了,也改变不了什么。"

陆晓:"说得也是。"

他只是跟自己客气客气吗?虽然道理她都懂,但她还是被陆晓的回复速度惊得笑了,恨不得真让他去找宽宽。

方亚楠终究没忍心为难人,回复:"你也别让宽宽知道这事了,我们对他没什么意见。"

陆晓:"好吧,那也别等元旦了,有机会约老冯、妙妙出来吃烧烤吧,你那份我请。"

方亚楠哭笑不得:"那可真是谢谢你了。"

事实上,平时他们四个人一起聚餐,都是陆晓和老冯分摊餐费,理由是他们是男的,吃得多,方亚楠屡次抗议不成,只能妥协。这相当于陆晓就是承担了她的那份,和他刚才的提议根本没什么变化。

第二天,方亚楠稍微赖了一会儿床就起床出门了。阿肖果然也在加班,两个人便一起去了几家出版社，和对方敲定参展图片后，又去专门的布展设计公司确认了一下设计方案。然后他们发现，如果抓紧时间，似乎真的能在百道的电竞比赛之前把这个联展办完。

阿肖有了解决方案，整个人都明媚起来，满口答应方亚楠，等活动结束给她放长假。

但是一想到紧跟在联展后的电竞比赛和自己的选题，方亚楠就高兴不起来，甚至还有一丝悲伤。

很快到了周末，席安的婚礼和九思的新品发布会同时开始了。

这个周末天气很好，方亚楠起了个大早。

考虑到要跟车拍摄，方亚楠最终还是白费了老爹的一番苦心，选择坐地铁出行。

席安还没买房，所以是从出租屋出发去接亲的。为了方便上下班，他租的房子就在地铁沿线附近，交通很便捷。

方亚楠赶到新娘家的时候，化妆师正在给新娘化妆，伴娘在一旁"自力更生"，现场一派忙乱景象。看到摄影师来，人群越发骚动，方亚楠立刻被拱进了人群最里面，几个伴娘和亲友很开心地摆起造型来，让她帮忙拍照。

虽然席安没给钱，但是方亚楠依然对新娘和她的亲友们尽心尽力、有求必应，还不时地指点一下她们的拍照动作。直到楼下响起鞭炮声，众人才慌乱起来，开始做各种堵门的准备。

这下方亚楠反而发起愁来，问新娘陈雨彤："一会儿找拍你们，那谁拍男方的人？"

陈雨彤不化妆时是个白净、大气的姑娘，化了妆则气质富贵雍容，此时也有些迷茫："他说找了同事的，应该已经安排好了吧？"她随即爽朗一笑，"方老师，反正好的都是我的，你最棒，所以你肯定是跟我们这边的，嘿嘿。"

方亚楠跟着笑了，点头："成，那今天你就是我唯一的甲方。"

她事先已经知道席安没有找专门的婚庆摄影师，负责婚礼录像的是他的两个同事。显然，这两个同事会跟席安一起过来。

在热闹的鞭炮声中，外面来人了。姑娘们早已严阵以待，在门里紧张地听着外面的动静。没一会儿，就听见外面响起哄笑声，其中夹杂着席安羞答答的叫声——

"老婆，开开门哪。"

"哎哟，软绵绵的！"伴娘们打趣道，"喊什么呢？谁是你老婆啊？你进门了吗？就瞎喊？"

方亚楠一边笑一边猛按快门——伴娘们现在的样子狂傲极了。

"那让我进去不就好了嘛。"席安好声好气地商量。

男方的亲友看不下去了，骂他："你行不行哪？拿出男人的气魄来！踹门！踹！冲进去，抢了人就跑，我们给你拦着！"

他们这是大声"密谋"啊。姑娘们笑疯了，越发紧紧地顶着木门，大叫："想得美！先接受考验！"

"考就考，谁怕谁啊？"外面的男方亲友喊了回来。

"你们直播新郎做俯卧撑，做到新娘子点赞才行！"

方亚楠"扑哧"一声笑了，用相机记录下陈雨彤拿起手机、熟练地点开一个应用程序的画面。

这是第一个考验，男方不能有意见。门外响起一阵骚动后，席安在直播间里做起了俯卧撑。

没想到席安的体质还挺好，他连做了二十几个俯卧撑，动作才慢下来。伴郎们拼命喊加油，也有人求情："差不多得了，嫂子，他还要为今晚的洞房留点儿力气呢！"

陈雨彤笑着"呸"了一声，但还是给视频点了赞。

"完成了，完成了！"外面的人欢呼，"开门，开门！"

"离开门还早得很呢，发红包，发红包！"

"好，好，好，我们发，你们记得抢啊！"

姑娘们纷纷拿起手机，几乎同时奋力地在屏幕上点，随后露出各异的表情。但是不管拿得多还是拿得少，大家都统一了答复："红包太少啦，不够！"

"每个红包都限额两百元，你们还想要多少啊？"

"那就多发几个啊！"

"那我们发多少，你们才开门啊？"

"还得看新郎能不能通过考验呢！"

"那你们倒是说说还要我们做什么啊？！"

双方"鏖战"不断，外面的人已经精疲力竭，里面的人还兴致高昂。新娘子终于看不下去了，小声地说道："差不多了，差不多了。"

伴娘们立刻会意，大声地喊道："好啦，好啦，最后一关！"

"说！"外面的人怒吼。

"新郎和新娘认识几年啦?"

"六年!"席安不假思索地回答。

"好,那就用六种语言说出'我爱你',不准用方言!说完我们就放行!"

六种语言,那伴娘们挺仁慈的了。

果然,席安大声地把中、英、日、韩四种语言的"我爱你"各说了一遍,又在提醒下喊出了法语版。最后,大家纷纷开始研究最后一种语言。就听一个智能语音不停地重复一句话,然后几个人开始不伦不类地模仿,听得里面的伴娘们直发笑。

最后,只听席安鼓起勇气大喊:"一洗立白滴洗(Ich Liebe Dich,德语'我爱你')!"

姑娘们蒙了:"什么……什么立白?这是哪国的语言?"

方亚楠笑着提醒:"德语的。"

果然,外头的人大喊:"德语,这是德语的'我爱你'!一洗立白滴洗!"

姑娘们本来半信半疑的,但是既然有方亚楠证明,只能打开门。男方的亲友们如蒙大赦般冲进来时,方亚楠收获到新娘子感激的眼神。

接下来,在小小的房间中,新郎又是找鞋子,又是求婚的,房间里越发拥挤混乱。方亚楠在人群中艰难地寻找着合适的位置,在席安跪在陈雨彤面前求婚时,其他人自觉地后退,她却要往前冲,差点儿被挤倒。

有人在身后一把扶住她:"小心。"

方亚楠的耳朵一热,她猛地回头,发现扶她的人竟然是江岩。他一手按着她的肩膀,一手也举着一台单反相机,居高临下地对着新人拍照,眼睛微眯着,紧盯着屏幕。

方亚楠自觉地变成了他的拐杖。等他拍完,她才松一口气:"那我不用拍了。"

"嗯,可以。"江岩低头在相机屏幕上确认了一下刚才的照片。

"你怎么来啦?"在起哄声中,方亚楠随意地问起。

"席安原本找来摄影的那个小子还有工作没了结,我让他先去办正事,我过来代班,顺便放松放松。"他笑眯眯地说。

此时,人群开始往外拥,方亚楠正准备也跟出去,江岩抬手拦住了她:"你不用急着出去,让他们先出发。"

于是,方亚楠半靠在江岩身上,缩在角落里,等所有人都出去了,才长长地吐出一口气,和江岩一起跟在人群后往外走:"嘻,早知道你来,还出什么智力题。"

江岩失笑:"我可没帮上忙。"

"怎么会?最后那个德语版的'我爱你'跟你没关系?"

"我只负责搜索。那句德语我也没听明白,只能教人怎么蒙混过去。"江岩无奈地说,"要是在公司里,我绝对不会这样教坏我的员工。"

"那我居然还听明白了!"

"真的?你懂德语?"

"不算懂,学过一段时间而已。"方亚楠不好意思地说,"你知道的,学语言最先学的一般就是问候和表白。"

"那'我爱你'到底应该怎么读?"

方亚楠没多想,用德语说了一遍,说完更不好意思了:"其实我的发音也不标准。"

江岩却低声重复了一遍:"一洗立白滴洗……不对,Ich Liebe Dich。"

方亚楠鸡皮疙瘩都起来了:"我的天哪,人家结婚,你表什么白?"

江岩愣了愣,看向她,忽然狡黠一笑,压低声音又重复了一遍。

方亚楠的小心脏狂跳,她咬牙说道:"我的拳头硬了!"

江岩笑起来:"好,好,好,对不起,对不起。"他清了清嗓子,抬头往外看,"他们要下楼了。我去前面拍照,等会儿就不跟车了,直接去婚礼现场。接下来,你要辛苦点儿了。"

"嗯。"方亚楠噘着嘴,不知道自己为什么不爽。

"这么生气?被表白不是好事吗?"江岩还逗她。

"你听过《狼来了》的故事吗?"方亚楠瞥了他一眼。

江岩怔了一下,收起笑容:"啊,抱歉,没有下次了……哦,我是说,我下次不会随便表白了。"

你还想有下次?!

等等,别说表白了,咱们俩再不结婚,都快来不及生大女儿啦!

方亚楠觉得冒出这个想法的自己简直像个神经病患者。

新郎接完亲后,伴娘、伴郎跟着新人出去拍婚纱照,其他亲友则到事先安排好的地方休息、娱乐——席安在一家空中花园附近的KTV订了两间大包间,大家可以唱歌、打桌球、玩桌游。

方亚楠则正式来到了她的主战场上。如果说之前的接亲环节时,她的照片只是对录像的锦上添花,那到了拍婚纱照的环节,她必须展现真正的实力了。

虽然说这对新人对她的技术表现出了一定程度的盲目信任，但是方亚楠其实并不是科班出身的摄影师。她一开始是自学，正式走上这条路后，经历过几次短暂且没什么水平的培训，所谓的实力，几乎都是通过实战锻炼出来的。因此，方亚楠这方面的理论知识非常欠缺，她拍照的标准只有"好看"和"不普通"。

是以，比较熟悉她的同事都会叫她"天赋型选手"，既是夸她，也是调侃。

她擅长找一些不常见的角度去拍照片，偶尔会产生惊人的效果。所以，方亚楠心里也觉得席安找她是找对了人。反正她肯定不会拍出婚庆公司的摄影师拍的那种流水线一般的照片。

她这次交给新人一个课题——用婚纱照讲述一个故事。席安和陈雨彤都对她的这个创意很感兴趣，伴娘和伴郎发现自己竟然也有戏份，也特别积极。伴郎团中有个特别帅的小伙子，长得又高，身材又好，方亚楠便让他和新郎、新娘在一条斑马线上擦肩而过。陈雨彤表情惊艳地回头看帅哥的背影，席安则做出一副吃醋的表情，紧紧地抓住陈雨彤的手。

方亚楠又让一个伴娘拿着手机，假装在街头向席安搭讪。陈雨彤在席安身后露出威胁的微笑，手里拿着一支口红，像持枪一样抵住席安的后腰，席安则一脸害怕的表情。

席安和陈雨彤还模仿了电影里周星驰和张柏芝的经典画面——在一条小巷里，席安的身体夸张地前倾，双手撑在墙上，陈雨彤则靠着墙，抬头紧紧地盯着席安。画面又搞笑又有张力。

几张叙事图拍下来，接下来在网红景点拍的婚纱照反而显得平淡了。方亚楠绞尽脑汁地折腾着他们，最后，一群身着华服的男女四仰八叉地躺在草地上喘着粗气，然后同时发出爆笑声。

临结束时，方亚楠见他们一脸疲惫表情却意犹未尽，突发奇想地说道："再拍一张'白头偕老'主题的照片吧。"

"啊？我们戴假发吗？"席安反应极快。

"啊？老年妆要化很久的。"负责化妆的女孩皱起眉，却还是转头认真地研究起新娘、新郎的脸来。

"不用啊，用手机就可以。"方亚楠随手指了指两个伴娘："你们的手机里肯定有拍照类的应用程序吧？你们打开老年滤镜，一个人拍新娘，一个人拍新郎，只拍头。新郎、新娘手牵着手站在那里，我拍两个伴娘的屏幕。"

"厉害！"大家一起喊道，立刻在方亚楠的指挥下，找了一条公园里空旷的梧桐小路，让新人站在路中间。伴郎主动跑到远处暂时拦住可能会入镜的行人，方亚楠则指挥新人和伴娘调整角度。

滤镜一打开，不远处的新娘、新郎依然穿着婚纱、礼服，两只光洁、年轻的手紧紧握在一起，可是他们在滤镜中的脸已经满是沧桑。

"哇！"两个伴娘几乎同时发出惊叹声。

方亚楠以新人握住的手为中心，对着伴娘的手机屏幕连按快门，随后慢慢地放下相机，看着相机的屏幕，轻声说道："好了。"

此时，所有人才意识到，在方亚楠拍这一幕时，他们竟然都屏息凝神，没有人说话，也没有人笑。

"好了吗？"席安在远处看见方亚楠放下相机，大声地问。

其中一个伴郎朝他比了一个"可以了"的手势，其他人都围上来看方亚楠的相机中的最后一张照片。

"怎么办？我有点儿想哭。"其中一个伴娘竟然真的擦了擦眼睛。另一个伴娘也红着眼点了点头："这张照片太好了，好到不知道该怎么说。"

方亚楠感觉心里沉甸甸的。

老年滤镜中的席安和陈雨彤与她四十多年后见到的他们并不太一样，她却依然仿佛又看到了他们手牵着手地坐在自己面前的样子。

这张照片在其他人看来，可能代表了美好的祝愿，可是她知道，这不是祝福，是预言。

执子之手，与子偕老——他们做到了。

可是她和江岩没有做到。

众人赶到空中花园后，新人和伴娘、伴郎们又开始补妆。

化妆师忙得团团转。作为唯一一个不需要补妆的新人团贴身跟班，方亚楠拍了几张花絮照片，就自顾自地到一旁吃零食去了。

空中花园能成为风头正劲的宴会场所，内部装潢之优秀毋庸置疑，外景也绝对令人叹为观止——一面落地窗外是一览无余的江景，滔滔江水上舟船相接，船灯闪烁，江面如银河一般，江对岸，青山连绵，山上耸立着宝塔；另一面落地窗外则正对着繁华的高新区，放眼望去，高楼林立、霓虹灯璀璨，下有川流不息的车辆，上有射灯灯光交相辉映。人站在此处，不过一个转头的工夫，就可将岁月静好和盛世繁华尽收眼底。

发布会的设备已经基本上被撤光了，工作人员正搭建着婚礼需要的布景。会场看起来走的是简约路线,除了舞台中央被铺上了红色的地毯外,其余布景几乎都是大块白布,看起来甚至过于朴素了。

方亚楠看着看着,忽然略有所悟。

她为自己的猜测兴奋不已,转头想要找认识的人分享,结果看来看去都没找到合适的人,最后竟然只等来了打着电话走出电梯的江岩。

他看到她,对她打了声招呼,然后挂掉电话走了过来:"来了啊。"

"哎!"方亚楠拍拍他,指向舞台,"你们一会儿不会是有什么计划吧?"

江岩笑着看她,表情意味深长:"你猜?"

"公司里那么多视觉技术方面的大佬,不用用他们,确实可惜。"方亚楠说道,"哎呀,想想我还有些激动呢。"

"你激动什么?又不是你的婚礼。"江岩似笑非笑地说。

"那我也可以激动呀——能看看也挺好的。"

"跟你说一个小秘密。"江岩凑过来轻声说道,"你一会儿看到的画面可是简化版。"

"嗯?然后呢?"

"如果是我的婚礼,"江岩站直了,昂首说道,"那可不只让人激动那么简单了。"

"怎么,你想吓死人?"

"你可是记者,词汇量怎么可以这么贫乏?"江岩瞥了她一眼,"是让人震撼,震撼!明白吗?"

方亚楠耸了耸肩,想来一句"不关我的事",可是转念一想,又没有十足的把握说出这种话,只好说道:"那你加油。"

"这可是你说的。"江岩似乎意有所指。

"是啊,是啊。"她敷衍地点了点头,转头研究起菜单来,"菜不错啊,看来席安的身家全砸在这儿了。"

"这还是沾了我们发布会的光,给他打折了。"江岩说道,"所以全公司的员工都来了。"

"我一时间不知道这折扣到底值不值。"

"我们可是连光影环节的方案和设备都给了他最低折扣。他要是连这点儿表示都没有,未免太不懂事了。"

"你们哪……"方亚楠摇了摇头,同情地说道,"席安连结婚都像是还在职场上,真是最惨的新郎。"

"呵呵!"江老板可一点儿也不觉得这有哪里不好。

这时，化妆师给方亚楠发来消息——新人已经化完妆，要去迎宾了。

这意味着方亚楠要去给每位客人和新人拍合影了。

"哎，我要去楼下拍照了，一起不？可以给你拍第一张！"

江岩双手插在口袋里，二话不说地跟上了，边走边调侃："你刚才还觉得我这个老板欺负人，现在又对我这么好？"

"嗐，你又不是我的老板。"

"哈哈！"他快走两步，进了电梯。

路上，方亚楠忍不住又问："一会儿你们如果用到设备，我拍照的时候不小心挡到光线怎么办？"

江岩闻言挑了挑眉："看来席安找你还真是找对了。不是对我们的技术有点儿了解的人，还真不一定会事先问这个问题。"

"真的会挡到吗？"方亚楠紧张地问，"那你一会儿得带着我排练一下，我可不想成为新人一辈子的阴影。"

江岩笑着摇了摇头，正要说什么，忽然抿了抿嘴，说道："好，等会儿我带你排练。"

方亚楠勉强放下心，下楼和江岩一起找到新人。新人穿的竟然是中式礼服，还是盛唐风格的——新郎戴梁冠、着绯服；新娘则以珠帘遮面，内着青绿内衫，外着红色大袖连裳。这两身礼服一看就不是影楼的风格，显然是有高人指点。尤其是新娘那身青绿色的绢衫，一看就很大气。

"真好看哪。"方亚楠一边称赞，一边按下快门。

"看来看去，还是唐朝的礼服好看。"陈雨彤妆容也十分高级，既符合现代审美，又有着唐朝仕女的风韵，"顾问说我适合这个妆——我的大脸盘难得成为一个优势。"

"还有这个呢，"席安指了指老婆胸口的那抹绿色，"专家说，真按照唐朝的风俗来，那得是'红男绿女'，我们说，这样的话，我们还得给来宾挨个儿解释，这才给我们改成红色的外袍。"

"是连裳，连裳！"陈雨彤纠正他。

"好，好，好！"席安摸了摸鼻子，嘀咕，"反正我不懂。"

方亚楠在一旁笑，给江岩使眼色。江岩摇了摇头，跨上前去："来，赏脸跟我合张影吧。"

"老板！"席安一副才看见他的样子，上前夸张地一把握住江岩的手，"有失远迎，失敬失敬！来，来，来，这边请，这边请！"说着，他就要把江岩往自己和陈雨彤中间拉。江岩连忙挣扎："这不行，我站你边上就好。"

"不成，不成，您不站中间，如何表达我们夫妻的感激之心？来，这边！"陈雨彤也笑嘻嘻地把位置让了出来。

"等等，"江岩坚持要站在边上，"我不能站那儿。"

"老板，您别不好意思呀！您站中间是应该的！"

"我太帅了。我怕别人看到，以为我才是新郎。"

就凭衣服，别人都不可能认错人吧？江岩，你就是死活要挤对一下新郎官吗？

陈雨彤"扑哧"一声笑了出来，拉了拉席安："好了，好了，江总就是拍张合影留念，就你大惊小怪的。"

"唉。"席安被数落了一顿，尴尬地和老婆挤在一起。江岩站在他身边，笑着望向方亚楠。

一身灰色西装的江岩比席安高了快半个头，宽肩、窄腰、长腿，不知道的人还以为是哪里的男模。而且他今天特地拾掇了一下，头发都梳到了后面，站在身着礼服的新人旁边，依然夺人眼球。

方亚楠拍完照，竖起大拇指："真帅。"

江岩第一时间笑得眯起眼。

"谁，谁，我吗？"席安今天特别放得开，一脸惊喜表情地追问。

"懂的人都懂。"方亚楠道。她放下相机，高喊："下一位！"

江岩走过来，轻声问道："那我到楼上等你？"

"等我干吗？"

江岩眨了眨眼："不是你说要我带你去排练一下吗？"

"哦……"方亚楠这才想起是自己主动提的要求，但是此时竟然有些后悔，只好硬着头皮点头，"成，那我一会儿上去找你。"

"要美式咖啡吗？"

"要！"

"好。"江岩笑眯眯地走了。

等他的身影完全消失，方亚楠不由自主地长长地舒了一口气。

真要命哪，这个男人。

她再次举起相机。

吉时在晚上六点零八分。新人五点钟就站在那儿迎宾，等被化妆师喊上去补妆、准备时，方亚楠已经累得快瘫了。

她在电梯里甩着手，不停地看时间，担心自己赶不上和江岩排练。

陈雨彤看在眼里，很是不好意思："方老师，今天真是辛苦你了。"

"是啊，我都不好意思了。"席安一手扶着老婆的腰，一手捶着自己的腰。

"有什么不好意思的？"方亚楠笑道，"干脆别请我吃饭了，等回头有空，你请我做按摩吧！"

"没问题，按摩加吃饭，一个都不能少！"席安坚决不放弃请客吃饭。

"行，行，行。"方亚楠拗不过他。

电梯门一开，方亚楠心里着急，飞奔了出去，刚要四处找江岩，冷不丁地被人一把抓住了胳膊："来。"

江岩竟然就等在电梯旁。他拉着方亚楠往前台走去，此时灯光还亮着，两个人小跑到最前面的背景板前，江岩指着边上的小机器："这个就是投影仪。"

"哦，"方亚楠记下了，"可是我也不可能贴着背景板给人拍照啊，这儿本来就不影响。"

江岩于是又指向舞台边的一圈小机器："这些也是投影仪。"

方亚楠抓狂："我也不可能站在台上拍啊！"

江岩憋着笑，指向舞台顶上，那里横着好几道钢架，上面挂着机器："那就剩那些了。"

方亚楠："所以，你的意思是我根本不可能挡到光线？"

"嗯，理论上不会。"

方亚楠："那你直说啊，我跟狗一样快地跑上来的！"

"我怕我说了你不信。"

"我什么时候说过不相信你？"

"那我希望你更相信我啊。"

"啊？"

"来。"江岩把一杯冰美式咖啡塞进她的手里。

"不是，一杯美式就打发我了？我很生气呀！我连厕所都没去！"方亚楠说完，还是仰起头连喝了三大口咖啡，显然口渴得不行。

江岩笑起来，推着她往厕所走："那你快去吧，咖啡给我。放心，来得及。"

"确定吗？"方亚楠看看时间，简直快哭了，"没几分钟了。"

"我保证，"江岩把她推到厕所门口，一手拿着她的咖啡和相机，另一只手伸出三根手指，"相信我……你不来，我就不开机。"

"滥用职权！"方亚楠笑着骂道，提着裤子冲进了厕所。

晚上六点零八分,吉时已到,整个宴会厅都暗了下来。

外面霓虹灯闪烁,给昏暗的宴会厅加上了一层诡秘的效果。宾客安静了,纷纷期待地看着这个过于朴素的舞台。

既然婚礼在空中花园举办,没人相信这个婚礼会像现在看到的这么简单。方亚楠紧紧地抓着相机,时刻准备着抓拍最好的镜头。

大门忽然开了,一束白光照进来,骤然吸引了所有人的目光。

就在大家眯着眼睛端详白光中新娘的身影时,整个大厅突然亮了起来。

"哇!"惊呼声响起。

大厅变成了一座雕梁画栋的宫殿。

层层红纱笼罩的舞台上,一只金色的凤凰突然飞了出来。它发出一声啼鸣,带起百鸟争鸣,随即裹着如云如火的雾气,一路飞向大门,围着新娘转了一圈后,引着她缓缓向前。人与鸟之间幻化出一条轻盈的红色丝绸,仿佛古代新人成亲时的牵丝。

新娘穿着迎宾时穿的喜服,脸上挂着端庄的微笑,一步步地走上舞台。舞台就像一个浅浅的池子,她每走一步,舞台上都泛起青色的涟漪,脚跟处开起一朵朵淡粉色的莲花。凤凰一路带着她到了舞台中央,继而转身飞进幔帐中,又发出一声啼鸣。幔帐突然燃烧起来,在惊呼声中转瞬间燃烧殆尽,露出后面金红色的大殿和殿门前笔直站立的新郎。

在光影效果下,五米见方的小小舞台仿佛有大明宫那般广阔深远,让人不由得观察起周围逼真的梁柱和盆景,以及最前方一排高大的明制座椅。双方家长已经端端正正地坐在了那里,都穿着古风的绸衣,喜笑颜开。

新郎朝着新娘深深行了一礼,随后拿出一条真正的牵丝,递给新娘,两个人一人牵着一头,缓缓走向最前方。 旁终于传来司仪的声音——

"一拜天地!二拜高堂!夫妻对拜!送入洞房!"

两块带着幔帐效果的布景板被缓缓推进来,遮住了"高堂",随后,"幔帐"再次掀开,里面出现一条长长的甬道,一路花团锦簇,有百鸟齐飞、孩童欢笑。待新人走到跟前,最外围的幔帐缓缓合拢,挡住了新人的身影,仿佛他们真的走进了那绝美的道路,徒留背影给外人遐想。

整个过程短暂、精简、却隆重、美妙,让众人半晌没回过神来,然后司仪宣布:"礼毕,喜宴开始,望诸位贵宾尽欢!"

此时,大家才如梦初醒,纷纷鼓起掌来。欢呼、尖叫声不断,宾客们开心得仿佛是自己结婚。

"太好看了，真的太好看了！"方亚楠身边的伴娘又哭了，"怎么会这么好看？"

方亚楠觉得这话似曾相识——这姑娘好像刚才用同样的话夸过自己的照片——不由得觉得好笑，果然是情到深处言自简吗？

"这是哪家婚庆公司做的？"已经有人问起来，"太厉害了！我知道有公司做这个，但是特别贵，这个花了多少钱？"

"这就是新郎所在的公司做的啊，"伴娘解释道，"新郎不是婚庆公司的，他们公司就是专门研究这个技术的。"

"厉害呀，小伙子！"

"能不能帮忙问问价格？我女儿结婚的时候也可以这么搞！"

"可以，可以。"伴娘立刻拿出手机。

好家伙，这都拉起生意来了。方亚楠笑着摇了摇头，低头翻看自己刚才拍的照片，发现每一张都美到不真实。

唉，跟着江岩混，自己以后连修图都可以省了，专心负责找角度、按快门就行了。

这场婚礼仪式正如新人设想的那样，精简大气，宾主尽欢。

方亚楠就没那么容易了。她还要到后台去拍花絮照片——新娘要换衣服了，这一套婚纱换下来应该就不会再穿，新娘肯定想多留几张照片。

但在此之前，方亚楠还有更重要的事情要做。

她小跑到设备区，恰好看见一堆机器中的江岩。他正站在一个操作电脑的小哥面前，微微弯腰，跟小哥说着什么。江岩面上带笑，看起来挺高兴，抬头看到她时，他的笑容变得更大了。他走过来："怎么样，满意吗？"

"我就是过来夸你的，"方亚楠竖起大拇指，"真棒！"

江岩看起来更开心了，却故意微微眯起眼："就这点儿？"

"还有什么？我是个词汇量贫乏的记者，没别的词能夸了。"

"哎呀，你居然还记仇。"江岩乐了，想了想，"那这样，我今天帅不帅？"

"帅！"

"比新郎帅吗？"

"是的，是的！"

"好了，可以了。"他点了点头，"放过你了。"

方亚楠哭笑不得："你多大的人了啊？"

"就算七老八十，我也是需要赞美的嘛。"江岩笑道。

方亚楠愣了愣，差点儿笑不出来了。她强撑着笑，像嘴角抽搐了一样，轻咳了一声，转过头："啊，我要去拍照了。"

"去吧，"江岩说道，"需要我给你留什么吃的东西吗？等你拍完照出来，大概不剩什么好东西了。"

方亚楠想了想，转头小声说道："生蚝和扇贝？"

他比了一个"好"的手势，一脸郑重表情地说："收到。"

方亚楠跑到后台时，恰听到化妆间里的几个人正开心地讨论着这个精彩的仪式。见她进来，大家纷纷拥上来："方老师，让我们看看照片！"

方亚楠躲闪着："你们不用敬酒吗？照片拍都拍了，不好看也没法反悔的啊。"

"肯定好看，我们就是想提前看哪！"

"一会儿我把照片导出来发群里，成了吧？现在还有要拍照的人吗？"

"要，要，要！"

就算背景混乱，新人和伴郎、伴娘还是摆出各种姿势拍了好多照片，开心得不得了。

方亚楠拍完后台的花絮照，终于得以解放一会儿。这时，她已经饿得前胸贴后背了，手都酸到发抖。她一溜烟地跑到自己的座位边，发现就在江岩旁边，而她的座位前的盘子里放了一堆生蚝和扇贝。

"一人几只？"方亚楠眯着眼数了数。盘子里有三只芝士生蚝和三只蒜蓉粉丝扇贝，吃完这些，她就能饱了。

江岩老神在在地夹菜吃："这又没有固定分配，爱吃的人就多吃呀。"

方亚楠放眼一望，无语——凭每人面前的壳子就能判断每人吃了几只。看来江岩不仅把自己那份给她了，还把他手下人的那份也抢来了。

方亚楠也不好意思再还回去。虽然这些海鲜她平时吃得不多，但毕竟这也不是什么金贵东西，她若是让来让去的，显得很小气。她忍不住又尴尬又好笑，坐下来埋怨江岩："你干吗压榨人家？"

江岩一脸无辜表情："他海鲜过敏。"

方亚楠半信半疑，直接越过江岩问他的手下："嘿，你海鲜过敏吗？"

小哥愣了愣，随即连连点头："对啊，对啊。"

方亚楠看了一眼他碗里的小鱿鱼，笑了笑，没再说什么，埋头吃起来。

江岩见状，小声解释道："他真的对海鲜过敏，吃多了就要吃药的。"

"哦，"方亚楠应了一声，也不知道自己还能说什么，"谢谢。"

江岩沉默了几秒后，给她夹起一筷子松鼠鳜鱼："这个很好吃。"

他看起来居然有点儿小心翼翼的。

方亚楠愣了愣,看了他一眼,意识到他这动作有点儿太自然了,但是又好像没什么突兀的地方。她一时间竟然有些慌乱,胡乱地点了点头,把那块鱼肉吃了下去,立刻被征服:"真的啊,正点!"

"是吧?"江岩笑起来,"鸡汤也不错。"

说着,他就要去转转盘。

"我……我……我自己来,"方亚楠连忙放下筷子,忍不住问道,"你怎么这么殷勤?"

江岩顿了顿,随即放开转盘:"对啊,为什么呢?"

他做出一副思索的样子,还故意看了她一会儿。

方亚楠觉得全身都烧起来了。她缩回手,果断地把碗放在他面前:"麻烦帮我盛一碗,我吃不过来了。"

江岩笑了:"好,好,好。"

他立刻服务起来,样子很是熟练。

方亚楠在喜宴上一般都吃不饱,原以为自己跟江岩一块儿吃,会变得更矜持,谁料江岩居然是个抢食高手,不动声色间让她把好吃的东西吃了个遍。

没一会儿,她就饱到打嗝,连连讨饶:"不行了,不行了,我吃撑了。"

"这就撑了?"江岩摇了摇头,"太可惜了。"

"为什么?"

就在此时,服务员推着餐车走过来,在每个人面前摆了一盘黑森林蛋糕,蛋糕看起来极为诱人。

方亚楠摸着肚子,看着巧克力蛋糕发愣。

她明明看过菜单的,却把这个给忘了——空中花园的招牌甜点!

她咽了一口口水,看了看自己的肚子,露出一脸苦相。

江岩"哈哈"一笑,开心地吃了一口蛋糕,享受地眯起眼,又问她:"真吃不下了?"

方亚楠抿起嘴,痛苦地摇了摇头。

"那我就不客气了?"

"嗯?"

江岩当真不客气地拿走了她的黑森林蛋糕,直接放在他和手下人的中间,大方地说道:"来,我们分了。"

小哥:"嘿嘿,谢谢方老师。"

然后他把蛋糕一刀切成两半,挖走了自己那半,开心地吃起来。

"你们商量好的?"方亚楠咬牙切齿地问。

"怎么会?"江岩嘴里鼓鼓囊囊的,"只不过本来要拿我这块跟他换的,现在直接用你的换了。"

"嘿嘿!"江岩手下的小哥只会笑。

比起生蚝和扇贝,她宁愿吃蛋糕啊!

方亚楠悲愤欲绝地打了个嗝,缓缓起身,像孕妇一样撑着自己的腰。

"嗯?这么生气?"江岩抬头看着她,一脸惊讶的表情。

"有必要吗?"方亚楠哭笑不得,"他们快敬完酒了,我去拍两张照片意思意思。"

"哦,"他松了一口气,又问,"回来还吃蛋糕吗?"

"吃你们的吧!"方亚楠一口干了杯中的可乐,又打了个嗝,"祝你们明天就长出小肚腩!"

婚宴结束,宾客逐渐离去,喧闹的宴会厅变得杯盘狼藉、一地萧索。

工作人员忙着收拾残局,江岩和席安以及两个伴郎正坐在一起喝酒聊天,一副意犹未尽的样子——方亚楠将照片给新娘等人拷贝完,出来看到的就是这一幕。

她想了想,过去道别:"那我先走了啊。"

江岩抬头:"这就走了?不聊会儿?"

方亚楠:"有什么可聊的?你们聊的那些东西我也不懂啊。"

"我们正说呢,以后如果硬件条件允许,是不是可以做出科幻小说里的游戏仓——人一躺进去,就可以进入另一个世界,这样,你们这些玩家岂不是会很爽?"

"你要是聊这个,我可不困了啊。"方亚楠觉得自己最有发言权,干脆一屁股坐下,"有的,以后肯定会有的!就是到时候不知道我们还吃不吃得消,唉。"

她还记得自己戴上头盔时那天旋地转、头重脚轻的感觉,心有戚戚焉:"生不逢时呀。"

"怎么一下子想得那么远?"江岩笑道,用手撑着头,"要不这样,我们不研究这块了,让你有生之年玩不到,你是不是就不遗憾了?"

"你说的这是人话吗?"方亚楠乐了,"你们不研究,这技术就出不来了?你的脸也太大了!"

"说得也是。"江岩笑道。

"再说了,你们的技术和游戏头盔的技术不是一回事吧?"方亚楠显摆自己从老方时期获得的浅薄知识,"人家的核心技术是那什么……脑电波交流,那属于生物学和医学的范畴;你们的技术本质上属于美工,是负责建立模型的。你操心太多了吧?"

"嘿,她还真懂!"江岩惊喜地指着方亚楠,转头对自己的下属说道。

手下们纷纷应"是",全都一脸勉强,显然被方亚楠的"美工"言论打击得不轻。

"那么,亚楠,"江岩回头,认真地问,"如果说,有一天我们真的能打造出一个虚拟世界,你希望这个世界是什么样的?"

真有你的。

方亚楠的脑子里闪过这句话,她下意识地回道:"不……不……不知道,能玩就行。"

"你结巴什么?"江岩失笑。

"没有啊。"方亚楠心虚地反驳。

"那你现在在玩什么游戏呀?"

"《反恐精英》。"方亚楠想也不想地答道。

"哟,这么巧?"江岩笑起来

方亚楠疑惑地问:"巧什么,你也玩?"

"我是不会玩啦,"江岩一脸坦然,"不过我有一个朋友也很喜欢玩这款游戏,还为了这款游戏跨行创业,从头开始。"

方亚楠心里有点儿不祥的预感:"你说的这个朋友是……?"

"你可能不认识,"江岩说道,"他刚来我们这儿,叫万甄,是一个很优秀的人。"

"嗯……"她不仅认识,还和对方有仇——杀……也不能算,"坑"夫之仇?

一旁的席安作为新郎官,已经被灌得双颊通红,但是思路居然还挺清晰。他大着舌头说道:"方老师知……知……知道万……万……万方的……嗝,老总。"

"咦,你知道?"江岩惊讶地问。

"不,不,不,其实不清楚,就听过一下。"方亚楠摆手,"他是你的好朋友?"

"是啊,我们很谈得来,"江岩竟然幸福地笑了笑,随后冷眼瞥了一下手下们，"跟他聊一个小时，比跟这群家伙开一下午的会还有用。"

"老板……"

新郎的伴郎同事们都一脸悲怆的表情。

方亚楠也一脸悲怆的表情。

怎么办？看来万甄是江岩的灵魂伴侣，她……哦不，老方反而更像第三者。她该怎么拆开这两个人？徒手拆肯定不行，何况他俩还有大事要干——没有他们，她四十年后玩不到VCS啊！

可是她也不能盯着他们，盯上二十多年吧？恐怕还没成功，她就被送进精神病院，或者被江岩的家人报警了。

"我忽然觉得可以让老万和亚楠见见，"江岩语不惊人死不休，期待地说，"亚楠不仅悟性高，而且想法很长远，说不定能给我们带来点儿灵感。"

方亚楠一听这话，本来心里很抵触，可是转念一想，又觉得先下手为强也好，早认识就可以早防范。方亚楠觉得自己有义务早点儿盯梢，一旦万甄露出獠牙，她就有办法让江岩早点儿提防起来。

九思是江岩的，未来怎么走，只能是江岩说了算！

"好呀！"她痛快地应道，"说不定咱们一不小心就共创全息游戏的盛世了呢！"

这下轮到江岩愣了："你真的有兴趣？"

"怎么，你就是说说而已？"

江岩展颜："当然不是。你愿意，那再好不过了。你什么时候有空？我组个局，我们聊通宵！"

方亚楠汗颜："那我恐怕没那么多话可以说。"

"没关系，"江岩微笑，"通宵什么的，还真的只是说说而已。"

方亚楠："……"

又过了一会儿，工作人员找了过来，让新人处理一下剩下的礼品、餐点和账目，九思的设备也都被收拾好搬到了公司里。原来江岩方才是在监工，此时工作完成，一看时间，"哎呀"一声："不早了，亚楠，你怎么回去？"

方亚楠已经掏出了手机："我打车。"

江岩把手掌盖在她的手机屏幕上："你能主动一次吗？"

"啊？"

"比如问问有没有顺路的车。"

方亚楠眨了眨眼，装傻："我觉得这儿没顺路的车。"

"那就问有没有人愿意送你。"

方亚楠和江岩对视了两秒,败下阵来,挤出一个亲切的笑容:"江总,你愿意送我吗?"

江岩立刻起身,拿起外套搭在手臂上,客气地笑了笑:"走吧。"

"嗝!"江岩那个精疲力竭的手下打了个酒嗝,趴在桌上,显得更需要帮助。

方亚楠关注的点却不是这个。她小步追上江岩,警惕地问:"你没喝酒吧?"

江岩按下电梯键,似笑非笑地看了她一眼:"如果拘留所可以男女混住的话,我会喝的。"

你赢了!

看得出来,即使没喝酒,江岩今天的兴致也很高,一路上他都在和方亚楠东拉西扯,天南海北地瞎聊,而且聊的多半是方亚楠最喜欢的游戏话题。

江岩不打游戏,以前是因为家教严,后来是因为太忙——但是看起来,他也确实对打游戏不感兴趣。

这次他难得有兴趣,只可惜这建立在一个巨大的误会之上——他以为方亚楠很厉害。

"我不信,"他不停地摇头,车头都要跟着摆起来了,"你一定是在谦虚。"

"真的!"方亚楠为自己"据理力争","要不是我的朋友都很厉害,脾气又好,我真的坚持不了那么久。"

"朋友?游戏里的吗?"

"不止,"方亚楠不知为什么有点儿心虚,"有些是以前玩游戏认识的人——我们志同道合,一起多玩几个游戏,就绑定关系了;有的嘛——我之前不是在百道工作过吗?那儿的前同事大多是游戏狂魔,我们也会一起打游戏。"

"你挑打游戏的朋友的标准是脾气好还是技术好?"

"当然是脾气好啦,脾气不好的人,会被我气死吧?再说了,我自己水平不行,就也不能要求对方有多强,是吧?"

"好卑微。"

"好像是有点儿。"

"不过有一点我可以肯定。"

"什么?"

"和你玩游戏肯定很有趣。"

"啊,这……"

"要不然，明明自己玩体验感会更好，为什么他们要带你玩呢？一定是因为很开心吧。"

"我是不是应该去做捧哏的人？"

"错了，"江岩笑看她一眼，"你是逗哏的。"

方亚楠"扑哧"一声笑了出来，连连点头："确实，玩游戏的时候，我话最多了。"

"让我想想……啊，大概就是像你开车时那样大呼小叫、'叽叽喳喳'？"

"这俩词好像都不太友好！"

"我可是强行忍住没说出'咋咋呼呼'。"

"喂！"

"看，就是这样。"

"我真的咋咋呼呼吗？"方亚楠开始反省，"没有吧？我很矜持的。"

江岩作势要放开方向盘："车给你开？"

方亚楠："……"

"哈哈，"江岩得意地笑了笑，拉长语调，"矜——持——"

方亚楠咬牙切齿。

"说真的，"江岩看着前面，"有空你带我进去看看那是个什么样的地方。"

"啊？进去哪儿？"

"游戏啊。"

"那你何必进去玩，看直播不就行了？"

江岩摇了摇头："万甄说了，看和玩是两回事，只有亲自体验过，才知道玩家需要什么。"

这道理也对，但是万甄……

"他也喜欢玩游戏？"

"应该是吧，确切地说，他想赚游戏的钱。"江岩狡黠地笑了笑，"于是他很努力地去研究了一下未来客户。"

"有什么心得？"

"他说——"江岩忽然换了个语调，语重心长地说，"'江岩哪，这年头，不会玩游戏的男生，找不到女朋友啊！'"

"这人一听就是狐朋狗友啊，你别听他的，他害你呢！"方亚楠怒道，"靠打游戏找女朋友的男生有什么出息啊？"

方亚楠说完自己都愣了。她不就是那个被打游戏的男生吸引到的女生吗？她还成天为了那个人胡思乱想的。

于是没等江岩反应过来，她又补充道："你现实中就能找到女朋友的，何必指望游戏？"

江岩一脸无辜："可不打游戏的话，和女生没有共同语言哪。"

"两个人共同语言只有游戏的话，那也太可悲了吧？"

然后她又把自己说愣了。江岩怎么跟知道陆晓的存在似的？三言两语下来，她都快自己把自己说服了！

方亚楠崩溃地抓了抓头，觉得自己此时的表情应该比江岩还蒙。她满脑子糨糊，不知道还能表达什么。

江岩笑了："你还好吧？"

"我有点儿混乱。"

"看出来了，"江岩说道，"我还以为你会很欢迎我去打游戏。"

"不，这让我有种逼良为……哦不对，怎么说呢？拉人下水的感觉。"

"哦，"江岩了然，"那我不打了。"

"也不用。如果是为了工作，你还是应该体验一下的。"

"所以，你到底让不让我玩？"

"哎，不是，怎么变成我让不让了？我……"方亚楠抬头看到江岩笑吟吟的样子，忽然感到呼吸都有点儿紧。

她扭开头，僵硬地说道："反正……反正你需要我的话，跟我说就行。"

江岩乖巧地回答："好的。"

方亚楠头顶的天线"嗡嗡"作响，她问："我怎么觉得你怪怪的？"

江岩："那是你越来越了解我了。如果我做什么事情你都不吃惊，那我才要伤心了。"

方亚楠感觉更危险了："我需要对你以后的言行有什么心理准备吗？"

江岩耸了耸肩："不知道，我只是觉得有必要提醒你一下。"

方亚楠："我现在下车还来得及吗？"

江岩看了看导航："还有1.5公里就到了。大半夜的，就不要那么麻烦了吧？"

好吧，他拒绝。

方亚楠搓着安全带，坐姿乖巧、表情空白。

她好像知道老方是怎么进坑的了。

所以，如果她就是老方，她应该也在劫难逃了。

第十三章
致老年：老方真正的困境

又是一个周末，方亚楠有预感自己会再次成为老方，不知怎么的，有些辗转难眠。

她拼命回忆着上一次成为老方后的事，仿佛这时候才意识到自己亲历了杭佳春的离开。

可是成为小方的时候，她完全没想起杭佳春来，就好像那是另一个世界的事情。

但是她一直抓心挠肝地琢磨着江岩的事情。

她还接近他，让他去体检。

她这么做，是为了自己，还是为了老方？她也说不清楚。

但是她突然想到，这一次回去，如果那些穿越电影里说的"时空悖论"真的存在，那她会不会突然见到老年的江岩？

她在忧思中渐渐睡去，又在一阵鬼哭狼嚎一般的歌声中醒来。

"人生路……吧啦吧啦吧……当当当当当……"

"小点儿声，奶奶还在睡觉！"姜多多斥责道。

方鹦"哦"了一声，压低声音说了句什么。方近贤好像刚好经过她的门外，方亚楠听见他哭笑不得地说："你带奶奶玩游戏，那是谁逗谁开心？要不要帮你辍学？你就更开心了。"

方鹦"喊"了一声，过了一会儿，高声喊道："我走啦！"

"我也差不多该走了,"方近贤说道,"那今天……妈就……"

"我知道,我有数的。"姜多多催促,"你快走吧,等会儿联系。"

"嗯,还有,你如果要用车的话,回来记得去洗洗车。妈明天多半要去吃饭,我这辆车限行,还得指望你那辆。"

"哎,还用你说?你怎么越老越啰唆了?快,快,快,要迟到了!"

"好,好,好。"

关门声响起,方近贤终于去上班了。

听着姜多多在外面走来走去的声音,方亚楠终于躺不住了。她长叹一声,起了床。身体还是有那种熟悉的生锈的感觉,她慢腾腾地走出去,看到姜多多正在沙发上打电话。姜多多见到她,立刻说道:"哎,正好,您等一下啊。妈,那个……"她迟疑了一下,斟酌着问道,"那边……小春阿姨那边,你要不要过去啊?"

"啊?"方亚楠愣了一下。

"哦,我的意思是,你还是不要亲自去了。我正好在咨询一家丧葬店,这家提供送花圈的服务,人家刚才在问我花圈上写什么。"

方亚楠迟疑了一下。虽然她不是没有经历过亲人死亡的事,但是这种事情大多是长辈操持,不管是亲自去吊唁,还是送花圈,都不需要问她的意见。

所以,眼下到了该她拿主意的年纪,她还是什么都说不出来。

以前总觉得自己挺厉害的,等到真的遇到事情了,她才发现自己真是个废物。

方亚楠疲惫地摆了摆手:"她是我多年的好友,让店家斟酌着写吧。"

"哦,那落款就写——挚友,方亚楠?"

方亚楠愣了愣。挚友,她也配被称为杭佳春的挚友吗?思及此,苦涩感又涌出,她摇了摇头:"不要,就写老友吧。"

"那行,你们应该听到了吧?写'老友'就行……对,方亚楠……嗯,写完把照片发给我看看就行……好的,那谢谢啦。"姜多多挂断电话,小心地看着方亚楠:"妈,要不你先去洗漱,然后稍微吃点儿东西?"

方亚楠觉得自己此时的状态比刚才在床上时还要游离。等她洗漱完出来,桌上已经放了热腾腾的早饭。姜多多又在一旁打电话,似乎是在预约洗车服务,约好后问方亚楠:"妈,明天的追悼会,你要去吗?"

方亚楠想了想,摇了摇头:"我……我不想去。"

姜多多了然:"那我们直接去吃豆腐饭吧。昨晚小春阿姨的家属也是这么说的，我就怕你想去……"

"不想，"方亚楠缓缓地说道，"我没看到，她就没死。"

姜多多愣了一下，慢慢地点了点头，长叹道："那我就这么跟小春阿姨的家属说了。"

"多多。"等姜多多联系完杭佳春的家属后，方亚楠也吃得差不多了，坐在桌边突然叫道。

姜多多立马站住，转身："嗯，什么事，妈？"

"辛苦你了啊，"方亚楠真心实意地说道，"我越老越没用，你平白多了个要操心的人。"

"哪有的事，这不是我应该做的吗？"姜多多笑道，"有像妈这样的婆婆，是我的福气呀。"

"福气？"方亚楠苦笑，"我要是帮上什么忙了，还能厚着脸皮同意你的话。"

"帮了呀，你来以后，小鹗从来没把作业带回来过，一点儿都不磨蹭了。"姜多多居然也是真心实意地说，"你不知道，以前他一周才能做完的卷子，你来了以后，他两天写一张，而且还能有时间玩游戏。他能有这效率，过去的我是想都不敢想的。"

她竖起大拇指："还是你会教育孩子。"

"那我就继续努力吧。"方亚楠听了这话，勉强地挺了挺胸膛。

一旁的缅因猫厂花竖着尾巴在她的腿边蹭了蹭，发出一声又软又嫩的叫声。

"唉，厂花的毛要是能少点儿就好了。"姜多多叹了一口气，抚了抚厂花的尾巴。

"哈哈！"

下午，姜多多拉着方亚楠一起出去洗车、买菜，路上经过一条服装街，又拉着方亚楠去买衣服。现在的网购比过去更发达，然而随着实体店铺与线上店铺的商品价格逐渐持平，也有很多买家更享受试穿和逛街的美好体验。

知道姜多多是为了让自己转换心情，方亚楠便顺从地跟着她去了。两个人从街头开始慢慢地逛，看到女装店就进去转转，看到男装店也会进去转转，结果最后买的两三套衣服，都是方近贤和方鹗的。

终于，姜多多看上了一套女装，拿进试衣间试穿了出来，有些羞涩地问："妈，怎么样？"

方亚楠认真地打量着她："还可以，挺显气质的，但不是很显身材。"

"是吗？"姜多多低头看了看，苦笑道，"我哪里有身材可显？"

人到中年，又生活无忧，姜多多难免有些圆润，但是并不臃肿，还是很可爱的。

方亚楠左右看了看，拿出一件衣服："你可以试试这个风格的。我不是说这件好看，就是这种板型的衣服说不定会比较显身材。"

姜多多愣了一下，突然笑起来。

方亚楠看看衣服——黑白配色的紧身款，就算没那么好看，也不至于搞笑吧？

"怎么了？"她问。

"我就是想起你和爸第一次带我买衣服时的情景了。"

"啊？我和……爸？"

姜多多愣了愣，有些尴尬："哦，不是……嗯，是……你和爸。"

她不安地看向方亚楠。

方亚楠的心情很平静，她甚至有点儿好奇："我们带你买衣服？"

"你不记得啦？"见她不介意，姜多多松了一口气，"那时候我特别喜欢穿紧身的衣服，你大概是看不过去了，就和爸一起带我去逛街。我那时候还不明白你的意思呢，挑来挑去，拿的都是紧身短裙。"

"啊？我不是那么保守的人哪。"方亚楠惊呆了，"穿紧身的衣服看起来多自信，不是挺好的吗？"

"你确实是这么说的，但问题是我的审美不行，我挑的衣服配色都……很土。"姜多多说起过去的事，很是羞涩，"我那时候还没意识到你和爸的职业性质意味着什么，心里还挺抵触的。你和爸就……怎么说呢，拐弯抹角地劝我。"

"我们的职业性质？"方亚楠觉得有些好笑，"我们又不是搞时装的。"

"可是你们审美能力好呀！"姜多多接过方亚楠手里的衣服，笑道，"后来近贤听不下去了，直接说：'哎，多多没那么脆弱，你们就直说吧！'然后他朝我走过来：'多多，"丑"字会不会写？'"

方亚楠"扑哧"一声笑了出来。她这个儿子到底是怎么找到女朋友的？

"后来，我穿着你们给我挑的衣服去上班，人见人夸。"姜多多笑起来，"我那时候才意识到：自己以前自以为穿得很美艳，可是从来没人夸过我的衣服；当我真的穿得好看时，是会有人夸我的。"

"哈哈！"方亚楠笑起来。她倒是经常听人夸自己的衣品，看来自己确实有点儿眼光。

"那时候我就想，方近贤这家伙明明是你们生的，怎么在为人处世方面像是被你们捡回来的一样——他要是能有爸一半的水平就好了。"

"江岩有那么好吗?"方亚楠失笑,"他也是人哪。"

"爸虽然有时候很威严,但是宠老婆啊。我那时候可羡慕你了,从没见过那么优秀还对老婆那么百依百顺的男人。"

这说得方亚楠都尴尬了。她可以想象江岩宠老婆的样子,却想象不出自己被人百依百顺的样子。她单身得久了,做什么事情都独来独往的,好像从来没体会过跟亲人之外的异性相亲相爱的感觉。

她摇了摇头,还真的有些遗憾:"我反正是想不起来了。"

"唉,太可惜了。"姜多多说道,"其实我们一直想不明白,你们俩明明那么要好,当初怎么会离婚呢?"

她一个晚辈,问出这句话来挺有勇气的。方亚楠却没有被冒犯的感觉,大概因为自己也没有做长辈的自觉,于是跟着姜多多一起惋惜起来:"我也不知道啊。我醒来的时候,还觉得自己单身呢……别说离婚了,我连自己为什么结婚都不知道。"

"啊?"姜多多愣了,"你……真的不知道?"

"我忘了啊。"

"啊,这……"姜多多迟疑了一下,"为什么结婚……我倒是听你们说过。"

"嗯?我们说的?"

"嗯,我跟近贤结婚的时候,爸就问我们是不是认真考虑过了,还说你们就是……那个……闪婚的……结婚结得轻率,所以离得也轻率。"

"闪婚?!"

虽然这是最说得通的情况,但是——

"我为什么要闪婚?我爸妈又没有给我很大的压力!"

"你们说,你们是一时冲动……但我不相信。"姜多多看着她,"妈,你可能是一时冲动,但我觉得爸绝对不是。"

方亚楠愣住了,半晌不知道该说什么。

姜多多见状,叹了一口气,往试衣间走去:"不过,事情都过去这么多年了,现在纠结这些也没什么意义了吧?妈,我去试试这件衣服呀。"

不,谁说没意义?

要是江岩能活得更久,这就有意义了!

方亚楠在试衣间外傻傻地坐着,忽然意识到,老方真正的困境可能不是不知道怎么让江岩活久点儿,而是不知道该怎么和江岩长相守。

妈呀,问题变得越来越大了,她下周回去把江岩的体检报告吃了还来得及吗?!

507

姜多多最终还是买了方亚楠挑的那件黑白相间的连衣裙。

方亚楠觉得挺不好意思的,不确定姜多多是对她盲目信任,还是在给她面子。

不过,一件衣服而已,买就买了。方亚楠变成老方后,在这方面底气很足。

两个人路过一家零食炒货店时,姜多多忽然站住了。

"妈,你要不要买点儿小春阿姨爱吃的零食?"

"她人都走了,我去参加她的追悼会不够,还要给她摆好吃的零食?她想得美!"方亚楠佯装凶狠,人却还是走了进去。

里面卖的都是些瓜子、山核桃之类的东西,杭佳春爱吃山核桃,可是人很懒,所以方亚楠以前和她维持友谊的最好方式就是给她买山核桃肉。

虽然这有浪费食物的嫌疑,但是既然杭佳春爱吃,那自己就给她买点儿吧,就算只是摆在那儿好看也好。

姜多多听了方亚楠的意思,当即了然,也明白过来方亚楠并不如她想的那般伤心,于是放心地陪着方亚楠把各种口味的零食买了一遍,顺便还问了问方亚楠喜欢什么口味的,也给方亚楠买了一点儿。她们后来又发现方近贤和方鹗爱吃的小零食,干脆买了一大堆回去。

方亚楠买的时候,想起自己和杭佳春的差别有多大了——她喜欢椒盐味的山核桃,而杭佳春喜欢奶油味的,两个人相互厌恶对方喜欢的口味,却又会捏着鼻子为对方买对方喜欢的口味。两个人一边互相嫌弃一边一起吃,临死都没在口味上达成一致。

走吧,就这么走吧,人生就是一道道坎,一道椒盐味的坎,一道奶油味的坎,她们迈过去了,人生有多个口味,迈不过去,不过是生离死别。人生就是这么起起伏伏、千姿百态。

买完零食,眼看着方鹗快放学了,方亚楠问姜多多要不要顺便去学校接人,姜多多这个亲妈狠心地驳回了方亚楠的意见。

"谁让他一大早在你门口唱什么'人生路',该给他点儿教训,让他自己回去。"

方亚楠哭笑不得:"他回家的路程也不过半个小时,难不成你以为他天天哭着走回来?"

姜多多嘴硬:"反正不能便宜了他。他都是把我们去接送他当作福利的,以他今早的表现,我要是还去接他,我成什么了?不行,不行,妈,我们回家!"

方亚楠有些尴尬："你别说得像是我多惯着他似的。你想惩罚他，我今晚可以不让他玩游戏，可是既然我们和他顺路，还是要尽一尽亲人间的情谊嘛。"

"妈，你还说你这不是惯着他？不管他，走、走、走，我们回家。"

"哎，那不是方鹗吗？"方亚楠忽然昂首说道。

"啊？在哪儿？"姜多多愣了，"没道理呀，他怎么会在这儿？……嘿，还真是他！"

只见方鹗正和一帮男孩子走过来。他埋着头，神色阴沉，他身边的男同学则一个个五大三粗的，押送犯人似的围着他。

"好家伙，什么年代了，还有人敢霸凌我们家孩子？！"方亚楠撸起袖子，"儿媳妇，你说怎么办？"

这边，亲奶奶快气炸了；那边，亲妈反而很淡定。

"这有什么的？他要是真的被欺负了，难道不会跟我们说？没事。"话是这么说，她却眼睛眨也不眨地盯着那边。

"那你看得出来他们之间发生了什么事吗？我怎么觉得他就像是被欺负了啊？"

"不知道，反正不是好事。"姜多多说道，"我觉得我们还是走吧，别让他知道我们撞见他了，他会更尴尬的。"

"咦？那他要是一直不跟我们说，怎么办？"

"他觉得我们帮得上忙的话，自然会说的；他觉得我们帮不上忙，说了也没用啊。"

"啊，这是什么道理？"方亚楠蒙了，不知道为什么，居然还无法反驳，"可是他不说的话，我们永远也不知道我们能不能帮上忙啊。"

"可是学校不是教过他们吗？自己有解决不了的事情就去找父母和老师，父母和老师解决不了的，就去找警察。永远不要承受自己承受不了的事情，因为你既然觉得承受不了，那这必然不是你应该一个人承受的。"

方亚楠顿时觉得姜多多说得好有道理。

"那我们真的不管？"

"不管吧。"姜多多嘴上说着不管，却一直探着头看，都快看成"望儿石"了。

"要不要去和他打声招呼？"

"不要。"姜多多的眼神直愣愣的，她突然一把抓住方亚楠的胳膊，"妈，他们是不是在扯我们小鹗？"

"不……不……不是吧？"方亚楠也抓住姜多多，和她抱成一团，"他们到底在干什么？"

"小鹗！"姜多多冲下车，朝方鹗走了过去，"你怎么在这儿？放学了？这些……是你朋友啊？"

方鹗见到亲妈，愣了一下，有些尴尬地说道："啊，妈……我刚放学。"

"今天老师没拖堂？"姜多多环视一圈，"这些是你的同学吗？我怎么都没见过？"

"不是。"方鹗嫌弃地回头看了一眼。周围那群五大三粗的男生居然还羞涩地低下了头，其中两个说着什么"阿姨好""方鹗妈妈好"之类的问候语。

方鹗不耐烦地说："你们赶紧滚吧，我妈来接我了。"

"嗯……"

"你们找我们家小鹗是有什么事吗？"姜多多见状放心了不少，努力做出亲切的样子。

"没事，没事，"方鹗说道，"他们做梦呢。"

"做什么梦？"

"他们想见奶奶。"

"啊？他们见奶奶干什么？"

"对啊，见我干什么？"方亚楠姗姗来迟，从姜多多身后探出头。

五大三粗的男生们："啊——方鹗奶奶好！"

还有个没礼貌的男同学喊了一声"怪猎奶奶"。

方亚楠有些尴尬："你们喊我什么？找我有什么事？"

"奶奶！"一个长得最五大三粗的男生站出来，羞答答地说："我们……我们想去看DKL的现场比赛，但是比赛门票早就卖完了……我们没别的意思，我们给钱，按市价给，就算是按黄牛价……也有几个人愿意买。我们真的是有钱都买不到票，就想去现场看看比赛！"

"啊，这……"方亚楠看了看他们一行五人，有些为难，"说实话，我能不能带我家孙子进去都不好说，还要安排你们几个的话，这……"

"听到没？我也没办法，都说了，这事我奶奶说了算，而且多半不行，你们居然还不信！"

"奶奶，求求您帮帮忙，我们真的好想去现场看比赛，尤其是DKL的比赛！难得这次总决赛在咱们这儿举办——平时都是在S市、G市办的——我们早就在等放票了，但是死活抢不到。"

"我是被人邀请去的，总不能跟人家说我还要再带几个人去，那显得我

510

脸皮太厚了，对吧？不过如果你们准备花钱的话，我可以帮你们问问。"

"我们懂，我们懂！"男孩们说道。有人说："那奶奶，请您帮我们打听打听，还有没有那个什么……操作余地……我们是真的想去看，已经准备好钱了。"

在他们说话的同时，方亚楠已经发了一条消息给陆刃，开门见山地问他有没有多余的门票。

陆刃："好。"

方亚楠："我是问你有没有多余的门票，不是问你我能不能带人进去，你'好'什么'好'？！"

陆刃："带几个人？"

方亚楠："五个人。他们是想买票进去的，不是要免费的票！让他们免费进场还得了吗？我孙子要是想带全班的人去看比赛，你给不给门票？"

陆刃："奶奶说什么就是什么。五个人，可以带进场；五十个人，也可以带进场！"

方亚楠："您吃错药了？"

陆刃："没吃。"

方亚楠："那赶紧吃！"

陆刃："好的，奶奶，你带五个人来？"

方亚楠："人家只是打听有没有多出来的票，你得收钱。你不收钱的话，我也不带他们去了，否则谁都来找我把他带进场，我成什么了？我自己也不乐意的。"

陆刃："他们和奶奶是什么关系？"

方亚楠："奶奶的孙子的关系一般般的同学。"

陆刃："哦，关系一般般的同学的话，中间位置的座位，一千两百块一张票。"

方亚楠："欸，正常价格是多少？"

陆刃："八百块一张票。"

方亚楠："啊？"

陆刃："奶奶，你都说他们和你孙子关系一般般了，原价八百块的票，我卖一千两百块，你要是觉得不够，那……一千六百块？"

方亚楠："你到底有多少张票？！"

陆刃："我没有票！但是我可以直接联系票务组！"

方亚楠："哦……那……那溢价……？"

陆刃:"给票务组,跟我没关系!"

方亚楠:"真的假的?"

陆刃:"如果卖一千六百块一张的话,那就跟我们有关系了。"

方亚楠:"好的,那就卖一千六百块一张!"

方亚楠抬头,微笑:"我问完了,中间位置的票,一千六百块一张。"

"什么?这么便宜?!"小伙子们震惊了,"买,买,买!"

方亚楠愤怒地发消息给陆刃:"怎么回事?他们嫌便宜!"

陆刃:"奶奶啊,你不知道这场比赛的门票已经被炒到什么价位了呀?"

方亚楠:"我哪里知道?"

陆刃:"唉,已经被炒到五千元以上了。"

方亚楠连忙抬起头:"我刚才说错了,他说每张门票五千元!"

男孩子们:"……"

方鹗都看不过去了:"奶奶,你这……嗯……"

"方鹗,你就直说,他们到底是不是你的好朋友?"

"不是。"

"五千元。"

"我们是啊!方哥,哥,我们是你的好朋友吧?!"男孩子们就差哭着抱住方亚楠的大腿了。

方鹗简直要嘚瑟死了:"你们上回还跟我和小哈抢篮球场,今天就叫我方哥了?"

"篮球场以后都归你们,都归你们!"

"我傻吗?我马上就上高三了,有场地也没空啊!"

"您一有空,我们就陪你打篮球,我们给您喂球!"

"谁要你们喂?"方鹗怒吼,"我自己能进球!"

"对,对,对,方哥最牛!方哥打篮球第一名!"

这群男生应该是学校篮球队的,这么夸,连方鹗都不好意思起来。他嘚瑟完,为难地看向方亚楠:"奶奶……"

对啊,明明她才是能做决定的人!方亚楠很想冷笑一声,再给孙子帮衬两句,奈何顶着张老脸,着实说不出什么太幼稚的话。陆刃虽然消息回得飞快,但是她也不好和这群小朋友打包票,于是说道:"那这样吧,我再去和对方确认一下,你们等小鹗通知吧,有什么想问的事,也可以通过小鹗问我。"

"谢谢奶奶,谢谢奶奶!"小伙子们喜形于色,点头哈腰地说。

"谁是你们的奶奶?这是我奶奶!"方鹗怒吼。

"谢谢方鹗奶奶,谢谢方鹗奶奶!"

得,越听越奇怪,方亚楠和姜多多笑成一团。

方鹗噘着嘴,拳打脚踢地把那群男生赶走了,转头就要跟着方亚楠和姜多多回家。

"小鹗,你今天怎么走的这条路?"方鹗一般都会坐地铁上下学,不应该路过这里。

方鹗愣了愣,看了看方亚楠,低下头:"我……我提前下车了。"

"为什么?"姜多多率先往车的方向走去。

方鹗看了一眼姜多多手里的食品袋,撇了撇嘴:"奶奶不是喜欢吃山核桃肉吗?"

方亚楠一听这话乐了:"所以,你是打算去给我买核桃的?"

方鹗扭开头。

"哎哟,孙子,真可爱,真可爱!"方亚楠伸手在他的头上疯狂揉搓。

"妈,你别这样,"知子莫若母,姜多多虽然也笑着,语气却不怀好意,"他想讨你开心,让你晚上跟他打游戏呢。"

"我没有!"方鹗一边躲避方亚楠的手,一边大叫。

"你又不是没干过这种事。你除了知道奶奶爱吃山核桃肉,还知道什么?"

方鹗脸色发青。

"哎,没事,没事,"方亚楠像"宠孙狂魔"一样,"奶奶还喜欢吃燕窝、鲍鱼、海鲜粥、生蚝、鸡翅……你记住哟,以后记得多孝敬孝敬我。"

方鹗的脸色变得更青了。

三人回去的路上,方亚楠的手机突然发出一连串"叮咚"声,竟然是五张决赛门票订购成功的短信通知,并提示她为门票绑定身份信息。除此之外,还有两张贵宾票,已经绑定了她和方鹗的身份信息。

方亚楠"哎呀"一声,颤抖着手指刚点开陆刃的微信,陆刃就发消息过来了:"奶奶,消息收到没?"

方亚楠:"收到了,收到了,哎呀,你怎么这么快?我还没决定好呢!"

陆刃:"没关系,有傻子临时不去的话,大不了我们把门票卖出去,有的是人要。这几张票是分配给我们战队的,位置一般,但看比赛也够了。"

方亚楠:"多少钱?我给你。你要是跟我客气的话,我就不去了!"

陆刃:"没事,爷爷报销了。"

方亚楠:"啊?"

陆刃:"爷爷大清早把我叫醒,让我给你订票。你放心,决赛肯定有我们。"

陆晓?这傻子什么时候变得这么机灵了?方亚楠很是不习惯。

方亚楠:"替我谢谢你爷爷。"

陆刃:"没事,奶奶高兴就好。"

方亚楠的手顿了顿,她忽然意识到陆刃这么殷勤的原因。

对他们来说,她是"昨晚"刚刚失去一个老朋友的老人家。但凡她有所求,他们自然在所不辞。

可是她其实并不是很伤心。

小方早已看淡了这段友情,老方则早已看淡了生死。

方亚楠最大的感受,不过是对时空无序和人生无常的感慨罢了。

但是他们已经为她做了这么多事,她除了满心欢喜和感激地接受,还能做什么呢?

方亚楠笑起来,认真地回复道:"谢谢你们,奶奶我啊,真的好开心。"

她开心到一时间都不怎么想回去做小方了呢。

吃完晚饭,没心情玩游戏的方亚楠本来准备早点儿睡觉,突然收到了一条视频链接,来自杭佳春的女儿阿葵。

那居然是杭佳春的讣告,以及她这一生的回顾画面。

杭佳春年轻时好看、爱美,视频中有不少那时的照片。到后来她年纪大了,儿女也给她拍了不少照片,这些照片和其他视频素材加在一起,足有五分钟的播放长度。

而在视频的前两分钟里,方亚楠频频看到自己。

她自己都不记得什么时候拍过的大头贴居然都被翻了出来,还是高清、放大版的。然后便是杭佳春上大学以及刚参加工作时的照片。再后来,照片上多了一个男人,男人长得精瘦,面目还算清秀,穿着也挺年轻时尚的,长相虽然配不上杭佳春,但也算拿得出手。

方亚楠很欣慰。她和杭佳春绝交前,见过杭佳春的每一任男友,这最后一任男友的体重终于没有超过二百斤。

"你以前找的那些人,敢情是为了恶心我。"她不厚道地呢喃。

杭佳春在视频里用两分钟飞快地长大,又在后面的三分钟里逐渐变老。

自视频进入杭佳春的婚礼开始,方亚楠的存在就戛然而止了。方亚楠看着视频中的杭佳春生儿育女、升职、加薪、主持会议、搬家、接送孩子、挑选新车、在厨房里做饭……

那个精致可爱到方亚楠都想要呵护的小姑娘，逐渐成为一个家庭的中流砥柱。她面容逐渐粗糙，笑容逐渐疲惫，眼神却日益深沉。她像是历尽风霜雨雪，被打磨成了一尊石像。

方亚楠在手机上看了一会儿，觉得眼睛有些累，便干脆拿着手机去了客厅，对正在看电视剧的姜多多说道："多多，我投个视频可以吗？五分钟。"

姜多多二话不说地答应："妈，你这么客气做什么？来，来，来。"

说着，她还往一旁让了让，把最舒服的位置让给了方亚楠。

方亚楠坐下，将视频投影到了电视上。

这边，方近贤正在厨房里操作洗碗机，方鹗趁机溜出来拿棒冰，见状好奇地凑过来："奶奶要看什么？"

"哎，要你多管闲事，你就找各种机会偷懒，是吧？"姜多多训他。

"嘿嘿！"方鹗堆笑，他的笑容在视频中出现第一行字幕后瞬间消失——

慈母杭佳春，千古。

他腿一软，又想看，又害怕，一时间走也不是，不走也不是，只能瑟瑟发抖地偷看方亚楠。

方亚楠却兴致勃勃的。她都不知道自己居然有这么超脱的心态，指着视频说道："你们看，你们看，有我。"

她笑眯眯的，指着电视的样子像个不知生死为何物的小孩子。

方鹗只好坐在一旁陪看，方近贤也从厨房里探出头来。

方亚楠和杭佳春高中时的合影出现了，方亚楠按下暂停键："来，猜猜哪个是我？"

三个人都探头研究起来。

"这个？"

"不像，不像，奶奶是瓜子脸！"

"这个呢？"

"不会吧？奶奶的眼睛大，这个人的眼睛好小！"

"妈，是不是这个？"方近贤问道。

"不可能，这个这么黑，奶奶……"

"你奶奶以前的外号是'黑妹'。"方近贤满脸得意之色："妈，你现在在老太太里也不算白吧？"

"方近贤，你会不会说话？"姜多多怒斥。

方亚楠露出慈祥的微笑。她认识儿子这么久,最近才发现,他能活到现在真是个奇迹。

"奶奶,你们后来为什么不联系了呀?"方鹗看完,问。

这次他没挨训,大概家里人都想知道原因。

"三观不合咯,"方亚楠说道,"从我的角度看,肯定是她错了;但是从她的角度看,我肯定也有错吧。"

"那肯定啊,一个巴掌拍不响。"方鹗居然很理解方亚楠的这种说法,"那你们到底是因为什么契机绝交的啊?"

"嗯……"方亚楠努力找着合适的说辞,缓慢地说道,"你阿春奶奶呢,是个小女人,渴望爱,渴望家庭,很依赖男朋友;而我呢,就想赚钱,想独立,想做个什么都能自己扛的人……"

"所以你看不惯她依赖男朋友?"方鹗一语中的。

"怎么可能?"方亚楠叫屈,"反正我们因为一些感情上的事情起了争执。我觉得她水性杨花,她觉得我非黑即白,两个人说不拢,就只能一拍两散了。"

"哦……"方鹗应了一声,"哇,这么想来,爷爷可真厉害,连奶奶这种女人都能搞定。奶奶,你是怎么被爷爷搞定的啊?"

方亚楠无奈地看了姜多多一眼。她们俩下午刚探讨过这个问题,答案是无解。于是方亚楠只能摇头耸肩:"我也不记得了。"

"肯定是因为爷爷太帅了吧!"

只见过江岩年轻时的样子的方亚楠一时有些羞涩:"确实很帅。"

"哇,奶奶,你居然记得!"

他可真会抓重点!方亚楠胡诌:"偶尔还是能想起一些片段的。"

"妈,"旁边的方近贤突然开口道,"要不我们翻翻以前的视频,你也看看?"

"哎,对呀,之前怎么不看?"方鹗叫道。

"之前问过奶奶,奶奶不想看。"

方亚楠哑然。她那时候惶恐无助,确实很抵触所谓的"找回记忆"这件事,但是现在……

"那……要不,看看?"她不情不愿地说道。

"我去找找。"方近贤擦了擦手,往书房走去。

"我们也看吗?"姜多多到底心细,问道。

"我自己看吧,"方亚楠连忙说道,"你们陪着,我专心不了。"

"好。"姜多多站起来,伸手捏住方鹗的耳朵:"进去做作业!"

"啊?我是准备去的呀,你急什么呀?"

"别打扰奶奶。"姜多多拖着方鹗,转头对方亚楠说道:"那我进屋看电视了,妈,你会操作电视吧?"

"会,会,会。"方亚楠微笑着应道,心想方近贤何德何能,娶了一个这么好的媳妇……

等方近贤拿着一个小盒子出来的时候,方亚楠就忍不住瞪了他一眼。

方近贤莫名其妙。

两个小时后,方亚楠眼睛红肿地上了床。

即使江岩并没多少陪伴这个家庭的时间,他留下的影音资料她还是花了整整两个小时才看完。

看完以后,她的感觉就是——太可怕了。

她看到了自己的婚礼,看到了自己的蜜月旅行、孩子的出生,甚至还有自己喂奶的样子;她看到自己迎接新的猫咪,看到江岩被他们养的一条金毛扑倒在地,看到他给自己过生日,看到自己坐在副驾驶座上一边拍他开车一边故意逗他,然后江岩伸手揉她的头发,镜头晃得模糊一片。

她看到在她和江岩的陪伴下,两个孩子一天天地长大。他们穿不同的校服,拿不同的辅导书,表演不同的节目,交不同的朋友,时而在一起玩耍,时而独自大笑。

江岩很喜欢自拍全家福,但是因为镜头要装下四个人,所以他总是只能入镜半张脸。他在那些自拍中一点点变老,最后成了一个有气质的中年大叔。

而方亚楠……

她发现作为一个女人,猛地看到自己七十多岁的样子,其实不是最可怕的,最可怕的是,她看着自己的脸一点点皱起、松弛、下垂……整整两个小时,密密麻麻的近千张照片和十几G的视频里,她完全没看出来这是一个离异家庭。

他们组织家庭活动的次数可能比很多健全的家庭还要多。

方亚楠自觉不是一个热爱组织户外活动的人,所以几乎可以肯定这一切都是江岩一手促成的。

他是真的爱这个家,就像现在的方亚楠一样。

那到底为什么呢?自己为什么会离开这样一个男人?

而两个人又为什么离婚后仍旧各自保持单身?

方亚楠心情沉重地掏出手机,再次翻看起已经储存在相册里的那些照片和视频。她的手指漫无目的地在列表上滑动着,一不小心滑动过快,把一张照片拉进了云盘回收站里。

她赶紧点进回收站，却发现里面除了自己刚才误删的那种照片，还有一个小视频。

视频不长，只有三分钟。

她迟疑着把视频从回收站里拖了出来，点开，里面是江岩年轻的脸，有些憔悴，笑容温和，却有些勉强。

他对着镜头招了招手，用有些嘶哑的声音开口道："亚楠，现在你看到我这张脸，很讨厌吧？"

方亚楠猛地坐了起来，按下暂停键，捶了捶因为动作过大而抽痛的腰，然后点开了视频的详细信息。

四十二年前！

他们离婚的那一年？！

这玩意儿为什么会在回收站里？！她终于要知道真相了吗？！

可是……怎么办？她忽然有点儿不敢看这个视频了！

方亚楠慌得手都在抖，感觉心律都有些不齐了，连忙从床头柜里掏出速效救心丸垫在舌头下面，任由苦涩的滋味侵袭着大脑，这才冷静下来，咬牙继续看起视频来。

视频里还是江岩。

"可是我想来想去，还是希望你即使忍着恶心，也能听完我接下来说的话……你是有这个承受力的，对吧？"

他这时候还来激将法，难怪这视频会进回收站。

"我……"江岩顿了一下，苦恼地揉了揉自己的头发，苦笑道，"我承认，在和你结婚时，我准备了好几个计划——当你发现这件事时，我该怎么应对你的怒火和仇视心情。我有这个心理准备，没错，我想过你会和我离婚，所以甚至准备好了财产分配方案。我有信心，大家既然能够体面地开始，那我也能让一切体面地结束。"

方亚楠的心都提起来了。什么玩意儿？什么怒火和仇视心情？

"但是，我万万没想到，你的离开会让我变得……这么不体面。"江岩说罢，咬了咬牙，眼角微微泛红。

"我可以理解你为什么这么生气。没错，我知道你有喜欢的人，也知道你对单身无所谓。你活得那么随心所欲，我还硬是把你拉进这场婚姻里，所以我早就做好会离婚的准备了。你生我的气、恨我也可以，但是，亚楠，"他突然抬头，定定地看着镜头，"你说我是为了好玩，为了完成任务，说我根本不爱你……这些我不能承认。

"一开始,我差点儿也这么以为了,但是,亚楠,如果我不爱你,我不会只是看到你的作品就那么想认识你;我不会那么主动地接近你;和你在一起时,我不会想尽办法地拖时间;给你戴戒指的时候,我不会那么开心。我每天都想早点儿回家见到你,不想你出差,不想你加班。我希望你来我的公司,不是想绑住你,只是想多看到你。孩子出生时,我想把她捧到你的面前,告诉你:看,亚楠,这是我们之间的纽带。"

他说得那么平静,平静到好像是从一汪深潭里发出的声音,平静到方亚楠都感觉不到肉麻,只觉得自己像是被按进了潭中,冰冷到窒息。

"但是,我怎么现在才发现呢?"他还是笑着,脸颊上却滑下一滴泪。他哽咽了一下,又说了一遍:"我怎么现在才发现呢?"

他用手腕擦了一下眼睛,用力保持着微笑:"我是个笨蛋,亚楠。我以为我算好了一切,我们会相敬如宾,即便分开,也不会对对方死缠烂打……没错,我就是一个人渣,居然会对你说出这样的话。但是你知道吗?那时候,你说你朋友会帮你搬家,我只想到了陆晓。我甚至忘了他已经结婚,满脑子都是你会回去找他。我想说我也可以找别人,但是……我想来想去,只想到你。

"但是你已经彻底离开我了——在我意识到我根本不想放你走的时候。

"你说你和陆晓没法在一起是因为你们俩太像了。可是,亚楠,你不觉得真正相像的是我们吗?我们都有过强的自尊心。你为此牺牲了你的爱情,而我……牺牲了我的一切。

"你总说我是人生赢家……"

他的眼泪已经止不住了,从下巴上滴落,又从手臂上滑下,可是他还保持着颤抖的微笑:"可是这次,我输得很彻底。

"亚楠,我不奢求你回来,我确实不配。但请容许我再利用一次你的责任感和心软……在你找到下一段幸福婚姻之前,至少——即使你说这是胁迫也好——为了孩子,给我一点儿这个家还存在的假象吧,好吗?"

他看着镜头的双眼已经通红,眸中分明是恳切的哀求之色。

就在他又要开口时,远处突然传来一声软软的呼唤声。

"爸爸!"

他愣了愣,猛地擦了擦眼睛,然后笑着应了一声:"在呢,什么事呀,谣谣?"

"爸爸!"江谣又叫了一声。

江岩叹了一口气,对着镜头快速地说了一句:"如果你愿意,就在微信里给我发个'滚'吧。"随后他起身,一边探手关视频,一边高声应道:"爸爸来啦,怎么啦?"

视频播放结束。

方亚楠:"……"

她傻坐在已经一片漆黑的房中,独自承受着她这个阅历的人不该承受的生命之重。

江岩的视频给方亚楠的冲击力之大,令她不仅晚上没睡好,第二天也浑浑噩噩的。

她一直在想江岩在这个视频里说的话是什么意思。

她既看不懂,又好像能明白他的意思。

他们俩的婚姻来得仓促,这是她一早就发现的事情。二十九岁的时候,她还不认识江岩,三十岁的时候,就和他结婚生孩子了……包办婚姻都没那么快。

可是在接触江岩后,她逐渐觉得这也不是不可能的事。毕竟这个男人确实有魅力,在婚姻市场上简直算得上没有缺点。如果他真的主动起来,方亚楠不认为自己扛得住。

所以,她后来的问题就变成了——为什么两个人后来离婚了?

明面上的原因是什么冠名权导致她和江岩的父母的关系不好,但是方亚楠始终觉得这个理由很站不住脚。尤其是在接触过江岩后,她更加不相信,这个男人会连这点儿矛盾都处理不了。

除非他不想,否则绝对是有更严重的事情发生。

可是她真的迷茫,江岩的这些话到底是什么意思?什么叫"为了好玩,为了完成任务"?

难道她这样常年单身的女性能激起他的征服欲?还是说,他确实如自己所说的是个渣男?他看穿了她就算离婚也不会对他死缠烂打,甚至因为自尊心强,可能连财产都不要,是个很好的"过渡型老婆"?

可是这样的婚姻有什么意义呢?他有这时间干什么不好,娶老婆玩?

那她呢?老方年轻的时候又是为什么头脑一热,和江岩进了婚姻殿堂?

方亚楠想到头痛。

老方和江岩离婚的时候,孩子都还小,以至她现在基本上找不到亲眼见证过他们婚姻破裂的人。

但是不能再这样下去了,她有预感,她的时间不多了。

"妈,准备好了吗?走吧。"姜多多背着包走了过来。

方亚楠回过神:"哦,好,走。"

她们今天预约了去莫西伦医生那里复诊,她必须打起精神来。

姜多多还有点儿工作上的急事,将方亚楠送到医生办公室里后就先走了,临走前和方亚楠约好,等她检查完,她们再联系。莫西伦让护工带着方亚楠把几项基础检查都做了,没一会儿就收到了报告。

"血压有点儿高呀。"莫西伦用手撑着头,透过眼镜片打量她,"奶奶是最近的生活太高潮迭起,小心脏承受不住了吗?"

方亚楠勉强地笑了笑:"我这日子过得像电视剧一样,当然每天都高潮迭起了。"

"你还没回忆起来啊?"莫西伦明知故问,叹了一口气,"人对陌生世界的探索,确实相当于一场一个人的冒险活动了。"

"我有点儿担心自己撑不下去了,"方亚楠叹气,"说实话,我有点儿烦了。"

莫西伦动作一顿:"说说。"

"不知道怎么说!"方亚楠抹了把脸,"我不知道该做什么、能做什么,我这么活着是为什么?"

"然而,什么都不知道的你,活得比谁都精彩。"莫西伦笑起来。

"精彩吗?"方亚楠笑了笑,"我不知道我过去的生活是什么样子的,这几十年里,我有了什么新爱好,平时都做什么,和家人怎么相处……我只能随心所欲地过。"

她掏出手机晃了晃:"我甚至不想也不敢联系里面的人,因为不知道谁亲谁疏,不知道在我不记得的这几十年里发生过什么事,甚至不知道他们是不是还活着……我只能往前看,却发现前面也是白茫茫的。"

莫西伦收起了笑容,轻轻地摘下眼镜,定定地看着她。

"你觉得我很好玩吧?一个有童心的老太太,爱玩,可能还有点儿搞笑……但是我每天醒来,站在客厅里,或者坐在饭桌前的时候,都会想我是谁、他们是谁、这是哪儿……"方亚楠苦笑,"我喜欢他们,很高兴有这样一群亲人和这么一个家,但是,我感觉我每天都在与人社交。"

"抱歉,"莫西伦低声说道,"我确实没考虑到这些问题。"

"没什么好道歉的,你们确实考虑不到,这对我来说,也并不是那么痛苦的事情。"方亚楠有些无奈,"我只是……只是这两天经历了一些事情,情绪有点儿……脆弱?"

"经历了什么事?"

"老朋友走了。"方亚楠说得云淡风轻,"而我只记得她年轻时的样子。"

"节哀。"

"不哀，"她笑了笑，"至少我知道她这辈子过得挺好。"

莫西伦迟疑了一下，还是开口道："然而，你……"

"我反而忘了自己后半辈子是怎么过的。"方亚楠长长地叹了一口气，"这才惨吧？我算不算是白活了？"

莫西伦看着她，忽然说道："其实相比你这后半辈子到底是怎么过的，你更想在一些事情上得到答案吧？"

方亚楠愣了愣，望向他。

莫西伦再次露出微笑："失忆不可怕，忘记了重要的事情才让人难过吧？奶奶，你是有什么耿耿于怀却得不到答案的事吗？"

方亚楠勉强地笑了笑："是啊，这些事真的是让我如鲠在喉。"

"那你就立个小目标吧。"莫西伦在平板电脑上写起来，"你这个病，想要顺其自然，是得不到结果的。查吧，问吧，把让你耿耿于怀的事情解决掉。"

"可知道真相的人都已经不在了。"

"奶奶，"莫西伦"啪"的一声合上平板电脑的盖子，眼镜上闪过一道光，"你可是'怪猎奶奶'啊，玩那种游戏的女……人，会有解决不了的事？"

"你本来想说'女生'的吧？"方亚楠一语中的。

"唉，奶奶，有些事情我们心里清楚就好了嘛。"

方亚楠冷笑了一声，却在心里琢磨起来。

吃晚饭的时候，江谣来了。

已经隆冬，她进门的时候带来一股寒气，显得她风尘仆仆的。方鹗不知道姑姑要来，拿着水杯，很是惊讶："姑姑？"

随后，他紧张起来："你是来接厂花的？"

大概是最近姜多多多次唠叨厂花毛多，还挠沙发，他把这话听进去了。

江谣有些好笑："厂花怎么了，你们不养了？"

"怎么可能？不行！厂花，厂花，厂花在哪里？！"

正吃罐头的厂花竟然真的舔着嘴从猫房里探出头，疑惑地"喵"了一声。

"厂花，快跟哥哥走！"方鹗走过去，抄起厂花就冲进了自己的小房间。

"什么事啊，这么吵？"姜多多从厨房里探出头，见到江谣便笑了："哎呀，来了。"

"嗯。"江谣脱下外套，撸起袖子走进厨房，"今天是什么日子，妈怎么突然叫我来吃饭？"

"我也不知道……添仪在学校？"

"她最近忙得很，要拍视频什么的，一边怪妈给她带去流量，一边又为了那个账号忙前忙后的。"

"她年轻，多经历些事也好，说不定真能成功呢？"

"唉，别提了……妈呢？"

"厕所，她最近有些便秘。"

"哦。"

等方亚楠黑着脸从厕所里出来时，方近贤也刚好下班回来。一家人吃了顿便饭，等方近贤和姜多多一起去收拾餐盘的工夫，方亚楠把江谣拉进房间，开口就问道："江谣，我跟你爸爸到底为什么离婚？"

江谣愣了愣，眼神飘忽了一下，强笑道："妈，这都是过去的事了，你怎么总问哪？我不是说了嘛，因为你想要近贤跟你姓，你跟奶奶吵起来了，最后你和爸就散了嘛。"

"阿谣，你真的要给你爸爸贴上'无能'的标签吗？"方亚楠正色道。她回来后略微做了准备，此时分明已经进入工作状态了，不接受任何忽悠言语。

江谣神色有些僵硬："可是……你们离婚的时候，我也还小。我……"

"昨晚近贤给我看了过去的照片和视频，"方亚楠直击重点，"我不认为你爸真的这么无能的话，我能在他身上浪费那么多年的时间。我想知道真相，否则我会觉得自己这么多年的青春喂狗了。"

"妈，你别这么说……"江谣紧紧皱着眉，"我那时候才三岁，后来爷爷、奶奶照顾我的时候，我顶多就……唉，你们从来不跟我们说这些事的，我也只能道听途说些一面之词。"

"你妈我是失忆，不是失智，怎么说是他们的事，怎么想是我的事。"方亚楠坐直身子，"来吧，把你记得的事都说出来。"

江谣见实在推托不掉，长长地叹了一口气："我只记得，每次你们带我和近贤出去玩完，爸爸带我回家，奶奶总要说两句。我觉得我之前跟你说的话也不算错，关键点还是在奶奶身上。"

她和江岩当真是因为婆媳关系分开的？那江岩也太没用了吧！方亚楠眯起眼："嗯，继续。"

"奶奶嘛，总说你……"江谣说得很艰难，"冲着爸爸的钱才结的婚啊，心里根本没家啊，想气死她啊什么的……"

方亚楠："……"

她因为什么都不知道,所以无从辩驳,但总觉得江岩的妈妈说的是另一个人。

她怎么可能冲着江岩的钱跟他结婚,心里没家,还想气死长辈?

"然后……"江谣继续说道,"唉,都这时候了,还说这些做什么?"

"说!"方亚楠怒喝。

"奶奶说你水性杨花、不正经!"江谣被吓到语速飙升。

"啊?我?!"方亚楠指了指自己。

江谣咬唇,点了点头。

"我水性杨花、不正经?!"方亚楠就差尖叫了。

"妈,你就别重复了,"江谣都听不下去了,"也不看看自己现在多大了。"

"依据呢?我哪里水性杨花、不正经了?!"

江谣更为难了,嘟囔:"所以我不想跟你说,这都是没影的事。"

"没影的事她说得那么信誓旦旦,还让你记到现在?"

"她就是说你们结婚的时候,你那边来的朋友都是男的,还有人抱着你哭,说不让你嫁人,说你不等他什么的……婚后你也经常通宵达旦地跟人家玩……有一次让奶奶撞见了,她就特别不高兴。"

方亚楠都傻了。

她,一个七十五岁的老太太,在听已经去世的前婆婆评价自己水性杨花,原因是结婚的时候她的男性朋友过多?

"大清亡了吧……"方亚楠说,"怎么会有这么夸张的事情?"

江谣也很无奈,耸了耸肩:"爸爸好像都由着你的,所以你可能听奶奶提得多了,就特别受不了吧。"

"在你眼里,我是这么脆弱的人吗?"方亚楠指着自己。

"不是。"

"那不就得了?这绝对不是关键所在!"方亚楠笃定地说道,"要不然你爸怎么会发视频给我谢罪?"

"啊?有那东西吗?"江谣惊了,"他说什么了?"

"他说他是渣男,娶我是为了好玩。"

"不可能!把视频给我看看!"

方亚楠捂住手机:"都过去这么多年了,给你爸留点儿面子吧。"

江谣嘴角抽搐了一下。她放下手:"我确实只知道这么多了。反正爸爸是绝对没说过你的坏话的。他……他后来一直想跟你复婚,但是只敢跟我说,从没跟你提过。你们唯一一次有希望复婚,还是你提的。"

"我知道。"方亚楠平静地说道。那是她在他临死前,为了获得这个家庭的掌控权,主动要求的。

但是他拒绝了。

"所以,你什么都不知道了?这么多年,你们都没问过?"方亚楠再一次确认。

"怎么可能没问过?每一次你们带我们出去玩,我们都问。但是,妈,"江谣笑容有些勉强,"我也是当妈了才知道,真正的原因,父母是绝对不会告诉孩子的。"

方亚楠沉默。

她没有为人父母的经验,此时不禁怀疑自己是不是问错了,或者对江谣做了残忍的事情。可是她问都问了,那似乎也没什么可后悔的了,而且看起来,江谣也不是特别受伤。

毕竟对江谣来说,父亲离开已经是二十年前的事了,她也早已被风霜雨雪锤炼成了一个坚强的母亲。

"看来,我还是得不到原因哪。"方亚楠低喃。

江谣也明白自己此行的任务已经完成,抬手温柔地理了理方亚楠的头发,起身开门时,突然说道:"对了,近贤是你带大的,奶奶到底为什么会那么评价你,他可能会有些了解。"

方亚楠愣了愣,嘴角抽搐:"你是让我这个当妈的去问儿子自己到底是不是水性杨花?"

江谣笑了笑:"妈,我们都知道那是不可能的。奶奶到底为什么有这样的误会,你不想现在搞清楚吗?"

方亚楠犹豫片刻,下了决心:"你把近贤叫进来。"

江谣欢快地应了一声,出去把方近贤拖进了房间。

方近贤一脸茫然,看表情,不像是进了亲妈的卧室,更像是进了审讯室:"怎么了?"

江谣坐在一旁,偷偷地看了方亚楠一眼,替她问道:"妈想问,奶奶以前为什么觉得她……嗯……那个……水性杨花,你有没有印象?"

"啊?妈?水性杨花?"方近贤惊讶,"怎么可能?妈离婚后连男朋友都没交过!"

"就问你我是不是有很多亲密的男性朋友?!"方亚楠咬牙切齿地问。

方近贤努力回忆:"有没有亲密的男性朋友我不知道,男性朋友确实多啊。"

"说说。"

"什么阿大叔叔、改图叔叔、前女友叔叔、阿花叔叔……"他掰着手指数。

方亚楠捶床："那些都是网友啊！"

"对啊！"方近贤也捶床，"就是他们让你带着我一起玩游戏的，多影响我学习啊！"

"儿子，我对不起你！"方亚楠扑过去要抱方近贤，被江谣一把按住了。

"妈，你是不是结婚的时候，请他们来吃酒席了？"

"很有可能啊。虽然说我们只是网友，可也是好多、好多年的网友，我就算自掏腰包也要把他们请来的。"方亚楠毫不犹豫地说，"但是这些人就算全来了，也坐不满一桌啊。"

"可是有一两个跟你开开玩笑就够了。"

"可是他们对那时候的我来说，都是小弟弟和游戏里的靠山哪。"

"哎呀，妈，老人家哪里懂那些呀？"江谣拍她的肩膀。

"放肆，我也是老人家呀！"

方亚楠觉得自己不适合查案子。明明是一件很简单的事情，她还是当事人，结果越查越乱，连自己水性杨花这种线索都出来了。

开玩笑，她水性杨花？她倒是想！说真的，她要是真的水性杨花，还不一定能等到跟江岩结婚的年纪呢——她又不是没人追。

方亚楠的心态从惴惴不安逐渐变成愤愤不平，最后她干脆不想了，继续做这个家里受万千宠爱的老祖宗。

周三的早上，她收到一张照片。

她托姜多多寄给杭佳春的女儿阿葵的奶油味山核桃被放在了杭佳春的墓前，阿葵已经平静下来了，给她道了谢。阿葵说自从杭佳春年纪大了后，已经很少有人记得她爱吃这个了。

方亚楠有些惆怅，但是又觉得一直压在胸口的东西似乎消失了。她挑了套衣服穿上，整整齐齐地出去了。

姜多多反而穿着家居服，一副慵懒的样子，正在烹饪台上鼓捣模具，看到她的样子愣了一下："妈，你要出门吗？"

"嗯，随便逛逛。"

"要我陪你吗？"

"不用，我不走远。"方亚楠为了显示自己现在很健康，还拉伸了一下胳膊，结果听到"咯嘣"一声，只能讪讪地放下手臂，揉着肩膀，强颜欢笑，"真的没问题。"

"哦，那你手机有电吧？需要的时候，你打我的电话。"姜多多跟着她走到门口，还是不太放心，"千万小心哪，现在的车开得都快，还有很多自动驾驶的，都不靠谱。"

"嗯，你放心。"方亚楠开始换鞋子。

姜多多在一旁看着，貌似很苦恼还有什么事能叮嘱的，刚想到什么，正要开口，手机响了起来。她疑惑地看了一眼，接起电话："喂？嗯……哦，老师您好。"

方亚楠放慢了换鞋的动作，抬头看向她。

姜多多慢慢地皱起了眉头："啊？不会吧？老师，你也知道我们家的，我们小鹗不可能……对，对，我知道，是的，是的，啊，这……哎，这些孩子怎么这样呢？明明是他们先……好，好吧，嗯，我有时间，对，那……现在？好的，好的，那我现在过去。"

她挂断电话，很是想不明白地愣在原地。

"怎么了？"方亚楠问。

"这……妈，你还记得前天遇到的小鹗的那帮同学吗？问他要票的那些。"

"记得啊。"

"你给票了吗？"

"当晚就将票交给小鹗了呀。"

"你怎么说的？"

方亚楠想了想，茫然地说道："他也不小了，几张票而已，我就让他自己处理了呗。"

"唉……"姜多多叹了一口气，欲言又止。

"怎么了，学校因为这件事给你打电话？"

"好像是说小鹗把票卖给他们了，结果他们转头向老师举报，说小鹗倒卖黄牛票。"

"啊？"方亚楠愣是没听懂，"所以他们到底要不要票？"

"不知道呀。"姜多多也是疑惑多过气愤，在围兜上擦了擦手，"唉，我真的是……都不知道说什么了。妈，我去一趟学校，你……"

"我跟你一起去吧，毕竟我也算是当事人。"方亚楠穿好鞋，趁姜多多进屋换衣服，直接打电话给方鹗。

方鹗过了许久才接起电话，小心翼翼地说："喂，奶奶？"

"你怎么回事？"

"我也蒙啊。我把票卖给他们了，比市面上的黄牛票还便宜呢，结果有个人的爸妈知道了这事,就到学校找老师,说我骗他们的儿子的钱!"

方亚楠骂道:"这都是些什么同学啊?!"

"我也气死了!等一下,奶奶,老师喊你们来学校了?"

"是啊,喊你妈了,我一会儿也过去。"

"啊!"方鹗压低声音怒吼,"我要弄死他们!"

"小伙子,放狠话太没素质了。你现在赶紧看看能不能锁定那几张票,别让他们把票和自己的身份信息绑定了。"

"啊?我不知道啊,"方鹗一瞬间都有哭音了,"他们肯定一拿到票就绑定了!"

方亚楠这下真的生气了。要是真的让他们绑定了自己的身份信息,这票钱又不一定要得回来,这闷亏难道只能自己咽了?

她立刻发微信给陆刃:"你的那些票如果被绑定身份信息了,还能退吗?"

发完信息,她突然意识到陆刃此时正在备战的关键时期,自己不应该因为这点儿小事去打扰他。于是她立刻撤回消息,补了一句:"发错了,你忙你的。"

方亚楠和姜多多到学校的时候,刚好赶上下课时间,学校很是热闹,少男少女们在走廊上笑闹,见到她们两个大人时,都会好奇地看上两眼。

方鹗的班主任对这件事也很无奈:"本来这也没什么,但是既然人家找到学校来了,我们就不能不处理。"

"这种事情,一般怎么处理啊?"姜多多路上还骂骂咧咧的,此时却很是谨小慎微的样子,紧张兮兮地问。

"往小了处理,那就是双方家长私了;闹大的话……就可能要给方鹗记过了。"

"啊?"姜多多表情立刻愁苦起来。

方亚楠在一旁听着,心里很不是滋味。方鹗摊上这件事,归根结底,还是因为摊上了她这个奶奶。她虽然不能把过错全都揽到自己身上来,可是确实也与此事脱不了干系。

她开始低头在手机上搜索"票被绑定后怎么解绑",然后页面上就跳出一堆联系票务、申诉诈骗之类的解决方案。

唉,她要还是小方,绝对二话不说,直接报警。可是现在面对的是一群毛头小子,她一个老人家,跟人家上纲上线的,会不会很掉价啊?

她这么胡思乱想着,她们已经被带到了学生处,里面坐着一对夫妻,夫妻俩和姜多多差不多年纪,见她们进来,都面色不善。

学生处主任是一个面容有些严厉的女人,三十来岁,见到她们立刻站起身,迎上前来:"是方鹗的家人吧?请坐,请坐。"

姜多多吸了一口气,端端正正地坐了下来:"我是方鹗的妈妈,这是方鹗的奶奶,那个……主任,这事……"

"你们家家教真不错啊,小孩小小年纪,就这么会做生意了。"一旁的女人已经按捺不住了,声音冷冷地说道,"八百块钱的票,他翻一倍转手,赚同学的钱可真不手软哪!"

"这个……"姜多多虽然知道当时的情况,却并不清楚具体的票价,闻言皱了皱眉,迟疑着开口道,"对不……"

方亚楠一把按住了她。

开玩笑,姜多多这时候道歉,气势就弱了!

她一瞬间打定了主意,开口道:"那票的事情我知道,是小鹗的同学追着他要的。听说市面上已经没有票了,我托别人的关系买了几张,买的时候也是加了钱的。小鹗的同学听说了这事,就表示一定要按黄牛价收票,我还挺感动来着——你说我要是把票送他吧,毕竟这也是一笔不小的钱,我不想让孩子有太大的心理负担,就让小鹗自己掂量着来。我冒昧问一下,小鹗要价多少啊?"

"一千六百块!"女人义愤填膺地说,"我们查了,官方售价只要八百块!"

"哦。"

八百块,你买得着吗?占了多大的便宜,你们心里门儿清吧?!

方亚楠不动声色地叹了一口气:"事已至此,我也不好说什么。这样吧,那票我收回,不让小鹗卖了,行吗?钱都退给你们。"

"那也不用,我们就是觉得拿两张票的钱买一张票,也太不合理了——你们退一半钱好了。"

把你们美的!

"那不合适呀,你们也是为了我们小鹗好,我很感谢你们,这次可不能让他真的觉得他做成了这笔生意,否则以后在学校里更无法无天了。二位就当和学校一起教育一下我们的孩子,我们做个表率,这票是不能卖了,所有之前买票的钱,都从小鹗的零花钱里扣,也算给他一个教训。"

方亚楠说着,恳切地望向学生处主任:"老师觉得可以吗?学校也做个见证,我们当场退钱,让小鹗给那几个同学道歉。票我们拿回来收着,绝对不在同学中流传……其实我也很不赞同他这么做的,这都期末了,还看什么比赛?多影响学习呀。"

学生处主任是最不明白情况的,闻言当然点头:"是,是,是,我也觉得为了看一场比赛,在期末闹出这样的事,影响太不好了。张一帅妈妈,你看,这样,我们叫方鹦来给你们道个歉,退钱、退票,在学校对这事也做一次通告,以后坚决杜绝再发生这类事情,以正校纪校风,可以吗?"

被高帽子一扣,夫妻俩都蒙了。张一帅妈妈有些绷不住了——她似乎只是觉得那票卖得贵了,并不清楚那票有多珍贵,此时既想为儿子留票,又一时想不出理由来:"这个……我问问我儿子。"

"你可不能惯着孩子!"方亚楠来劲了,一副痛心疾首的样子,"我现在真是懊悔死了,没管好孙子,还帮他弄票,导致他学习成绩下降得厉害,还在学校里搞出这么难堪的事情来。反正我以后绝对不让他弄这些东西了,这个期末,他成绩要是还上不去,考大学都危险了!"

她一边说,还一边小心地往学生处主任那里张望。主任表情平静地接收到她的目光,了然地笑了一下,正色道:"是的,不说方鹦,张一帅同学最近的成绩也在下滑,我觉得应该让他……哦,他们几个篮球部的同学,都好好补习。这次方鹦家长的态度这么好,也请张一帅的家长理解配合一下,大家都是为了孩子嘛。"

这高帽子一层层扣上去,本来只是心疼钱的张一帅的父母只能点头:"那……好吧,我让儿子退票。"

"把另外几位同学也一起叫来吧,我们当面退钱、退票,顺便让小鹦保证以后再也不做这样的事情了。大家还只是学生,还是要以学习为主。"方亚楠表情认真地握住姜多多的手:"孩子他妈,你说是吧?"

姜多多此时除了点头也不知道还能做什么:"啊,嗯,对啊。"

于是,学生处主任很快将五个学生和方鹦都叫到了办公室里。五个孩子听了要求后都如丧考妣:"啊?!不要!为什么啊?!"

老师面前,他们可不敢直接说自己到底占了方鹦多大的便宜。

市面上五千块钱一张的票,他们花一千六百块买着了,现在竟然有人为了这一千六百块闹幺蛾子,想想就丢人。

方鹦在一边脸上都放光了。

张一帅叫得尤其大声。他爸妈这么一闹,他看不了比赛不说,他朋友也失去这次机会了。

方亚楠可一点儿都不会心疼自己孙子以外的人,此时已经掏出手机,微笑着说:"来,来,来,我现场把钱转给你们,你们把票退给我。"

"可是我已经绑定身份信息了!"其中一个孩子灵机一动,梗着脖子说道,"退不了了!"

"可以解绑的呀。"方亚楠眨了眨眼。其实她心里对解绑一事并没有谱,万一真的不行,那可太糟心了。

她现在就是不想让这些人看比赛!

"不能的,那票没法解绑的!"孩子们异口同声地说道,瞬间形成统一战线。

方亚楠看了一眼方鹗,见他比自己还茫然,只好低头搜索票务电话,打算直接打电话问。

她刚搜到电话,突然有人来电——是陆刃发来的微信语音电话!

好家伙,他来得真是时候。

她强忍着得意的笑容,立刻接起电话:"喂,小刃哪?"

这称呼她还是第一次用——直接喊陆刃,未免装得太露骨,得给人留一点儿联想的空间才行。

陆刃果然很不习惯这个称呼,不确定地应了一声:"嗯……奶奶,你没事吧?"

"哦,没什么大事,就是你不是帮我代购了五张票吗?现在人家有点儿事,不要了,但是已经绑定身份信息了,能解绑吗?"

"我也不知道。"

方亚楠心里一凉。

"不过我可以帮忙问问,急吗?"

"不好意思,我是真不想打扰你训练,但是现在还真得尽快有个准信儿。"

"那你等一会儿,我这就问。"

陆刃说着挂断电话,方亚楠硬撑着没去看周围的人,表情平静地假装操作着手机。

"奶奶……"方鹗斗胆开口,"刚才给你打电话的人是陆刃……哥吗?"

好小子,也是会来事啊!方亚楠表情冷淡地点了点头:"嗯,我让他帮我打听解绑的事去了。"

"哇!"虽然大难临头,但不妨碍小粉丝们难以抑制地发出惊呼声。但是他们转念一想,又一个个小脸惨白。

这一下,别说方亚楠,就是周围的大人也能看出票是可以解绑的了。但是大家各怀心思,都没作声。

没一会儿,陆刃便打电话来了,开口便说:"为了防止倒卖票,系统上没有直接的解绑渠道,但是可以通过申诉,让后台人工操作解绑。你把身份证号发我,我转发给工作人员,让他们马上操作。"

"好。"方亚楠翘起嘴角,朝着孩子们晃了晃手机:"麻烦你们把身份证号给我一下,小刃直接找人从后台操作,"她歪头微笑道,"就能解绑啦。"

荣幸吧,欢呼吧,你们的偶像亲自给你们解绑观赛票哟!

看着孩子们的神色,连方亚楠都觉得自己过于残忍了。

天可怜见,世上哪里有免费的午餐?她至今都不知道陆晓到底出了多少钱买的票,如果还被这样的人占便宜,她真的会气出高血压。

她早就打定主意,即使倒贴钱,也要把票弄回来。

待将五个身份证号转发给陆刃,又当场退了钱后,方亚楠心情大好,和姜多多一起感谢学生处主任。三人身后,张一帅的爸妈正在训孩子,起因好像是孩子跟他们发了点儿小脾气。

"都跟你说了,你应该专心学习,看什么比赛?还花那么多钱!"

"都怪你们!我都说了我没吃亏,你们非要让人家原价转票!"

"住嘴!"张一帅的妈妈羞恼地看了方亚楠和姜多多一眼,"走,出去!"

"我恨你们!"张一帅一个人高马大的孩子,突然号啕大哭,夺门而出,他爸妈无奈地追了出去。

"到底是怎么回事啊?"学生处主任一头雾水很久了,"这票到底是卖贵了,还是卖便宜了?"

看这主任是个有脑子的人,方亚楠耐心地解释道:"这票官方开卖的时候,是八百块一张,但是立刻就被抢光了,现在二手市场上,票价被炒到了五千块一张,还是普通座。"

"啊?这么夸张?!我也知道电竞比赛,门票竟然这么贵?"

"没办法,今年的世界锦标赛决赛就在这里举办,偏偏我们的种子队有可能进决赛,可以说是十年难遇吧。"方亚楠耸了耸肩,"我觉得张一帅的父母也知道他们的孩子占了多大的便宜,只是大概还想占更大的便宜。"

"哦,"主任了然,长长地叹了一口气,"我说呢,您这么给他们扣高帽子……方鹗奶奶,您当时就不想把票给他们了吧?"

"那肯定哪,孩子嘛,还是要好好学习、快快长大。"

主任点头笑起来,和方亚楠交换了一个会心的眼神。

此时姜多多终于回过神来了,小心地问道:"那……主任,这事……小鹗他……?"

"没事了,没事了,"主任摆了摆手,"反正以后让方鹗注意一点儿吧。学生嘛,学习为主。"

"好的,好的,谢谢老师!"

出了办公室,姜多多长叹一口气:"唉,还好把妈带来了,否则我都不知道该怎么办。我真是一点儿都不了解这些事情。"

"说起这个,"方亚楠突然问道,"小鹗最近的成绩怎么样,没下滑吧?"

姜多多笑了："没呢，你放心，还好了不少。"

"你看，该管的，你还是管得很紧的嘛。"方亚楠笑道，"我就不合格了，跟小鹗的狐朋狗友一样。"

"哈哈！"姜多多挽住她的手，两个人亲亲热热地出了校门。

两个人刚上车，方亚楠就接到了陆刃的电话。

"奶奶，搞定了，都解绑了，票你随便处理吧。"

"谢谢呀！"方亚楠道谢，"小刃，你对我这么好，奶奶都不知道怎么感谢你呢！"

"应该的。"

"哪里应该了？你爷爷可没这么大面子，你们有机会来我家，我真的给你们做好吃的！"

"确实应该的，"陆刃说道，"你可是我们的英雄，该我们谢谢你。"

"啊？"

"奶奶你怎么不告诉我们？"

"啊？"

"四十周年哪。"

"什么四十周年？"方亚楠一脸茫然。

陆刃也蒙了："不会吧，你是真不知道还是假装不知道？"

"不是，我蒙了，你在说什么呀？"

"我也是刚发现的……四十年前，职业电竞选手被正式纳入国家运动员体系，享有升学优待和社会保障……你不是发起人之一吗？"

方亚楠鸡皮疙瘩都起来了："啊？！我？！"

"啊，刚才有个采访，记者问我和你这么要好是不是因为这层关系，我才知道你那么厉害啊。奶奶，你以前……"

"打住！"方亚楠狂吼一声，吓得一旁的姜多多急踩刹车。方亚楠扶住车门上的把手，大吼："别说了！"

"啊？"

方亚楠捂住手机，表情惊恐，脑子"突突"地疼。

她最害怕的事情发生了，虽然听起来很爽，但这确实是她最害怕的事情……她被提前泄露结局了！

所以她强忍着不去看自己的卧室里那满柜子的《维度》，是图什么啊？！

第十四章

致老年：太极大师陆大爷

  方亚楠当然知道自己的反应有些过激了，但是相比起跟江岩的婚姻、她的孩子，还有她在职场上的变动等等这些虚无缥缈的事，还是提前得知自己当下正在做的事情会产生什么影响要可怕得多。

  她早就在接触未来电竞的时候，就开始担心那个电竞选题会对自己的人生产生什么影响了，没想到还是低估了自己。

  她还能发起那种事？！虽然她只是发起人之一，可是自己都没捧上金饭碗呢，就让电竞选手进编制了？她是怎么做到的？算算时间，这差不多是自己在三十五六岁的时候干的，她感觉三十五六岁的自己和那个三十岁、只会在电脑前嘻嘻哈哈或者捧着相机想歪点子的自己根本是两个人！

  她是经历了什么事，像是突然进化了一样变得那么能干？

  方亚楠惊恐地望向自己床前的杂志——难道真的要在自己写的文章里面找答案吗？

  房间外，方鹗也在大呼小叫："什么？奶奶这么厉害？！"

  "叫什么叫？快洗手，准备吃饭！"姜多多训道，"全家就你最烦。"

  "你不是都知道了，这不是我的错嘛！"

  "识人不清、交友不慎，就是你的错！"

  "妈妈，我还小。"

  "小个屁，你都比我高了，光长个子不长脑！"

方鹦一边假哭，一边去洗手间洗手。

"小鹦在学校里到底发生了什么事？"下了班的方近贤换了家居服出来，坐到饭桌边问道。

姜多多把今天在学校里发生的事情一说，方近贤都有些不齿："这都是什么父母，八百块钱也不舍得？"

"这是重点吗？！"

"那什么是重点？这么珍贵的票，凭什么要我们原价卖？劳务费、人情费不用算吗？而且看他们那样子，他们也不像是会记我们的人情的。"

"好，好，好，全家就我一个傻的。"姜多多气呼呼地进了厨房。

方近贤虽然挨了训，但还是跟进去帮忙端菜了。

方亚楠走出房间，一副神不守舍的样子，刚好和方鹦迎面碰上。

"奶奶，"方鹦蹦过来，"听说你……"

"打住！"方亚楠抬手，"吃饭！"

"啊？你就说说嘛。"方鹦当然不明白这件事给方亚楠的压力，还缠着她。

"可是我不记得啊。"方亚楠又搬出这个百试不爽的理由，方鹦立刻闭嘴，不甘愿地坐到饭桌边。

"妈，那票你打算怎么办？"方近贤边给方亚楠盛饭边问。

"说起这个……"方亚楠拿出手机。她在手机上面点了点："小鹦，把票给你姐吧。"

"啊？"方鹦不情愿，"我还想送小哈和桃子呢。他们的爸妈不让他们买，我干脆送他们。"

"那剩下的票，如果没用，就给你姐好了。"

"为什么要给她啊？她也不看。"

"你最近看你姐的抖抖号没？"

"没啊，怎么了？"方鹦说着去摸口袋，发现自己没把手机带过来，"姐的抖抖号怎么了？啊，难道奶奶你又给她什么素材了？"

"没有，我只是感觉她现在找到了运营账号的方向，挺有希望把账号做大的，所以干脆让她拿那几张票再去吸引点儿流量。"

"添仪在做什么？"方近贤问，姜多多也感兴趣地看了过来。

方亚楠笑起来："她现在在做一个叫'落差人生'的系列视频，展示各个年龄段的人在面对同一件事情时的不同反应。"

"听起来没什么意思。"方鹦连手机都不去拿了，开始专心吃饭。

"慢慢来嘛，而且好像挺多人喜欢这个系列的视频的。"方亚楠不爱看短视频，可是对扶植小辈很上心，"一会儿你老实点儿，把票给你姐，让她自己操作去。"

方鹗噘着嘴想了想，大概实在想不出来还能把票送给谁了，这才不甘不愿地点了点头："哦。"

晚上，方亚楠看电视的时候，韩添仪打来电话："外婆，谢谢！"

看来韩添仪是收到票了。方亚楠笑起来："多大点儿事。"

"外婆，到时候我可以也去看比赛吗？我就拿两张门票做活动。"

"随你。"

"那我到时候能不能给你拍一个小视频？"

"啊？"

"嘿嘿，很多关注我的账号的人都想让你再次出镜，我觉得可以拍一段你看比赛的视频——你到时候可能是现场年纪最大的观众呢。"

方亚楠哭笑不得："你可真是无事不登三宝殿。"

韩添仪撒娇："对不起嘛外婆，我最近真的超级忙！对了，等我拿到第一笔分红后，给你一个惊喜呀！"

"提前说出来的惊喜就不叫惊喜了，大外孙女。"

"不能不说啦，不说你会以为我不孝呢。"

"好吧，好吧，反正我就在这儿，你想怎么折腾就怎么折腾吧。"

"嘿嘿，好！"

韩添仪挂断电话后，旁边的姜多多突然笑了一声。

"怎么了？"方亚楠好奇地问。

"我正在看添仪发的那些视频，确实挺好玩的。"姜多多展示了一下手机屏幕，"女孩就是仔细，很多我们没注意过的生活小细节，她一拍出来就特别有意思。"

"妈不也是这样吗？"方近贤拿着茶杯过来，一屁股坐下，"添仪到底是摄影师的外孙女，遗传了妈的天赋。"

方亚楠本想顺着姜多多的话头一起夸一下韩添仪，听方近贤硬是吹捧到她身上来，忍不住笑骂："你都没看过添仪的视频，就说她跟我像——万一她拍得很垃圾呢？！"

"对啊，你就是拍马屁！"姜多多也说道，紧接着又补了一句，"虽然这次没拍错。"

方近贤快疯了："哎，你们才是母女吧？"

他屁股都还没坐热，就又站起来，唉声叹气地进了厨房。

"吃桃子吗？"姜多多在他身后问。

"不要！"

"这人真是……"姜多多笑眯眯地拿起遥控器，"妈，接下来看什么？"

"上次那个歌手比赛还挺好看的。"

"好，我给你把那档节目调出来。"

转眼就到了周五，本周是 VCS 锦标赛的最后一周，周五进行半决赛，周末在 H 市进行决赛。

方亚楠早早地接到了 DKL 的邀请——他们包了一个露天酒吧观战，还邀请了不少粉丝到场，陆晓也会来。

虽然在家看比赛是最舒服的，但是在得知 DKL 会用与赛场同款的全息投影对比赛进行直播时，方亚楠几乎立刻就被征服了。

酒吧位于市中心的一个景区边，虽然是露天的，但是每两张桌子边都放了一个拟真火炉，整个空间暖烘烘的，甚至充满了春天的气息。

夕阳照在周围大楼的玻璃上，折射出一片殷红的光，天空仿佛成了橘红色，变得暗沉，白色的云朵也被染得如火焰般，一片片地从他们的头顶飘过。

已经有不少人到场了，大多是刚下班或刚放学的，一落座就忙不迭地点餐。食物的香气渐渐飘散开来。方亚楠点了一堆食物，吃的刚被端上桌，方鹗就来了。他还穿着校服，十分兴奋："哇，这么中间的位置！"

"他们给我留的。"方亚楠示意了一下前面 DKL 的工作人员，"不是奶奶自夸，我在现场算是老祖宗了。"

方鹗的嘴角抽搐了一下。他喝了两口蘑菇汤，突然问道："那陆爷爷呢？他比你大吧？"

"谁说的？他比我小！"

"啊？陆爷爷比你小？"

"你真的以为个子更高的人就是年纪更大的吗？我的傻孙子！"

"不是，不是……"方鹗嘟囔，"我就是觉得陆爷爷看起来比你更靠谱，更像老祖宗。"

"这话你自己跟他说去，你看他不捶你！"

"什么话啊？"

陆晓的声音从后面传来。他穿着厚厚的大衣，手里还拄着一根拐杖。

他慢腾腾地坐了下来，顺便长长地叹了一口气："唉，人倒霉了，今天居然限行，我从地铁站走过来的。"

"陆爷爷好！"方鹗很是心虚，就差站起来鞠躬了，"爷爷，您吃什么？要喝茶吗？我给您拿杯子！"

方亚楠像看另外一个人一样看着方鹗——这还是她孙子吗，这么懂事？！

陆晓也不客气："美式咖啡加豆奶。"

"啊？"方鹗愣了一下，继而反应过来，立刻跑去柜台边。

"你还好这一口啊？"方亚楠笑，"加豆奶。"

"现在难得能喝了。"陆晓不好意思地笑了笑。

"啊？等一下，你刚出院吧，能喝这么刺激的东西吗？"方亚楠警惕地问道。

"嗯……所以说难得嘛。"陆晓一边说，一边左右张望，一副怕老婆的样子。

方亚楠无奈地摇了摇头，想到席安也是喝点儿饮料都要看老婆的眼色，说道："唉，你说你们这群男的，个个是'妻管严'。"

"你还说我？江岩都让你治成什么样了？"陆晓不服气地怼道。

方亚楠没想到话题还能转到这儿来，立刻支棱起来，一脸不信的表情："我还能管住他不成？"

陆晓回头看了看，见方鹗还在柜台那边，便自己给自己倒了杯柠檬水："你是真的不记得了？"

方亚楠摇头，也看了看方鹗，觉得他随时可能过来破坏气氛，干脆悄悄给他发了条消息让他等会儿再过来，随后抬头问道："我其实一直很好奇，你记不记得我跟他是怎么结婚的啊？"

"怎么结婚的？就办喜宴哪。"

"不是，我是说……为什么？"

陆晓的动作顿了顿，他端详了她一会儿，迟疑地说道："你……为什么这么问？两个人结婚，还能是为什么？"

这熟悉的太极大师的味道！方亚楠咬牙："我认真地问你呢！你能不能——哪怕就一次——直截了当地说话啊？！"

陆晓愣怔了一下，然后平淡地笑了一声："也对，我这坏毛病也真是……"

他抿了抿嘴，似乎苦于怎么开口，过了一会儿终于开口了，却说了一句："咖啡怎么还没来？"

"我让他别过来的。"方亚楠恶狠狠地说道。

陆晓："……"

那边，方鹗果然端着一杯咖啡站在柜台前，眼巴巴地看着这边，一脸彷徨无措的表情。

"唉，你说，这都过去多少年了……"

"我想知道啊。"方亚楠放软声音，"我总觉得我这辈子回忆不起来了，不想死不瞑目啊。"

"可是，有些事情不是非得知道的。"

"陆晓！我现在应该是打得过你的。"

陆晓有些无奈："那你让我想想。"

"你别拖延！"

"不是拖延，我总要想清楚才能说吧？"

结果他话音刚落，全场灯光骤暗，前方的全息投影仪启动，虚幻的游戏世界出现在所有人面前。

"嘿嘿，开始了！"陆晓毫不掩饰自己的开心心情，"先看比赛，先看比赛。"

这边，方鹗拿着咖啡小心翼翼地凑过来，委屈巴巴地说："奶奶，我能坐下了不？比赛开始了。"

方亚楠："……"

她现在以一打二的心都有了！

DKL 这次面对的也是世界一流的队伍——UTT 战队，来自日本。

方亚楠刚得知对手来自日本时，惊讶了一下。

要知道，在她那个年代，日本虽然是游戏强国，开发、制作能力位于世界头部，偏偏电竞行业一直不行，连越南都不如。结果过了四十多年，日本队竟然成为世界一流队伍了。

UTT 战队的作战风格非常热血，在游戏战场上冲击性极强，而且对道具的运用特别灵活。相较于 DKL 对战术的依赖，他们更加依赖队友的个人能力。

这次主办地在中国，他们也有不小的压力，一个个如临大敌，打得非常沉稳。

两位解说员自然解说得更加有激情。

"UTT 的狙击手金木今天一上场就开始夺取高地，DKL 肯定不让。看，艾卡和大虫已经严阵以待了，看来他们被分配到的是专门盯人的位置，这个任务看似轻松，其实很繁重哪。"

"对，他们不仅要盯人，还要面对 UTT 其他队员的威胁。黑樱应该是偷袭的佼佼者了，我们如果不是作为观众可以有更全面的视角，一时间可能也找不到他的位置。"

"他躲在废墟后，还穿着黑色的新手服，看样子是打算隐蔽到底了。"

"他可以随时通过绳梯或者在队友的烟幕弹的掩护下摸到 DKL 的后方。"

"这一点，我认为陆刃已经考虑到了。你看，夜枭也在占据高点。"

"夜枭应该是唯一能和金木在狙击技术上抗衡的队员了。"

"金木真的很厉害呀，"方鹗很忧愁地说道，"金木的狙击技术简直不是实力，是超能力！"

"这么厉害的吗？"方亚楠咂舌。

"确实很厉害，"连陆晓都点头，"陆刃这两天在家一直在看那小孩的作战集锦。"

一听到陆刃的私生活，方鹗就来劲了："陆爷爷，你和陆刃住在一起吗？"

"是啊，"陆晓回道，"确切地说，他住在我这儿。"

"哇！"方鹗无比羡慕，"我也想和陆刃住在一起……"

方亚楠、陆晓："啊？"

方鹗："可以天天看他打游戏！"

方亚楠："当奶奶的虽然可以理解，但现在不知道该不该支持你的这个想法……"

陆晓瞥她："你差不多得了，几岁了？"

方亚楠："七十六岁啊。"

陆晓："自己知道就行了，还说出来。"

方鹗："你们在说什么啊？"

方亚楠："小鹗，你愿意给陆刃洗内裤吗？"

方鹗："恶心！奶奶，你在说什么啊？"

方亚楠拿手肘顶了顶陆晓："放心了吧？"

陆晓："……"

解说员的语气突然变得激烈起来。

"黑樱的枪口忽然转向身后！他是听到了什么吗？"

"是不老神潜伏过去了，DKL 这是打算对付黑樱了？"

"UTT 已经提前发现 DKL 的行动了！这次 DKL 作为匪方，在地形上并没有占据太大的优势，在时间部署上也是吃亏的。不知道在这样的情况下，他们会怎么做。"

"情况不是很妙，UTT 的机动队员阿斯郎过去了。"

"啊——那真的不妙啊！"

从视频中可以看到，DKL战队的不老神正躲在一堵墙后，UTT战队的黑樱正在寻找狙击点，不远处的队友阿斯郎也偷偷地包围了过来，不老神的处境看起来极为危险。

"这下怎么办？开场还没两分钟，DKL就要损失一员大将了吗？！"

"不会的，一开场就以五打六，这太危险了，DKL肯定不会玩得这么大。"

"要卖了。"方亚楠说。

"啊？"方鹗以为自己听错了。

陆晓却在一旁点头："是的，要卖了。"

"卖不老神？！怎么会？把他卖了，DKL接下来就要以五打六了啊！"

"如果不老神'死'前能带走一个人，那是最好的；如果带不走的话，"方亚楠有些纠结，"我觉得DKL应该是弃车保帅了吧。"

"陆刃应该是想占领水塔。"陆晓说道，"他故意让不老神去偷袭黑樱，黑樱知道了不老神的位置，却打不着不老神，就会派队友来解决——这时候，水塔那边DKL的人数就占优势了。"

"所以，DKL在声东击西？"方鹗倒是会举一反三。他随即又道："奶奶，你的词汇量真是……"

方亚楠刚露出哂笑，突然愣了愣，恍然想起"不久前"自己也被江岩这样取笑过。

她收起笑容，继续看比赛。

形势发展与陆晓预料的一样，陆刃牺牲了不老神，并以雷霆之势夺下了全场制高点。不老神也没白"死"，临走前成功重伤UTT战队的阿斯郎，队友夜枭伺机补了一枪，打"死"了阿斯郎。双方的人数转瞬持平。

于是在开场没到三分钟的时候，DKL占领了绝对优势。

第一局被DKL顺利拿下。

半决赛是五局三胜制，胜利的曙光其实还远得很，但是方鹗已经开始大呼过瘾——因为旁边坐着陆晓。

作为一名前游戏主策划、VCS国内开发团队的重要成员之一，陆晓在这个游戏中浸淫的年份完全可以傲视全场，连那些专业解说员都得甘拜下风。虽然他现在打不动游戏了，眼光和经验都还在，随随便便的一句话，胜过解说员几百字的大呼小叫声。

他总是能正确预测选手的行动和全场局势，即便偶有出入，也是因为他的方案比场上双方的方案更好。每每碰到解说员在双方交战后发表马后炮言论时，方鹗都会不屑地来一句"陆爷爷之前就说过了，哼"，一副与有荣焉的样子。

第二局比赛，DKL战队输了，方鹗急得抓狂："陆爷爷，你赶紧打电话给他们进行场外指导吧！他们这场打得太烂了！"

陆晓哭笑不得："我打电话有什么用？提前布置一百个战术，到了现场也不一定用得上啊。"

方鹗撇嘴："我也知道，就是说说。"

方亚楠和孙子感同身受。方亚楠："你陆爷爷就这样，你跟他开玩笑，他也会认真回答你的。"

方鹗："啊……好吧。"

第三局比赛，DKL又输了，陆刃退场时表情很阴沉。

方鹗快哭了："陆爷爷，你去鼓励他一下吧，让陆哥打起精神来呀，我们还有希望！"

陆晓："我打电话有什么用？他接到我的电话，反而会有压力。再说了，你打游戏输了的话，你奶奶给你打电话鼓励你，你是会感动还是嫌烦？"

方鹗："啊，这么想想也……"他抬头看到方亚楠慈祥的笑脸，立刻改口道，"我肯定会很感动的！"

方亚楠摸了摸他的头。

陆晓看了看他们，竟真的拿起手机："那我打个电话？"

方亚楠一把按住他的手："你省省吧！"

三局一胜，DKL已经没有任何退路了。别说比赛现场，就是露天酒吧里气氛也有些低迷。

有人甚至不敢看了，好不容易占到座位，此时居然要买单离开。

方鹗看着周围好几桌都空了，急得握紧了拳头。

方亚楠见陆晓表情淡定，小声地问："带速效救心丸了吧？"

陆晓："啊？有必要吗？"

"我觉得我应该带……"方亚楠摸了摸心脏的位置，"我其实很脆弱的。"

陆晓的动作顿了一下，然后他默默地掏出一个小瓶子放在桌上。

"你真的带了？！"

"没办法，家里人逼的！"

"你老婆？"方亚楠笑。

"不是，"陆晓答得飞快，"我不是说了，她已经放弃我们了。"

"啊？什么意思？"

陆晓沉默了数秒，然后无奈地说道："我跟她分居好多年了。"

"不会吧？！"方亚楠绝不承认自己作为小方，有一丝卑鄙的窃喜感，忍不住问道，"你不是那种会气走老婆的人哪。"

"她不是被我气走的，我们的生活方式不一样。"陆晓说道，"现在也挺好的，她过她的，我过我的。"

"那你们当初怎么走到一起的啊？"

陆晓："我看她年轻漂亮呗。"

方亚楠：渣男！

"你不要这么看我，当初不是你们说我就喜欢年轻漂亮的小妹妹吗？"

"我们那是在开玩笑啊！我们还都觉得……"方亚楠把话顿住。

"什么？"陆晓看着她。

我七十六岁了！我七十六岁了！方亚楠疯狂地给自己做心理建设，然后鼓起勇气说道："我们还都觉得你会找一个能和你一起玩游戏的人呢。"

陆晓看着她，又随着开场音乐响起转头看向屏幕，有些混浊的眼睛此时映着流光："这不是，被我玩……"

音乐盖住了他后面的话，方亚楠急得上火，一把抓住他，凑近问道："什么？！没听清！"

陆晓无奈，叹了一口气，转头大声说道："这不是被我玩没了吗？！"

方亚楠愣了愣，松开他，也转头望向屏幕，一时间不知道该做什么表情。

她该嘲笑他的，可笑不出来，甚至有点儿想哭。

那个被他玩没了的人，就是她吧？

所以，如果……

他们之间还有如果吗？

方亚楠胡思乱想间，第四局比赛结束了。DKL不负众望，拿下了这一局的胜利。

比赛进入了最残酷的第五局。

"喂，什么事？"第五局比赛开始前，陆晓突然接到了一个电话。他表情平静，脸上带着点儿笑意。

方亚楠一边吃着方鄂给她带过来的土豆泥，一边偷看陆晓。

"是陆奶奶吗？"方鄂小声问道。

"瞎叫什么呢？他老婆又不姓陆！"

方鄂："那我管她叫什么？"

方亚楠愣了愣，梗着脖子说道："要叫陆爷爷的夫人大人！"

方鹗:"……"

这边,陆晓还在语意含糊地聊天:"嗯,没事……你尽力就好……哦,我有什么能说的?没有,没有……啊,这个嘛……"他仰头想了想,"对方战队好像还没有上次那支队伍厉害,只是队伍内的人员个人能力比较强嘛,不过我觉得他队那个负责突击的……什么多?哦,可可多,嗯……这人应该是队伍的短板。他每次冲锋都从右开始扫射……对,就是有身体自带的习惯……身体带伤?啊,这个不好说的,但不排除这个可能性……啊,还有……"

陆晓说着,伸手去摸茶杯。方鹗见状,猛地跳起来,殷勤地给他倒满水。

陆晓喝了一口茶,朝他笑了笑,继续说道:"别急啊,我也在想啊……那个队长,三豆?他好像不是正经的指挥官,可能是因为指挥不了手下,那个金木,还有黑樱,应该是这两个人,就不太听他的话……啊?是阿斯郎啊,好吧,我真是分不清,那你们知道还问我?……哦,你们这群小子……那个黑樱太喜欢偷袭了,动不动就想偷袭,也不听指挥。最后一局比赛,不知道他会不会改改这个毛病,不改的话……你们肯定比他们团结吧?"他歪头听了一会儿,笑起来,"好了,好了,我不说了,你们加油吧……啊?奶奶?她肯定不在……哦,方奶奶啊!"

他看了方亚楠一眼:"说真的,你别指望她做菜了。"

方亚楠笑眯眯地握住了老拳头。

陆晓哂笑了一声,老脸上露出一副害怕的样子:"哦,方奶奶要打人了……什么?吃……吃过的啊,哎……也……也不难吃,就一般般……你们方奶奶做菜和打游戏一个水平……嘿嘿,好的,好的,让奶奶教她做菜,你教她打游戏,好……欸,那我干什么?……哦,行,行,快上去吧,你们还没收手机啊?……"

"那你干什么?"等他挂断电话,方亚楠继续笑眯眯地问。

"我端菜。"陆晓喝茶,"唉,他们那边吵死了,听得我好累。"

"看来他们状态还不错嘛。"

"是呢,他还有空拿我这个老头子寻开心。"

"你真是场外指导啊?"

"信息也是一种实力嘛。"

两个人相视一笑。

当年陆晓还是小策划的时候,常有各种小道消息,让他们省下不少精

544

力，比如游戏里出了一个什么通行证，陆晓就会让他们等等再买，因为很快就会打折。

这感觉好像又回来了呢。

"比赛开始了！"

解说员激昂的声音再次响起，全场为之一静。

"我们可以看到，选手都已经就位，开始挑选随机地图，哎，我真的好紧张。"

"选手比你轻松多了。"

"是的，刚才看到他们打打闹闹地过来，我差点儿以为他们疯了呢。"

"心态调整也是职业选手的必修课啊！"

很快，随机挑选地图的环节结束。本场比赛的地点在沙漠古城，全场只有一座倾斜的佛塔作为高点，佛塔周边都是残垣断壁。

"是雅尔丹城呢，这座城市地形比较平缓，双方都会去争夺佛塔，以及西南角破损的藏经楼。"

"这对我们来说是有利的，我们在协同作战方面优于对方，只要配合上不出差错，并且不让对方的狙击手占领高点，就有胜利的可能。"

"连前职业选手都这么说了，那就让我们拭目以待吧！"

解说员谈话期间，双方选手已经进场，战况一触即发。

解说员也立刻进入了状态。

"我们看到，不出意料，UTT战队的人直接冲向了佛塔！这次，他们是反恐方，但还是毫不犹豫地离开阵地，去抢占高点了。这种孤注一掷的作战风格看起来有些鲁莽啊。"

"他们应该是认为对方肯定想不到他们会直接冲过去，只要这一轮占据优势局面，接下来的部署就很方便了，而且这样也更利于他们拖延时间。"

"好的，现在UTT的突击队员可可多已经暴露在DKL战队的视线下了，双方交火！咦？可可多受重伤！不老神几乎没有受伤！这是机会啊！果然，陆刃带着大虫从侧面发起进攻了！不老神去抢佛塔了！这操作可以！不老神毫不恋战，相当果决！陆刃把受重伤的可可多打'死'了，太好了！UTT战队先失去一人！机会来了！UTT的三豆迟疑了一下……不能迟疑啊！金木率先做出选择，带着阿斯郎去抢佛塔了！目前双方去抢佛塔的队员和佛塔的距离差不多！"

"UTT战队的指挥好像有点儿问题，从全局来看，这时候最好只派一个人去堵不老神，剩下的人全力堵截DKL其他成员，但是二豆的迟疑导致队友只能按照习惯行事。"

"从这里可以看出,金木和阿斯郎私交甚密。但是这不是平时打的娱乐赛啊,这是VCS半决赛啊!啊,我们看到,金木和阿斯郎的火力果然阻住了不老神的脚步!不老神很强硬,没有撤退,要以一打二!他看起来打不过对方,但还在坚持……阿斯郎倒了!等一下,不是不老神打'死'阿斯郎的……哪里来的枪?哦,我的天,水井!夜枭在水井里!他居然在水井里打中了阿斯郎!"

"可以,形势大好!哦,不,黑樱发现夜枭了!黑樱过去了!黑樱本来在哪儿?哦,他刚才好像往藏经楼跑了,那怎么回来了,为了夜枭吗?可是有水井掩护,他打不'死'夜枭啊!"

"两队的刺客要撞上了吗?夜枭听到脚步声了!他回头了……哦,不,他只是看了一眼,就缩回井里了!我如果是黑樱,这时候会扔一个闪光弹进去……果然,黑樱投弹了!夜枭要出来了吗?等一下,夜枭击中了黑樱!夜枭用三发子弹将对方送走了!太厉害了,再也没有比水井更适合夜枭的地方了!"

"这场比赛过后,这口井不是火,就是被封。"

"哈哈,很好!虽然此时可可多和阿斯郎已经复活,可是陆刃和大虫已经成功占据了藏经楼!不老神有望占据佛塔!DKL的队员配合得行云流水一般!要赢了,我们这局绝对会赢!"

在解说员声嘶力竭的咆哮声中,一路摧枯拉朽的DKL战队见人杀人、见佛杀佛,可谓是刀刀都扎在对方的命脉上,很快就拿下了这局的胜利!

"观众朋友们,让我们恭喜DKL战队锁定VCS世界锦标赛决赛最后一张门票!我们敲开了世界第一的大门,DKL已经被载入了史册!让我们恭喜DKL、祝福DKL,为他们欢呼,为他们加油!"

现场传来一阵欢呼声,电子烟花在空中炸开,璀璨的光芒照亮了每一个人的笑脸。

方鹗简直乐疯了。和他同桌的两个老人家坐着不动,他就往隔壁桌跑,和陌生人抱成一团,激动得哭了出来。

方亚楠也高兴,但是当然没力气像年轻人一样蹦跳,只能傻笑着看着屏幕里DKL的小子们庆祝胜利。

她转过头,陆晓也正看着屏幕。他面带微笑,双眼闪亮……就像他年轻时那样。

"真好啊,"她像个真正的老年人一样轻叹,"青春。"

"我们也有过啊，"陆晓说道，"说实话，我一直不觉得自己老了。"

"嗯……那本'怪猎奶奶'在别人眼里，应该也是个小孩子吧？"

"天山童姥？"

"哈哈！"方亚楠笑着捶他，"你就不能说句好听的话吗？"

陆晓摇了摇头："我这辈子就是吃了耿直的亏。"

"喊！"

"奶奶！"方鹗终于想起自己是个孙子了，蹦了过来，"赢了，赢了，赢了！"

他一边哭，一边弯腰抱住方亚楠："而且我居然还能来现场看决赛！谢谢奶奶，谢谢奶奶，呜呜……奶奶，我爱你！奶奶，你太棒了！"

"那你该谢谢陆爷爷啊，"方亚楠哭笑不得，费力地拍着他的背，"多大一个人了，还哭哭啼啼的。"

"我也要谢谢陆爷爷，但如果没有奶奶，我也看不着决赛，呜呜！"方鹗把眼泪往她身上擦，"你一定要继续跟陆爷爷做朋友啊！"

在陆晓的笑声中，方亚楠骂了一句脏话。

散场了，三个人慢慢地往停车场走去。方鹗在一旁跟刚认识的人热烈讨论着方才的比赛，方亚楠和陆晓并排走着。

"决赛你肯定会来看的吧？"方亚楠问。

陆晓点头："那肯定的。"

"嗯，那我还是全场最老的那个人，嘿嘿。"她也不知道自己在乐什么。

陆晓低头看着她，过了一会儿，突然笑着叹了一口气。

"怎么了？"

"没什么，就是突然想起刚才小鹗跟你说的话。"

"啊？哪句？"

"当年，也是在一场电竞比赛散场后，"他慢悠悠地说道，"你跟我聊了一路的比赛。"

"哦。"

那我们也没别的话题能聊了啊，我和你聊感情，你接话吗？哎，等一下，他们俩一起看过比赛？

"然后，江岩跟我说：'老陆，亚楠要是没你这个朋友，生活该少多少乐趣？以后还得指望你带着她一起打游戏。'"

方亚楠闻言脚步一顿，觉得自己的表情变得空白了。

这话听着很正常，可是从她的角度听，从她那时候的心境想……

陆晓还在往前走，语调还是那般平淡："我那时候就想，是啊，如果我的轻举妄动，导致我们做不成朋友，那我该多难受……"

方亚楠整个人都不好了。

她不就是因为怕失去陆晓，才一直迈不出那一步，安慰自己做朋友也挺好吗？

陆晓的步子竟是被江岩以同样的理由堵住的！

如果当年的老方知道了她和陆晓互相奔赴的脚步是被江岩拦住的……

那她应该会被气死啊！

方亚楠一直在想陆晓的那句话。

她希望是自己多想了，但是以她对陆晓的了解，他的那句话绝对就是她想的那个意思。

所以剧情就是这么简单，当年的江岩不知哪根筋搭错了，看上老方，在老方犹豫不决的时候，又按住了陆晓。

她了解老方，她们虽然对结婚无所谓，但也并非单身主义者。而且因为陆晓的存在，她也起了谈恋爱的心思，所以一旦在陆晓这儿失去希望，面前又摆着一个江岩这样的男人，说实话，她真的很难不动摇。

方亚楠在刚想明白这件事情的时候也愤怒了一下，但是冷静下来后，她发现自己没法对江岩生气。

如果他真的是把陆晓当情敌来对付，那她有什么可说的？有时候得知陆晓和女性友人出去玩，就算是他们全公司的人一起去的，她也会忍不住阴阳怪气地说他几句。

这样很难看，她知道，但是忍不住。

她会阴阳怪气到陆晓不得不解释两句。但是这时候，她又会慌乱地主动转移话题。她表面毫不在意全是为了压制心中蓄势待发的那句"你说那么多做什么，我又不是你的什么人"。

每每到这种时候，方亚楠的心情都会很不好。她既自我厌恶，也讨厌陆晓。

这种患得患失的感觉让她新奇又害怕。江岩大概也是这样吧，甚至陆晓可能也是。

只不过江岩顺应了这种感觉，主动出击；陆晓却和她一样，选择压制自己。

方亚楠想到这里，忍不住笑了起来。

548

"奶奶，奶奶！"方鹗还在激动地大嚷大叫，冲出房间，手里拿着两件外套，"你说我明天穿什么好？"

明天就是决赛了，这小子一回家就在挑衣服。

方亚楠靠坐在沙发上："你是去看比赛，又不是去相亲。"

"哎，那我也要穿得帅帅的！"

方亚楠想了想，说道："穿复古风格的衣服吧，你们现在的审美，我不太能理解。"

现在时髦点儿的年轻人会在衣服上挂上微型霓虹灯，走起来全身的灯直闪，当然，闪得并不是很夸张，但是对方亚楠来说，这也够刺眼了。

"什么复古风格？"方鹗看看自己手里的衣服，"这是我最贵的衣服了！"

"我知道，还挺好看的，但是你不觉得到时候全场的人都一闪一闪的，唯独你穿得低调、奢华、有档次，会显得你更独特吗？"

"什么呀？又不是全场的观众都穿成那样，也有正常人哪。"

"哦，你也知道你不正常。"

"……"

"随你啦，其实这个也好，只是我个人更喜欢有气质的穿搭风格。"方亚楠摆摆手，打了个哈欠。打开着的电视直播里黑黢黢一片，解说员正在说："至此，宇航员的任务圆满完成，即日起，宇航员会从月球背面返航，我们预祝他们平安回家。与此同时，我们的第三次火星登陆计划即将启动，新一代火星人的甄选活动正在严密地进行中。我们肩负着探索星辰大海的重任，拥有着能拥抱天空的双手，我们的目光将在智慧的引导下变得无限辽远，愿我们的梦想能常伴人类左右，为人类历史的新台阶奠定最坚实的基座！"

"哇，说得真是荡气回肠，"方亚楠喝了一口水，"我醒来后，好像一直在看月球背面，什么时候能看到火星哪？"

"快了，快了，"姜多多在一旁叠衣服，"不知道到时候又要发生什么玄学事件。"

"什么，玄学？"

"每次宇航员登陆外星球，总有人跳出来分析什么潮汐、引力、黑洞、暗物质……用一堆别人看不懂的学术用语胡说八道，最后却总逃不开什么转世重生、穿越时空、基因突变的结论……呵呵，航天飞船都上火星了，人类的想象力还没上天。"

方亚楠喝水的动作顿住了。

她咽了一口口水："每次我们的宇航员登月，都会发生这种事啊？"

"以前有小道消息说,国家花了很多钱研究暗物质,结果月球背面都快被踏平了,也没研究出个所以然来。后来,各种玄学的说法就甚嚣尘上了。"姜多多完全没注意到方亚楠的不对劲之处,笑得很不屑,"我小时候还信这些,最爱看这类小故事,结果到现在,儿子都快上大学了,也没见谁穿越时空或者基因突变。"

谁说没有?你旁边就有一个啊。

方亚楠的手都有些抖了,她不得不放下杯子,用左手捂住右手,可是没一会儿就发现,她根本控制不住自己。

她成为老方后,各种老年症状缠身,确实有不由自主地发抖的时候。对此,她都不以为意。

现在,她心慌起来。

刚成为老方的时候,她清楚地记得自己被登月的新闻震撼了一下,可是从没想过这会和自己有什么关联。

这会不会只是巧合?可是,这未免也太巧了。

她之前就隐约有感觉,自己这种情况不会持续很久。

所以,一旦这次登月工程结束,她就要回去了吗?那老方呢,老方在哪儿?

方亚楠不敢往下想了,越想手越抖。

"妈,你怎么了?"姜多多当然看到了方亚楠的不对劲的反应,有些紧张地问。

"没什么,手……手抖了一下而已。"

"你这可不是一般的手抖,不行,我们去医院看看吧。"姜多多拿起衣服。

方亚楠用力压制住自己颤抖的手,深呼吸,摇头:"不用,我没有不舒服,经常会这样抖。"

"那更应该去医院了啊!"

"可是这不是没事嘛。"方亚楠反而安慰起姜多多来,"你放心,我可怕死了,真不舒服,肯定会第一时间跟你们说的,这个你真的不用担心。"

姜多多迟疑了一下:"那……要不我打个电话问问莫医生吧?"

"好,好,好。"方亚楠连连点头。

姜多多当即在一旁拨通电话,简单地和莫西伦聊了几句后,面色放松下来,但是紧接着又变成满脸疑惑的表情:"啊?"她望向方亚楠:"妈,那个……"

"什么？"

姜多多欲言又止。

一个小时后，方亚楠冷漠地坐在了莫西伦对面。

"奶奶别生气嘛，"莫西伦双手抱拳，撑着下巴，"我也是担心你的身体。"

"明明知道我身体正常，还非要我过来检查，你是不是闲的？"方亚楠回头看了看，"我孙子今天放假！"

"可他干吗要跟过来？"莫西伦说得漫不经心，"他可以出去玩哪。"

"不知道，闲的吧。"方亚楠说着，看莫西伦一眼，"跟你一样。"

"我不闲！我上班呢！"莫西伦叫起来，随即眯起眼笑了笑，"奶奶，你昨晚是不是很激动？"

"啊？哦，是呀，半决赛嘛。"

"哎，你不能太激动啊。"莫西伦把他的平板电脑推过来，调出一个图像，"你看，你的脑电图。"

方亚楠认真看了一眼，点了点头："果然……"

"什么？"

"看不懂。"

莫西伦哭笑不得："简而言之，就是你的脑电波不稳定。"他戴上眼镜，在平板电脑上点来点去，"你看，你的脑电波有周期性波动，个别时候，有异常峰值，可是绝大多数时候过于平稳的情况，显得更加异常。"

"所以？"

"所以……"莫西伦靠到椅背上，摘下眼镜，摊手，"我也不知道你是怎么回事，但就是觉得……奶奶需要我。"

"啊？"

"奶奶，你看。"他手指在平板电脑上滑动。

方亚楠探头看去，发现平板电脑上展示着莫西伦的应急救援员证、康复理疗证、营养师证，以及——

"高空作业证？"她抬头，"你考这个证书干吗？你打算在飞机上接生？"

莫西伦一脸理所当然："技多不压身嘛。"

"你给我看这个是……？"

"奶奶，你今天的情况特别不稳定吧？"

方亚楠眼神游移："啊，可能是吧。"她有些心虚，"其实就是手抖得厉害了一点儿。"

"是因为你昨晚看了一场超级刺激的比赛吧？"

"啊,是的。"

"所以,如果你明天还想安安稳稳地看决赛,是不是应该找一个陪护人员跟在你身边?"

方亚楠:"……"

莫西伦眨了眨眼。

"唉。"方亚楠叹气,直接拨通陆晓的电话:"老陆,你还有贵宾席的票吗?"

莫西伦翘起嘴角。

陆晓:"啊,可能没了,战队只能分配到几张票,大部分票在赞助商手里。"

方亚楠:"……"

她本来还想帅气地震慑一下眼前这个小狐狸,谁知道现在下不了台了。

她固然可以借机拒绝莫西伦,毕竟他亲眼见到她尝试过了,但是说实话,她打心底也很希望莫西伦能看到这场难能可贵的比赛。

这个医生自她来到这里就在她身边,虽然他们接触不多,但是他是支持她熬过最初的阶段的关键因素。她如果年轻四十岁,说不定会对他动心。但是现在的她,只希望这些可爱的晚辈能要多开心就有多开心。

莫西伦是个多精明的人物啊,早就看明白当下的情况了。他自然没强求,只是夸张地叹道:"时不我与,我的奸计没有得逞哪!"随后,他转身拿出一个耳机一样的东西和一本册子,"奶奶,这是便携式心脑监控仪,你看比赛的时候戴上,如果听到警报声,或者它上面的红灯亮了,你就立刻离开现场,并给我打电话,好吗?如果来不及,就让你身边的人看这个册子,上面有监控仪的使用说明和简单的急救步骤。"

原来他早准备好了。

方亚楠看看监控仪,又看看莫西伦,没去拿监控仪,而是张嘴喊了一声:"小鹗!"

方鹗没应。

"小鹗!小鹗……喀喀喀!"她扯着一把老嗓子,喊孙子喊得声嘶力竭。

"在,在,在,奶奶,咋啦?!"

门终于被打开了,是姜多多打开的。她一手推开门,一手揪着方鹗的耳朵。方鹗双手握着手机,耳机歪戴在头上,一脸惊慌的表情。

好家伙,奶奶在里面看病呢,他在外面打游戏,这个兔崽子!

"你,"方亚楠绷紧声音,"不是有万方的那个小子的联系方式吗?你去联系他，说我要一张贵宾席的票。"

"啊？哦！是上上次比赛后来联系你的那个人吧？"方鹗想起来，迟疑了一下，点头，"好吧，我联系他。"

"别发消息，给他打电话！"

"好的，好的！"方鹗拿着手机走出去，不出一分钟就意气风发地回来了，"我搞定了！他一会儿就给我发邀请函。"

方鹗说话时的模样，要多得意有多得意。

方亚楠："……"

"咯咯，"莫西伦收住笑意，突然义正词严地说道，"方奶奶，还是你的身体健康更要紧，这些东西你还是拿去，以防万一。"

方亚楠心领神会地接过监控仪，随手递给一旁的方鹗，朝莫西伦点了点头："回见。"

然后，她转身离开。

方鹗跟在一旁，一头雾水："奶奶，那张票你是帮谁要的啊？"

"你来了就知道了。"

"不会是莫……嗯！"他嘴被姜多多一把捂住。

"你是傻了吗，能在医院这么嚷吗？"

"为什么？"

方亚楠无奈。姜多多悄悄地跟方鹗解释了一通，方鹗恍然大悟："哇，你们想得也太多了吧。"

这时，方亚楠接到陆晓的电话："喵总，你是只要一张票吗？"

"你不会又去烦你孙子了吧？"方亚楠急起来。

"没有，没有，我哪儿敢哪？他现在忙着呢。我是问了我们公司，如果你要票的话，他们应该还有渠道，可以弄来一张。"

"不用了，我已经搞定了。"

"哦。"陆晓应了一声，语气一如既往地憨憨的。

方亚楠突然有点儿生气："你怎么不问我从哪里弄来的啊？！"

"那你从哪里弄来的？"

"万方啊，万方！"

"哦。"他了然，然后又不吭声了。

唉，她当年怎么会喜欢这样的人，给自己找不痛快吗？

方亚楠自怨自艾地挂了电话。

她看了看在一旁嘟嘟囔囔地翻监控仪使用手册的方鹗，又看了看他手里的监控仪,脸色慢慢地沉了下去。

周末,决赛终于到来了。

DKL 战队对阵宿敌 KO 战队。

H 市这些年举办的大型活动不少,VCS 世界锦标赛并不是其中规格最高的,可是在影响力和热度上,算得上首屈一指。

这阵子,全世界玩家都在关注着 H 市,街上到处都是年轻的外国人,商业广场的各个大屏幕上轮番播放着赛事宣传片,一时间,H 市仿佛变成了一个电竞城市。

就连最近热度暴涨的"怪猎奶奶"都刚好是 H 市的人。

方亚楠下车的时候,差点儿被闪光灯闪瞎。这么多年了,补光的方式还是这么粗暴。如果不是地上没红毯,她险些以为自己走错了场地,误入了什么娱乐圈的颁奖仪式之类的。

不过,她走的是贵宾通道,其实效果和颁奖典礼也差不多了。

方亚楠一下车,方鹗和莫西伦就一左一右地扶住了她。方亚楠看了看两边一大一小两张俊脸,顿时有种自己是皇太后的感觉。闪光灯更多,她不得不在小子们的护卫下,一边往贵宾通道走,一边摆出从容慈祥的笑脸。

"怪猎奶奶,请问您是来支持 DKL 战队的吗?"

废话,难道她还支持对方战队吗?方亚楠笑着点了点头。

"怪猎奶奶,请问您最喜欢的选手是哪位?"

"你猜。"

"陆刃吧,一定是陆刃吧?"

"哈哈!"她爽朗一笑,把这个问题蒙混了过去。

"怪猎奶奶,听说您还是电竞选手生涯保障工程的发起人之一,请问您当初是出于什么考虑这么做的呢?"

这是要采访她啊?!

方亚楠在心里咆哮。眼见入口就在眼前,感受到手臂上的力道也在逐渐变大,知道两个小子也很紧张,她便努力地加快了脚步,在进入入口前,抽空回眸一笑:"因为我爱他们呀。"

一进入入口,周围顿时安静下来,三个人一起长长地吐了一口气。

"怎么回事啊,为什么贵宾通道会堵成这样?"方鹗虽然生于当下,但是见识没比方亚楠广到哪儿去,此时正表情激动地"抱怨"。

"年年如此啊,因为会走这条路的,基本上都是名人或者选手的亲属。"

莫西伦倒是一点儿都不惊讶的样子。

路上,方亚楠已经充分了解他作为一个资深狂热玩家的属性了。

他有多狂热?狂热到口头答应和方亚楠一起打游戏,但是因为担心被她坑,所以从来没有要兑现承诺的意思。

他在得知方亚楠就是怪猎奶奶的时候有多懊悔,现在对她的身体就有多上心。他在下车前,还认认真真地给她做了一次心脑血管检测。此时,他手里提着医疗箱,穿着白色休闲卫衣,别提多惹眼了。

"莫医生,你上电视的话,你们医院的人不会多想吗?"方鹗斜眼看他。

莫西伦从容不迫地答道:"我申请了带薪假期,理由是医疗陪护。"

"所以你来看比赛,还有工资拿?!"小机灵鬼一下子抓到了重点,顿时瞪大了双眼,连方亚楠都惊呆了,看向莫西伦。

莫西伦回答道:"患者不惜花重金请我护驾。"他掏出不离身的平板电脑,开始一张张地翻他的证书,"毕竟我值得,不是吗?"

祖孙俩一起翻了个白眼。

"韩添仪呢?"方鹗左右张望。

"叫姐!"

"韩添仪那厮呢?"方鹗嘴犟。

方亚楠无奈地回答:"她提前到了,说要去看看场地。"

"那我们进去吧!"方鹗笑得眯起眼,一边搓着手一边迫不及待地说道。

为了方亚楠的身体着想,他们是卡点到的,进去的时候,整个体育馆已经坐满了人。这一次,全场的观众席都开放了,有了全息投影,所有人都能从不同角度看到比赛。舞台在场馆中央,很多工作人员在忙碌着,他们的工作服上都有万方的标志。

方亚楠默默地看着他们,感觉自己很无助。

她发现自己现在还是有很多事情没搞清楚——她为什么结婚,又为什么离婚?江岩的病到底能不能治?……

这是关乎她四十五年人生的大事,她现在却开开心心地在这儿看比赛。

不愧是你,方亚楠——只要有游戏,就万事大吉。

她低头打开了新闻界面,屏幕上正在直播登月宇航员返程的进度。目前,返程飞船已经起航。

今天已经是周末了,她还能回去吗?难道一切都要结束在这里了吗?

"外婆!"清亮的叫声把她拉回了现实,韩添仪挤开满脸不乐意表情的方鹗,凑过来,手里举着手机,手机上还加装了一套精致的装置,装置发出一圈柔和的灯光。

方亚楠早就在现在的购物平台上见识过摄影器材有多进步了，知道这是集存储、定焦、画幅扩展和补光为一体的手机摄影配件。

这种配件，好品牌的都挺贵的，大概是江谣赞助韩添仪的。

"外婆，跟观众朋友们打个招呼吧！"韩添仪笑嘻嘻地说，"然后我就不打搅你了，你开心看比赛。"

外孙女的面子自然是要给的，方亚楠露出笑脸，朝着镜头挥了挥手："孩子们好啊。"

屏幕上滚过一行行"奶奶好"的评论。

"一起支持DKL战队呀，"她又说道，"为了平安看完比赛，我连医生都带上了！"

她说着扯了扯莫西伦，帅医生于是朝镜头无辜地眨了眨眼，露出了清纯的笑容。

屏幕上再次飘过一行行评论——

"啊！医生好帅！"

"医生是哪个医院的？"

"医生看妇科疾病吗？"

…………

"人家问你看不看妇科疾病。"方亚楠笑着回头传话。

莫西伦眨了眨眼，羞涩地说道："我还没女朋友呢，不要当众问我这个啦。"

女观众们又一次激动起来。

"好了，好了，"方亚楠拍了拍韩添仪，"你拍别的去吧，我一个老太太，有什么可拍的？"

"好的，好的。"韩添仪大概觉得方亚楠在镜头下会不自在，于是听话地跑开了。一个穿着西装的中年男人不远不近地跟着她，跟保镖似的，离着老远就朝方亚楠点了点头，看来就是阿肖介绍的那个经纪人了。

"陆爷爷怎么还没来呀？"方鹗又回到自己的"宝座"上，翘首以待。

"他在后台。"方亚楠扬了扬手机。

"哇！这时候他还能去后台？"方鹗眼睛比闪光灯还亮，连旁边的莫西伦都偷偷看了过来。

"你要是发达了，你奶奶我也能去。"方亚楠温柔地摸着方鹗的头。

方鹗站了起来："奶奶，你想喝什么吗？我去给你买！"

场馆不允许自带酒水,只允许用场内特制的软壳、封闭式杯子接水——大概是怕观众情绪太过激动,向舞台上扔水瓶。

"咖啡吧。"方亚楠随口回道。

"不行,不能喝咖啡,"莫西伦说道,"目前请杜绝刺激性饮料。"

"我不,我偏要。"方亚楠瞪向方鄂。

方鄂期期艾艾地说:"奶奶,如果你不能喝……"

方亚楠露出慈祥的微笑。

方鄂:"那就喝咖啡味的牛奶好了!"

"什么?我是你奶奶,不是你孙女!"

但是方鄂已经跑远了,留方亚楠在原地跳脚。

"没关系的,奶奶,"莫西伦老神在在地说,"你不爱喝牛奶的话,我还带了吊瓶,你可以直接挂瓶盐水补充水分。"

她带他来就是个错误!这医生就是个妖怪!

方鄂去了许久都没回来,倒是陆晓先过来了。他一来,莫西伦就自觉地给他让了座,让他和方亚楠坐在一块儿。

陆晓很自然地道了谢,撑着膝盖慢吞吞地坐下来,然后叹了一口气:"累!"

"比你当年加班还累?"

"那可累多了。加班的时候,没有那么多人在你耳边'叽叽喳喳'地吵。"陆晓说道,"你怎么没去后台?那几个小朋友还提起你了呢。"

"他们都要比赛了,我就不去给他们添麻烦了。"

"这有什么的?还有人在看你外孙女的直播呢,让我问你要不要请你外孙女也去后台拍拍视频。"

"嗯?!他们没跟我说啊。"

"我替你说了不用,你看你不是也不想给他们添麻烦嘛。"

"让我去探视,我嫌烦;但是让我外孙女去涨热度,我乐意呀!一个是情谊,一个是生意呀!哎,你这人,怎么把我想得那么清高?!"

陆晓愣了:"那……那我现在让他们……"

"唉,算了,算了,比赛马上就要开始了!"方亚楠做出气鼓鼓的样子,"等陆刃得冠军了,你让他给我外孙女一个专访他的机会!我们家族的千秋万代全靠你们了!"

"行,行,行,你说什么就是什么。"陆晓挠头。

方鄂回来一见到陆晓,就跟见到自己的亲爷爷似的凑上去,把咖啡牛奶随手往方亚楠手里一塞，就忙不迭地问陆晓后台的事情。

陆晓即便是去了后台，那也是像老祖宗一样坐在那儿看热闹。而且，他这人虽然也挺八卦的，可是真要他绘声绘色地转述八卦，也很难。所以他干巴巴地讲了一会儿，硬是把方鹗给说得没兴趣了。

"睡觉……吃香蕉……"方鹗双眼发直，"还有打连连看的？连连看？！"

"对。"

"我不明白。"

"我也不明白，赛前打连连看还是你奶奶介绍的方法。"陆晓说道。

"什么？又是我？"方亚楠疑惑地问，随即想起来了，"我记得有人在考试前被他爸逼着玩连连看，以测试他的考前状态……我跟你们说这件事的时候是……四十多年前？"

"对，我后来跟陆刃说了这件事，他没用上这个法子，他的队友倒是挺喜欢这个法子的。"

方亚楠嘴角抽搐，不知道说什么好。

就在此时，突然有人在身后拍了拍她的肩膀。方亚楠回头，看到一个长相贵气的男孩子，男孩子身材修长，大马金刀地坐在她后面，举止吊儿郎当的，语气却挺有礼貌的："您是怪猎奶奶吗？"

"是……的吧？"方亚楠尴尬地回道。

"哦，"他递来一个本子，随手往后指了指，"后面的人传过来的，有人请您在上面签个名。"

"啊？"方亚楠蒙了，往他手指的方向看了看。那里是普通观众区的前排，人头攒动，她也看不出是谁要签名。

"我……我签什么，怪……怪猎奶奶？"

小伙子神色也很怪异，像在憋笑："大概是吧，我估摸着人家也不想要您的真名。"

方亚楠无奈，拿起本子里夹着的签名笔，在本子上签完名递了回去："谢谢啊，唉，'奶奶'两个字可真难写。"

"您都是长辈了，当然不常写这俩字了。"男孩操着一口京片子，头也不回地把本子往后一递，后面的人立刻接过，把签名本递到后方的黑暗中去。

"对了，您顺便也给我签个名吧，咱俩坐得这么近，也是缘分。"男孩说着递过来一个平板电脑，上面也夹着一支笔。

方亚楠哭笑不得地低头在平板电脑上签下"怪猎奶奶"，随口问："要专属签名吗？"

"哟，奶奶，您真上道！我是万友思。"

自我介绍时，不说"我叫万友思"，而说"我是万友思"，能干出这种事情的人，除了万方的公子，也没谁了吧？

方亚楠的笔头顿了顿，她不动声色地问："万家的啊？"

"对啊，"他笑了笑，"我对您可是久仰大名了。话说，昨天那张临时安排的票，还是我的哟。"

方亚楠继续不动声色："那可要谢谢你了。"

"别呀，应该的。论关系，您还算我干奶奶呢。"

"啊？"

"我爹认了江爷爷做干爹，那您不就是我干奶奶吗？"

万家的公子做了自己的干孙子，这听着好像是她赚了，然而方亚楠心如止水。她笑着摇了摇头，把平板电脑还了回去："替我向你家长辈问好。"

他爽朗一笑："别呀，您突然这么和蔼，会吓着我爷的，他可怕您了。"

"我哪里有本事吓你爷爷？"

他爷爷应该就是万甄吧？方亚楠说道："他吓我还差不多。"

"奶奶，你们老一辈的事，我插不了嘴，但您看，都过去这么多年了，而且我爷爷肯定也没做过啥对不起您的事儿，我也不说什么'冤家宜解不宜结'的话了，以后有机会，两家多走动走动？"他拍胸脯，"至少，您家小孩子看比赛的票，我肯定能包了。"

"小孩子……"方亚楠笑出声来，"你才多大？"

"嘿，至少比您的孙子大一点儿吧。"

方亚楠看着他，笑了笑："我孙子到你这岁数，能有你一半老练就好了，你可别带坏他。"

"那肯定不能！您别看我这样，我家教可严着呢！"他指了指自己，"您看我，有钱、有相貌、有才！"

一旁的陆晓和莫西伦都笑了。

他们聊天的工夫，方鹗终于气喘吁吁地抱着一堆饮料回来了，一边分发一边抱怨："哇，疯了！还说什么立等可取呢，队伍都有一万米长了！我差点儿以为我回不……咦？你们怎么怪怪的，看我做什么？"

"看小孩。"方亚楠似笑非笑地说。

"啊？"

"你好，"万友思主动朝他伸出手，"我是万友思，以后你就是我干弟弟了。"

"啊？"

此时，灯光逐渐暗下来，方鹗立刻被吸引了注意力，一屁股坐了下来，给了他的新干哥哥一个果决的背影。

"观众朋友们，全球玩家们，欢迎来到 VCS 世界锦标赛的决赛现场！电竞界的至高盛宴即将开始！巅峰对决，舍我其谁？究竟谁将站上这座电竞珠穆朗玛峰的顶峰，让我们拭目以待！"

DKL 战队对决 KO 战队。

两支队伍都是各自国家的顶尖队伍，从训练赛到大大小小的电竞比赛，他们碰面的次数比很多异地恋的情侣还多，不仅把对方的作战风格都摸得透透的，就连各自的粉丝也把对方的粉丝了解得彻底。

更别提两位解说员了，即使出于职业素养必须对两支队伍进行详细讲解，字里行间还是透露着对解说这两支队伍的厌倦之意。

"这真的是我准备工作做得最轻松的世界级比赛讲解了，我现在闭着眼睛都能把每一个队员介绍一遍。"

"我也是，确定决赛是这两支队伍的时候，我真的是松了一口气。"

"那下面，我来介绍一下双方的首发队员。首先是 DKL 战队——我们的队长陆刃、突击成员艾卡和大虫、刺客夜枭、狙击手不老神、机动队员千狼；接下来是 KO 战队——队长李善、突击成员假面和希佑、刺客饮星、狙击手阿尼卡、机动队员天马。双方队员看起来状态都不错，啊，陆刃是不是还在嚼口香糖？"

"看来陆刃要有大动作啊。他平时指挥的时候话不多，常常一场比赛打完，连口水都不用喝。"

"你的意思是，他在为接下来的咆哮指挥锻炼咬肌吗？哈哈！"

"我猜是的。好了，双方队员已经进入设备，在此，我们要感谢万方科技的鼎力支持——万方，万象思维，纵横八方。好，接下来，我们开始第一局比赛！双方已经开始随机挑选地图……好，结果出来了——彩虹广场！该地图取材于南美城市街头，建筑物密集，地形落差大，是玩家最爱的适合巷战的地图，玩法非常多——非常、非常多。"

"这让我们对接下来的比赛也有了更多期待。好了，现在双方已经进入地图，VCS 世界锦标赛决赛正式开始！"

以前看比赛的时候，方亚楠就意识到，受游戏规则变化和内容更新影响，几乎每段时间都会出现一种所谓的主流玩法。尤其是在正式比赛上，因为具有高性价比，主流玩法也是职业玩家的第一选择。

因此方亚楠在这边看了几场正式比赛后，已经大概能够看明白这一代的玩法风向了，反而没有了看之前几场时的新奇感。

第一局，KO 战队胜；第二局，DKL 战队胜；第三局，DKL 战队胜。

第四局，DKL 战队拿到了赛点。

赛点往往会给双方队员带来极大的心理压力——拿到赛点的队伍怕被对手追平；暂时落后的战队就更别提了，没有退路。

两位解说员的解说也变得更加激情起来——

"DKL 战队拿到了赛点！双方开始随机挑选地图……话说，今年有没有哪场比赛选到过 H 市的观澜中心？就是观众朋友们都知道的，百道为每一届锦标赛主办城市特别设计的年度限定地图。"

"有的，观澜中心在积分赛和入围赛中都出现过。"

"我觉得观澜中心的地图设计得挺有意思的。它是 H 市的地标建筑，呈中空环形，共开放七个楼层，加上庭院，总的来说，是张空间很大的地图。绝大部分战场在室内，非常值得玩家挖掘新玩法。"

"即便 DKL 战队是土生土长的 H 市战队，也不可能通过实地考察观澜中心获得地图资料。"

"哈哈，是的。确实曾有玩家提出过异议，认为如果 H 市的 DKL 战队碰上观澜中心地图，岂不是占了大便宜？不是的，相信很多观众已经去观澜中心的现场参观过了，去过就会知道，现实中的观澜中心有四十层，百道在游戏中仅仅复原了它的外形，内部结构则和现实中的建筑完全不一样，即便是 H 市的本土战队也不可能通过实地考察在比赛中占据优势，如果说……观澜中心！天哪，观众朋友们，这一幕简直可以被载入 VCS 史册！H 市的本土战队 DKL 在 VCS 世界锦标赛决赛的赛点选到了 H 市限定地图！天哪，DKL 战队如果不拿下这局比赛的胜利，会不会有对不起江东父老的感觉？"

"你刚刚还说 H 市的本土战队不会因为这张地图而占据比赛优势。"

"但是我真的太期待 DKL 战队能在本局比赛中获得胜利了！这样的话，今年简直是最为圆满的一年。"

"今年确实很特殊——今年是我国成立电竞选手社会保障体系四十周年。这个体系正是以 H 市为起点，逐步推广到全国，最终影响到全世界的。这一体系大大增强了全世界职业电竞选手的质量和从业信心，可以说是独一无二的创举。"

"是的，是的，据说这个体系的发起人之一今天也来观战了。四十年过去了，第一代电竞人为后世铺平的道路，我们还在坚定地走着。前辈，你们看到了吗？"

方亚楠万万没想到，这样的场合下，自己会被点名。她整个人怔住了，肩膀突然被方鹗疯狂地摇动。

"奶奶，大屏幕！"

她抬头，恰巧看到自己和陆晓出现在现场的全球转播屏幕中，两个人俱是一脸愣怔的表情。

下一秒，陆晓突然拉起她的手一起挥了挥。

全场爆发出一阵欢呼声。

她赶紧露出笑容，眼眶却热热的。

她第一次为自己还没做过的事情如此自豪，同时也明白，自己已经有除了江岩之外，不得不做的事。

老方从没放弃过，那她就更没理由停下脚步了。

镜头切换，陆晓终于放下了她的手，朝她笑道："被吓到没？"

方亚楠点头："真的被吓到了……你早就知道？"

"嗯，陆刃隐晦地提了一嘴，但是我当时没听明白，现在明白了。"

"难道你也是发起人？"

"那肯定哪，真论起来，我可是被你顶在前方冲锋陷阵的人。"陆晓哭笑不得，"不过肯定还是你的功劳更大。"

"我们那么厉害？"

"还是碰上了好时代啊。"他轻叹，"毕竟这种事情，真的做起来才知道自己有多么人小力微，要不是江岩……"

又是江岩？

陆晓顿了顿，继续说道："要不是江岩拉上万方，还有那些企业俱乐部什么的拼命撒钱，我们俩估计也做不成这样的事。"

好的，我明白了！我回去就勾引江岩，把他的钱都榨出来，砸进我的事业里！

方亚楠握紧拳头。

"好，第四局比赛开始了！双方进入战场，这次，DKL战队是匪方。哎，他们要炸自己家的地标建筑了，H市的朋友们现在应该都心情复杂吧？哈哈！但是他们看起来非常狠心，一上去就……咦，他们把钱全部用来买炸弹了，怎么想的？"

"他们大概是想把楼层炸通。"

"这么做，难道是为了避免在楼梯间枪战和在电梯中被堵截吗？话说，观澜中心的设计中，有一个让我很喜欢，就是电梯。电梯的存在让比赛变得更加刺激了，我每次看到电梯数字的变化，都会猜里面到底有没有人。"

"现在，反恐方KO战队的成员已经到达他们的守卫地点，分别是位于三楼的承重柱和位于地下一层的车库。这两个地方一旦爆炸，造成的人员伤亡肯定是毁灭级的。我们看到，DKL战队已经开始向楼梯间进发了……等一下，他们上楼了？他们不去三楼吗？"

"负责守楼梯的KO战队突击成员希佑一直在三楼观察他们的动向。他似乎注意到DKL战队的人上楼了……好的，KO战队开始往电梯口和楼梯口分布人手了。想要占领电梯，需要重火力。哎，这么看，观澜中心的设计还是过于复杂了。"

"DKL战队已经全员上了六楼！他们打算做什么？他们打开了电梯门！嗯？难道他们想就这么坐电梯下去？"

"陆刃进入了电梯，按了一下电梯里的楼层键——是二楼？他又出来了，还卡住了电梯门！哦，疑兵之计！他们是想把KO的人都引去二楼吗？但是KO没上当！他们只派出机动队员天马去了二楼的电梯口盯梢。电梯下去了，停在了二楼！KO果然不放心，派出饮星前往六楼确认敌方动态！"

"DKL战队现在面对的是一个敞开的电梯通道，我们看看他们打算做什么……他们进去了！天哪，他们顺着电梯缆绳滑到了电梯厢上，现在只要他们再往上攀爬一点儿就能碰到三楼的电梯门了！KO动了！电梯外的假面和希佑已经将枪口瞄准了电梯门！他们选的都是冲锋枪，火力很凶猛啊，DKL这次悬了！"

"DKL战队开始在电梯背面装……等一下，一、二、三、四……四颗炸弹！他们要干吗？这不是在爆破开门吧？他们自己扛得住炸弹的冲击吗？"

解说员话音刚落，一声惊天动地的巨响席卷全场。所有人都身临其境一般惊呼着捂住了耳朵，再抬头时，只能看到弥漫的烟雾，什么画面都看不清，但是，战队双方的状态栏一清二楚！

"天哪，惊人！这次爆炸后，DKL全员轻伤，但是门外的KO队员'死'一伤——假面被直接炸'死'，希佑受重伤！希佑如果不能在DKL队员爬出来以前撤退，必被……啊！希佑阵亡！DKL的这次奇袭真是令人惊叹！我们看到DKL的队员从电梯井中爬了出去，直接占领三楼电梯口！而此时KO方——被派往六楼的饮星和二楼的天马正在火速回援；李善依然驻守着承重柱；地下一层的狙击手阿尼卡看起来有些焦躁，但是并没有移动。现在双方人数六比四！DKL占据人数优势！"

"陆刃、艾卡、大虫和夜枭都冲出去了，但是他们的位置很不好。电梯门外是一片空地，他们需要赶紧找掩体。李善的枪法很好，DKL被火力压制在围墙后面……他们又在掏弹了，应该是想拿烟幕弹……等一下，还是炸弹？！还是炸弹！这是什么战术？在狭窄的走廊里使用炸弹真的可行吗？！"

"陆刃将炸弹装在了围墙上，四个人又躲进了电梯井！炸弹又爆炸了……咦，等一下，这次炸弹的动静是不是有点儿响？"

"我早就跟你说了，你没发现少了两个人吗？"

"发生什么了？啊！DKL的不老神和千狼没有跟出去，而是顺着电梯井继续下行了！电梯缆绳早就被炸断了，电梯厢停在地下一层，他们借着陆刃那颗炸弹的掩护，炸穿了电梯厢的顶部！他们进入了电梯，进入了地下一层！天哪，声东击西！原来他们的目标是地下一层！那儿是车库！一览无余！二对一！KO的希佑和假面刚刚复活，正从庭院往室内赶去。他们接到命令了？不对，KO原来还没发现DKL的人已经到了地下一层！希佑和假面从楼梯往上走了！仔细听哪，选手们！我们解说员都听出炸弹声不对了啊！"

解说员倒是替KO战队痛心疾首起来。

KO战队的两名队员刚跑上二楼，地下车库的阿尼卡被不老神击中阵亡，千狼立刻冲上去安放了炸弹！

"炸弹放下了，炸弹放下了！四十五秒，四十五秒，只要在地下一层守住四十五秒，DKL就赢了！果然，DKL的主力全员从电梯井进入了地下一层！KO的人也要下楼了，但是走楼梯来不及了！好的，他们决定兵分两路，一路从电梯井下去，另一路走楼梯。看来KO还是想保存有生力量。别呀，兄弟，再不孤注一掷，就全军覆没了啊！"

"还有三十秒，DKL战队已经布置好了防御线！"

"还有二十秒，KO打过来了！原本在二楼的假面和希佑率先赶到！不老神狙中假面，假面受重伤！希佑被火力压制！"

"还有十五秒！李善带着主力成员也赶到了地下一层！他们使用了烟幕弹，哎呀，人在电梯里，就算扔再多烟幕弹，也是'死'路一条啊。"

"还有十秒！KO的狙击手阿尼卡到了，从通风口进入了战场！他瞄准了不老神，一枪爆头！不老神'死'！KO还有希望吗？希佑和假面奋不顾身地都冲出去了！他们前方只有千狼！"

"还有五秒！千狼拼了！DKL只要撑住这轮攻击就赢了！艾卡和大虫也过来帮忙了，三对二！"

"时间到！炸弹爆炸了！观澜中心坍塌！DKL胜利了！"

"天哪，我快哭了！"解说员哽咽，"太圆满了，这一切都太圆满了！"

他话音落下，方亚楠周围哭声四起。

第十五章

再少年：归去来兮

"冠军！DKL战队是冠军！"
"DKL战队在家门口用本地的特色地图获得了VCS世界锦标赛冠军！"
"完美！我已经不知道该如何去形容自己现在的心情了。在我十多年的解说生涯中，从未见过如此让人惊叹、美妙的'巧合'！"
"让我们记住这一刻！恭喜DKL战队！祝他们越走越远！"
"让我们一起喊——D、K、L！"
"DKL！"全场高呼，声震寰宇。
方亚楠扯着一把破锣嗓子，也跟着喊，激动得两眼发黑。她一把抓住陆晓，结结巴巴地说道："世界冠军，我们家出了个……个世界冠军！"
陆晓也激动得满脸通红，连连点头："嗯，世界冠军，是世界冠军！"
方亚楠老泪纵横，不停地喊："他们怎么可以这么厉害啊？老陆，他们真的太厉害了啊！"
"是，是，是！"陆晓擦了把眼睛，几乎哽咽，"不容易，太不容易了。"
"谁能想到，谁能想到？你老陆还能生出这么个孙子！"
"那……还是可以想到的。"
"……"
两个人开心得像两个疯狂的周伯通，旁边的方鹗和莫西伦也早已经跳起来，不知道跟谁抱到一起去了。场内乱成一团，方亚楠和陆晓两个老人的银发在闪光灯下闪出别样的光芒。

胜负已分，KO 战队黯然离开，DKL 战队被请到了舞台中央。主持人上台，激动得满脸通红，挨个儿问 DKL 的队员有什么感想。队员们都很羞涩，轮番发表感谢。轮到陆刃时，主持人更来劲了："作为队长，作为 H 市人，你心情一定很不一样吧？请跟大家分享一下！"

陆刃想了想，说道："作为 H 市人，能在有生之年'炸'了观澜中心，说实话，我有点儿开心。"

"啊？"主持人夸张地问道，"为什么啊？"

"H 市人都知道，那儿主要是兴趣培训中心。"

场内传来一阵意会的哄笑声，主持人也乐了："看来观澜中心给幼小的陆刃造成了巨大的心理阴影哪。"

陆刃点了点头："但我还是要感谢观澜中心。我在那里受到了专业的电竞训练，今天才能够站上这个舞台。"

"缘分哪，想不到你和观澜中心还有这样的渊源！"主持人叹道。

方亚楠听着，凑过去问陆晓："现场不是有很多外国观众吗？你说，'渊源'这个词……该怎么翻译？"

她本来只想调侃一下，谁料陆晓居然认真地想了想，迟疑地说道："Destiny（命运）？"

"De……"方亚楠痴了，一时间不知道该怎么反应。她觉得这个词不是很准确，但是一下子又想不起更合适的，只觉得这词汇像是从低音音响里发出来的一样，震了她一下。

她沉默了，继续听陆刃被采访。

主持人又问了好多问题，以至观众都发出了不耐烦的"嘘"声。方亚楠后面的公子哥万爻思干脆直接开骂了，带着一群年轻人喊："别磨叽了！"

主持人岿然不动，看起来是有保证采访时长的任务，继续坚强地与陆刃拉扯："队的职业生涯并不长，走到今天，可以想象你经历了怎样的艰苦努力。请问，除了自己，一路走来，你有没有想感谢的人？"

"到你了，到你了！"方亚楠激动起来，抓住陆晓的胳膊。

"有啊，而且他就在下面坐着。不过我现在当众深情感谢他，回去再碰到时会很尴尬。"陆刃笑道。

"哈哈，别这样，家人之间偶尔也是需要直接沟通才能传递心意的嘛。来，来，来，不要害羞，直接说！"

"那……谢谢爷爷，没有你就没有我；谢谢各位老前辈，没有你们就没有今天的我们；谢谢在场和屏幕前的所有人，不管你们喜不喜欢我们，我们都在为你们而战。"他仰头想了想，笃定地说道，"没了，谢谢。"

"我们喜欢你们！啊——"有女生尖叫起来。

方亚楠笑得不行，因为刚才场内的聚光灯又照到陆晓了，他不得不摆出端庄的样子，结果灯光只是一闪而过，他的背立马又驼了下去。

"啊，谢……"

主持人刚接过话，陆刃突然说道："哦，对了！"

"啊？"

"我说的老前辈也坐在现场。虽然我之前已经提过她很多次，但现在还是想说，我是听着以前电竞人的困境和奋斗史长大的，我热爱电竞事业，就是因为那些游戏打得虽然不好、却无条件爱我们、帮助我们的人。我就算无法带他们玩得爽，至少也要让他们看得爽，谢谢你们！完了。"

方亚楠："……"

什么叫"游戏打得虽然不好"？

一起打的时候，他说她"好厉害"，打完就翻脸说她打得不好？！奶奶听了一点儿也不开心！

场中反应快的人都笑起来，陆刃也在看着她和陆晓的方向奸笑。

主持人连忙打哈哈："这么说起来，我也是因为游戏打得不好才走上了电竞主持的道路。感谢你们今晚给我们带来的绝妙体验！那么，接下来，就是各位观众最期待的时刻！来，有请DKL战队捧起他们的奖杯，让我们铭记这一时刻——这个完美的结局、命运般的时刻！"

话毕，一座环绕着龙与花环的金色奖杯从台前缓缓升起。在场所有人的眼睛都被它照亮了。陆刃按捺不住，直接抓住左右队友的手臂。最终，六个人手拉着手上前，然后一起捧起了奖杯！

全场欢呼，在烟花和从穹顶落下的金色亮片中，DKL的成员们在台上熠熠发光，笑得合不拢嘴。他们欢呼、拥抱、亲吻奖杯，特写镜头给到他们时，每个男孩的脸上都有泪痕。

方亚楠一直在傻笑，笑到后来却有些想哭。她转头，看到方鄂和韩添仪都痴痴地望着舞台，眼中不仅有激动，还有羡慕和向往之色。

她又望向陆晓。他也看着舞台，嘴角挂着淡淡的微笑，莹润的眼和颤抖的嘴唇，既像是独属于老人的，又像是独属于世界冠军的爷爷的。他双手微微握成拳，搭在膝盖上，像一尊石像。

光影中，他的脸上皱纹明显，显得他异常苍老，但是她依稀还是能看到他年轻时的样子。

她突然心里一热,拉了拉他的衣袖。

陆晓转头,微微凑过来:"什么?"

他以为她说话了。

方亚楠张了张嘴,一时间都不知道自己刚才想说什么,脱口而出一句话:"我们当年到底有没有一起出去玩?"

"啊?听不见!"

方亚楠气血上涌,咬牙又说道:"我们当年到底有没有一起……"

她忽然噎住,感到指尖一麻。这麻痒感瞬间就传到了脸上,并直达头顶,她整个人僵住,无助感骤然生出,充满整个胸腔,慌得她喘不过气来。

她立刻望向了陆晓身边的莫西伦。他在疯狂鼓掌,双眼闪闪发亮。

该死,关键时刻,他掉链子了,回去她一定要找他收票钱!

"你说什么?!"陆晓还在问,可方亚楠已经眼前发黑了。她紧紧捏着陆晓的衣角,看了他一眼,用最后的力气控制自己往前,倒在了他的怀里。

这大概是自己这辈子唯一一次倒在他怀里吧……昏过去前,她这么想着。

"楠楠,楠楠!"

焦急的声音冲入脑海,方亚楠艰难地睁开眼,茫然地望向四周——白色的天花板,绿色的墙面,还有……老妈的脸。

她呢喃:"你叫我奶奶……干吗?"

老妈愣住了,刚拍过她的脸的手瞬间绷直,仿佛下一秒就要扇下来:"你说什么?!"

方亚楠不说话,只是愣愣地看着她。

比赛、霓虹灯、方鄂、韩添仪、陆刃、奖杯……还有陆晓的老脸,一幕幕像走马灯一样闪过她的脑海,快如一瞬,却又长如一生。

她的眼泪流了下来,浸入耳边的枕头。

老妈被吓着了:"你怎么了,哪里不舒服?哎,老方,老方!"

"唉!"老爹被叫了过来,手里还拌着一碗面,"干吗,女儿咋了?"

"她好像不舒服,你要不要开车送她去医院看看?"

"哦,哪里不舒服?"老爹一边应着,一边凑过来看方亚楠。

"哎,你快去换衣服,准备出门啦!"

"行,行,行。"老爹转身离开。

方亚楠此时才如梦初醒。她吸了吸鼻子,挣扎着像老人一般坐起来,一边擦脸一边说道:"我……我……我没事,没生病。爸,爸,我没事,不用去医院!"

老妈不信:"那你怎么死活醒不来,还哭了?"

方亚楠讪讪地说:"我做了个噩梦。"

"啊?"

"就是,就是……"方亚楠悲从中来,仿佛说出来,那一切就都真的成了一场梦,"我变成了一个老太太,然后你和我爸、狗子、千岁,都已经不在了……"

老妈愣了一下,居然笑了:"那不是很正常嘛,我们肯定活不到你老的时候啊。"

"我就是难受!"方亚楠又低头擦眼泪。

"好了,好了,你上不上班了?多大个人了,还这么脆弱。"老妈一点儿也没把她的话放在心上,确认她没事后就直起身,随手扔了件外套给她,"你已经迟到了,先想想怎么跟领导解释吧。"

方亚楠闻言看了一下时间,惊了一下,然后把手机扔在一旁,放弃般地躺回了床上。

她现在一点儿也不想动。

往返那么多次,她第一次感到这么累。

老方怎么了?她还能回去吗?

难道那天是她的死期?

老天爷也太恶毒了吧!

等一下,她说了"回去"?

方亚楠猛地坐起来,狠狠地拍了拍自己的脸。

还拥有改变未来的可能的现在,才应该是她的人生吧?她这是回来,是回来了!

她努力定了定神,一鼓作气地掀开被子,冻得打了一个哆嗦的同时,一通电话打了进来——是阿肖。

"喂?"他声音贼兮兮的,"你咋没来上班?"

"怎么了?"方亚楠并不慌。杂志社的出勤打卡制度形同虚设,就算领导查岗她也不怕,她有的是出外勤的理由。

"我们和大奔中心谈好了!领导出面的,还特地从集团过来审核要展出的图。你选的那部分图我死活找不着啊,你怎么偏偏今天不在呀?"

方亚楠眼前一黑，把手机一扔，再次躺回床上。

她不想努力了，想回去做老方！

方亚楠最终还是一边远程指导自己那让人操心的师父找到图，一边连滚带爬地冲向了杂志社。

她这一周的任务又繁重起来。既然阿肖把场地搞定了，那么接下来，联络布展公司和其他杂志社的事就被提上了日程，再加上她的电竞选题、百道的纪录片，还有江岩……她忽然觉得，如果有一天自己和陆晓完全失去可能性，那不一定是因为江岩，可能是因为她太忙了！

她都多久没好好玩游戏了？

最可怕的是，她还提前知道了自己不久之后要干的大事！她必须准备起来了！

方亚楠想想就累。

她打了个哈欠，在地铁上昏昏欲睡，整个人随着车子晃动着，心里有一搭没一搭地想着工作安排。

之前联络的布展公司应该可以谈好，既然是江岩介绍的，他们的设备方面应该也不会有什么问题。接下来，她要研究一下具体的策划案。办一场展，主办方得从展厅忙到展品，从安保研究到消防……百道的拍摄计划她已经看过了，跟自己原本计划要写的东西其实有很大冲突。毕竟百道有自己的立场，纪录片的主旨还是梦想和希望。考虑到她未来会做的大事业，她必须先在自己的选题里铺垫起来。不过这么一来，作为中间人的陆晓可能会有点儿尴尬。

手机忽然振动了一下，她以为阿肖又来催，结果拿起手机一看，是江岩的消息。

周一一大早的，他做什么？

方亚楠现在对江岩的感情很复杂，打开消息时她甚至有点儿不情愿，却发现他发了一份文件给自己，文件的标题是：《体检报告（九思江岩）》。

方亚楠嘴角抽搐了一下，没有打开文档，而是直接发过去一串问号。

方亚楠："干吗发这个给我？"

江岩："你不看看吗？"

方亚楠："我又看不懂，你直接说结论就行！"

江岩："就是……都挺好的。"

方亚楠："什么？！"

· 570 ·

她差点儿发出去一句"我不信"。方亚楠还是点开了体检报告，匆匆一览，发现他的绝大部分指标确实都正常。凭这份体检报告，完全不足以让她催促他去做骨髓穿刺……他连复诊都不需要。

方亚楠："恭喜，都挺好的。"

江岩："你好像挺失望的？"

方亚楠："怎么可能？"

看来江岩的病还没有出现。

难道自己要为了让他活到老年，一直跟他在一起，监督他定期体检吗？！

方亚楠本来就不好的心情变得越发烦躁。她现在对江岩没什么意见，甚至，因为江岩，她身为老方时，才能体会到作为老祖宗和有钱人的快乐。如果她最后选择了陆晓……

她的头又痛了起来。

她心中还萦绕着决赛现场上，自己看到陆刃捧起奖杯时的那种激动和自豪之情。他不是自己的亲孙子，可是她就下意识地对陆晓说出了"我们家"这样的话。在她看来，陆刃就是她和陆晓以及那么多一起玩游戏的小伙伴的梦想继承者，是他们这一帮人的骄傲。他赢得冠军，和他们赢得冠军是一样的。

如果她的选择导致陆刃和她那可爱的孙子、外孙女全部消失……

方亚楠不敢往下想。她握紧手机，用头撞了一下座椅扶手，吓得旁边的男生把手往回缩了一下。

手机还在振动，江岩回复了消息："既然我身体健康，不如我们庆祝一下吧？"

不，这完全不值得庆祝！

方亚楠实在没心情，只能和他虚与委蛇："那你可得排队了，我本周很忙、很忙、很忙的。"

江岩："听说你们搞定大奔中心了？"

方亚楠："对啊。"

江岩："我这儿有大奔中心办展的策划案模板，你需要吗？"

方亚楠精神一振："要，要，要！"

江岩："我好久没吃我们公司楼下的麦当劳了。"

方亚楠咬牙回复："中午见！"

江岩发来一个咧嘴笑的表情。

571

方亚楠赶到杂志社的时候，集团大佬已经走了。她忐忑不安地被阿肖推去找于文，于总倒是也没有怪她的意思，只是叮嘱她接下来要支棱起来了。因为联络大奔的事情，她在集团大佬那里有了姓名。她以后想走康庄大道还是独木小桥，就看她这次的表现了。

方亚楠快哭了："领导，我就是帮我师父跑腿，大佬怎么还盯上我了呢？"

于文："一个摄影展，都敢找上大奔中心的人，我反正没见过。领导觉得你有前途，让我关照你一下。你这次办好了，下次……"

"还我来？我不。"方亚楠胆大包天地打断领导的话。

于文笑了："别怕啊，下次说不定你就有小弟了呢？"

方亚楠支棱起来了："领导，您要给我升职吗？不给我升职也行，加薪就行！"

"人有多大胆，地有多大产。"于文意味深长地说，"你果然有前途。"

她这到底是被夸了，还是被骂了？方亚楠百思不得其解，茫然地走出了总编办公室。

此时，午饭时间都快到了，同事纷纷开始点外卖，阿肖离得老远就招呼她："乖徒儿，要吃什么？师父请客！"

方亚楠没好气地回道："跟人约了吃麦当劳！"

阿肖愣了愣，紧接着大声喊道："原来你真有事啊，我还以为你是在家睡懒觉呢！"

方亚楠无力地笑了笑，算是谢过阿肖——虽然杂志社的考勤制度不严格，多的是出外勤的理由，但是她今早什么招呼都没打就迟到，多少还是有些说不过去。阿肖现在这么一吆喝，至少帮她圆过去了。

她看看时间，拿起包出门，坐地铁到了江岩的公司楼下，给他发了条微信，接着坐进了麦当劳里，先点了一杯可乐，然后打开电脑，一边干活儿一边等江岩。

江岩果然挺忙的，给方亚楠回了一条微信，抱歉地表示自己还没开完会。这完全在方亚楠的意料之中，她笑嘻嘻地拍了一张自己的可乐和电脑的照片，表示自己也没浪费时间，江岩回复了她一个大拇指。

一个小时后，江岩终于下来了，进来以后直接招呼她："走吧。"

方亚楠："啊？"

江岩："我不想吃麦当劳了。"

方亚楠面无表情："我说过是我请客吧？你想清楚你要吃什么。"

"知道，知道，不会让你破产的，快。"

江总都撒娇了，她还能说什么？方亚楠只能苦哈哈地跟上他，又一次上了江岩的贼车。江岩把着方向盘，很开心："为了做体检，我可是清淡饮食了好久。"

方亚楠仔细想了想，不信："也没多久吧？你不是从大松村回来没两天就去体检了吗？"

"是吗？"江岩笑眯眯地说，"我不记得了，感觉就是好久、好久了。"

"是你胃不好，必须清淡饮食吧？"

"你记得我胃不好啊，所以我更不能吃快餐了，是不是？"

方亚楠觉得自己的语气有点儿冲，江岩却还是这么态度平和……她有点儿过意不去，清了清嗓子，说道："行吧，姐姐今天带你吃好吃的，你说吃什么，我就请什么！"

"这可是你说的。"江岩把车停在一条小巷子里，"到了，下车。"

方亚楠下车转了一圈，这巷子里除了一家日料店，就只剩下一个剧本杀工作室。想到上次跟江岩玩剧本杀的经历，她头皮一麻，回头结结巴巴地问："是……是日料？"

"不是日料哟，"江岩也下了车，"是日式烧烤。"

"啊？"方亚楠皱起脸，"我一会儿还要上班呢，烧烤的味道是不是太大了？"

江岩闻言迟疑了一下："好像是我欠考虑了……"

方亚楠今天已经打击江岩好几次了，这次不想再扫兴，连忙扯起笑脸："算了，有味道就不吃了吗？进去，进去，我都饿了。"

江岩被她推着，一边走一边回头："确定没问题？"

方亚楠："有问题也是席安的问题了。"

"哈哈，他不敢说我的。"

"这有什么好得意的？"

江岩推荐的这家日式烤肉是单人烤肉的形式——每人一个套餐、一个小烤架，自烤自吃。套餐里有主食、汤和小菜，很干净精致。

"烤的时候可以先撒点儿玫瑰盐，也可以刷酱，看个人口味。"江岩以过来人的身份指点着，"还有，这个肉蘸上特制酱，配饭最好吃。"

方亚楠早就吃得不亦乐乎了，一边点头一边照做，乖得像个机器人。

她吃得慢，江岩吃得差不多了以后，看了她一会儿就看不下去了，干脆帮她烤，动作相当自然。方亚楠等到他把烤好的肉夹到她的盘子里时才反应过来。她愣了一下后，还是平静地夹起肉吃了。

"好吃吗？"江岩双手撑着下巴，笑眯眯地看着她。

"你不这么看着我的话，我会觉得肉更好吃。"方亚楠一本正经地吃着饭。

"我的眼神很肉麻吗？"江岩坐直，用双手撑着膝盖，双眼直视着自己的盘子，忽然笑了一下。

方亚楠毛骨悚然："你干吗？"

"你知道吗？我前两天其实挺郁闷的。"

"啊？"

"你这么努力地催我去体检，像看出来我有什么隐疾似的。"

方亚楠："……"

我何止看出来了，都看到您的遗照了！

"我想，万一我真的有什么隐疾，以后可怎么办……我还能恋爱吗？还能结婚吗？还能组成家庭吗？尤其是……这件事还偏偏让你知道了。"

方亚楠赶紧放下了筷子，信誓旦旦地保证："别说你没病了，就算你真的有病，我也不会往外说的。"

"我当然相信你了，"江岩失笑，"你明知道我不是这个意思。"

方亚楠眼神游移，用筷子戳着米饭，问道："那还能是什么意思？"

"唉，"江岩一手撑住下巴，另一只手轻轻地抚了抚自己的额头，"亚楠，你再这么逃避下去，明年的今天，大概就是我们义结金兰一周年了。"

方亚楠："……"

这是，表白？

这有点儿突然吧？完全没有预兆啊！

方亚楠这辈子……不是没应对过类似的情况。

她还算有点儿魅力，以前也有过男孩子冲动向她表白的情况，而她每次都觉得非常意外——她和对方明明并不熟，他为什么凑上来表白？这让她面对表白时只感到羞怒，甚至怒大于羞，也导致她的拒绝总会因为过于直白，让双方不欢而散。

虽然绝大多数对她表达过好感的男孩子，最后还是会和她重新成为好友，但是她也在反思自己面对表白时的所作所为。

不是说自己的拒绝行为是一种错误，而是在人与人的距离感上，她是不是太过警惕了？

江岩的话一出口，方亚楠一时之间想不出什么得体的应对方法，只能傻乎乎地说道："那我应该怎么说？'我愿意'，还是'不行，滚远点儿'？"

江岩笑起来："非得是这么绝对的答案吗？要我说……"他忽然收了笑，认真地说道，"如果你说'让我考虑一下'，我也挺开心的。"

方亚楠："就没有'不行，滚远点儿'的选项吗？"

江岩手一抖，往她的肉上喷了一层盐："你就算要说这句话，也请考虑后再说，好吗？"

"啊……为什么呀？"方亚楠崩溃地敲桌子，"为什么这么突然哪？谈恋爱原来可以这么随便的吗？！"

"随便吗？"江岩做思考状，"或者说，是咱们俩的观念不一样？"

"啊？"

"我大概可以猜到，你觉得两个人在进入恋爱阶段前，至少要很熟，要彼此了解，然后再喜欢上对方，最后水到渠成地在一起。"

"可能是这样？"方亚楠有点儿底气不足。

"可是我对你有好感，觉得你值得，所以想和你在一起，哪怕是试一试，这又有什么不对呢？"

方亚楠无措了："啊，这……"

"恋爱之所以被老一辈的人称为谈朋友，不就是因为这是一个增进对彼此的了解的阶段吗？如果说，两个人一定要达到完全了解对方的程度才能开始谈恋爱，那么婚姻的意义又在哪里呢？"

方亚楠的表情空白了。

江岩竖起两根手指，在空中比画："恋爱是两个人走到一起，婚姻是两个人住到一起。如果我现在是在邀请你和我住到一起，你可以直接打我的。"

方亚楠闭紧双眼，长舒了一口气。她用筷子戳着被江岩撒满盐的肉，无奈地问道："那……为什么是我呢？"

"我遇到了一个我想要的女孩子，不想错过她，这么做很正常吧？"

"所以，我正好长在你的审美点上？"

"嗯……老实讲，我一开始对你的长相可没什么深刻的印象。"他笑起来，"所以我的答案是，你的内在刚好在我的审美点上。"

"如果那个开车的时候会骂人的我才是真实的我呢？"

"你觉得那吓退我了吗？"

方亚楠又习惯性地眼神游移。

"唉，"江岩苦笑，"好吧，其实我也觉得很突然。"

575

"嗯？"

"因为我觉得自己已经很努力地在接近你了，但是你呢，有点儿刀枪不入。"

为什么她会觉得愧疚啊？

"所以，你确实不喜欢我。"他用的是陈述句。

"嗯……"方亚楠心虚了一下，"这个……"

他了然："你有喜欢的人？"

方亚楠的脸立马烧了起来，但是紧接着，她的心里一片冰凉。

当初的老方是不是也面对了这个情况？老方的答案是什么？如果她现在承认自己有喜欢的人，江岩就此放弃，那是不是……那个奇妙的未来就再也没有了？

可是如果老方就是她，她就是老方，那无论如何，她都只有一个答案！

那她就赌一把吧，不管怎样，那都是自己的人生。

方亚楠露出一丝苦笑，点了点头："还真有。"

江岩看着她，没有露出什么受伤或者惊讶的表情，反而看起来像是在思考。方亚楠顶着他的目光，继续用筷子戳着那块已经开始发硬的肉。

"就我个人观察来看，"他突然说道，"你和那个人不会有结果。"

方亚楠："为什么？"

"因为你是个被动的人，至少在感情上是。"他笃定地说道，"如果那个人一直不主动，只有两种可能性：要么你不是他的菜，要么……他也是个被动的人。"

这话激起了方亚楠的警觉性，也让她有点儿不快。她不服地说道："你可别挑拨离间！"

"我肯定要挑拨离间啊。"江岩却反驳道，"我什么都不做，才奇怪吧？"

他坏得那么坦荡的吗？！方亚楠瞠目结舌。

"毕竟我现在的优势，就只剩下主动了。"他无奈地摊手，"说真的，我也没想到会在今天和你聊这个话题，不过既然已经豁出去了，那我当然要坚持到底了。"

"你不会做出在我家楼下弹吉他、唱歌这种事吧？"

"首先，我不会弹吉他……"他笑，"其次，比起这个行为，我更愿意送你锦旗。"

"……"

接下来，方亚楠像梦游一样吃完这顿饭。江岩很体贴地给了她消化的时间,在送她回杂志社的路上,没有再主动聊这个话题,这让方亚楠很是松了一口气。直到临下车前,江岩才冷不丁地叫住她:"亚楠。"

"嗯?"她心一紧,僵硬地回过头去。

"别这么怕嘛,"他苦笑,"我又没锁车门。"

"你说嘛。"

"就算你的答案是'不',如果我哪天又倒在你面前了,你还是会送我去医院的吧?"

方亚楠在心里叹了一口气,笑起来:"那当然。"

"那就好。"他夸张地松了一口气,"我其实后悔一路了——真把你吓跑了可怎么办?"

"再见!"如果他的表情不那么夸张,她就信了!

回到杂志社,方亚楠感觉自己这顿饭吃了有一辈子那么长。她身心俱疲地在座位上半躺了一会儿,觉得心烦意乱,周围密集的交谈声和行走声却又让她不得不继续振作起来,强行抛开脑海中的江岩,投入工作中。

百道的第二次拍摄计划就在明天,偏偏明天也是开选题会的日子。方亚楠跟于文请了假,专心准备联展和为选题采风的事情。

第二天,她一大早又到了百道门口,准备和宽宽会合。看着上班大军川流不息地进入百道的大门,她下意识地寻找着某个高个子的人。

她没和陆晓说自己今早会来。

方亚楠不得不承认,江岩的话对她产生了点儿影响。

尽管她一直给陆晓找理由,可是从实际情况看,陆晓对她的种种行为就是毫无反应。

方亚楠又忍不住想起自己约陆晓旅游,而陆晓拉上"网瘾夫妇"的事。

他是不想和她过二人世界,还是只把她当成一个朋友?

难道他和她一样,也怕友情变质的结果是连友情都不剩?

不行了,再东想西想下去,她要疯了。

方亚楠不再抬头张望,转而烦躁地拿出手机看时间。

然而……

"喵总?"

一个惊讶的声音传来。

方亚楠悲伤地闭了闭眼睛,想曹操,曹操就到吗?她今天并不想看到他啊!

她抬起头,尴尬地冲陆晓笑了笑。

陆晓穿着一身中长款羽绒服,显得整个人身形修长。此时,他双手插在兜里,脖子缩进羽绒服里,眼睛里满是惊讶之色:"你今天也来采风?怎么不跟我说?吃早饭了吗?"

"嗯……还没。"

"哦,那要帮你带点儿吃的东西不?"他抬头看了看,"我先去打个卡,然后去给你买早饭?"

"不用,不用,"方亚楠连忙回道,"俱乐部那边有的是吃的,我就是打算去那儿再吃的。"

"从这儿去俱乐部还要很久吧?"陆晓被她的反应弄得也有些尴尬了,"真的不要?"

"不用了,你快进去吧,要迟到了。"

"我们的考勤你又不是不知道。"他露出一口白牙,"那行吧,如果你改主意了,跟我说,我下楼去给你买,反正肉夹馍什么时候都有。"

"好,好,好,"方亚楠都快笑累了,推了推他,"赶紧的!"

"那我走了。"他无奈地刷卡进了大门,回头朝她挥了挥手。

方亚楠也朝他挥了挥手,转身继续靠在大门边,笑容立刻消失了。

真的有点儿累了,她想,自己和陆晓这几年跟拉锯战似的,她进他退,她退他进,白折腾了好几年。

要不,干脆跟江岩似的,自己也豁出去一下?

话是这么说,投入工作中后,方亚楠就没时间去想这些事了。

这一次,他们采访的是另一位候选选手梁子豪的家庭。比起之前采访卢照的父母,他们这次拍摄工作顺利很多。

梁子豪是跟卢照差不多年纪的时候进的青训营,今年,他曾经的同学都在准备高考,而他还在青训营中。作为候选选手,他履历还算丰富——一开始,打游戏只是他的业余爱好,等到他开始崭露头角时,一支当地的战队将他招收了进去。不过那支战队背后的俱乐部实际上是一个直播公会,因此,梁子豪在实力最强,也最有灵气的时期,因为初来乍到、没什么粉丝,被大主播抢去了很多机会。他一怒之下跳槽去了另一家直播公会,却因为战队的总体实力不行而被拖了后腿。就在他处于人生最低谷的时候,他看到了百道俱乐部青训营的招生广告。

这大概是他最后的机会了。再不出头,他就彻底过了职业生涯的黄金时间。

也许，他其实已经过了黄金时间。

他的父母经营着一家小超市，以前总是太忙，顾不上儿子。直到儿子辍学，他们才意识到问题的严重性，然而为时已晚。像很多职业电竞选手的家庭一样，这家人经历了争吵、咆哮、诅咒，甚至是哀求，还是无济于事，最后，他们只能放任儿子流落他乡。到现在，他们早已平静下来，越发努力地经营着那家小超市，为的就是能在儿子无路可走回到家里时，他还能有口饭吃。

对摄制组的到来，他们表现得很冷淡。

不过这一次，摄制组也有经验了，一上来就先介绍方亚楠《维度》记者的身份，甚至准备了一本不知道从哪里找来的、刊载有方亚楠写的报道的旧杂志。就这样，双方磕磕绊绊地把采访和拍摄工作进行到了最后。

临结束时，梁子豪的妈妈还是忍不住落了泪，问方亚楠："记者同志，你说他以后还能回到正常人的生活吗？"

正常……方亚楠暗自叹了一口气，知道这话里存在的偏见恐怕还要存在很久，只能说道："阿姨，他已经比很多人强了，以后不会差到哪里去的，你放心吧。"

"可是……"

"从事一份新兴职业，总要经历点儿风浪，才能有立足之地。他已经度过了这个职业最艰难的时段，以后只会越来越好的。"

"唉。"梁子豪的妈妈明显不信这番话，却只能无奈地点了点头。

梁子豪的爸爸在一旁抽着闷烟，闻言粗声说道："反正我就当没这个儿子。"

"哎哟，你这时候还说这些，有什么意思啦？"梁子豪的妈妈训他，"人家记者都来采访了，说明他有出息呀。"

"哼。"梁爸爸脸色缓和了一点儿。

方亚楠忍住苦笑，没有去纠正梁妈妈的话，和摄制组成员一同走了出去。

采访结束时，时间已经到了下午。宽宽让方亚楠在俱乐部玩一会儿，等他下班后，可以送她回市区，两个人还能顺便一起吃饭。

方亚楠没什么意见，反正带了电脑，在哪儿都能工作。不过等到回了俱乐部后，她忍不住去看起了选手们打游戏。

战队成员们正在为"以道之名"全国邀请赛进行密集训练，一把接一把地打着游戏。其间，还有教练和助手为他们统计数据，并对数据进行实时分析。方亚楠站在后面看了一会儿,等到选手休息的时候,他们主动邀请她一起玩两把。

方亚楠:"……"

她怎么有种熟悉的感觉?

虽然她反复强调自己水平不行,几个选手还是兴致盎然。方亚楠只好硬着头皮上阵,并不出所料地赢下两局比赛。

好吧,人家确实不在乎她的水平怎么样。

转眼,一下午过去了,宽宽终于忙完工作,准备带她一起回市区了。

选手们依依不舍:"方老师,下次再来呀!"

方亚楠就差翻白眼了:"你们还是好好训练吧!别到时候跟教练说是我害的你们。"

"哈哈,不会,不会!"他们挥着手。

方亚楠下楼,看到了下面二十来个像网吧小青年一样的青训营队员。卢照背对着她,正在认真打游戏,他对面的梁子豪抬头看到她,迟疑了一下,最后还是微微点了点头,算打了个招呼。

他看着电脑屏幕,眼睛反射着明亮的光。

方亚楠笑了,悄悄地朝他举了举拳头。

加油!

宽宽很快就把车开到了百道的大门口。方亚楠当他说的吃便饭就是吃百道食堂的饭,等车停了,正准备开门,却听宽宽开口道:"你干吗?"

"去食堂啊。"

"啊?你还没吃腻百道食堂的饭菜?!"

"嗯……"方亚楠缩回手,"那来这儿干吗?"

"等人。"

"等……"方亚楠话还没说完,就见一个人在茫茫夜色中小跑着过来,那身高格外显然。

方亚楠:"……"

陆晓拉开后排座位的车门,看到她,先咧开嘴"哟"了一声,随后一低头上了车。

方亚楠哪儿哪儿都不舒服,想到自己今天碰到陆晓两次,仿佛连老天爷都在催她赶紧了结这段关系。她的拖延症和尴尬症轮番上阵,简直让她如坐针毡。

"你们忙完了?"陆晓问,"怎么样?"

"就那样呗。"宽宽启动了车子,"还好喵总在,我们在选手家属那儿才没被打。"

"真的假的?喵总这么厉害?"陆晓透过后视镜看向方亚楠。

方亚楠无言以对地发出一声苦笑。

"咱们吃什么?"宽宽问,"烧烤、火锅,还是川菜?"

"不是说吃地锅鸡吗?"陆晓说道,"就是咱们以前去过的那家,挺好吃的。"

"那家啊,一般般吧……"话虽这么说,宽宽还是在手机上搜出了那家店的位置。

三个人有一句没一句地聊着,很快就抵达了饭店。还没点菜,两个男的先叫了两箱啤酒,然后一边点菜一边聊公司里的八卦消息。

方亚楠原本是爱听这些八卦消息的,陆晓大概也知道,才会主动挑起这个话题。然而方亚楠今天不仅没有聊天的兴致,连胃口都不大。只是宽宽也在,她不好表露出来,只能强打起精神附和着他们,时不时还要装作有兴趣的样子追问,这饭吃得她竟然有点儿痛苦。

"哎,对了,听说奥神辞职了?"宽宽突然问道。

陆晓迟疑了一下,点了点头。

"奥神?"方亚楠终于有点儿感兴趣了。其实陆晓和宽宽刚才聊到的绝大多数人,她都不认得。毕竟她离开百道也有些年头了,但是奥神她是知道的。毕竟自己入职百道的时候,奥神就已经是他们所在项目的主策划了,据说因为才华横溢、技压群雄,备受高层重视。其他项目组被砍,员工只能作鸟兽散;奥神的项目组解散,他会被其他项目组争抢着接收。

"他为什么辞职啊?我记得他有个儿子吧,他用钱的地方不是应该挺多的吗?"

"不知道,他应该是跳槽了吧。"陆晓说得有些迟疑,"毕竟以他的资历,他去哪儿都有人要。"

"但是H市还有比百道更好的游戏公司吗?"宽宽很自负。

"对啊,而且百道给的项目分红不少吧?"方亚楠也附和道。

"奥神好像是跟公司高层有点儿不和。"陆晓有些无奈,"宽宽,你现在不在我们项目组了,我才能跟你说这些。"

"你说,你说,"宽宽激动地灌下去半杯啤酒,"我保证不往外讲!"

"他觉得公司现有的项目分红制度太不合理了,和高层提了几次,人家不理会他,他就走了。"陆晓说道,"想想也是,下面的人累死累活地做成一个项目,上面的人直接抽走百分之七十的利润,是个人都会心理不平衡。"

"百分之七十?!已经这么夸张了吗?"方亚楠震惊了。

"这也正常。"宽宽身在其中,更能理解,"可是奥神已经是中高层了,到手的分红也不少吧?"

"对,他纯粹是为我们打抱不平。"陆晓说道,"说实话,我觉得他跳槽到其他公司后,到手的钱不会比留在这里更多。"

"是个有情怀的人哪。"方亚楠感叹。

"这显得我们多没骨气呀!"宽宽给自己倒了一杯酒,端起来和陆晓碰了碰,喝了一口,"我也想跳槽,就是放眼一望,没地儿去。"

"你不是快结婚了吗?"陆晓语出惊人,"还是别轻易变动了。"

"你居然有女朋友?"方亚楠又一次震惊了。

"我什么时候说过我单身?"宽宽反问。

"嗯……"

"他和女朋友在一起好多年了。"陆晓笑道,"他换组也是因为明明和女朋友同城,却跟谈异地恋似的,再这么下去,女朋友要跟他分手了。"

"对啊,咱这工作,谈恋爱就跟房奴还贷似的,一不小心就会人财两空。"宽宽惆怅地看着酒杯,忽然抬头看向陆晓,"话说,你怎么还没找女朋友啊?"

陆晓听见这话是什么反应,方亚楠不知道——她自己全身一震,赶紧啃了口玉米饼子压压惊,耳朵却竖了起来。

"我为什么要找啊?"陆晓再次开始打太极,"我这样不是挺好的?"

"哎,你不懂,不一样的。"宽宽语重心长地说。不知道是不是方亚楠的错觉,他甚至往她身上看了一眼:"遇到一个能聊到一起的人,真的不容易!我以前也和你的想法一样,但是你看,我现在甚至愿意为了她换组!"

陆晓也啃了口玉米饼子,边嚼边说道:"算了吧,我可不想到时候跟你似的,喝醉了就哭着喊着'她要离开我了'……难不难看?"

"为情所困乃人之常情!"宽宽摔筷子,"什么难看?你连难看的机会都没有。"

"行,行,行,我很遗憾,行了吧?吃你的。"陆晓给他夹了一筷子鸡肉。

宽宽看起来已经有些醉了,乖乖地吃起了鸡肉,刚吃了两口,又摔了筷子,用手指着陆晓点了两下,最后晕乎乎地起身,嘟哝道:"我去厕所。"

桌边安静了下来,一丝尴尬的气氛油然而生。

方亚楠觉得……再没有比这更好的机会了。

可是她现在脑中一片空白，根本不知道该说什么。自己直接表白吗？她好像没有这个语言能力，自己都替自己着急。

可是如果继续试探下去，他们可能永远都不会有结果。

只要她努力过，即便结果不如意，也怪不得她。

"你……真的不打算找女朋友吗？"她张口。

陆晓去夹菜的手顿了一下。他望向她，又立刻将目光集中到筷尖上，一脸轻松的表情："找嘛，还是要找的。"

"那你打算什么时候找啊？你也不小了。"方亚楠觉得自己说话好困难，只好逼自己一把，"难道你真的像老冯说的那样，喜欢十八岁的青春美少女？"

"那倒不是。"陆晓断然否定的话让方亚楠的心中陡然燃起希望，然而他紧接着又说道，"只不过，我打算等到三十五岁的时候再找。"

"啊？"

"真的，我跟家里人说了，我到三十五岁再考虑成家。"

"啊？"方亚楠与其说是失望，不如说是哭笑不得，"你是怎么想到这个年龄的，去算命了？"

"不是，我就是觉得……"陆晓含糊地说道，"我大概要到那个年纪，才养得起老婆、孩子吧，还有买房、买车什么的。"

"可是这些目标本来可以和女朋友一起努力实现的啊，"方亚楠急起来，"你干吗非得等到万事俱备才成家？"

"不知道，我就是这么觉得，"陆晓有些窘迫似的说，"大概是觉得这样比较有安全感吧。"

"如果女朋友自己有房有车，并不需要你也有呢？"

"那我就更要有了啊。"他说道，"不是说我一定要比她强，但我至少要有对等的实力，才配得上她吧？"

"可是你并不是实力差，只是暂时还没经营起来呀。"方亚楠已经不知道自己在挣扎什么了，只是一股脑地说道，"买房买车都要摇号，你都没有也很正常啊。"

陆晓嘴硬："反正我就是这么想的。"

方亚楠沉默几秒，点了点头，叹了一口气，也不知道自己是用什么语气说的接下来的话："唉，我好像比你大。"

陆晓一副刚刚知道的样子："哦，对，不过我们不是就差一岁吗？"

方亚楠看了他一会儿，笑了笑："是呀。"

随后她给自己倒了杯酒，一口灌了下去。

等你三十五岁的时候，我都三十六岁了。

我大概等不了那么久。

她艰难地维持着表情，不想再说什么了，只能继续给自己倒酒。陆晓看了她一会儿，欲言又止，这时宽宽回来，陆晓终究放弃了开口。

"哟，喵总，你也喝啊？"宽宽立刻来劲地给她倒酒，"来，来，来，喝起来！"

方亚楠举杯，再次将酒一饮而尽。喝完她愣了一下，苦笑了一声。

如果说方才喝酒是抱着一点儿借酒消愁的意思，那此时，她只剩下悔恨感了。

她忘记了，她千杯不醉。

方亚楠蹲在路边，看着两个满身酒气的男人坐在花坛上。陆晓正在发呆，宽宽刚刚吐过，正靠着栏杆喘粗气。

她也有点儿晕，拿着一罐冰可乐捂着头。

"我叫的网约车怎么还不……哕！"宽宽有气无力地说。

"你再吐一会儿吧，"方亚楠劝道，"吐干净。"

"干净了，肚子里没东西了……哕！司机取消订单了！"

"老陆，你怎么样？"方亚楠问得很勉强。

"嗯？"陆晓回过神，"哦，我还行。"他说完，转头看到宽宽方才吐的东西，也忍不住干呕了一下，苦笑道，"喵总，看不出来，你还挺能喝的。"

"我喝得少。"方亚楠说着，低头看着手机，想给自己叫个车，手指却本能地先点开了微信。

几个置顶的工作群下面，江岩的头像上有一个红色的数字"3"。

他是什么时候发来的消息？

方亚楠看了一眼陆晓，转头点开了和江岩的聊天框。

江岩第一条消息是："在吗？"

十分钟后，他发了第二条消息："你放心，我不是来找你要答复的。我只是来告诉你，我们接下了百道主办的那个电竞比赛开幕式的特效项目。我看开幕式之后，就是你们的展览，如果你需要的话，我们可以先不拆除仪器，这样的话，你们可以省下一笔运费和安装费，只需要支付一笔保管费就可以了。你看你要不要找你们领导商量一下？"

584

然后，他发来一张图片，是一张表格的截图，表格左边列有预估的运费和安装费，右侧则是大奔中心的仪器保管费报价。

方亚楠没有细看左右两排数字的差别，只是木木地对着图片发呆。

此时此刻，她的心思真的很难从男女之情中拔出来。

陆晓、江岩，江岩、陆晓。

谁能想到，她方亚楠临近三十岁，还能遇到这种选男人的情况？

这一刻，与其说她对陆晓感到失望、对江岩感到愧疚，不如说她对自己感到厌烦。

她恨自己没有出息，明明清楚只要一句话就能问出自己和陆晓的未来，一开口却依然是东拉西扯的。

如果她真的那么爱陆晓，那就不该拖着江岩，而是立刻拒绝江岩 但是她做不到。

做人真的难，做好人更难。

她在输入框里缓缓地输入："对不起，我还是想……"

不，她不想再争取陆晓了，太累了。

她又把刚才的话一个字一个字地删掉，重新输入："抱歉，我刚才在和……"

不，她现在不想让江岩知道她做了什么蠢事！

她再次把刚才的话删光，又输入："我试着表白了，但是我大概也不是很坚定……"

等一下，她为什么要这么突兀地跟江岩讨论这些事啊？明明她什么都不用跟他说！

她叹了一口气，抹了抹脸，再次按下删除键。

她再次打字，手机忽然振动起来，是一个微信语音电话打了进来——江岩的！

方亚楠愣了，再次看了看那边的陆晓。他正撑着膝盖，给干呕的宽宽拍背。她深吸一口气，站起来接通了电话："喂？"

糟了，她的声音好沙哑！

"你怎么了？"江岩声音一如既往地温润，只是此时带上了一丝凝重感，"感冒了？哭了？"

"没……咳，没有，"方亚楠往旁边走了两步，低声回复道，"刚才在和朋友喝酒……你有什么事吗？"

"我在等你的答复呢，"江岩声音带上了一点儿笑意，"看你一直在输入,却半天都没有发消息过来,我就干脆直接给你打电话了。你考虑得怎么样了?"

方亚楠有些慌乱,抬头迎向冷风,让发烫的脑子清醒一些,重新低下头说道:"那个……我想缓一段时间再决定。我……我刚才吃饭的时候,想跟老……哦,不,跟那个人……争取一下,就是……就是……"

她发现自己真的有点儿醉了,此时根本收不住那些胡言乱语。

她在脑子里拼命地喊"打住,打住",话却像开闸的洪水似的倾泻出去:"我想知道那个人对……对我是什么感觉。我觉得他也是喜欢我的,甚至……甚至可以确认这一点……哦,不,我不知道。我大概还不能确认……我不像你……我……我没法直说……真的说不出来,我……"

脸上一热,她竟然哭了。难以抑制的委屈感溢满了胸腔,她背过身,胡乱地抹着脸,哽咽着说道:"我也不知道为什么我不能直说。我就这么要面子吗?我不明白,这个事情有那么难吗?我只会暗示,对,就是暗示。虽然我觉得那已经差不多是在明示了,可是他……他说他要等到三十五岁才考虑结婚。他是神经病吗?他三十五岁的时候,我都三十六岁了!他是天仙吗?让我等他六年?我三十六岁的时候,搞不好都绝经了!他知道我要为他牺牲什么吗?我本来可以有多可爱的儿子、女儿、孙子、外孙女啊!他凭什么啊?他凭什么啊?"

方亚楠吸了吸鼻子,强迫自己冷静下来,可是委屈感还是止不住地往外溢:"我也没那么喜欢他吧,就是担心,万一我被拒绝了,以后就没人陪我打游戏了。我就是觉得和他一起玩游戏很开心。然后……我还不明确拒绝你。我就是……就是吃着碗里的,瞧着锅里的。原来我这么坏的吗?我最终还是成了我最讨厌的那种人。做人怎么这么难哪?怎么这么难?"

电话那头一片安静。

方亚楠慌张起来:"喂?喂?!"

江岩:"你现在在哪儿?"

"啊?"方亚楠不知道是不是自己的错觉,江岩刚才好像笑了?

"在哪儿?"江岩催促,"快说。"

方亚楠愣了一下,又下意识地看向陆晓,却见他正扶着宽宽,也看向她。见她回头,陆晓晃了晃手里的手机:"喵总,你怎么样,叫到车了吗?我得把他送回去,他这样不行。我们等你上车再走。"

"叫……叫到了。"方亚楠很心虚,继续将电话放在耳旁,难为情得不知道该如何开口:"那……那个……"

"江总专车为您服务。"江岩果然听到了她和陆晓的对话,话音里的笑意越发抑制不住了,"说地址吧,乘客大人。"

"绝绝子万州烤鱼。"

"绝绝子……"江岩重复着店名,"离我挺近的啊,开车也就十分钟?"

方亚楠此时才意识到,百道和九思就在一个区,她简直是在江岩家门口吃了顿饭。

方亚楠咬牙回道:"对。"

说完,她就挂断了电话。

她深呼吸,向陆晓走去,并挤出一丝笑容:"我有个朋友过来接我,很快就到。"

"朋友?"陆晓有些惊讶,却还是没有多问,"哦,那行。"

"你们快叫车吧,我没问题的。"方亚楠不太想让江岩和陆晓碰面。

然而,就像过去不管多远,他都会把她送到地铁站一样,此时的陆晓扶着宽宽一动不动:"没事,我们陪你好了。"

方亚楠暗自叹了一口气,笑了笑,打开手里的可乐喝了起来。

宽宽的酒劲儿大概上来了,此时他已经神志不清了,嘴里"叽里咕噜"的,不知道在说什么,完全把陆晓当成一根拐棍。陆晓稳稳地扶着他,表情又正经又无奈。

方亚楠和他们并排站着,看着空荡荡的路面出神。

"喵总。"陆晓忽然开口道。

"嗯?"方亚楠没什么情绪地应了一声。

"《怪物猎人》出新龙了,一起打吗?"

方亚楠缓缓地抬头看向他,眼睛里情绪莫测:"啊?"

陆晓有些眼神飘忽地看着路面,看起来竟然有些慌乱:"哦,是全新的龙,不是以前那些版本的复刻版了。我……我估计下一个版本的主要材料,应该都要从它身上打。你如果要,我……陪你一起打?"

方亚楠还是看着他,用尽全身力气也很难调动起积极、兴奋的态度。直到陆晓有些不习惯地低头看她时,她才猛地转过头望向前方,努力挤出一丝笑容:"哦,好呀。"

陆晓明显松了一口气:"那等游戏更新了,我跟你说。"

"好。"方亚楠已经不知道该怎么应对这种场面了,满心只剩下"哭笑不得"四个字,只能强颜欢笑,故作豪爽地拍拍他的手臂,"还是你靠谱,我的装备可就指望你了!"

"你别到时候又打了两三次就不肯打了就行。这是新龙，我也不知道它的材料掉率是多少，光靠我的话，可能打到死也没法帮你攒出一套装备。"

"哎，《怪物猎人》为什么不允许玩家交易啊？"方亚楠终于找回了一丝以前的状态，痛心疾首地说。

"还好不允许交易，否则我就成给你打工的了。再说了，如果允许材料交易，到时候满地都是一身豪华装备的人，但是他们的实际水平可能还不如你，你的游戏体验感得多差？"聊到游戏，陆晓也很自然地进入滔滔不绝的模式。

方亚楠有一搭没一搭地附和着，等看到江岩的车出现在路面上时，竟然有松了一口气的感觉。她扔掉手里早就空了的可乐罐，平静地说道："我朋友来了，你快叫车吧。"

"哦。"陆晓乖乖地答应了一声，用单手支撑着宽宽，另一只手艰难地掏出手机解锁，一边叫车，一边抬头张望，"哪个是你朋友？"

话音落下，他就见江岩的保时捷突兀地停在了他们的面前。江岩从车窗探出头，先看了看陆晓，又朝方亚楠笑了笑："上车。"

方亚楠觉得自己的表情几乎是平静的。她拉开后排座位的车门，利落地上了车。关上车门前，她回头对有些愣怔的陆晓笑了笑："那我先走啦？"

陆晓看了看江岩，转而朝她笑了笑："哦。"

难得呢，太极大师也能笑得那么艰难。

方亚楠发现这是她这一整天下来第一次感到快活。她语重心长地说道："快长大吧，老陆。"

这一刻，她不是一个人。

"我能问一个问题吗？"坐在后排座位上的方亚楠忽然闷闷地问。

江岩看着前方，想了想，说道："你是想问为什么我能表白？"

"哇，你……你……你……"

"这很好猜吧？"他苦笑，"毕竟这是今晚唯一困扰你的问题了。"

"唉，"方亚楠抓了抓头，"我真的高估我的人性了。这么多朋友，我非要问你。"

"这会显得我很可怜？"

"不，这会显得我很可恶。"

"哈哈，"江岩居然笑得很真挚，"你不觉得这样也挺好的吗？"

"啊？好在哪里？"

"表面上看,这让你意识到我做了件多伟大的事;往深层看……你现在在我的车上,说明我还有希望,不是吗?"

"难道不是坐实了你备胎的身份吗?"方亚楠已经豁出去了。

江岩居然笑出来了:"如果你真的把我当作备胎,不会告诉我你有喜欢的人,还说向他表白了吧?"

"可是我表白一失败,就来找你了呀!"

"难道不是我找的你?"

方亚楠急了:"我根本不该让你来接我,就应该坚决地拒绝你,然后……"

"然后呢?"

方亚楠愣住了:"等一下,我感觉有点儿奇怪。"

"对,我也很奇怪。我又做错了什么,为什么要被坚决地拒绝?"

"嗯……"

江岩轻叹:"其实,你是希望我这样抨击你吧?"

方亚楠皱紧眉头。她之前仗着酒劲儿,想说什么就说什么,现在却被江岩的话戳得清醒了,一时间不知道该怎么反驳……或者说,她确实无法反驳。

"你也可以换个角度看,"江岩柔声说道,"你希望我抨击你,是因为觉得愧疚。如果你对我感到愧疚,是不是能说明,我在你心里还是有点儿分量的呢?"

"你可以去当情感导师了。"

"哈哈,有机会的话,我可以去进修一下相关课程。"他笑道,"现在,我只是在努力地从我的主观角度去分析这件事罢了……目前来讲,我对这个结果挺满意的。"

方亚楠意识到自己在动嘴皮子这件事上是完全没有胜算了。她长长地吐出一口气,打开一点儿车窗,让凉风刮过自己的脑壳。

"你喜欢他多久了?"江岩忽然问。

"不知道,"方亚楠平静地回答道,"我已经想不起来自己是什么时候意识到自己喜欢上他的了。"

"因为什么呢,他打游戏厉害?"

"也不是,他就是很好,又帅又高,性格也温和,很照顾朋友,绝大部分时候话不多,偶尔有点儿毒舌,碰到喜欢的话题会滔滔不绝……偏偏他喜欢的东西,也常常是我喜欢的。"

"游戏？"

"差不多吧，"方亚楠自己都觉得有点儿好笑，"我们的关系听起来是不是像网恋？"

"你们在网上好像也没建立恋爱关系吧。"

"当然没有，我们俩都不相信网恋。"

"但网络是维系你们的关系的唯一纽带。"

"我跟他的事情，你现在看起来已经比我还清楚了。"

"唉，"他一脸遗憾，"看来你没喝多。"

方亚楠得意地笑了一声，随后打了个哈欠："不，我只是酒量好。"

"那我就跟没醉的你说一下我的看法吧。"江岩虽然目视前方，身上认真的气息却直扑向她。

方亚楠觉得有点儿慌乱，强撑着问："什么？"

"你没那么喜欢他。"

"喂！"

"或者说，那不是爱。"

"……"

"你不玩游戏的时候，会经常想起他吗？"

方亚楠皱眉想着，嘴上强撑："说得好像你就会想起我似的。"

"我会啊。"江岩飞快地回答。

"……"

"尤其是胃疼的时候。"

之前沉默是因为尴尬，这次沉默，方亚楠是无语了。

她半个白眼都翻出来了："你够了啊。"

"工作的时候确实不会想起你，"他嘴角噙着一丝笑容，"但是每天起床的时候，觉得房子好空旷；做早饭的时候，会想起你说喜欢吃煎蛋卷；开车的时候，会想起你开车时发脾气的样子；吃饭的时候，会想喝一罐可乐；看着窗外发呆的时候，会想有没有能让你带我去玩的地方；晚上打开电脑，会想去搜一下你在玩的游戏到底是什么样子……"

"行了，行了，行了！"方亚楠扛不住了，跳车的心都有了。

"我也不好意思说什么爱不爱的，"江岩在一个红灯前缓缓停住车，微微叹了一口气，转头对她说道，"你可以随意理解我刚才说的话，我自己的感觉是，因为你的出现，我感到有点儿寂寞了。"

方亚楠双手捂脸，呻吟："我不知道该说什么。"

"你现在还醉着呢吧？"

方亚楠怔了怔，随即立刻点头如捣蒜地说："对，对，对！"

"所以回去睡一觉，明天你就什么都不记得了。"

"那显得我很不负责任！"

"忘不掉就更好了，"他再次笑起来，"这样你就能记得自己今晚表白失败这件事了。"

"我没表白！"

"好吧，那你可以参考我的表白方式，也来一次表白，如果这样都不行……"江岩看了她一眼，还是微笑，"那就可以考虑考虑我了。"

方亚楠："……"

如果要到这种程度才算表白，那她可以把陆晓拉黑了。

江岩似乎早就料到了她的反应，笑容显得有些奸诈。他恰到好处地收起了这个话题，转而说道："话说，刚才不是在微信里跟你说了大奔中心能保管设备的事……"

方亚楠到家的时候已经是半夜了。换作平日，方亚楠在睡前肯定要打会儿游戏的，但是今天的经历实在是太跌宕起伏了，她担心自己再不睡就得睁眼到天亮了，于是干脆吞了一颗褪黑素就上床了，挣扎着睡了过去。

接下来一段时间，她进入了连轴转的状态，忙得脚不沾地。

白天，她和阿肖往各家杂志社和合作商那儿跑，确定图片的排版设计和展览位置，跟不同的杂志社负责人扯皮；晚上和其他零碎的时间，她还要忙自己的选题。由个人单独负责一个选题其实是不合公司的规章的，方业楠写完稿子，必须将稿件分别提交给一个文字编辑和一个图片编辑审核，他们都通过了，这选题才能出刊。因此她必须尽早完成选题，给两位同事预留出足够的审核时间，方能心安。

以往，不管多忙，方亚楠睡前肯定要玩一两局游戏放松一下。然而，现在的她没这个心情了。她每天都一身疲惫地回到家中，习惯性地打开电脑，进入聊天频道，听朋友们聊天，却完全没有打开游戏的兴致。

有时候，他们聊得越热闹，她反而越心烦。

但她还是每天上线，只是以忙和累的名义少言寡语，勉强维持着和他们的关系。

预想的情况终于还是发生了。她一直不表白，也是怕把关系变得复杂。异性之间存在持之以恒的友情吗？她相信是有的，只不过前提是，友情在交际过程中没有变质。

这么想,是她的错,是她先变质的……老陆就算对她也有意思,但更多的还是想维持当下和她的关系吧。

然而工作太忙这个理由总有用不了的一天,比如周末。

方亚楠周六美美地睡了个懒觉,醒来后神清气爽,开着她的小破车,拉上久违的闺密出去逛街,两个人大聊相亲和催婚话题,又说到工资和工作环境,最后聊到了创业和养老。

"说真的,我们到时候就去农村,买套房子做民宿,我负责做菜,你负责接送客人、买菜、打扫房间、拍照、写软文、运营公众号……"闺密下车前依然在热情洋溢地发表畅想。

方亚楠哭笑不得:"你怎么不让我干脆平地起座房子?"

"你要是觉得你可以的话,我肯定没意见,"小姐妹笑嘻嘻地说,"到时候我帮你刷墙。"

"谢谢您了,客官,到站了!"

"哦,行,行,行。唉,我明天还要去相亲,"闺密说道,"咱俩谁当谁的伴娘,就看我这一搏了!"

"您都快成搏击大师了,拜拜。"

"哎,等一下,"小姐妹突然转身趴在车窗上,"你很久之前说看上的那个小哥哥,没下文了?"

方亚楠这才想起来,自己以前激动地和闺密分享过这段心事,然而此时只剩下心酸感受,于是平静地回复道:"嗯,没了。"

"唉,"闺密叹气,"你这恋爱困难体质呀……太容易同男人错过了。"

"你没错过吗?怎么还单身哪?"

"我错过,是因为我知道他们不喜欢我;你错过,是因为你都不知道对方喜不喜欢你。咱俩能一样吗?"闺密努力伸手过来拍了拍她的肩,"老姐妹,下次碰到跟你表白的男人就嫁了吧,你不适合追人。"

方亚楠:"……"

回到家,她想了想,还是打开了游戏。

见她上线,妙妙直接在语音频道里欢呼起来:"哎哟,喵总大驾光临,有失远迎,有失远迎!"

方亚楠:"唉,我总算是短暂地解放了一下子。"

妙妙:"你这几天没来跟我们一起打游戏太可惜了。老陆天天都在,就我一个拖后腿的人,他都不习惯了,百战百输!"

陆晓:"还不是被你坑的?"

妙妙："什么，我坑？呵呵！我救了你多少次，你自己说说看！去偷袭的时候还要我提醒你敌人过来了，你才想起来回头打！人家都放炸弹了，你还猛冲！我不跟你说，你早就被炸飞了！"

陆晓："我那是在看别的……行，行，行，你说的都对，那今天你领队。"

妙妙："我领队就我领队！来，喵总，咱俩组队，不带他们！"

方亚楠："好！"

阿大："哎，你们别吵了，快点儿进来吧。"

老冯："别提了，我已经'死'透了。老陆，你怎么还没进来？"

妙妙："老陆进来干吗？他不是嫌我们坑他吗？"

陆晓："进来了，进来了。"

妙妙："你们瞧瞧，到底是谁死皮赖脸地跟着我们？"

陆晓："是我，是我。"

方亚楠默默地进了游戏，又进了队伍，看到陆晓出现在队伍里。他的人物站在离她的人物不远处，不停做着换枪的动作。

一旁忽然蹿出来一个光头大汉："师父你最近怎么都不来玩了？"

她在游戏里的徒弟阿大跟他们不在一座城市，和她是纯粹的网友关系，所以完全看不懂眼下的气氛，说话很是直接："老陆还说你不要我们了。"

"什么？怎么可能？！"方亚楠怒了，"我只是不要他了！"

阿大："我就说嘛！我说：'我师父不要你们也不会不要我……'啊，游戏开局了，我去走小道了。"

方亚楠不假思索地说："那我跟着你。"

阿大："随你。"

说着，他转身就往小道去了。方亚楠赶紧提着枪跟上去，没走两步，就听妙妙喊道："哎，老陆，你去哪儿啊？小道上已经有阿大和喵总了！你过来帮我们守大门哪！"

老冯："大门这里不是还有我嘛。"

妙妙对自己的老公那是一点儿也不客气："哎，你行了吧，指望你看门，一会儿大门怎么掉的都不知道。老陆，老陆？！"

方亚楠回头，果然见陆晓也猫着腰跟在他们身后，顿时有点儿无语。他们这群人中，要说技术，阿大和陆晓算是平分秋色。所以，一般是他们俩分别带人双线作战。没想到今天他会跟着阿大和她，这行为显得很不理智。

陆晓一副没听到妙妙的叫声的样子，又跟近了几步。

593

方亚楠："你去帮妙妙和老冯啊，我们这边不用这么多人！或者我过去，你跟阿大守小道？"

陆晓这才停下来，有些不情愿地说："哦，那我去那边。"

然后，他转身往大门跑去。

到了第二局游戏，方亚楠正在挑枪，陆晓忽然过来问："喵总，要狙击枪吗？你可以守B点。"

守点是个轻松活儿，一不小心还能成个肥差，方亚楠原本对这种任务求之不得，但是今天陆晓这么殷勤，她很不习惯，干脆拒绝："不了，我负责冲锋吧。"

陆晓："那我陪你吧。"

电脑前的方亚楠简直要摔鼠标了。她抖着手关闭了麦克风，然后对着屏幕大吼了一声："你搞什么啊？！我很好玩吗？滚哪！"

然后她再次打开麦克风，冷静地说道："随你啊，"顿了顿，她又补了一句，"反正我跟谁不是跟？"

于是，第二局比赛中，陆晓就在方亚楠的带头冲锋下反复横"死"。

到了第三局，方亚楠不想冲锋了，想安静地守点。她战绩差，钱少枪烂也无所谓，随便买了条烧火棍，就找了个点蹲着。过了一会儿，陆晓一身硝烟地路过，在她面前"啪"地砸下了一支锃光瓦亮的狙击枪。

方亚楠："拿走，给我用浪费了。"

陆晓："缴来的，你不要，我的背包里也放不下了。"

放不下的话，你是怎么把它拿过来的啊？！

方亚楠懒得再多说，从地上抄起枪。

第四局，陆晓临"死"前向她扔了一枚烟幕弹，方亚楠得以安全撤退。

第五局，她被对手一枪爆头，陆晓以一敌三，拆掉了敌方的炸弹。

第六局……

打完，妙妙总结："老陆今天打兴奋剂了。"

老冯："对啊，喵总来了，你怎么变得这么猛了？前两天跟瘟鸡似的。"

方亚楠没什么表情。这样的调侃话，她以前爱听，现在却只想关机。

陆晓："没有啊，我很正常啊。"

妙妙："那你怎么不把狙击枪给我？"

陆晓："你问你老公要啊。"

阿大也来凑热闹："小陆哥哥，我也要！"

陆晓："问你师父要。"

· 594 ·

方亚楠："喊。"

陆晓："你看，你师父不愿意给。"

阿大："伤心了，我下线了！"

老冯："我明天还要加班，也下了。"

妙妙："那我也撤了，小 boss 好像还没睡着。晚安！"

转瞬人就走光了，语音频道里只剩下方亚楠和陆晓两个人。

以前，方亚楠都把这种时候当作约会，两个人常常天南海北地聊到凌晨两三点钟。可是此时，她毫无兴致，甚至也有点儿想撤。

可是她终究没有走。今天的陆晓太殷勤了，殷勤到异常。他虽然以前对他们也是予取予求，但是今天过于主动了，主动到像是在补偿什么。

这猜测让她心里不舒服，可也让她想起之前江岩说过的话。他会对她产生愧疚感，是不是就说明，在他心里，她还是有点儿分量的？

如果他想继续和她做朋友，那他们就继续做朋友吧，她又不吃亏。

陆晓说话了："喵总？"

方亚楠："啊，在。"

陆晓："你更新《怪物猎人》了吗？"

好吧，她永远别指望他跟自己有别的话题。方亚楠打开游戏："我看一下，应该……啊，更新了。"

陆晓："那我们去打劲龙？"

劲龙应该就是那头新出的龙了。方亚楠看着游戏首页的宣传图，说实话，有点儿累。但是如果她还想玩这个游戏、打过这头龙，显然，有陆晓在是最好过关的。

她为自己的没出息哀叹一声，拿起手柄："走吧，怎么打啊？"

陆晓立刻进入状态："劲龙跟它的名字一样，肉很厚，所以要盯准他肉质软的部位打。我根据玩家经验和官方建议试了几次，你到时候盯准它的脖子、腹部和腿根打。还有，你别看它的头部看起来没什么防护，但其实很硬……"

方亚楠迷迷糊糊地听着陆晓的介绍，直到看到劲龙才猛地想起一件重要的事："等一下，就咱们俩吗？"

玩家进入副本后，可以临时发求救信号向其他玩家求援，毕竟人多力量大，绝大多数玩家愿意在战前多拉些人。

陆晓："不用，路人拖咱们的后腿的可能性太高了。"

方亚楠："那也不会比我更拖后腿啊！"

陆晓："所以你就别坑别人了。"
所以我就坑你一个？
方亚楠的头又痛了起来。

方亚楠玩了一整个通宵，第二天睡到临近晚饭时间才醒来。浑浑噩噩中，她忽然揪心起来。
又到周末了，她会不会回不去了啊？
老方还好吗？
"亚楠，楠楠，吃不吃饭？"老妈在外头喊她。
"等会儿，"方亚楠有气无力地回了一句，"我有点儿晕。"
"哼，打游戏的时候你不晕就行。"老妈阴阳怪气地说。
方亚楠在房间里傻坐了一会儿，回过神来，本能地拿起手机看了一眼，发现收到不少消息。
有朋友喊自己去玩密室——不过现在人家已经惊魂未定地从密室里回来了；还有人喊自己出去吃饭——估计到现在，这个饭局也没组成；还有宽宽让自己有兴趣的话，去看一下他们在大奔中心布置好的赛场——下周，"以道之名"全国邀请赛就要开赛了；还有江岩——他承接了这场比赛的全程特效支持，今天晚上彩排开幕式，发消息问她有没有兴趣去看。
因为大奔中心晚上还有其他活动，彩排被安排在了晚上十点钟。方亚楠觉得睡了一天的自己，应该是有精神去看看的。
她分别给宽宽和江岩回了消息，表示自己晚上会过去。
晚饭后，她准备出门，路过电脑时，却下意识地开了机，并进入了语音频道。频道里一开始还没人，不过等她快出门时，全员都到齐了。陆晓跟上班似的，晚上九点钟准时上线。
妙妙又嚷起来了："明天就要上班啦，咱们今天临睡前再玩两把呀！"
方亚楠："不了，我一会儿出门。"
妙妙："哇，喵总，你有夜生活了！是出去约会吗？"
方亚楠："你猜。"
妙妙："那肯定是去约会了。哎，老陆，你不行哪。"
陆晓："怎么又扯上我了？那……喵总，你不玩了吗？"
方亚楠："不玩了，不玩了。"
老冯忽然问道："喵总，你真的是去约会啊？你有男朋友了？"
老冯向来不太参与这种八卦话题，偶尔开腔也是为了给老婆兜底。他现在突然这么问,方亚楠下意识地郑重答道:"哎,不是啦,是……我跟你们说过百道搞的那个电竞比赛吧?"

妙妙:"知道,知道,我们不是还让老陆给我们弄门票嘛。"

方亚楠:"今晚是开幕式彩排,他们叫我去凑个热闹。"

老冯:"哦——"

他拖长尾音,仿佛是松了一口气。

方亚楠哭笑不得:"你一个有老婆的人,还这么关心别的单身女青年的感情生活,你的男德何在?"

老冯:"那肯定是要关心的。你要是跟别人跑了,老陆不就完蛋了?"

方亚楠暗自叹了一口气:"你们这么操心,老陆还是单身,这真是世界第八大奇迹。"

老冯:"那怎么办?再让他单身下去,他就要盯上我女儿了。"

妙妙:"对啊,想想就生气!"

陆晓:"哎呀,被你们发现了。"

方亚楠:"哈哈哈!"她又说道,"我得走了。"

妙妙:"喵总,看比赛的事看来要靠你啦,指望不上老陆!"

陆晓:"都不是我们部门的事情啊,我怎么搞得到票?"

方亚楠觉得有些好笑。她怎么成天被人要门票?她以后要是没饭吃了,干脆去当票贩子好了。

方亚楠:"我尽量,我尽量。好了,我要来不及了,走了。"

她拿起包就出发了,担心回来得太晚赶不上地铁,还开了自己那辆小破车,一路驶到大奔中心时,彩排正要开始。和宽宽打过招呼后,方亚楠直接进了后台。

刚开过一场摇滚演唱会的大奔中心还有点儿脏乱,但是新的设备已经布置完毕。江岩亲自坐镇后台,他的旁边还站着一个年轻人,那人细长的眼睛,白净的脸,看着就挺精明的。

江岩看到她,很是高兴地冲她招了招手,顺便拉着身边的年轻人给她介绍:"亚楠,这是我朋友——万甄,我跟你提到过。老万,这就是亚楠。"

万甄笑起来时,越发像只狐狸,此时很是热情:"方老师,如雷贯耳,如雷贯耳。"

方亚楠看万甄,怎么看都是一副奸猾相,但还是很亲切地伸出手:"同贯,同贯,失敬,失敬。"

握过手后,她好奇地左右看着:"这儿都是你们的设备?"

"是啊,你应该大部分见过,只有一些设备是大型会场专用的,你可能没见过,要给你介绍一下吗?"江岩跟在她身后。

"不用,不用,你们忙吧,我随便看看,等会儿就去观众席了。"方亚楠不太想面对万甄,这会让她感觉很尴尬。于是她说着便自顾自地转头往另一边去了。她瞥见万甄正一脸奸笑表情地拿胳膊肘顶江岩,江岩也顶了回去,两个穿着衬衫、西裤的男子在推搡着对方,就像两个高中男生。

她有点儿不好意思,近乎慌乱地出了后台,坐到观众席的最前排座位上。那里已经坐了不少完工的工作人员,大家都轻松地聊着天,等待彩排演出开始。

电竞比赛的开幕式上并不需要太多明星出场,反而是二次元文化的表演偏多,到了开幕式的中后期,会有歌手现场演唱主题曲,将开幕式推向高潮,曲末,战队在光影特效中出场。

所以,江岩的九思其实承担着整场开幕式的重头戏。据说九思的承接费堪比一线歌星的出场费,是本次开幕式的举办费用中最大的一笔支出。

宽宽一边用对讲机说着话,一边走了过来,一屁股坐在方亚楠身边。他放下对讲机,长叹了一口气:"以后再也不能跟你一块儿喝酒了。"

"啊?为什么呀?"

"你太能喝了。"

"什么呀?"方亚楠哭笑不得,"我可一点儿都没劝酒。"

"我知道,但是……哎呀,人就是这样,只要酒桌上还有人清醒着,就会觉得自己也还能喝,你懂吗?就是……唉,我到现在头都疼。"

"哈哈,好吧,好吧。"方亚楠拍了拍他的肩膀,"下次我帮你挡酒。"

"这可是你说的啊。"

"对了,这次比赛的门票什么时候开卖?我要给朋友抢几张。"

宽宽摇了摇头:"抢什么?你要几张?我给你安排。"

方亚楠也不推拒:"那我不客气了,一、二、三……四张吧。"

"包括你?"

"包括我。"

"还有陆晓?"

"欸?"

宽宽笑了:"他也问过我门票的事情,也是要四张票。你俩可真有意思,都不提前商量吗?"

"既然他已经跟你要了……"

等等，那刚才说"我怎么搞得到票"的人是谁？

"你们要看哪几场比赛？我多给你们两张票，你们给朋友。至于你们俩，我直接给你们弄两张工作证好了，你们随便进。"

"可是那我不就没有座位了？"

"哎，有工作区啊，随便坐。"

"好吧。"

对宽宽来说，可能安排两张工作证要比安排门票更方便。

宽宽手里的对讲机忽然响了起来，传来一阵嘈杂模糊的声音。方亚楠不知道宽宽是怎么从那段噪声中提取到关键信息的，他拿起对讲机回了一句："好的，好的，我这就过去。"

他叹了口气，起身，左右看了一圈，点了点自己的座位，对方亚楠交代："帮我占个座啊。"

"成。"方亚楠没多想，利落地点了点头，把包放了上去。

宽宽走了没多久，舞台上的所有灯光突然关闭，场面暗了下来。

方亚楠出神地看着前方，余光忽然看到旁边走过来一个人，那人拿起她的包就坐了下来。

"哎，等……"方亚楠转过头，突然愣了。

陆晓——手里还拿着她的包——也有些发愣："啊？"说着，他把包放在自己的腿上，"宽宽说你给我留了座位。"

"我……"方亚楠只能点头，"坐吧。"

"哦。"

陆晓的语气一如既往地憨憨的，他抱着她的包坐了下来。他个子高，坐着的时候总显得有些伛偻。他也看向舞台。

沉默与尴尬气氛齐飞。

方亚楠每到这种时候，总是能深切地体会到所谓"女孩比男孩早熟"这种说法的含义。虽然她跟陆晓已经不是女孩和男孩了，可是他们明明是差不多的年纪，她却总是主动暖场的那个人。

她又忍不住开始找话题了。

"你怎么来了，不是在玩游戏吗？"

此时，灯光亮了起来，陆晓看着舞台回答道："哦，宽宽之前也问我要不要来了。我本来觉得这里除了他，也没有认识的人，这才不想来，不过既然你来了，那我也来看看。"

方亚楠的嘴角抽搐了一下，她干巴巴地说道："哦，那来看看也好。"

她忽然觉得陆晓挺磨炼人的，硬生生地把她的少女心磨炼成了妇女心。

"话说，喵总……"陆晓刚开口，一阵震耳欲聋的音乐声突然响起，把他的声音盖了过去。

彩排开始了。

这是一场将音效、光影发挥到极致的表演。其间，一名特效做成的反恐特警从舞台上跑进观众席上，一名坐在那里的工作人员伸手去摸他的头盔，下一秒就被那名特警用枪瞄准了头部，这一幕引发全场爆笑，方亚楠在这一刻才意识到，九思在技术上已经走得很远了。

他们能登上更大的舞台。

如果江岩能活得更久一点儿，七十五岁的老方可能会看到一个更为光怪陆离的世界。

表演部分结束后，代替选手来参加彩排的工作人员开始上台踩点。最精彩的部分已经结束了，全场恢复了常规的灯光。

方亚楠听到周围零散的观看人员发出了阵阵惊叹声，包括陆晓。

"真的太厉害了。"他由衷地赞叹道，"没想到全息技术已经能做到这个地步了——听说背后的团队是国内的团队？"

"对啊，"方亚楠感到与有荣焉，"他们公司离你们公司还不远呢。"

"啊？"陆晓瞪大了眼睛，"真的假的？"

"骗你干吗？啊，来了。"方亚楠转头张望了一下，随即站起身，热情迎接走过来的江岩："江总，你太厉害了！"

江岩正把卷起来的袖子往下放，一边走一边摇头："还是有点儿吃不消，小状况太多了……啊，这不是那天……"

陆晓也有些惊讶地站了起来。他虽然在笑，眼睛却不由自主地看向方亚楠，表情显得有些无助。

对江岩和陆晓碰面，方亚楠已经平常心了。她自然地介绍道："这是我的前同事，陆晓。老陆，这就是负责开幕式光效的公司的老板，江岩。"

"你好，"陆晓率先伸出手，"你们做得真好，我都看傻了。"

江岩和陆晓握了握手，前者表情看起来居然有点儿矜持："你好，谢谢，其实我也捏了一把汗。"

"对了，我很好奇，刚才那个特警的动作是互动吗？还是不管观众有没有动作，他都会举枪？"陆晓居然握着江岩的手不放，询问道。

"哦，那是互动。如果观众不动的话，他也就走过去了。"江岩任由他握着自己的手，像个慈祥的叔叔。

"那是怎么触发的这个互动动作呢?"

"这也是我们刚刚研究出来的技术……这里能坐吗?"江岩指着方亚楠方才坐着的位子问。

"坐吧,坐吧,你们聊,我去旁边逛会儿。"方亚楠干脆后退了一步。

陆晓二话不说地先坐下了,然后还算有良心地提醒方亚楠:"喵总,那你的包先放在我这儿,你别忘了。"

"行,行,行。"方亚楠觉得这场面很好笑——陆晓人都坐下了,也没放开江岩的手。江岩完全不像是主动坐下的,倒像是被陆晓拉得不得不坐下的。

陆晓还在求知若渴:"我就是好奇这个设计的触发机制,还有,你们用的引擎应该跟我们用的差不多吧?我们用的是……"

方亚楠默默地走到一边,回头看去,江岩端坐在那里,跟陆晓越聊越欢。

男人哪。

她又走远了一点儿,这时突然收到一条来自江岩的微信——

"这和我想象中的场景不太一样。"

方亚楠直接笑了出来,回道:"你俩在一起得了!"

过了许久,江岩才回:"你人呢?我把你的包拿来了,送你回去。"

高,真是高,他这是直接把她跟陆晓隔离了呀。

方亚楠朝着远远走来的江岩招了招手,感觉自己已经认命了。

这周,如果能做回老方,她应该可以更心平气和了吧。

然而,好不容易睡着,意识再次恢复后,她赫然发现自己睁不开眼!

她身上还没什么感觉,一个女人的哭声却率先冲入了她的脑海里——

"她可以的!我妈妈可以的!医生,医生,求求你们,她肯定可以挺过去的!妈,妈,你醒醒,你醒醒哪!"

第十六章
致老年：生死宇宙

　　此时的状况，让方亚楠不由得想起自己以前看过的一个系列短剧——《世界奇妙物语》。

　　其中有一个故事，讲的是临终的奶奶拜托孙女，让自己借孙女的身体去了结年轻时的遗憾。结果最后，奶奶没把身体还给孙女，于是可怜的孙女替奶奶死去了。

　　那是个黑暗的故事，孙女年轻的灵魂躺在病床上，那双苍老的眼睛透出了绝望的神色。方亚楠当时大受震撼，今天就更加有切身体会了。

　　谁能想象，她一个不到三十岁的人，正在体验心衰、脑梗、高血压、被全身插管抢救的痛苦？

　　拜托，四十多年过去了，抢救的手段还是这么没新意吗？她要不是现在没力气，都想咬舌自尽了！

　　仪器的"嘀嘀"声吵得她不安，医生和护士忙碌的动静也让她越发烦躁。

　　他们不停地往她身上注射着她听都没听过的液体，又时不时地因为她年纪太大而讨论着药物的剂量。

　　怎么会这么突然呢？

　　方亚楠想不通。她以为自己时常全身酸痛和没力气是老年人的普遍感觉，吃饭的时候没胃口，这也应该很正常。为了让自己的身体更好，她强迫自己多吃、多走动，适度玩游戏，不敢让自己太过激动和劳累。

她已经很注意自己的身体了，怎么还是走到这一步了呢？

但愿莫西伦不会被自己牵连。如果没有他，她可能直接在赛场上暴毙了——毕竟她是绝对不可能放弃那场总决赛的。

方亚楠亲耳听着自己的医生和死神拔河，过了很久，仪器匆促的警报声终于随着医生、护士逐渐平缓的语调而稳定下来。她被推出抢救室，送进了病房，周围的脚步声多了起来。

"医生，"江谣沙哑的声音响起，她问，"我妈她……她现在清醒吗？"

"她应该是清醒的。"医生的声音很陌生，医生回答说："但她现在应该很累，抢救的过程对她来说应该很痛苦。"

江谣发出一阵哽咽声，姜多多啜泣着安慰她："没事啊，姐，这不过来了嘛，没事啊。"

"看什么比赛嘛！"江谣抱怨起来，"一把年纪了，自己的身体是什么情况，心里都没数的？还要去跟人家小年轻一起挤在那么刺激的场所里，真的是……"

"病人的心脑血管一直不太好，上一次不也是费了好大的力气才把她抢救过来的嘛。"医生插嘴道，"她肯定是年轻的时候爱熬夜、饮食不规律，所以看起来健康，其实身体底子很差……现在说这些也没什么用了，你们好好陪陪你们的妈妈吧。"

"谢谢医生，谢谢医生。"方近贤的声音响了起来，转而又远了，他说，"医生，我问您点儿事啊。"

门被打开又关上，周围安静了些，只剩下女人压抑不住的啜泣声。

"妈，妈，你听得到吗？"江谣轻轻地摸着方亚楠的脸，指尖小心地绕过氧气罩和氧气管。

不知道她看到了什么，又哭起来："这是遭了多大的罪啊，以妈这样的性子，她怎么肯这样过啊？"

"已经很好了，姐。"姜多多轻声说道，"妈这些天过得这么开心，已经很好了。"

"好什么啊，好什么？"江谣说道，"有什么好的？能走能笑才算好，她现在这个样子，好在哪儿了？"

"妈年纪大了，没办法的。"

江谣抽泣着跑了出去。

"唉。"姜多多长叹一声。她给方亚楠捋了捋头发，轻声唤道："妈，妈，醒着吗？醒着的话眨眨眼？我陪你说说话？"

方亚楠使劲动了动眼珠子。她忽然有些庆幸自己没力气开口，因为实在很难用语言来形容自己身上的痛苦。她全身都插着管子，包括喉咙。她已经失去了身为一个人的正常感觉，空虚和沉重感交替着覆盖着她的身体，相比之下，疼痛甚至算小问题。

但是她至少回来了。老天爷给她时间，让她再来看一眼。

她的头因为闷痛而一片混乱，再加上她一直闭着眼，一开始的心潮起伏过去后，在黑暗中，恐惧感油然而生。她努力地将眼睛睁开一条缝，又被光芒刺激得闭上了。

"哎，妈，你醒着吗？"姜多多一直观察着她，见状立刻强抑激动情绪，柔声说道，"妈，那个……没事，你昨天的情况是有一点儿危险，不过现在医疗技术这么发达，你再在医院里躺两天就又能出院了。不过出院以后你可不能再玩游戏了，得静养，知道吗？"

医生说的话我都听到了，我下次静养大概是在坟里。

方亚楠真佩服自己，这种时候还有心情吐槽。但是她不得不这样做，否则会立刻陷入更严重的胡思乱想状态。

她会死在这里吗？如果老方死了，小方呢？到底这边是梦，还是那边是梦呢？

她努力地动了一下手指，结果牵一发而动全身，全身都忍不住抽搐起来。

"妈，我晓得的，你现在肯定很难受，别担心哪，很快就过去了。你忍一忍，很快的。"姜多多的安慰话语很苍白，但是她看起来已经绞尽脑汁了，以至开始东拉西扯，"哦，我跟你讲，小鹗这狗东西真的是……我都不想说他，他这两天模拟考呢，还去看比赛，你说，他就算告诉我，我也不会不让他去看比赛啊，毕竟只是模拟考，又不是高考……但是他之前瞒着不说，今早才跟我交代，我真的是服了……还有……你的那些小朋友，就是打游戏的那些，好像真的挺厉害的。你昨晚昏倒的时候，不是比赛刚结束嘛，堵车了！他们直接用公司的大巴把你从特殊通道送出来的……那阵仗！好多观众以为是他们坐在里面，居然有人朝大巴扔水瓶！据说那些闹事的人，都是支持他们的对手的，这么一闹，当然被抓起来了……哎，你说，不就是游戏嘛，这些人怎么会这么不理智？……还有，你有几个老朋友不知道从哪里得到了消息，都要来看你，我们都回绝了。还是等你好起来，再去联系他们吧。我看你前一阵儿都不跟他们联系了，估计是不记得他们了。哎，以后你

604

还是要多跟他们一起玩，少和小鹗一起打游戏。还有，你还记不记得……"

姜多多说得口干舌燥，终于等来了开门声。一群人走了进来，其中一人问道："老人家醒了吗？"

"好像醒着呢，我说话，她有反应。"姜多多站了起来，局促地说道，"那个……医生，我妈好像很难受啊，很想动又动不了。"

"她肯定动不了的。"医生声音很平淡，甚至带着点儿冷漠感，"打了那么多药，她要是还能动，现在都得痛死了。"

方亚楠感觉到自己的眼皮被翻了起来，强光转瞬即逝。医生肯定地说道："醒着呢，这是好事。"

紧接着，医生在她耳朵边喊："方阿姨，我知道你现在很难受，你忍一忍哪！你醒得这么快，是好事！你不要慌，你现在动不了是正常的！"

方亚楠："……"

姜多多贴心地提醒医生："那个……我妈她不耳背。"

对啊！你喊这么大声干吗？没晕都被你震晕了！

医生："哦……很健朗嘛。"他又说道，"那家属都出去吧，让老人家安静一会儿。"

"我们不在，妈会不会害怕啊？"

方近贤的声音响了起来，听起来很憔悴。

"等她药效下去了，你们再来陪她吧。她现在很累的，让她多休息吧。"

于是，一行人"窸窸窣窣"地走出了病房。方亚楠当真是头痛欲裂，可能是在药物的作用下，没过一会儿，终于睡了过去。

接下来的时间里，她一直处于浑浑噩噩的状态，偶尔能听到身边的家人说话——方鹗和韩添仪总是拌嘴，方近贤讲话的时候常常压低声音，偶尔还会传来一些陌生或熟悉的声音。莫西伦来过，席安来过，陆刃也来过……有时候，她觉得陆晓也来过了。

她偶尔睁眼，也很少有人能注意到她正睁着眼睛看雪白的天花板。她发现这样的日子太难熬了，自己连植物人都不如。她意识是清醒的，思维是活跃的，却一动不能动。她的嘴上罩着氧气罩，她连话都没法说，喉口时不时地发出"咕噜咕噜"的声音，是自动吸痰的管子在运作。

如果她一直这样下去，不如让她死了吧。

方亚楠真切地体会到了什么叫作生无可恋。灵魂被拘禁的感觉太痛苦了，痛苦到可怕，可怕到她想尖叫。

可是她叫不出来。

"就你事情多,"方鹗的声音忽然传来,他说,"带坏我。"

"那你别来啊,"紧接着,是韩添仪的声音,她说,"我又没求你。"

"没我,你办不成这件事!"

"嗳……欸,外婆是不是醒了?"

"什么?!"一个人扑到了她的头边,带着薄荷一样清新的空气,"奶奶,奶奶……哎,她醒着呢!奶奶,你感觉怎么样?!"

方鹗一说完就反应过来了:"哦,你不能说话……奶奶,奶奶!"

他傻乎乎地叫着她,一点儿实际内容都说不出来。

"你轻点儿!"韩添仪扑到方亚楠的另一侧:"外婆?哎,外婆在看我们呢!你快去跟他们说——外婆醒了!"

"为什么是我去?你去!"

"刚才是谁说肯定听话的?"

"那也不是现在就听话啊!"

"你去不去?"

方鹗气急败坏地跑了出去。

病房里安静了一瞬,韩添仪的声音再次响起,她说:"外婆,对不起。"

她道什么歉?

"我都不知道你的身体已经这么差了,还让你帮我搞那些乱七八糟的事情……"

这哪里能怪你呢?小家伙,我也玩得很开心哪。

"而且……而且我发现,我真的一点儿都不了解你,"韩添仪声音变得低落起来,"很多关注我的人听说你病了,要给你送礼物。他们问我你喜欢什么,我想来想去,都想不出来。"

这不奇怪,方亚楠也不知道自己的外婆喜欢什么。

"结果,可能因为我之前发过一个你和厂花玩的视频,他们就寄了好多猫玩具过来……"

啊,这……

韩添仪也觉得好笑:"家里都被猫玩具堆满了,厂花十年都玩不完……外婆,你快点儿好起来吧,我一定陪你去做你喜欢的事情。玩游戏我可能不行,但人生也不只有游戏这一件好玩的事情,是吧?"

这孩子,年纪不大,看事情却很明白。

方亚楠想笑一笑,但是她的笑容被氧气罩遮住了,韩添仪没看到。

家人们很快就来了,围着她的病床七嘴八舌地说着话,于是很快就都被医生赶了出去。

就这么一会儿时间里，方亚楠明明一动也没动，却已经有些精疲力竭了，不管不顾地睡了过去。

深夜，她感觉自己做了一个梦。

有个女人在哭。

她太困了，困到分不清梦境和现实，甚至连自己有没有睁开眼都不知道，只听到耳边传来断断续续的声音。

"像爸一样……遭罪……何苦呢？……命都搭进去了……妈……"

方亚楠想听清楚这些话，可她的脑海中此刻一片混乱。她听到像是从对讲机里传出来的声音，但更多的是噪声——有机器运行的声音，还有电流的声音，甚至有远比医疗器械更尖厉的"嘀嘀"声，所有的声音此起彼伏地在她的脑海中盘旋。这些声音像是带着引力，把她的意识往更黑暗的地方拉去，拉扯得她晕头转向的。她要不是努力地想听清其中的讲话声，就要放弃挣扎了。

说话声却变轻了，末了，只剩下隐隐的啜泣声。一只潮湿的手摸了摸她的脸颊，又捋了捋她的头发，然后便离开了。

她被留在原地，一个不留神，被黑暗彻底拉了进去。

到时候了吗？

她要死了吗？

方亚楠满心的惶惑情绪，恐惧感占据了她的身体。她想，无论如何也要安慰一下那个在她床边哭的人，却仍在不断地坠入深沉的黑暗中。下一瞬，她的意识一轻，像是冲破了一层厚重的黑幛，她陡然进入了一个光怪陆离的世界！

她依旧身处黑暗中，然而这黑暗环境中闪烁着密密麻麻的星光。星光越来越多、越来越亮，逐渐显现出绚烂的色彩——橙、黄、红、蓝、绿……它们如银河一般流动着、旋转着，美到让人窒息。

她呆呆地看着眼前的一切。她的意识似乎在旋转，她的眼角感受到了一道强光。

光线越来越亮，逐渐显现出一个新月状的轮廓，又变成半圆，最终从半圆变成……这是月亮！

方亚楠蒙了。

这居然是月亮，近在眼前！所以她现在是在宇宙中？

等一下，这是什么情况？她现在是什么——神仙，还是鬼？！

"队长,那个干扰又来了。"

旁边突然传来一个模糊的声音,就是她方才听到的像从对讲机里传出来的声音。

"和地面的联络有没有问题?"

另一个声音响了起来。

"目前没有,就是有点儿杂音。"

"记录一下,继续观察。"

"好的。"

"还是那个规律吗?六到八天一次?"

"对,我正在更新报告,把这次的干扰报告给地面。"

"快一点儿,不要影响登陆。"

"好的。"

"唉,再搞不清楚这是什么东西,搞技术的那帮人头发都要掉光了。"

"月亮过来了,再看两眼,回去以后看到的月亮就不一样了。"

"不,不,不,不看了,一看就冷。"

"你这是对月亮有创伤后应激障碍了啊。"

"队长,这个可不能乱说啊,我下次还想来呢。"

"哈哈!"

茫茫宇宙中,方亚楠就像是被贴在机体外的摄像头,只能看到星空和月亮,看不到在她背后说话的人。她意识到自己可能就是那个"干扰",但是没什么愧疚感——她又不是故意的!要是可以,她也想脚踏实地地在地球上做个人!她还有很多事情要做呢!

不过,这个经历真的是奇特到迷人。如果每个人死前都能看到这样的景象,或许死亡并不是那么可怕的事。

方亚楠看着星空,渺小感油然而生,心胸都开阔起来。

她万万没想到,有生之年,她方亚楠还能到太空玩一圈。

"重新连接和地面的信号,倒数五秒钟。"

通信器的声音再次响起。

等等……

"五、四、三、二、一!"

方亚楠眼前一黑。

"奶奶,等你病好了,有什么想去的地方吗?"病床旁,方鹗突然问。

"想去参加你的家长会。"

"奶奶,你是魔鬼吗?"

"哈哈……喀,喀喀!"方亚楠笑得咳嗽起来,只好闭上嘴。

她再次醒来时,呼吸机已经被撤下了,但是胸腔处明显有一个机器,在一下一下地推动着她的呼吸,疲惫和滞重感依然萦绕着她的全身。

方鹗当时刚考完试回来,正在她身边发呆,见她醒来,忙不迭地跟她显摆,说什么方近贤找了很多超级厉害的专家,给她装了一个人工肺,还说这是当前最先进的医疗技术什么的。

方亚楠听得一头雾水。直到后来医生亲自给她解释,她才搞清楚——所谓的人工肺,跟心脏起搏器的作用差不多。她体内的这个人工肺是国内自主研发的最新款,用来包住她的心肺,帮助她呼吸。

方亚楠听完还真的有些心惊。以前有同事做过一期医疗专题,专门讲一个当时被国外垄断的先进技术——体外膜肺氧合。据说一台机器要几百万美元,每开一次机,也要十万美元以上。这种昂贵的医疗器械,一般的老百姓根本无从了解,因为实在是普及不了。体外的机器尚且如此,如今被安装在她体内的机器,想必更加花费惊人。

看来她又能苟延残喘一阵子了。

但是她心里也清楚,她真正的问题是衰老,这并非人力所能对付的。等到她的脏器全部衰竭的时候,就算身上安装满机器,她也不过是一个会呼吸的行尸走肉罢了。

眼下已经进入大学生的考试季,韩添仪便回学校了;大人们都在忙工作,只有中午或者晚上才有时间来陪陪她;方鹗倒是孝顺,因为学校和医院离得近,他每天放学都会先过来一趟,陪她说说话,或者自己做做作业,等她吃完饭再回去。

最近,他又找到新的乐趣——方亚楠现在需要远离电子产品,他便在家里翻箱倒柜,想找一些书给她带来,结果意外地让他发现一个新世界——他发现很多方亚楠以前的摄影器材和书籍,便都带来了医院,让方亚楠教他摄影。

不管世界如何变幻,人们对影像的追求从不会停歇,而且越是高科技时代的人,对技术和复古款的机器,越有一种近乎迷信的心态。方亚楠那堆当时的大路货,到了现在竟然也成了很多人趋之若鹜的古董。

据说,方鹗有一次把她的徕卡首款微型单反相机带去学校摆弄,引起同学轰动——他因此越发有了学摄影的兴致。

方亚楠知道，方鹗在学校虽然挺受欢迎的，但主要是因为他脸长得好看——毕竟他成绩平平，才华一般，身材和性格也没什么过人之处，就连游戏也打得不怎么样。方鹗自己也知道这些，是以现在突然有机会提升自己的内在，摆脱绣花枕头的身份，学起来比玩游戏还认真。

"奶奶，你看看，这是不是蝴蝶光啊？"方鹗兴致勃勃地给方亚楠看他刚拍的照片。

方亚楠瞥了一眼："算是吧。"

"啊？真的是蝴蝶光？我看着还有点儿像伦勃朗式用光呢。"

"其实是曝光。"

方鹗："……"

"唉，"方亚楠叹气，"你太急了。先多看看大师的作品，培养出审美来，再找到自己最适合的风格，钻研下去，这样以后就不会纠结什么蝴蝶光、伦勃朗光了——别人说不定还要学你的方鹗构图。"

"那哪里来得及呀？"他嘟囔。

"这有什么来不及的？咋的，急着给我拍遗照啊？"

"哎呀，奶奶！你说什么呢？"他居然真的生气了，"我不是说了嘛，等你好了，带你出去玩，到时候肯定把你拍得美美的！"

"没事，你把我拍成什么样我都可以忍受。"

"那不行，韩添仪会嘲笑我的。"

"那让她来拍，谁行谁上。"

"那可不成，"方鹗声调又上来了，"我是你的亲传弟子，不能给你丢脸！"

"嘿，你这小子，自拜师门哪，我收过你这个徒弟吗？"方亚楠哭笑不得，"作业做完了吗？小屁孩？你奶奶我当初可是……"

"我知道，我知道，你用脚都能考高分，闲得慌才学的摄影。"

"我说过这样的话吗？"方亚楠愣了愣。

方鹗低头摆弄相机："你以前说过。"

以前……是老方说的吧。方亚楠不知怎么的，心里一暖，又发酸。

果然哪，她就是老方，老方就是她。不愧是你，方亚楠，不要脸的品质始终如一。

"对了，奶奶，你还没说呢，等你病好了，有什么想去的地方吗？"方鹗又问了一遍，紧接着补了一句，"不是家长会！"

"啊，这个嘛……"方亚楠冷不丁地想起之前自己那黄粱一梦般的经历——她在深度昏迷中,好像上了宇宙飞船,在太空中看了一次月球。

这个经历太过震撼,让她回味无穷,她忍不住回想起自己过去的那些光辉岁月。

当初那个开着一辆破车上雪山、过荒漠的方亚楠,是什么时候开始停下脚步的?

她怀念魔鬼城的风,怀念南非十二门徒山上的雾,怀念新西兰提卡波湖上的星空,怀念热气球下面的吴哥窟,甚至怀念在米兰时,那个企图偷她朋友的手机的吉卜赛女孩……

她好像去过很多地方,但是还是有很多地方没去过啊——曾经与她失之交臂的南极,还有一直在计划中的冰岛,以及因为各种事情无法成行的印度和拉丁美洲。

如果可以,她还想再跳一次伞,再玩一次蹦极,再在海底潜泳一次……那些蔚蓝、深邃、无边无际的地方,她都想念。

只可惜,她现在的身体大概是不允许她这么做了。

方亚楠轻叹一声,正想摇头,忽然脑中灵光一闪,眼前的那抹深蓝变成了一望无际的海平面,那画面和她前阵子看到过的某个场景联系了起来。

如果她是去那里的话,好像不是那么困难。

"海坝。"她说道。

"什么,什么爸?"方鹗凑过来,"要叫爸爸来吗?"

这倒霉孩子的耳朵也不知道是随谁了,何况你爹是我儿子,我会喊他爸吗?!

"海、坝!"方亚楠一字一顿地说,"精卫海坝!"

"哦!"方鹗眼睛亮起来,"这个可以!到时候,让老爸开车,我们去一次!"

方亚楠有些激动,但更多的是不安。

海坝刚刚建成,沿途的设施并不齐全,这么长的路,如果她在途中出点儿意外,那真是叫天天不应,叫地地不灵了。

可是,那是海坝啊,是祖国的又一个伟大建设。她现在有机会比别人提前四十多年看到,这简直比全息游戏还让她激动!

她定下心来,撺掇自己天真单纯的孙子:"你赶紧问问你爸啥时候有空。"

"好的,好的,嘿嘿!"方鹗见姜多多进来,突然压低声音。看来他也不傻,知道得先把他爸搞定,再去一起搞定他妈。祖孙俩用眼神交流起来,看得姜多多莫名其妙:"你俩干吗呢?方鹗,你又打什么坏主意?"

方亚楠和方鹗齐声说道:"嘿嘿,没事,没事!"

晚上,想到方鹗临走前偷偷朝她比的志在必得的小拳头,方亚楠有点儿心潮澎湃。她在护工的照料下安安稳稳地躺在床上,没一会儿就睡了过去。

这一觉她睡得很沉。

清晨醒来时,她一睁开眼,就觉得哪里不对——她是被闹铃吵醒的。这闹铃如此熟悉,以至她精神恍惚了许久。

完了,她要疯了!还没到时间,她就又变成小方了?!

老方死了吗?她现在应该继续躺着,还是去上班哪?今天是星期几啊?

她摸到手机一看,顿时眼前一黑——今天是周一。

方亚楠一时间都不知道是该悲痛老方生死不明,还是自己两周无休的劳碌命。

外面传来老妈的催促声——

"方亚楠!我发现你最近越来越起不来床了啊。你昨晚几点钟睡的?!"

方亚楠哪里记得?"昨晚"对她来说已经是五天前的事了!

顶着老妈的骂声,她连滚带爬地逃出了家。方亚楠站在街头,在冷风中瑟瑟发抖,很是迷茫。

上班路就在前方,可是她的人生路在哪里?

她昨天还在考虑"临死前的愿望",今天就要开始为了生活汲汲营营。这样的转变再多来几次,她真的会疯吧?

她要不要去看心理医生?

不行,她完全说不清楚啊。

方亚楠叹了一口气,慢悠悠地往地铁站走去。

工作像往常一样,有趣中带着枯燥。联展的事情敲定以后,阿肖有了余力,开始筹备新的选题。对方亚楠,他大概也有些愧疚,忙自己的选题之余还不忘问她要不要帮忙。方亚楠一点儿都不客气,让他帮她的选题找两个审核编辑。阿肖二话不说,一口答应。

方亚楠什么脏活儿、累活儿都不怕,唯独怕欠人情。有阿肖出面搞定,她整个人都轻松了不少,开始专心地写自己的选题,忙到下午,按时下班。

直到回到家里,吃完饭,打开电脑看着游戏图标时,她才真切地意识到,自己现在真的是小方。

"昨天"她还在交代遗言,现在又好端端地坐在电脑前,准备玩游戏了。

语音频道里,居然只有陆晓在。两个人简单地打了个招呼后,陆晓突然说:"喵总,明天晚上的开幕式你来看吗?来的话,我顺便把工作证交给你。"

方亚楠:"……"

她是不是可以把陆晓的话理解为他要约她一起看开幕式?

好家伙,她没记错的话,"昨天",江岩从他手中诓走了她的包,顺便把她也带走了。所以他今天这是醒悟过来,要有行动了?还是她又在多想?

她还没来得及说话,陆晓紧接着又说道:"如果你忙的话,我把工作证寄给你也行。"

好吧,看来是她多想了。换成江岩,他肯定会直接把东西送过来——毕竟那是个能抓住每一个见面理由的人。

她还没意识到自己事事都拿这两个人比较,意味着什么。

方亚楠不再纠结,直接开口道:"那我们明天在会场门口见吧。"

陆晓声音听起来挺雀跃的:"好……哦,对了,那你要不要顺便和我一起吃饭?"

行哪,这人有进步!两个人以前一起相约看电影,都是各自吃完饭,然后在影院集合,看完电影就分开。他现在居然会约她吃饭了?

方亚楠简直好奇他接下来打算怎么做:"可以啊,吃什么?"

如果他回答"百道食堂"的话,她就把他拉入黑名单吧。

陆晓:"我上次参加公司的聚餐时,吃到一家云南菜,挺不错的。不过这家饭店在我们公司附近,你要不要过来,我们吃完一起去会场?"

可怜的孩子,方亚楠叹了一口气。陆晓工作忙,平时除了打游戏就是健身,公司要不是有聚餐,他在百道干了这么多年,估计连周围有什么店都不知道。

方亚楠:"行,那我下班就过去,到了以后联系你。"

陆晓:"好的,好的,那到时候谁先到谁先点……"

这时,妙妙进来了。她一来就热情打招呼,陆晓的话没说完,被生硬地吞了回去,他转而和妙妙打了个招呼。方亚楠觉得很有意思——陆晓表现得像是在跟她偷情,所以怕被朋友发现。

第二天——周二,方亚楠按部就班地完成了一天的工作,然后赶到百道附近的云南菜馆,和陆晓吃了一顿毫无暧昧气氛的晚饭。之后,两个人一起去了大奔中心,参加由百道举办的第一届"以道之名"《反恐精英》全国邀请赛。

方亚楠在工作人员区落座后,支使陆晓去给她买水,自己则坐在那儿玩手机。玩着玩着,方亚楠偶然抬头,就看到席安匆忙路过。这时,她才恍然想起——负责本次活动光效工作的是九思!

江岩也在!

陆晓把今晚和方亚楠的见面搞得像偷情似的,方亚楠可不会这样。

她一想到江岩也在这儿,就直接给他发了条消息,内容很简单——她让他加油。

过了一会儿,江岩回复:"你坐在哪儿?"

方亚楠:"啊?D区啊,工作人员区。"

江岩:"好。"

方亚楠以为他要来找她,结果一直等到陆晓买完饮料回来、开幕式都开始了,江岩也没出现。

就在方亚楠睁着双眼,无神地看着已经没法给她带来新鲜感的开幕式光影时,一阵惊呼声突然传来——是那个反恐队员的特效开始了。但是这次的特效居然和彩排时不一样——反恐队员们不再是举着枪从台上冲向观众席,而是从直升机垂下的绳索上滑下来,落入人群中。

观众激动得惊呼声不断,方亚楠更是惊讶——她眼看着一个反恐队员小跑着冲到她面前,猛地举起了枪。

"举起手来!"

场中响起响亮的配音,方亚楠所在的位置立刻被镜头捕捉到。方亚楠忍着笑,等待他的下一步动作。

反恐队员见她没动静,竟再次大吼一声:"举起手来!"

"啊?"方亚楠表情迷茫,乖乖地举起手。那队员左右打量了她一下,这才放下枪,转身往另一头跑去,消失在过道尽头。

方亚楠讪讪地放下双手,顶着一众调侃、羡慕的眼神,有些尴尬,但更多的是新奇。

"这个人工智能有扫描功能,"陆晓居然解释起来,"你不动作的话,他就会有相应的反应。你刚才再坚持一会儿的话,他说不定就开枪了。"

"那不行,大庭广众的……影响不好。"

看来陆晓上次还真的跟江岩学到了不少东西,此时见方亚楠这么说,立刻说道:"他也可能押送你。反正江岩说,他们在设计这个环节的时候,考虑了很多可能性。我们做游戏设计的时候不也这样嘛,要针对玩家可能的动作,尽可能多地设计应对选项。"

又来了,又来了,方亚楠想翻白眼,用双手撑着头,有一搭没一搭地应和着。

没一会儿，开幕式就结束了。在观众的欢呼声中，第一场比赛正式开始，其中一支队伍正是百道的战队 BTW。

方亚楠看了一会儿比赛，终于见到江岩从工作通道走出来。他猫着腰走到他们身边坐下，笑道："怎么样，好玩不？"

"让我当众投降，我谢谢您了！"

"哈哈，多有意思啊，下次让观众趴在地上，你觉得怎么样？"

"小心被起诉！"

"不会的，他们期待得很。"江岩仿佛刚看到陆晓，简单地打了个招呼："哟，你也来了啊。"

陆晓的脸色有些僵硬。他刚才被江岩很自然地挤开了，现在还有点儿发愣，但还是礼貌地回道："你好。"

"听说你打游戏很厉害？"江岩笑道，"我没玩过这款游戏，好玩吗？"

"还行吧。"陆晓的回答有点儿不冷不热的，他说，"某人虽然水平不怎么样，但是还玩得挺上瘾的。"

"喂！"方亚楠立刻觉得自己被针对了，"拖累你了，真是对不起啊！"

"怪我，怪我，都怪我的水平也不怎么样。"陆晓笑得很贱。

方亚楠冷哼一声，转过头继续看比赛，不打算再和他纠缠。百道有钱，这次比赛自然请来了一线的专业解说员。虽然她之前看过全息的电竞比赛现场，再看眼下这场，总是少了点儿感觉，不过在解说员激情解说的感染下，还是看得很投入。

一旁的江岩跟着看了一会儿，开始提出问题："选手持枪的手感是怎么设计的？用偏移来模拟后坐力吗？"

方亚楠玩游戏从来不练枪，也不会去研究自己为什么打不中人，面对江岩的问题，顿时有些答不上来。

她心虚地看了江岩一眼，露出一丝尴尬的笑容。

江岩了然，笑起来："好吧。"

"确切地说，不是偏移，"一个人认真地解释，"是跳动。"

方亚楠和江岩一起转过头望向陆晓。方亚楠立刻意识到，这问题，陆晓不回答谁回答？！

江岩显然也意识到了这点，眨了眨眼，摆出一副求教的姿态："跳动？怎么个跳动法？"

陆晓果然来劲了："通常有两种算法，一种是枪口跳动，一种是效果跳

615

动。还有一个理论算法，叫作回归原点速度，就是画一个十字轴，划定一个数据范围，然后把跳动算法套进去……"

方亚楠听了一会儿就想打哈欠了，连忙转过头去继续看比赛。

等到一局比赛结束，她回过头，发现那两个人的话题竟然已经转到她身上了！

江岩："那她可太坑人了，哈哈！"

陆晓："没办法，她还不让人说，一说就耍赖。"

"耍赖？"

陆晓说道："就是一副'我就是水平不行，怎么了'的姿态，让人拿她没办法。"

"哈哈，那不是很好嘛，带着她可以锻炼你们的水平。"

"她也这么说，所以我们还得反过来谢谢她。"

"不用谢！"方亚楠在旁边怒吼，"你们能不能说点儿正经事？"

"你不就是吗？"江岩回头就是一句，"难道你不是正经人？"

方亚楠："……"

她居然被他的话噎住了。

陆晓："嘿嘿。"

"喂，你到底是哪边的？"方亚楠探头朝他喊。

陆晓摊手，憨笑着说道："谁说得对，我就跟谁站一边哪。"

方亚楠咬牙切齿："我看你是打算单身一辈子了！"

陆晓闻言愣了愣，然后居然没有打太极，而是挠了挠头，说道："既然你这么说，那我站你……"

方亚楠竖起耳朵，江岩却突然叫了一声："对了！"只见他一把揽住陆晓的肩膀，笑道，"趁我的设备在这儿，你要不要去看看？我们公司的程序员在设计反恐队员的时候，也要做射击的算法的。"

"啊？可是我其实不懂……"

"没关系，没关系，走，走，走，去看看。"江岩竟然就这么把陆晓从座位上拉了起来，又低头对方亚楠说道："我们去去就回。"

方亚楠看着他，一时间有些愣怔。

江岩阻止陆晓说下去的意图太明显了，明显到连陆晓似乎都察觉了。陆晓的动作有些僵硬，他被江岩拽着走了两步，回头看向她。

方亚楠一句话没说，挤出一丝笑容，冲他摆了摆手，然后转头看向舞台。

第二局比赛已经开始，双方正在随机选地图。

解说员说这次选到的作战地点很经典。

解说员针对双方队员今天的表现，猜测他们这一场的战术。

解说员说……

不行，她忽地站了起来，只觉得心浮气躁，什么都听不进去。江岩和陆晓离开的身影不停地在她的脑海中循环，好像在提醒她什么。

她迈步往他们离去的方向追去。

那两个人果然不在后台设备区，只有席安在那儿坐镇。他看见她直傻笑："亚楠姐，刚才的开幕式好玩吗？"

方亚楠勉强笑了笑，脱口问道："你看见江岩了吗？"

"啊？没呀，他不是去找你了吗？"

"哦，好。"方亚楠二话不说，转身往外跑去。

他们不在设备区，还能去哪儿？难道两个人是一起上厕所去了？

方亚楠不知道自己还能去哪儿找，只能傻站在男厕所门口。

她觉得侧耳倾听里面动静的自己像个变态，而且听了半天，也没听到什么动静。

第二局比赛开始了。

方亚楠等了半响，见没人出来，只好继续去别处找。路过一个楼梯间时，她突然听到里面传来"哐啷"一声。

那是自动售货机出货的声音！

对啊，他们还可以来买饮料！

方亚楠停住脚步，不知道自己该进去还是该在外面等候。就在她犹豫的工夫，里面传来了江岩的声音，他说："你俩像认识了几十年一样。"

陆晓："有那么夸张吗？"

"对啊，你们给人的感觉像发小儿。"江岩话中带着笑意，"亚楠有你这样的朋友，真好。一般人可能一辈子找不到一个这么合拍的异性朋友。"

陆晓："嗯，可能是吧。"

"跟她熟起来可不容易，"江岩笑道，"我可是费了好大的劲儿。你别看她看起来很好相处，其实防备心很重。"

"这个，其实我也是……"

陆晓的声音有些模糊，方亚楠下意识地走近了点儿。

"所以我和她可能挺像的。"

他居然也有这种感觉？

"那你俩能做朋友,确实不容易。"江岩叹道,"你们在人际交往上,都是被动型的,但凡一方消失一段时间,可能你们的关系就淡了。"

陆晓:"嗯,我们平时除了一起打游戏,基本上不联系对方。"

"这样也好——关系稳定。"江岩"啪"的一声打开了易拉罐,语气很是随意,"突然进入对方的生活的话,你们反而会不习惯。"

"对啊,都不知道说什么。"

"那还是一起打游戏吧。毕竟在这一点上,你对她来说无可替代。"

陆晓沉默。

别说陆晓没话说,方亚楠都没话说了。

她不得不怀疑,这就是老年陆晓跟她说的,当年江岩彻底浇灭他心底的小火苗的那一番话!

她咬了咬牙,迈步走到楼梯间外,直接与骤然回头的两个人对上视线。

"欸,你们在这儿啊?"她露出惊讶的表情,自然地走了进去,"我还以为你们在后台呢,想过去找你们,问问你们要不要喝点儿什么东西。"

她走到自动售货机前,假装看机器,脑子却在疯狂地转动着。

她瞥了一眼陆晓手里的饮料,问道:"老陆,你喝无糖可乐啊?这有什么好喝的?"

陆晓神色有些慌乱:"健康啊,你不是也说喝普通可乐会发胖吗?"

"我怕发胖吗?"方亚楠一边在自动售货机上下单了可乐,一边笑着反问。

"行,行,行,你不怕胖!你最瘦!"

"嘻嘻。"她拿出可乐,一把拉开易拉罐的拉环,然后看了一眼江岩——他站在一旁,无辜地微笑。

"你们去看过设备了?"

"还没有,"江岩答道,"我们想先来买点儿饮料。"

"那别折腾了,先回去看比赛吧。"方亚楠不想让他们再待在一起,"比赛难得,设备什么时候都能看。"

"好,那走吧。"江岩率先走了出去。

方亚楠和陆晓并排跟在他后面,气氛瞬间又变得凝滞起来。方亚楠在心里叹了一口气,再次主动挑起找话题的大梁:"对了,老陆,还记得我们上次说要一起出去玩吗?"

江岩的脚步顿了顿,然后他继续迈步。

陆晓:"啊?"

他似乎没想到话题一下子跳得这么远，低头看向方亚楠。两个人目光对视了一瞬，他神色忽然有了些变化，像是认真了，又像是想明白了什么。他露出自方亚楠出现在楼梯间里以来的第一个笑容："我觉得妙妙和老冯带着孩子呢，够呛能去，我自己的话可以请年假。"

"我想了想，咱们还是去山城吃火锅吧，大冬天的，还是吃火锅合适。"

"我都行。"他咧嘴笑了笑。

这一瞬，外面的欢呼声仿佛突然突破了墙壁的层层隔音，进入了方亚楠的耳朵，昏暗的走廊似乎都亮堂了起来。

方亚楠也笑了，不是得逞，是轻松。

老方和江岩的纠缠到底是如何开始，又为什么结束的，她不知道，恐怕也没机会知道了。

但是即便老方站在这里，应该也会理解她的做法。

至少现在，她还是喜欢陆晓的，这份喜欢不可能因为那份特殊经历而突然消失。

她始终认为那段经历是一份馈赠，是时间给她再次选择的机会。即使嫁给江岩有种种好处，但是她知道，别说她，就连老方也不在乎那些东西。

她和老方更想回首审视的，是自己的心。

与江岩在一起的未来，"幸福"得有些别样——当了几十年有家庭的富有单身女，老方不见得会开心。

她与陆晓在一起的未来是未知的，但是她从来不怕未知，只怕自己放弃挣扎。

如果这样都无法和陆晓在一起，那就是命，她服输。

接下来的比赛，恐怕三个人都没有认真地看。幸好百道的BTW战队赢了，也算他们没有白来这一趟。在欢呼声中，方亚楠看着首战告捷的战队成员站在台上笑着接受全场的祝福，转头又看到她的选题的主角——青训营的卢照和梁子豪在不远处的台下坐着，抬头望着舞台，神色落寞，眼中却充满了希望。

她忽然觉得他们就像现在的自己，而此时在台上的，就是老方。

老方已经走到了她的人生巅峰，而台下的自己，可能会失去什么东西，可能会就此失败，也可能走上她的老路，或是拥有一个全新的舞台。

再做一次少年吧，老方，看看你这一次会怎么走。

看完比赛，三个人各回各家。

虽然他们之间没再发生什么特别的对话，可是方亚楠还是能察觉出自己与陆晓之间略有变化的微妙气氛，这既让她心潮澎湃，也让她更加不知道接下来该怎么做。

江岩的命她还是要救的，不管怎么样，他都不该英年早逝，这已经成了她的责任，她得想办法解决。

除此之外，最重要的就是她和陆晓接下来的旅行，只有两个人的旅行。

这样如果都不能和他关系更进一步，那她可以去死了。

方亚楠想着想着，终究还是熬不住，睡了过去。

"航天员们在'天宫'空间站休整过后，已经正式做好了返程的准备……'天宫'空间站即将告别历史舞台，我们的新型空间站'天庭'已经蓄势待发，预计于今年年底发射。本次登月的航天员成了'天宫'空间站接待的最后一批客人。今天，我们会通过直播，与全世界人民一同陪伴'天宫'走过它最后的时光……'天庭一号'采用了国家自主研发的最新型材料……让我们一起期待英雄凯旋……"

在字正腔圆的播报声中，方亚楠突然醒了过来。

眼前像是被糊了一层浓雾，她还什么都没看清，就听到耳边传来惊呼声："哎，奶奶醒了！"

"奶奶，快看，海！"

带着哭腔的声音和海浪、风声一起涌入了她的脑海。

如果不是困难的呼吸和身上的虚弱感太过真实，方亚楠又要以为自己在做梦了。

然而事实实在太过惊人，她觉得自己就算是做梦，也没有这样的想象力。

晚辈们——韩添仪、方鹗，甚至还有陆刃，居然开车带她来到了精卫海坝！

在她戴着氧气罩、体内运作着人工肺、身上插着导管、腿上绑着体液收集器的情况下，她竟然就这么被运到了精卫海坝上……

如果她没记错，H市距离精卫海坝至少有一千公里。他们是怎么做到的？她这样能上飞机吗？她上火车都悬吧？还是说，是什么她不知道的高科技手段，把她送到这里来的？

此时，车平稳地行驶在长长的堤坝上。这说是堤坝，实际上是一条八车道的宽阔马路，长长的，看不到尽头，像海上的天路一样。

他们在一辆房车中。陆刃驾驶，韩添仪坐在副驾驶座上，方鹗坐在她旁边，车厢由全景玻璃构成，她坐在正中间，左右都能看到景色。

确认她意识清醒后，孩子们都不说话了，陪着她出神地看着两边的景色。

路上的车子不多，且都开得不疾不徐的，有些车路过他们时，车里的人还会打开车窗，打量他们一下。方亚楠猜测，自己坐的这辆房车的外观，即便是放在现在，应该也挺酷的。

"奶奶，我们刚刚过南沙群岛，前面有一个大服务区……哦，不，现在叫服务岛，我们在那儿吃点儿东西。"方鹗给她介绍起来。

方亚楠抬了抬手，又用眼神示意他，方鹗迟疑着伸手拿掉了她的氧气罩。她吐出一口气，缓缓地问道："我们……怎么过来的？"

"哦，坐飞机呀。"方鹗眼睛亮了，"是私人飞机哟，医疗专用的！"

方亚楠尽量压抑住心里的震惊情绪："谁弄来的？"

如果是方近贤，那她这个儿子未免过于深藏不露了。

"嗯……"方鹗支支吾吾起来，眼神不停地往前瞟。

韩添仪在前面嗤笑了一声，回头嘲讽方鹗："让你别显摆，你非要显摆。"

"这又没什么。"方鹗不服地嘟囔。

"没什么的话，你倒是说啊。"

"不是你联系的吗？"

"那不是你撺掇我去的吗？"

"那到底能不能说？"

"说，说，说，哎呀，我说吧。"韩添仪表现得很有姐姐的样子："外婆，是我联系了万爷爷，他把他的私人飞机借给我们了。"

万爷爷？万甄？！

这让方亚楠着实没想到，以至她很难摆出一个成熟稳重的表情，只能愣怔地看着韩添仪，说："然后呢？"

"这辆车也是万爷爷提供的。本来他还要派个司机来，结果刚好赶上陆刃过来看你。陆刃说也想来，而且有驾驶执照，就来当司机了。"

"奶奶好。"陆刃头也不回地伸手挥了挥。

看来万甄对江家还是抱有愧疚感的，如今这样的事，他自然乐得做。

唉，她都要死了，就不要纠结那些事情了。

被机器强行推动呼吸的感觉其实很不舒服，方亚楠觉得自己像是一个充气娃娃，体内被灌入空气，但是活着的感觉实在是太美好了。海坝外的景色看似一成不变，却让她心旷神怡。

天空碧蓝，阳光将海面照得如同宇宙中的星河一般，闪烁着密集的光点，闪得她头昏，她却又忍不住去看。车子开得过于平稳，以至她看得久了，灵魂像是停滞在了半空中，惬意而温暖。

她的眼睛一眨不眨地看着沿途的景色，车里其他人的说话声时不时地飘进她的耳朵里。

"他们说已经在前面等着我们了。"韩添仪看着手机说道。

方鹗追问："那我们的爸妈来了吗？"

小孩子果然最关心这个。

"说是不来了——飞机坐不下了。"

"那就好！"

"这时候才知道害怕？"

"我都害怕一路了，吓得手机都不敢看！"方鹗摸摸方亚楠的手："奶奶，我们这次是把你偷出来的，我爸妈大概要气死了，你回去一定要给我们说说好话啊！"

方亚楠虽然已经猜到了，但还是被气乐了。现在的小孩子胆子都这么大的吗？他们都敢从医院里偷人了？也不怕她半路上磕碰一下，人就没了？

"我们做了万全的准备……那个，莫医生帮忙的，所以等咱们回去，如果我爸妈要投诉他，你千万也替他说说好话哟。"

明白了，她必须得活着回去，保住这一大群共犯。

对她这个年龄、这个身体状况的人来说，这真是一个艰巨的任务。

方亚楠想了想，实在心里没底，勉强开口道："你给我录个视频吧。"

"啊？"

"我回去后，万一……没有力气，你们就……拿视频……给他们看。"

方鹗眼睛一转，就明白她在担心什么了，睁大眼睛怒道："奶奶，你说什么呢？你怎……"但是他很快冷静下来，撇着嘴嘟囔，"我们把你带出来，是想让你开心的。"

"我很开心哪，"方亚楠想摸摸他的头，但只是徒劳地抬了抬手，只能微笑，"要不然……我怎么有心情……录视频？"

"方鹗，给外婆录吧。"韩添仪走过来，跪坐在方亚楠的另一边，握住她的手，双眼通红："外婆，对不起，我们大概做错了。"

"你们做得没错，"方亚楠笑道，"我很开心。"

她是真的开心，开心得想流泪。

· 622 ·

于是，韩添仪拿出一台小小的摄像机，对准方亚楠："开始吧。"

"我是方亚楠，"方亚楠没想到自己有朝一日会说出这种像遗言一样的话，"现在神志清醒。我很高兴我的外孙女和孙子，还有陆刃小朋友……在一些医生的帮助下，带我到精卫海坝玩。我的身体状况并不理想，他们为了完成我目前最大的愿望……承担了很大的风险……我感谢他们的勇气，感激他们为我……喀喀，做的努力。我希望……我希望万一……万一路上出现意外状况，他们能不因此……受到牵连……和责备。真的……非常感谢……就这样吧。"

韩添仪放下摄像机时，脸上已经满是眼泪："外婆，你别这样说，我很难受。"

"要习惯。我已经够本了……有你们在，够本了，不是吗？"

韩添仪的眼泪还是止不住地往下流。

"奶奶，你还有什么想做的事吗？"方鹗激动地说道，"我帮你！"

这算什么？让她列遗愿清单吗？方亚楠哭笑不得，忽然感到一阵愧疚。这愧疚感越来越汹涌，以至她也有了想哭的欲望。

她想到自己"昨晚"鼓起勇气，为了自己对陆晓的感情，又做了一次努力。然而，如果她真的和陆晓在一起了……她是不是就会失去眼前这些可爱的孩子？

不仅是韩添仪、方鹗，还有陆刃，他们是这么鲜活、有血有肉——他们正用充满爱的眼神看着自己，然而自己的所作所为正将他们推离自己。

他们会从此消失吗？还是说，他们在另一个小方的世界中从未存在？

光是这么想想，她就感到窒息。她不知道哪里来的力气，反手抓住了方鹗。

方鹗被吓了一跳："奶奶，怎么了？"

"我……我……"方亚楠不知从何说起，可还是忍不住想说，"我之前做了一个梦。"

"啊？"

"我梦见自己回到了四十年前。那时候，我和江……哦，和你的爷爷还不熟；那时候，奶奶有其他喜欢的人。"

她说着，感觉陆刃从后视镜里看了她一眼。她话音一顿，又咬牙继续说道："我说过吧？我不记得为什么会和你爷爷离婚了，我连为什么和他结婚的都不记得了。所以，梦里的我想——我为什么不努力一下，去追求自己真正喜欢的人呢？"

方鹗和韩添仪一副茫然神色。方亚楠这么久以来积累的情感和复杂的想法，她自己都理不清，更不可能寥寥几句就让这两个孩子明白。

可是他们还是看着她，认真地听着。

"但是……但是刚才，我一想到……如果……如果我真的这么做，"方亚楠的脸上终于还是滑落两道热流，她鼻子发酸，哽咽着说道，"那可能就生不出……你们的爸爸、妈妈，那也就不会有你们……这么可爱……的小孩子了。我不知道……为什么要和你们……说这些，也不知道……到底该怎么做。我这辈子……到底幸不幸福？我做出自己的选择后，到底是会变得更幸福，还是更……不幸？如果……如果这个选择是以你们为代价，那……我这样做，算什么？"

方鹗的表情已经空白了，显然，方亚楠的话已经超出了他的理解范围。那颗满是试卷和游戏的小脑袋塞不下这么大的信息量，此时，他终于意识到自己是个弟弟，将无助的目光转向了他姐姐："姐？"

韩添仪比她的傻弟弟好不到哪里去，可还是抓住了方亚楠的手，有些慌乱地开口："外婆，外婆，你听我说……你看，我们在这儿啊，我们就在这儿。不管你在梦里是怎么选的，你看，你醒来后，我们都在，没错吧？我们不会消失的！我们一直都在，不管你是睡着，还是醒着……我也不知道你为什么会做这样的梦，但是……但是，什么代价不代价的啊，我们不会成为你选择的代价的，因为你做什么，我们都支持呀。如果真的觉得人生不幸福，你……你……"她顿了顿，艰难地说道，"如果有来生，如果还有选择的机会，你就选别的嘛。我们不会……不会拖累你的……哦，不，你也不会拖累我们的……对吧，方鹗，方鹗？"

方鹗茫然地点头，完全不知道自己在赞同什么，只是重复着重点："对，我们一直在的，一直在啊。"

方亚楠耳边的枕头已经全湿了，她感到有些呼吸困难，可是韩添仪的话让她有种豁然开朗的感觉。

对啊，自己已经回去做出改变了，可是他们还在。可能是她做的事不够多，没改变结果，也有可能，自己的选择并不会影响这些人的人生。

不管怎么样，老方给了她机会，他们……也给了她机会。

她哽咽着点了点头，艰难地将手伸向氧气罩。韩添仪见状，马上把氧气罩给她戴上。方亚楠赶紧做了几个深呼吸。新鲜的氧气灌入鼻腔，她终于平静下来。

韩添仪拿出湿巾给她擦了擦眼泪，又细心地给她换了一个枕头，然后轻柔地捋了捋她的头发。

车辆忽然震动起来,像是在过减速带。

"到了,"陆刃像一个事不关己的司机,平静地报告,"到服务岛了。"

"好。"韩添仪立刻起身,并叮嘱方鹗:"看好外婆。"

方鹗点了点头,用力握着方亚楠的手。韩添仪坐回了副驾驶座上。

车子开始减速、转弯,缓缓地驶入一块平地。韩添仪和陆刃率先下车,很快,后门被打开,几个穿着制服的成年人进来,小心地将方亚楠连人带床地推了出去。

眼前骤亮,方亚楠闭了闭眼,然后重新睁开眼,看清了周围的样子。

这根本就是一个度假区——

首先映入眼帘的就是坏形豪华酒店,周围茂密的绿植挡住了海风,让人一眼看不到岛屿的边际。巨大的停车坪上,车辆并不多,以货车为主,停车场前方的路口处,竟然有飞机的标识。

这是一个带机场的服务岛。

有不少游客在到处拍照。看到方亚楠,大家都投来好奇的眼神。

穿着制服的工作人员接手她以后,三个孩子立刻向她申请,要去别处找点儿东西吃。她当然同意,看着他们欢快地离开了。而她则被推进了崭新而华丽的酒店,又一路进了一间贵宾私人休息室——靠海,如总统套房一样,里面一应物品应有尽有。

已经有人在里面等她了——是一个精神矍铄的老人。他正站在落地窗前看海景,听见动静便转头望向了她。

仅一眼,方亚楠就确定了,这个人是万甄。

他本就长了一副精英样,如今年纪大了,彻底长成了精英的终极状态——成功人士。

"亚楠,"他开口,微笑着说道,"好久不见。"

方亚楠没说话。她不知道他为什么要来这里见自己。虽然他帮了自己的忙,还帮了不少次,可是此时见到他,她还是心情复杂。

在她和江岩的人生中,这个人究竟扮演着什么样的角色?

"别这样嘛,跟看贼似的。"他笑容中带着无奈之意,"我来见你,也是做了很激烈的思想斗争的。"

"万甄?"方亚楠决定先确认一下对方的身份。

万甄愣了一下,随即了然:"你果真不记得了。"

"所以,"方亚楠耸了耸肩,"有什么事吗?"

625

"唉,"万甄走过来,在她对面的沙发上坐下,拿起一根烟,看了看她,又放下,"本来也没什么事,我们之间,就像你当初说的,还有什么可说的?但是,江谣跟我说,你忘了很多事情,并且很想搞清楚。我说,我可以把我知道的事都告诉她,由她说给你听,她又不肯,说你们当初不想让她知道的事情,她现在也不想知道。那我能怎么办?我只能在这儿等你了。"

方亚楠有些疑惑:"她是什么时候跟你说的这些话?"

"很久以前了。"万甄把玩着那根烟,看起来有些苦恼,"不过她当时还说,说不定你哪天就自己想起来了。直到刚才,她才跟我说,还是跟你讲吧。刚好我也想过来看看你,你瞧,这就是命。"

都说知子莫若母,到了她身上,情况正好调了个过儿。

她忽然轻松了,事到如今,也没什么可端着的了,便说道:"那……我跟江岩到底是怎么回事?"

万甄听了并不意外,只是一下一下地点着手里的烟,微微皱眉,不知道在苦恼什么。

"哎,抽吧。"方亚楠看不下去了,慢慢地给自己戴上氧气罩,说道,"看你难受。"

万甄愣了一下,然后苦笑了一声,二话不说地点上烟,狠狠地抽了一口。接着,他说道:"你一直是这样的,所以才会让江岩念念不忘哪。"

方亚楠:"……"

"其实,你们的事,"他摇了摇头,"怪我。"

"啊?"

"你觉得江岩适合什么样的老婆?"万甄居然扔出来这么一句话。

方亚楠的嘴角抽搐了一下,她脱口道:"我跟他不熟。"

"嗐,"万甄拍了拍自己的头,"看我这臭毛病……算了,不跟你拐弯抹角了。

"我以前就说过,江岩这人,就适合找个简单点儿的女人——脸好看、身材棒、没什么大本事、百依百顺,甚至都不用她下得了厨房,上得了厅堂就行……我不是在贬低女性,是他真的没必要找个太有主见的伴侣。"

方亚楠想到老冯调侃陆晓时,也说过类似的话。呵呵,男人。

"他也赞同,只是不甘心。"万甄夹着烟,开始给自己倒酒,"后来他跟我说,他碰到一个很有趣的女的,她很厉害,他想跟她试试。我问哪里厉害,他说她是个摄影记者,进过无人区、跟拍过动物大迁徙。我说,这种女人,跟她谈谈恋爱可以,结婚,不行。"

万甄看了她一眼，说道："他说，是的。"

方亚楠露出一个狰狞的微笑。

"谁知道后来，他就一发不可收拾了。他说追那人很好玩，像是开盲盒，每次都有新发现。我说'那你开呗，开完就死心了'。但是后来他又说，她好像有喜欢的人了，只是好多年了，跟对方的关系一直没进展。我说'上吧，老江，证明你的魅力的时候到了'……没错，是我撺掇他去追你的。"

方亚楠已经无语了，敢情江岩跟自己相处时，是抱着这样的心态？

难怪自己知道真相以后要跟他离婚。

"后来……唉，我也不知道怎么回事，他好像确实把那女孩的感情搅黄了，于是又良心不安了，说要负责任……得了，亚楠，我就不用第三人称了，我得跟你说句实话——其实那时候我就发现了，他是真的喜欢你。他也知道自己喜欢你，但是说真的，他在那个年纪就做出了那样的事业，你让他去真心实意地谈场恋爱，很难。我发现，你那时候对待他的方式，好像是把他当成一个很单纯的人。其实他坏得很，否则怎么打下这片江山的，又怎么可能有我这种狐朋狗友？"

"你有这份自觉，我很感动。"方亚楠冷漠地回答，"所以呢，我就跟他结婚了？"

"他也年纪不小了，也被催婚了嘛，以他的条件和表现，你拒绝他才傻吧？所以你会和他结婚很正常。至于他……"

"至于他，就算婚后觉得跟我不合适，起码我是一个可以干脆离婚的人？"方亚楠嘲讽地说道。

万甄愣了愣，"啧"了一声："他连这都交代了……唉，当时我们都说他驾驭不了你，估计你们很快就会离婚。他就说，反正以你的性格，他就算提离婚，你也不会一哭二闹三上吊的……所以我们就不劝了。怎么，你们后来吵架的时候，他连这话都跟你说了？"

方亚楠耸了耸肩，没回答。

"这个傻子。"万甄骂了一声，捻了捻已经烧到烟蒂的烟，轻轻叹了一口气，声音忽然低沉下去，"但是，你会跟他结婚，也有你的考虑。"

方亚楠挑眉。

"你答应他的求婚的前提是婚姻不能影响你的事业。你们杂志社当时好像刚刚成立一个新的项目部——纪录片事业部，你想去。你跟他说，给你三年时间，三年后，不管你成不成功，都会要孩子。还有就是，不管你做什么，都不需要他提供任何资助，意思就是，你跟他结婚，不是图他的钱。"

"他肯定答应了。"方亚楠已经明白了，冷笑了一声，"但是他没遵守。"

"没办法啊，你太独立了。"万甄苦笑，"项目部成立后，你就去做了二把手，这没问题……但是那年，疫情爆发了。"

"啊？什么疫情？"

"没什么，已经过去了。你当时一门心思要去做调查、拍纪录片，他当然不同意，因为在那个时期，这么做很危险。你就说会搬出去住，不会影响家人，他表面上答应了，转头就让你怀孕了。"

方亚楠："他把避孕套戳破了？"

"谁知道呢？反正，他吃准了你会心软，而且你都三十岁了，不好流产……所以，十个月后，江谣出生了。"

方亚楠深深地吸了一口气："我的事业也完了。"

万甄摊手："他确实不该这么做。可是他这个人哪，但凡是他想做成的事，就算不择手段也要做成。不过，你也够狠的。"

"哦？"

万甄露出第一个真心的笑容："江谣出生后，你居然也没气馁，又跟他商量，干脆抓紧时间再生一个，一生完你就走。"

"我对自己这么狠吗？！"方亚楠震惊了。

"谁知道你是开玩笑，还是真的这么想？但是说实话，趁年轻，把该生的孩子生完，然后专注事业——这确实是个明智的选择。"万甄居然对她的行为挺赞赏的，"江岩当然求之不得——他倒不是想用孩子绑住你，只是本来也顶着传宗接代的压力。因为答应你的'三年之约'，他都快被他爸妈骂死了，没想到你会那么配合，愿意尽快跟他要二胎，那这不是皆大欢喜嘛。"

看来，"嫁入豪门"这四个字背后的生活确实不轻松，想必当年的老方也承受了不少压力吧？

她设身处地地想，也不会愿意自己的丈夫在婆媳的夹缝中生存，所以，这大概是当时的方亚楠最好的选择了。

"所以，很快近贤也出生了，而且跟你姓，嘿嘿。"万甄像是讲故事一样，悠然地说道，"我们当时都觉得江岩的幸福生活要开始了——夫妻俩既有孩子也有事业，各忙各的，多好。"

"对啊，所以后来发生了什么事呢？"

万甄神秘地笑了笑："国家开放三胎政策了。"

方亚楠蒙了，但更多的是不解："至于吗？我是说，国家开放三胎政策，我就一定得生三个？难道不生三胎也会成为离婚的理由？"

"当然不是。他娶你又不是为了让你给他生孩子，甚至，我们当初拿这件事调侃他的时候，他还说，两个孩子都快把他累死了，再来一个，他就要没命了。"万甄说道，"可惜后院起火了。"

"就一顿饭，一顿饭的时间——"

他竖起一根手指："江岩的妈妈一边逗孩子，一边开玩笑似的跟你说了一句'要不要响应一下国家号召'，你就直接爆发了。"

方亚楠难以置信。

"亚楠，别不相信。你想想，你一个女人，心心念念着自己的事业，却因为孩子一再中断工作——你是真的挺抑郁的。可是你挺过来了，想办法把问题解决了，眼看着新的人生就要开始了，结果某个一直给你带来阴影的人又闹幺蛾子……"

方亚楠无言以对。她觉得以自己的脾气和情商，自己应该不至于当场发作。可是她忘了，当时的老方，因为生孩子事业受阻，以她的崩溃程度，她如何能忍？

这场婚姻早就成了她的牢笼。江岩违背诺言、公婆对她毫不尊重，但是她不能把这苦闷情绪发泄在孩子身上，于是怨恨情绪积少成多，终于到了爆发的边缘。

即便江岩能够解决这些问题，她恐怕也不想再走下去了。

离婚！

看方亚楠的神色，万甄显然已经明白不需他再多说什么了。他沉默了一会儿，然后叹了一口气："归根结底，你不是适合他们家的人，或者说，江岩还是不够了解你。他一直等到你真的离开他了，才知道你能心狠到什么程度……可惜已经迟了。"

方亚楠抿了抿嘴，强忍着没说出那两个字。

万甄看着她，笑起来："你想说'报应'吗？"

方亚楠："……"

"他也说自己得病是报应。"

方亚楠一点儿也没有畅快的感觉，反而觉得心情越发沉重。

万甄撑着膝盖缓缓起身，想了想，认真地说道："亚楠，我还是那句话，不管他有多么对不起你，他是真的喜欢你——结婚前是，结婚后也是，甚至离婚后，他也喜欢不了别的女人。"

方亚楠沉默。

"可惜啊，都迟了。"万甄直起身，往落地窗走去，看向窗外，"他小看了你、看错了自己。代价有点儿大,不过他现在应该解脱了吧。"

"是啊。"方亚楠也不知道自己在赞同什么。

都迟了……吗?

他解脱了……吗?

那她为什么会在这里呢?

不得解脱的,究竟是江岩,还是老方呢?

万甄的话似乎灭绝了方亚楠回去后,选择江岩的可能性。

然而方亚楠很清醒,婚姻出问题的根本原因不是她或者江岩,而是婚姻本身,是婚姻的责任和她自己的人生选择之间的矛盾。

就算她选择了陆晓,并且真的和他走到了一起,他们也会面临一样的问题。

江岩都没扛住的压力,陆晓就能扛住吗?

她忽然觉得老方是在提醒自己选择孤独终老。

"奶奶?"万甄走后不久,方鹗小心翼翼地进来了,"你好些了吗?我们现在出发?"

方亚楠点头。她现在急需换个场景来转变一下心情。

于是,陆刃和韩添仪带着工作人员进来,将她再次推了出去。在酒店前合了张影后,他们将她推上了保姆车。

车里有一把轮椅,轮椅上坐了一个人。那人朝她摆了摆手,露出一如既往的憨笑:"嘿,喵总。"

陆晓?!

"你怎么来了?"方亚楠惊讶地问,"怎么来的?"

"不知道啊,我在医院晒着太阳,突然就被送上飞机了,"陆晓一脸无辜,看起来甚至有点儿傻,"没想到有生之年还能坐一回私人飞机。"

"爷爷,"陆刃无奈地叹了一口气,"你别说得像是我又绑架了一个人似的,好吗?"

"哈哈!"陆晓笑起来。他朝方亚楠解释道:"我说让你带我玩,说了四十多年。难得有这么好的机会,我不得来凑凑热闹?"

方亚楠:"……"

好家伙,敢情老方最终还是没和陆晓一起去旅游啊?

她忽然有一个感觉,自己这特别的经历,不像是穿越,也不像是做梦,倒像是有人在自己的脑海中放了一部电影,更准确地说,是纪录片,主角就是老方。

这部纪录片已经成型,不管她回去后,以小方的身份做什么选择,都不会改变现在的剧情。

陆晓说完就看向窗外,感叹道:"这个海坝看上去可真厉害啊。"

"是啊。"方亚楠只能附和。随着时间流逝,东边的海平面已经暗了下来,西边则逐渐流动起粉色的云雾。

"你还记得你当初说要去哪儿玩吗?"陆晓突然问她。

"去山城吃火锅?"

"后来改啦,"他摇了摇头,"变成去海南了。"

"巧了,"方亚楠笑了,"没去成海岛,直接来海坝了。"

"可惜不是你开车,"陆晓抬了抬下巴,一脸嘚瑟的表情,"当初你不让我开,现在还不是得靠我孙子?"

方亚楠理解当年的她对把控方向盘的执着,但是——

"谁还没孙子了?方鹦,你的驾照呢?"

缩在一旁的方鹦:"啊?奶奶,我还没成年呢。"

"添仪!"

韩添仪转过头来,一脸的讨好表情:"外婆,我刚在驾校报名。"

"嗐!"方亚楠气得直拍大腿。

"嘿嘿。"陆晓在一旁笑得很开心。

带着两个老人,陆刃开车开得越发小心。车内平稳,窗外的景色便像是默片一般充满了静谧的美感。方亚楠和陆晓两个人并排看着太阳从头顶一路西去,缓缓挪向地平线。夕阳在天边洒下一片绚烂的红光,景色美不胜收。

没人忍心打断此时的寂静气氛。太阳西落的样子就像是表盘上指针的转动,充满着让人窒息而无奈的隐喻。

至少,方亚楠是这么觉得的。

她很想完全将自己投入这景色中,然而身为小方,那可见的黑暗未来让她喘不过气来。

她时不时地会忍不住看向陆晓。这个自己想要争取的男人,会是良人吗?

想到陆刃和韩添仪差不多的年纪,她心里实在没底。

陆刃将车速控制得很好,在太阳落下之前,他们进入了又一个服务岛。这一次,酒店的医护人员负责将方亚楠从车上抬下来,一路送到海景套房中。方亚楠一边看落日,一边检查身体。

陆晓陪在一边,等医护人员检查完方亚楠、孩子们去给他们点餐时,两个人便在房中继续看太阳西下。

这是非常难得的、两个人独处时,方亚楠没有因为沉默而感到尴尬的时刻。她仿佛知道了什么叫岁月静好,却也明白了什么是岁月——就如此时夕阳入海前留下的最后一抹暗红霞光,带着血色的残酷和生命的余韵。

"陆晓。"她轻声唤道。

"嗯?"

"如果当初我跟你在一起,我说不打算那么快要孩子,你愿意吗?"

"你想起江岩了?"

果然,他也知道。

方亚楠暗叹一声,不知道该怎么回答。她当然不能让陆晓知道,她不是想借这次对话抨击江岩或者审视过去,而是真的在为自己问。

"不是,就是问问。"

陆晓沉默了许久才缓缓说道:"那个时候的我可能会说,着急要孩子做什么,你想做什么就去做。"

"但是?"

"但是,你看,我也还是结了婚,并且很快就生了孩子——我也没有考虑过我老婆的想法。"

"……"

"当然,她和你不一样。她愿意生孩子,愿意照顾家庭,只是我跟她终究不是一路人。时间久了,她就也不愿意再迁就我了。"陆晓的嗓音带着老人特有的沧桑感,他说,"我只顾着工作,再加上打游戏也在我的工作范围中,虽然我跟她解释过,她也表示理解,但是时间久了,在她眼里,我永远都在打游戏。她为这个家付出了所有,我不想因为一件大家都清楚、偏偏她心里过不去的事情,和她吵到妻离子散。"

如果是她,她肯定可以理解陆晓。

所以方亚楠一直觉得自己和陆晓很合适,只是现在看来,他对老婆也只是做到了仁至义尽,但没有到关怀备至的程度。

"所以,我和我老伴儿,与你和江岩之间的关系很像,差别仅仅在于,我们的矛盾爆发得太迟,那时,我们已经过了有离婚的决心的年纪。喵总,你和江岩的婚姻,如果说你有错,那就是你一直没向江岩打开心防。他如果早就知道你是一个不会回头的人,那绝对不会那么轻率地放你走。"

"我居然也有错?"

"你说你当时那么急着结婚干吗？"陆晓嘴角噙着笑意，"我后来才想起来，其实你很久以前，跟我们提过杭佳春。"

这时候他突然提起小春，方亚楠很是茫然："提她做什么？"

"你有一次和我们闲聊，说你有个老朋友，在玩游戏的时候做了件什么事，你因此觉得她的人品出了问题，就跟她绝交了……我们当时还说：'七八年的友情，你说断就断，是不是太狠了？'你说你有道德洁癖，不断不行。我前阵子才反应过来，如果那个杭佳春就是你提过的老朋友，那你俩这一绝交就绝交了快五十年哪。"

"所以呢？"

"你说完绝交的事后，我们在你面前都小心翼翼的，唯恐一言不合，你就跟我们绝交了。"

方亚楠："……"

有这么夸张吗？！

"这件事，我们和你认识了快三年，你才跟我们说。江岩跟你结婚的时候，怕是不知道这件事吧？"

他又不打游戏，她也不爱提小春的事，不跟他说也很正常吧？

方亚楠一时间有点儿语塞："啊，这……我也不清楚，但是……不管他知不知道小春的事，都不该那么对我吧？"

"所以，确实是他的错啊。只是，如果你都这把年纪了，还在纠结这些事情，那我实在不知道还能怎么劝你了。"陆晓沉声说道，"好好看看眼前吧。如果你真的恨他，就想想，他已经看不到这样的风景了，而你还能看。"

方亚楠知道自己都戴上氧气罩了，还在不停嘴地问这些事，显得她很放不开。可是，这时候的每一分、每一秒，对她来说都极其宝贵。她浪费了太多时间享受天伦之乐，以至如今临到考场了，还没看过参考答案。

她不能让人生的第二场考试再次失败。再考砸一次，她就太可悲了。

方亚楠看着黑暗的海面，心情沉郁，又陡然见到海面上亮起星星点点的船灯，灯光混在倒映在海面上的星光中，画面再次变得美妙绝伦起来。

她长长地叹了一口气。

陆晓："怎么了？"

方亚楠苦笑："我在想，如果当初我们俩在一起了，会怎么样……"

陆晓闻言愣了愣，歪头想了想，居然笑了："听着挺美，但仔细一想，如果我们真的在一起了，可能某天晚上，我们一起打完游戏，回头一看，咱俩的小孩已经饿死了。"

"哈哈哈！"

吃过晚饭后，江谣和方近贤、姜多多突然到了。几个人先是狠狠地把自家孩子骂了一通，又围到方亚楠身边，对她嘘寒问暖。

他们对她的担忧之情溢于言表，方亚楠很是享受，使唤他们忙前忙后地伺候她，并趁机对一旁被骂得哭哭啼啼的外孙女、孙子使眼色，一脸"看我给你们报仇"的得意神色。

两个孩子破涕为笑，没一会儿也加入了伺候大军，这个给方亚楠捏脚，那个给方亚楠捶腿。

方亚楠在轻微的晃动中，感到很是舒坦。她微微闭上眼，感觉自己像是坐上了一叶扁舟，在"潺潺"的流水中缓缓行进，一路驶过芦苇丛，又行过崇山峻岭，进入大江大河，最后被急流冲入了茫茫大海中。

海洋意外地静谧，在夜色中宛如镜湖，倒映着万千星河。她在星空和星海之间游游荡荡，慢慢乘风升起，在空中腾云驾雾，然后悠悠地飞入了星空中。

清风徐徐，她笑着闭上了眼。

方亚楠睁开眼，然后又闭上了。

在进入黑暗的那一刻，她觉得自己的灵魂都升华了。属于自己的那部分东西只剩下小小的一点点，在渺茫的星空中几乎没有存在感。然而她的意识覆盖着周围的一切，她能看到，能感觉到，仿佛拥有一切。

她还不至于说自己已经参透了死亡和人生，但此刻的自己确实是通透的。

她还有什么好纠结的呢？

在和江岩的那段婚姻中，她企图找到一条既能成就自我，又能让所有人都满意的路，失败了。

为什么听完自己和江岩的过去，她没有想象中那么生气？

因为她明明知道自己要面临什么，还天真地寄希望于自己的能力以及他人的理解，这是她的错。她将社会赋予家庭的责任全部推给了江岩，而江岩没扛住，于是自己被加倍地反噬了。

老话说得好，先立业，后成家。

如果她真的想把这一生过好，得先成就自己，然后才能成全别人。

方亚楠躺在那儿琢磨了很久，心里其实有点儿惴惴不安——她觉得自己又要迟到了。然而当在起勇气起身时，她忽然听到闹铃响了起来。

她今天竟然提前醒了。

门外，爸妈又在商量——

"怎么办，要不要叫她起床？"

"等等吧，她都多大了，心里有数的。"

"那以后你管她，我不管了。"

方亚楠突然打着哈欠、挠着头走出去，爸妈立刻不说话了，偷偷看着她。

方亚楠："咋了？"

"你……昨晚是不是做噩梦了啊？"老妈问。

"没啊，怎么了？"

"哦，"和老爸对视一眼后，老妈说道，"昨晚好像听到你在哭，吓了我一跳。"

方亚楠正想否认，转念一想，半真半假地说道："好像是梦到自己被催婚，走投无路，要跳海。"

"别瞎说！"老妈声音高起来，"逼你结婚是为你好，又不是逼你去死。"

方亚楠笑了笑："嗯。"

她洗漱后便出门了。

今天刚刚周三，方亚楠到了办公室，熟练地打开电脑上的日程本，开始检查自己的工作。

她的选题已经快完成了，接下来，她该全力准备审稿和联展的事了。等这两项工作结束，考虑到万甄透露的信息，她大概可以提前为新项目部准备起来了。

说实话，她跟万甄聊天的过程中，让她心绪起伏最大的，不是江岩或者他的家庭的所作所为，而是她的未来。万甄口中的纪录片事业部着实让她狠狠地心动了一把。

于文曾经说过，她采访黑煤窑的事情，体现了她有作为调查记者的潜力——这曾经也是她的梦想。只是调查记者的工作主要是在各行各业中进行暗访，辛苦不说，还很危险，而且收入很低。全国上下大概没几个人做这个，她自问还没有对这个岗位热爱到这个地步。

但是拍纪录片就不一样了。而且拍纪录片，最大的困难就是资金和人力问题。在这一点上，有《维度》这样的大杂志社撑腰，她根本不用担心。这里简直是孵化梦想的最佳温床。

她代入老方的一生，所体会到的最大的遗憾，不是嫁给江岩，不是没嫁给陆晓,更不是生了孩子……而是她的梦想没有实现。

生完孩子后,没能在纪录片事业部发光发热的她,在事业上已经无所依靠,大概因此才在生涯最后阶段选择搏一把,做了扫地僧一样的艺人摄影师。

她不想这样,绝对不想这样。

这一次,她一定要去纪录片事业部,一定要做出几部让自己感到骄傲的作品。要是有谁敢在这件事上阻挡她,她神挡杀神、佛挡杀佛!

方亚楠心里有了想法,干活儿越发起劲。她先把选好的图发给宽宽检查,然后便开始看集团新闻,想找找集团成立新部门的蛛丝马迹。

看了一会儿,没有收获,她看了看时间,准备下班。

在地铁上的时候,她忽然收到陆晓的微信——

"我打算年前请五天年假,你看时间合不合适?"

方亚楠盯着消息看了一会儿,发现有了江岩的"鞭策",陆晓果然主动了不少。但是他一主动,她反而有些慌了。

不过"一夜"的工夫,她的心境已经发生了巨大的变化。之前打定主意争取陆晓的她,又开始对两个人在一起的未来生活产生恐惧感了。方亚楠一时间竟不知道该不该应下陆晓的邀约。

但是,她又想起老陆的那句话——"做自己就好。"

既然她已经做出了选择,那就继续做下去。临阵逃脱,她才会一无所有。

方亚楠慢慢地打字:"没问题,我拟行程。你能坐飞机吧?"

陆晓:"可以。"

方亚楠:"你要大床房还是标间?"

陆晓沉默了。

方亚楠憋着笑,死死地盯着屏幕,许久,才见他回了一句:"随便吧,标间?"

方亚楠:"好,那我睡大床房,你睡标间。"

陆晓:"……"

他这省略号回得太快了,方亚楠瞬间接收到了他的无语心情。她在地铁里差点儿笑出声来,抖着手回道:"你在想什么?"

陆晓:"没,没,没,什么也没想。"

方亚楠:"也可以想想的。"

陆晓:"不想,不想。"

方亚楠:"真的不想?"

陆晓:"我吃饭去了。"

方亚楠:"哈哈哈!"

她觉得自己最喜欢陆晓的一点,就是他明明不笨,但是她逗他的时候,他愿意显得笨。

虽然这样一来,不主动的她和非常被动的他,很容易打着太极,把暧昧氛围打没,可是至少他们自在。

她转念一想,江岩看自己,怕不是跟自己看陆晓一样吧?

她下意识地翻了翻微信,发现江岩竟然也给自己发过消息,是一张图片。

说不抵触是不可能的,可她还是点开了图片,仅一眼,就移不开目光了。

这是卢照和梁子豪的合影。两个人并排坐着,紧紧地盯着不远处的舞台。百道的战队选手正在庆祝胜利,舞台上灯光璀璨,金色的碎屑密密麻麻地落下,画面辉煌绚烂。

台下的两个人仅有侧脸入镜。他们没有笑,神色有些怅惘,眼中甚至有波光,但更多的,是向往。

方亚楠清楚地记得这一幕。她当时亲眼看见,也真的被这画面触动了。但是当时的光影条件不好,所以她没有把这一幕拍下来。此时看来,当时的他们触动到的,显然不只她一个人。

江岩:"我的团队里的摄影师拍的,我感觉必须给你看一看。"

方亚楠:"求授权!"

江岩:"准了。"

两个人寥寥数句对话后,她对江岩的那点儿不适感竟然没了。

她轻轻地叹了一口气,收起了手机。

一个月后,元旦前一天,与百道的"以道之名"全国邀请赛决赛一同登上热搜榜的,还有《维度》杂志的元旦特刊的封面选题——《电竞的弱冠之年》。

百道主办的电竞比赛是第一届,其专业度自然不如那些已经成熟的电竞联赛,但是百道斥巨资把全国有头有脸的战队都请来了,比赛的关注度自然居高不下。

而《维度》作为一个偏传统的综合性社会周刊,受众基本上是三十岁以上的人群,所以当它突然关注起电竞或者主播这类新兴行业时,很能让年轻人产生好奇心和荣誉感。

方亚楠手里拿着咖啡,看着《维度》公众号最新一期电子周刊的封面图,知道自己今年的奖金应该是稳了。

这张图就是江岩给的那张照片,果然广受好评,以至被误认为是拍摄者的方亚楠的微博号都被人翻出来了,她瞬间增加了两万多名关注者。在她声明自己只是该选题的负责人,但不是这张照片的拍摄者后……她又多了两万多的关注者。

"亚楠这次的选题在线上、线下都获得了不错的成绩。"选题会上,总编于文开始不遗余力地夸她,"我个人认为,这个选题也算是开拓了我们的思路,或者说,为打算开拓思路的人树立了一个很好的榜样。大家以后如果有想法,可以大胆地提,就算被我否定了,也不要认为我就是对的,要坚持,要软磨硬泡——你们看,只要这么做,就能成功。"

方亚楠在一众同事诡异的眼神中,嘴角抽搐,满脸冤枉的表情——拜托,她可没软磨硬泡!

"好了,就这样吧,散会。亚楠,你留一下。"

看着同事陆续走出会议室,方亚楠有些忐忑地在桌子下搓着手。等人走光后,她迫不及待地问:"于总,什么事呀?"

于总是要跟她聊奖金的事吗?!

于文掏出一沓纸,喝了一口茶,说道:"你这次的选题,是不是和百道做的那个纪录片互相配合着做的?"

纪录片!方亚楠闻言心头一紧。这才过去多久,她都快忘了这事了!

"集团年后可能要成立一个专门拍纪录片的部门。"于文开门见山地说道,"你看看你有没有兴趣?杂志社里有相关经验的人才不少,不过我觉得你虽然经验不多,但是很有冲劲,应该会对这个部门有兴趣。所以,我想先问问你的想法。"

"你的意思是,我有机会去吗?"方亚楠激动得手都抖了。

"可以这么说吧,"当领导的人,不会把话说死,"不过有个问题。"

"什么?"

"你……过完年就三十岁了吧?有男朋友了吗?"

方亚楠的心一沉,她有些疑惑地问:"于总,不会吧……?"

"唉,我肯定不会搞职场性别歧视的。只是纪录片这个行业吧——不知道你了解多少——确实是辛苦,从业者短则一两周,长则一两年,都在外出差,回不了家,尤其是刚起步的时候,就更累人了。你要想好,一旦进入那个部门,想做出点儿东西来的话,可能一眨眼两三年就过去了,你家里人会不会有意见……"于大主编此时竟然有些忐忑,"像结婚、生育这类事情,你自己可能不愿意去想,但是我们不能耽误你。如果你这次不去,就待在社里,等以后有更合适的机会再考虑,待遇不会比去纪录片事业部差。"

于文盯着她,沉声说道:"事关终身大事,你不要冲动,还是要考虑清楚。"

方亚楠忽然什么都明白了,恍然大悟的感觉让她周身发凉。

她忽然明白了老方为什么会火速结婚,后来又为什么那么崩溃。

原来她是为了进纪录片事业部才草率地决定结婚,并且和江岩约定三年内不要孩子的。谁知又恰恰是这个选择,让她彻底与梦想无缘!

这果然是一个能让人郁闷一辈子的选择。她怪不了江岩,只能怪自己。

选择,又是选择!

方亚楠苦笑,笑得像哭。

于文被吓了一跳:"怎么了?不是……这也就是一份新工作而已。我不是说了嘛,以后集团还会有很多大动作的,以你的能力,你去哪儿都没问题,不是非得从现在就开始纠结。"

"我确实纠结啊,于总。"方亚楠叹了一口气,"说实话,可能没有比纪录片事业部更让我想去的地方了。"

于文愣了愣,点了点头,也有些无奈:"是啊,你当初入职的时候,我就觉得,这姑娘不去做调查记者可惜了。"

方亚楠摇了摇头:"我确实没有男朋友,也确实快三十岁了。于总,如果我真的想去这个部门,以我现在的情况,集团会同意吗?"

于文皱了皱眉,似乎有些为难:"集团也是从人性角度为你考虑,如果你自己不介意,并且能扛住家里的压力——别否认,我知道你们这个年纪的姑娘都扛着被催婚的压力呢——那我们也不会硬挡你的路,毕竟在咱们集团里,嫁给事业的女性也不少。"

方亚楠沉思了一下,轻声说道:"于总,元旦过后,我给你答复,可以吗?"

"行,"于文一口答应,"不急,新部门的事,现在也只是个方案呢,等真的成立,最早也要到明年了。"

"不,我急的。"方亚楠郑重地说道,"别说咱们集团了,就是咱们杂志社里,心里还藏着这个梦想的人肯定也不少。"

于文笑了一声:"那行吧,你尽快。"

方亚楠回到办公室里,入定般沉思了许久,实在觉得脑中混乱,于是开始拿起手机问朋友。

她不敢跟阿肖说，唯恐这人成为自己的竞争对手，只好跟职场外的朋友倾吐心事，得到的反馈意见全都是支持——所有人都希望自己的朋友能拥有更广阔的世界。

她心潮澎湃，终于将"魔爪"伸向了江岩和陆晓。

当初的老方问过江岩这件事吗？她应该没有吧。如果知道她是为什么和他闪婚的，那江岩只要还有一点儿人性，就绝不会撕毁和她的约定，毁掉她的事业。

她原以为会是江岩先回复消息，谁知竟是陆晓的消息先到了。

"喵总，你居然会纠结这种事？这还需要想吗？干哪！我都没这个机会，还想着过了三十五岁再考虑结婚；你有这机会，还犹豫什么？"

方亚楠在心里吐槽：说是这么说，你不还是早早地结婚了？

她回了一个表情。

江岩过了很久才回复："看来我要努力了。"

方亚楠："啊？"

江岩："我怕再过三年，自己都不配给你做备胎了。"

方亚楠："呵呵。"

江岩："所以我现在还是你的备胎吗？"

方亚楠开玩笑地回复："对啊。"

江岩："其实你也可以考虑和我凑合一下，提高竞争力的。"

方亚楠的手指顿了顿，随后她坚定地输入了一个字："滚。"

江岩："去吧，亚楠，你不在路上的样子，我不习惯。"

江岩："不过……"

江岩："记得常回头看看。"

江岩："有人一直在后方蹲守你。"

方亚楠笑了一声，随即冷酷地回复："你蹲着吧。"

第二天，元旦，方亚楠拒绝了所有邀约，进了一家预约好的画室，在里面待到傍晚才出来。出来的时候，她手里提着一幅画。

元旦过后，她的办公桌上多了一幅手掌大的肖像画——用木框裱起来的，看起来简单干净。

阿肖喝着水路过，一眼瞟到，愣了愣，然后弯腰看了一会儿，问："这是你……全家？"

方亚楠正低头写下一个选题的策划文案，头也不抬地回道："嗯。"

"这都是谁？你……奶奶？咦，这女孩长得也不像你呀。"

"这个老的是我，这是我的女儿，这是我的儿子和儿媳妇，旁边的是我的外孙女和孙子。"

"啊？"阿肖蒙了，看看方亚楠，又看看画，"啊，这……这又是什么新鲜玩意儿？"

"穿越啊，不懂了吧？"

"那……怎么就你一个老人，你老公呢？"

"死了。"

"我要被你搞疯了，现在的年轻人都这么会玩的吗？"

"呵呵，"方亚楠拿着策划案起身，一边往于文的办公室走，一边回头说道，"要是有一天，你有机会知道自己四十多年后是什么样子，就没什么事是不敢做的了，对吧？"

阿肖居然沉默了。

方亚楠又走了两步，突然被他叫住。

"亚楠，这游戏叫什么？我也去玩玩。"

方亚楠怔了怔，皱眉思索了一下，迟疑地回道："《再少年》？"

阿肖掏出手机："从哪儿下载啊？"

"等到人类首次登陆月球背面以后吧。"

"啊？"

方亚楠笑出八颗牙："到了那时候，我再跟你说。"

方亚楠不再理会气得直跳脚的阿肖，回身将那幅画抱在怀里，转身进了于文的办公室。

她做好决定了。

纵使时光已经写好剧本，生命总能找到一条路。

家人们，看着吧，我在为自己而活。

【完】